傾國之戀

楊貴妃與唐明皇的愛情故事

卷上 江山豔

【新修版】

巍石 著

目錄

目錄

【作者序】

怎堪紅顏禍水名

魏石

翻開中國的歷史長卷，男權統治是封建社會的明顯標誌，秦始皇、成吉思汗、李自成均被予以了濃墨重彩，名垂青史。而女性作爲男人的附屬品，身處社會底層，載入史冊的寥若星辰。被譽爲中國歷史上四大美女之一的楊玉環，因其美豔絕倫的容貌、曲折跌宕的命運及對中國歷史產生的重要影響，也在中國歷史上寫下了千古留芳的一頁。

楊玉環生於巴蜀一小吏之家，從小失去雙親，隨叔父在洛陽長大。她生性率真活潑，能歌善舞，通曉音律，加之相貌俊美脫凡，在洛陽芳名遠播。一個偶然的機會，玄宗皇帝的十八子壽王李瑁對她一見鍾情，不能自持。經咸宜公主牽線，壽王迅急迎娶楊玉環爲壽王妃。作爲小吏之女的楊玉環能嫁入皇家，可謂一步登天，而壽王又性情儒雅，風度翩翩，對她一往情深，可以說楊玉環是躍上了一個幸福甜美的人生境界。

如果說楊玉環僅以一位王妃的身分終其一生，那麼歷史也許會對她忽略不記了。

就在楊玉環跟壽王卿卿我我的時候，玄宗皇帝的武惠妃去世了。失去寵妃的玄宗痛不欲生，神色恍惚，不再臨幸後宮任何嬪妃。而當他的兒媳婦楊玉環如驚鴻一現，不期然闖入他的眼簾時，他竟心如撞鹿，情竇復開。他不相信人間會有如此國色天香的尤物，楊玉環青春洋溢的鮮活體態、楊玉環顧盼流媚的一笑一顰，深深地印在了他本以爲已是一潭死水的心中。

「普天之下，莫非王土。」作爲一個帝王，想要哪個女人自是輕而易舉。但玄宗深知楊玉環身分特殊，他若將楊據爲己有，是違背倫理綱常的忤悖之舉。玄宗食無味，寢難安，陷入了無法排解對楊玉環愛慕神往而又無奈越雷池一步的境況之中。高力士看在眼裏，巧施計策，以召楊玉環入宮中道觀爲道姑的名義，把楊玉環接到了宮中。而鍾情音律舞蹈的楊玉環在與玄宗的接觸中，發現玄宗擂鼓編曲樣樣精通，多才多藝，不由得萬分崇敬。加之玄宗平易親善，詼諧風趣，更讓她領略到一個成熟男性的胸襟與魅力。對藝術的領悟與熱愛，讓他們有了最動聽的共同語言，讓他們的心彼此相依相近。

愛情是建立在平等基礎上的，古往今來，帝王所以沒有愛情，是被他們至高無上的地位和身分約束住了。而楊貴妃與唐玄宗能產生愛情，就是因爲他們心中多少忘了對方的地位與身分。在楊貴妃心中，唐玄宗多數時候不是皇上，而是一個愛她又被她愛的男人；她在唐玄宗的心中呢，也不是一個低眉斂目的普通嬪妃，而是一個活潑有個性，對藝術有著自己見解，用全身心愛著他的女子，這種愛與一般嬪妃對皇上一味順服和曲意逢迎是不同的，這是出自內心熱烈的愛，所以楊貴妃的愛才深深打動了唐玄宗的心。所以，當楊玉環兩次忤聖旨被放還出宮後，又兩次被召回宮中，玄宗又封其爲貴妃，統領後宮，行皇后職權。這在歷史上是從未有過的，也是兩人深厚愛情的真實寫照。

玄宗作爲一個帝王，早年勤於朝政，治國有方，國運昌盛，創下了歷史上著名的「開元之治」。但身爲帝王，就註定要以政治生活爲第一，要遵循其中鐵一般的秩序，任何出軌都會造成不可收拾的結果。一味沈溺於藝術，縱情享樂，不理國事，偏聽偏信，必然會危及社稷，這在後來的李煜和宋徽宗身上都應驗了。而唐玄宗除了傾心藝術，還完全沈溺於男歡女愛的感情之中。嚴酷的政治秩序中誕生愛情是難能可貴的，同時也是脆弱的，它經不起政治風雨的吹打。結果就是爆發了「安史之亂」，楊貴妃與唐玄宗的愛情之花也在馬嵬坡無情地凋謝了。

對於楊貴妃與唐玄宗之間的愛情，自古以來人們都在指責楊貴妃，說她狐媚聖上，才引發了「安史之亂」，這是受儒家「女子與小人不可養也」論調的影響，其實楊貴妃是一個對政治不感興趣、更無政治野心的女子。她與唐玄宗在一起十幾年，從來沒有弄過權，也從來沒有參與過宮廷和大臣間的爭鬥，就是楊國忠的亂政也與她沒有多少關係，把「安史之亂」的禍因強加在她的頭上是不公的。如果凡事不分青紅皂白，都把責任往女人頭上加的話，那麼誠如羅隱在〈西施〉一詩中所說：

國家興亡自有時，
吳人何苦怨西施。
西施若解傾吳國，
越國亡來又是誰？

本書情節生動，從楊貴妃的童年寫起，直到她魂斷馬嵬坡，詳盡描述了她的一生，對她與唐玄宗之間的感情更是濃墨重彩。本書以感情變化爲線索，細緻地敍述了李楊愛情的產生、增進和滅亡的全過程。讀來引人入勝，不忍釋卷。同時也洗刷了楊貴妃千古蒙受的不白之冤，還她一個本應屬於她的清白與公道。

第一章　天生麗質

酷暑六月，烈日當空，驕陽似火，楊家四女兒腕上佩飾一晶瑩玉環，來到了凡間。闔府上下，忐忑驚悚，不解其中禪機……道士上下打量著面如桃花、宛如仙女下凡的楊玉環，面色凝重，喟然長歎：此女貴不可言，可惜天命難違，福祿不得久長啊……

大唐開元七年六月一日這天，正是驕陽高照、酷暑難當的盛夏，蜀州因為四面都是群山包裹，地形恰似一個大盆子，顯得分外悶熱。

蜀州司馬參軍楊玄琰心緒不寧，他正焦急地徘徊在自家的庭院前，一會兒把手背在身後不停地來回走動，一會兒又停下來，凝神屏氣靜聽房中的動靜。而他的三個女兒都躲在庭柱的後面，探出小腦袋遠遠地看著父親。她們不明白父親為什麼在這樣大熱天裏還要不停地走動。

楊玄琰身後的房子裏一會兒靜寂無聲，一會兒又有紛繁雜亂的聲響傳來，還夾雜著女人痛苦的呻吟聲，每當呻吟聲傳入楊玄琰耳中時，他就分外煩躁不安，幾次想衝進屋裏去，但最後還是停住了腳步。原來今天正是他的夫人臨盆的日子，呻吟聲就是她發出來的。

按道理，他夫人兩個月前就該臨盆了，但不知怎麼了，這次與前幾次不同，到了臨盆的時候卻沒有臨盆，接產婦來看過，說夫人的胎位有些不正，可能有些麻煩，不過又寬慰他說，不要緊，夫人已經不是第一胎了，應該不會有問題，就是遲幾天也在情理之中，讓他放心好了。但問題不是遲幾天，而是足足遲了兩個月。楊玄琰聽人說，超過十個月才出生的孩子，多是大富大貴之命，但他更爲夫人擔心。他希望夫人這次爲他生下的是一個男孩，不然他就有絕嗣的危險。

今天，接產婦一早就來了，侍候著夫人到現在，偶爾出來對楊玄琰說上一兩句話，還是那句：有一點麻煩，不過應該沒問題。不過，看得出來，她也很緊張，可能是從沒遇過這種情況的緣故吧。現在已經到了午後，楊玄琰沒有吃飯，幾個孩子也沒有吃飯，倒是接產婦讓人端了一碗飯進去，說是給夫人吃，好讓她有勁生孩子。

「哇！」終於一聲嘹亮的啼哭傳了出來，楊玄琰邁步就往屋裏衝去，在房門口與接產婦撞了個滿懷。

「恭喜大人，又得了個千金。」

「夫人呢？」

「夫人也大安。」

楊玄琰長長舒了一口氣。外面樹上的知了雖然還在聒噪著，但他已經覺得不那麼煩悶了。

隨著接產婦進到屋裏，楊玄琰看到夫人一張濡濕的臉裹在亂髮裏，看到他進來，疲憊地向他笑了笑，有氣無力地說：「勞大人掛念了。」在夫人的身旁，才出生的嬰兒正手腳亂舞著啼哭。接產婦把嬰兒抱到澡盆裏給她洗澡，突然，她大聲喊道：「大人，你來看，這是什麼？」

楊玄琰連忙走過去，蹲下身子，在接產婦的指點下，他看到在才出生的嬰兒手臂上竟套著一個潔白的玉環。那個玉環在嬰兒粉紅皮膚的映襯下顯得分外耀眼。楊玄琰把玉環從嬰兒手臂上褪下來，拿到眼前仔細打量，隱約發現上面還有兩個小字，好像是「太真」，因爲字太小，他不能肯定。

楊玄琰是信奉儒學的讀書人，他從不信什麼神奇鬼怪的東西，但他對拿在手上的這個小小的玉環又實在解釋不清，它怎麼會套在一個才出生嬰兒的手臂上呢？不論能不能解釋清楚，他認定這可能不是個好兆頭，也許就是它差點要了夫人的命。想到這裏，他把玉環用水洗乾淨，放在了貼身的衣兜裏。

待接產婦把嬰兒用清水洗淨，抱到楊玄琰面前時，他看到這個最小的女兒已經停止了哭鬧，只見她睜著一雙亮如點漆的雙眼，向四周努力地張望，眼中滿是對這個才來到的世界充滿的好奇；小手不停地擺動著，又似乎非要抓住某件東西；皮膚紅潤白皙，一望便知是個美人胚子。夫人向楊玄琰招了招手，帶著微弱的聲音說：「大人，給她取個名字吧。」

「玉環，就叫她玉環吧。」楊玄琰衝口而出。

不知不覺中，兩年過去了。兩年時間裏，楊玉環已經會走路了。可以說從玉環落地的那天起，楊玄琰就特別地關注她，這除了對最小孩子傾注的一份父親的疼愛外，更多的是他眼前時刻閃現著那只玉環，那太讓他驚詫和不可理解了。在沒人的時候，他會把那只玉環拿出來仔細地察看，他現在已經能看清楚了，上面確確實實地雕刻著兩個紅色楷字：太真。

楊玄琰雖然飽讀詩書，但他從沒在某本書上看到過這兩個字，更不知道這兩個字的含義，這好像是道教的某個術語，但他們楊家世代從來都是唯儒家教導爲處世準則的，從來沒聽說過哪位前輩入過道門。有時，他會把玉環拿給夫人看，夫人自然也說不出所以然來，但她對這只玉環卻有著超乎尋常的情感，也許是因爲它是從她肚子裏來的吧。夫人不僅常常撫摸著它，還要放在鼻子上聞聞，據她說，她能聞到從它上面發散出的一股異樣的香來。

玉環出生的時候雖然有點異常，但她與幾個姐姐比起來似乎沒有什麼特異之處，她在該會走路的時候學會了走路，該會說話的時候張嘴喊出了爹娘，如果實在說她與同齡人有什麼不同的地方，就是她特別地好動。

有時，楊玄琰看著眼前這個如粉琢玉雕的小女兒，暗暗思忖，她的怪異出身會預示著什麼呢？她會有不同於別人的人生遭遇和命運嗎？那會給她帶來幸福還是禍患呢？作爲一個小小司馬參軍的楊玄琰，即便沒有見過大世面，人生的境遇告訴他，所謂的榮華最後往往是以大悲哀收場的，因此，他希望女兒過一個普通人的生活，平平安安地生活著。

追溯遠祖，楊玄琰的高祖父是隋朝名臣楊汪，世居山西浦州永樂，隋時屬河東郡，即唐時的河東道，永樂縣屬蒲州之屬縣。楊汪由於與隋文帝都是弘農人，曾被重用，賜爵平鄉縣伯，官至尚書左丞。隋煬帝即位，楊汪守大理卿，歲餘，拜國子祭酒。大業九年楊玄感起兵，楊汪遭懷疑，出爲梁郡通守。

隋煬帝死後，楊汪依附於東都王世充集團。唐初，太宗李世民平定王世充，克復東都，對於楊汪等幕僚以凶黨誅死。楊汪死後，他的後代子孫依然居住在蒲州永樂，但再也沒有出人頭地、顯貴耀富的人了。楊玄琰的祖父和父親都是安分守己的老實人，祖父叫楊令本，父親叫楊志謙，他們一輩子都沒走出過蒲州地界，過著安穩平實的日子。楊玄琰兄弟三人，他排行老大，二弟叫楊玄圭，留在了蒲州與父親一起生活，三弟楊玄敫，現在東都洛陽任河南府士曹。

楊玄琰是在太極元年來到蜀州的，也就是在唐睿宗李旦做皇帝的時候，那時他才二十歲。當初他是抱著遊覽天下的心情隨意亂逛的，到了這裏就被蜀州特有的風情所吸引，再也不想遍遊天下了，經過幾年的奮鬥，他混到了司馬參軍這個小吏的位置，掌管戶籍、道路、逆旅、婚田等事務。楊玄琰娶妻王氏，也是某個小吏的女兒，在夫人過門沒多久，她的父母就雙雙過世了，加之她又沒有別的兄弟姐妹，王氏這一支也就斷了親緣。

現在楊玄琰已經有了四個女兒，讓他遺憾的是夫人沒有給他生一個兒子，恐怕有讓他斷嗣的危險，不過對這一點他也不是太放在心上，看著女兒一個賽一個如粉琢玉砌，也著實讓他歡喜。許多人看了楊家四姐妹都對楊玄琰誇道：楊參軍，你的女兒以後恐怕都是有大富大貴的命吧。

小時候的楊玉環除了長得比三個姐姐更漂亮之外，還顯得極其靈活和好動，她不是普通的好動，從她自己能站立走路那天起，就表現出一副急不可待要走出家門的好奇。開始她只是在自家的庭院裏晃來晃去，這裏摸摸，那裏看看，隨著年齡的增長，她走動的範圍已不滿足於那幾個房間了，在旁人不注意時，她會從大門溜出去。三個姐姐也特別喜歡這個長著圓乎乎小臉的小妹妹，常常帶著她出去玩。

在楊玉環五歲的時候，那年夏天，姐姐和鄰居家的孩子們在離她們家不遠的一棵樹上吊了一個鞦韆，那棵樹長在池塘邊，這樣，當鞦韆盪起來的時候，人就會高高飄在池塘上，有一種飛的感覺。看著三個姐姐盡情地盪來盪去，楊玉環心裏癢癢的很，也想爬上去盪一盪，但她們嫌她太小，不放心讓她坐上去，總是不讓她挨鞦韆太近。

愈是不允許，愈是激起了她心中的渴望，在一個炎熱的中午，她等別人都在午睡，一個人輕手輕腳地跑到鞦韆邊，費力地爬了上去。因爲沒人在後面推她，開始她只是在上面晃來晃去，慢慢地她掌握了用力的方向，鞦韆竟盪了起來。隨著她的用力和風的吹動，鞦韆愈盪愈高，最遠的地方已能盪到池塘的上面。楊玉環心裏害怕了起來，她到底還是一個五歲的孩子。

此時，她不僅沒有感受到一點歡樂，心裏還充滿了恐懼。她不想玩了，她想回家，但鞦韆不能停下來。她的臉已經嚇白，眼中移動的景物全成了黑影，眼淚窩在眼裏，恐懼讓她鬆開了雙手，於是，她從盪起的鞦韆上飛了起來，「撲通」一聲落在了池塘裏。

等到楊玉環被人救起的時候，連嚇帶嗆水，她已經昏了過去。擡回家時，她嘴裏只有出的氣沒有進的氣了。父親用手探了探她的鼻息，搖了搖頭。母親撲在女兒的身上放聲大哭，哭了一會兒，她突然止住了哭聲，彷彿得了什麼靈感似的從貼身的衣袋裏掏出那只玉環來。只見她拿著那只玉環在女兒的鼻子前來回滾動著，說來也奇怪，沒過一會兒，女兒的鼻息竟漸漸變粗變重，慢慢臉上有了血色，再過一會兒，嘴裏猛咳出幾口髒水，四肢有了感覺。

楊玉環的這次意外遭遇讓全家都嚇了一跳，自此以後，大家看顧得她更嚴了，輕易不讓她一個人出門。可以說，這是楊玉環童年唯一的一次意外傷害，在以後的歲月裏，她在三個姐姐的照顧下一直過著無憂無慮的生活。

就在這年，楊玉環家來了一位客人，是她遠族的一位堂兄，名叫楊釗，他的父親與楊玉環的父親是一個祖父，就是說楊玉環與楊釗是同一個曾祖。對這門遠親，父親楊玄琰從沒和子女們提過，他只是說過他們這支楊氏家族是從蒲州遷徙過來的，來的時候只是他一個人，有了她們四個子女之後，他再沒回去過，至於這位遠房侄子，他也是第一次見面，就連他的父親楊詢，楊玄琰也想不起清晰的容貌來了。

其實楊釗的身上並沒有他們楊家的血脈，他是母親改嫁楊詢時帶過來的前夫子，不過提起他的舅父倒是大大的出名，那就是曾當過前朝女皇武則天面首的張易之，在五王政變中被殺，聲名狼藉，家族也從此衰頹。楊釗此時已是二十歲的成人了，長得並不出眾，相貌一般，像他這個年紀的年輕人應該是成家立業的時候了，但他還沒成家，用他的話說，他不想過早爲家室所絆，想乘著年輕多跑些地方，增長一些見識，爲以後更好地做事打下基礎。

他這次來，就是因爲羨慕蜀中風情來遊覽的，並隨便看看有什麼地方特產可以捎帶回去，一來賺回路費，二來如果銷路好的話，也可大宗販賣。其實這是他的謊言，也許是他體內流著一部分張氏血液的原因吧，身上也有著舅父所有的攀炎附勢、極力鑽營的品性。他從小不喜歡讀書，品行惡劣，行爲放蕩不檢點，喜歡飲酒賭博，爲鄉里宗族所鄙視，這次來蜀，也不是如他所說是懷著遠大抱負增長見識的，而是在家鄉賭光了錢，待不下去偷跑出來躲債的。

這位遠房堂兄，從來的那天起，就很少待在家裏，用他的話說，他是到貨物市場看貨去了，殊不知，他整天早出晚歸，有時連飯也不回來吃，並不是如他所說是去物色什麼可販賣的蜀中特產，而是躲在賭場裏廝混。楊玄琰雖然居住蜀州多年，對那些汙穢場所並不熟悉，但楊釗卻像長著一雙靈敏的鼻子，一聞就讓他聞到了這些地方的所在，很快地就與當地的賭棍們混在了一起。

有時，他還把楊玉環帶去。相對於家裏單調苦悶的環境，活潑好動的楊玉環似乎也很喜歡賭場裏的喧鬧，這除了賭場中特有的刺激與紛雜外，更讓她好奇的是那些賭錢的人。有些人長相很凶，講話惡聲惡氣的，但有時卻會溫柔地給她兩個小錢買糖吃；有些人看去斯斯文文的，像個讀書人，也圍在裏面湊熱鬧。堂哥楊釗一踏進賭場，就把她這個小堂妹忘記了，他渾身是勁地擠進圈子裏，一會兒喊著「大大大」，一會兒喊著「小小小」，直到把嗓子都喊啞了。

等他再擠出人群時，多數時候是垂著腦袋無精打采的，那是輸錢時的模樣。但也有贏錢的時候，逢到這種時候，他會興高采烈地把贏得的銀子捧在手裏，一路走一路顛，讓銀子碰擊的聲音不斷地傳進耳朵。之後，他會買些好吃的給楊玉環，並讓她不要告訴父親他是到賭場去了。他還會買些香粉或頭飾，那是給她幾個姐姐的。

楊玉環的大姐已經有了婆家，許給當地一家崔姓作媳婦，平日就很少出門，一心窩在家裏準備她的嫁妝，二姐三姐見楊玉環每次隨楊釗出去都興高采烈，有吃有喝有玩，也纏著楊釗帶她們出去走走。楊釗答應了，同樣，在給她們買了許多吃的以後，讓她們爲他的行徑保密。

有一天，在楊釗贏了一大筆錢後，他爲她們三姐妹買了荔枝來嘗鮮。在這之前，她們從來沒有吃過這種水果，不是不想吃，而是吃不起。這種如絨球一樣玲瓏可愛的水果，她們見是見過，那都是掛在高檔鋪子裏，專爲貴族有錢人準備的。現在，楊玉環手裏抓著荔枝，握在手裏就有一種舒心的感覺，輕輕剝開裹在外面那層紅綠相間帶著小毛毛的外殼，露出的卻是一團潔白清香的肉核。

她把這團果肉輕含在嘴裏，立時，一股從沒嘗過的清香沁滿口腔，再輕輕一咬，一種似甜似酸又夾帶著點清香的味道遍佈口舌，讓她欲咽不捨。這是她從未嘗到過的鮮美滋味，吃完後真是口齒留香，回味無窮。自此以後，荔枝的美味永久地留在了楊玉環的腦海裏，這才有了後來她當了貴妃後讓驛站快馬萬里送鮮荔枝到長安的故事。

但楊釗在外面賭錢的行徑還是讓楊玄琰知曉了。那天，楊氏三姐妹興高采烈地跟著楊釗進到賭場，沒過一會兒，楊釗就輸了個底朝天，他到賭場放債人那裏去借債，結果因爲他已經借了太多的債沒有還上，人家不願借給他。每個賭場幾乎都有這樣的放債人，在賭徒輸光的時候放債給他，當然利息是很高的。

在這之前，楊釗用叔叔楊玄琰的名義已經借了不小的一筆賭債。不管怎麼說，楊玄琰在當地還算個小官，加之聲望頗佳，放債人也就放心地借給了楊釗，但見他從借後就沒有還過，加之數目也已不小，就不願再借錢給他。楊釗正是賭性正濃的時候，加上才輸了錢，心情急躁，急想拿到錢再去扳本，一下被放債人截了賭性，真如饑餓的人一下被人從面前撤走了美味一樣，怒火攻心，當即和放債人大吵了起來。

放債的人既做了這個行當，自然在當地是有些勢力的，怎容得楊釗在此撒潑，當即一幫人圍住楊釗，就讓他立馬還錢。最後，眾潑皮扭押著楊釗向楊玄琰家走去。楊玉環的二姐與三姐見了這番陣式，知道不是個好事，早乘機跑開了，只有楊玉環不懂事，還亦步亦趨地跟在楊釗後面，嘴裏「唔唔」地哭著，不停地拿手抹著眼淚。

到了楊玄琰家，楊玄琰正好在家，見一幫潑皮賭棍扭著楊釗，不知發生了什麼事，待問明原由後，氣得一句話也說不出來。讓他生氣的，一是楊釗瞞著他說是去市場物色本地特產，沒有想到他卻成天躲在賭場廝混；二是他好歹算是讀書人家，現在卻讓一群潑皮無賴吵上門來，真是有汙清白。

最後，為了早點打發這幫無賴離開，不讓醜事喧擾門庭，他還是拿出家中不多的積蓄把楊釗的借債還上了。楊釗也自覺無顏再在叔叔家待下去，當天夜裏乘著楊玄琰全家熟睡之際，不和任何人打招呼起身開溜了。

這位讓楊玄琰氣惱失望、讓他丟臉的遠房堂侄，讓他想不到的是若干年後的有一天，竟然會成為權勢熏天、一人之下萬人之上的宰相，不過那時他已不叫楊釗了，而是改名叫楊國忠。真是世事變化，出人意料。

自從有了楊釗這件事後，楊玄琰把幾個女兒狠狠地訓斥了一通，責怪她們和楊釗串通一氣來欺瞞父親，對她們看顧得更緊了，輕易不再讓她們出門。雖然父親引經據典地斥責了楊釗行徑的可惡，但在小小年紀楊玉環的心裏，倒並不覺得這位堂哥可惡，反倒認為他很是親切，起碼他會帶她到處遊玩，還讓她品嘗到了荔枝的美味。

也是在這年，楊玉環母親生病了，還是在年初，王氏就一直感到全身乏力，神情恍惚，頭痛欲裂，請了郎中來看，說是氣血不暢，需慢慢調理，湯藥吃了不少，就是不見好轉。有時，頭痛起來恨不能拿頭撞牆。湯藥吃了不管用，王氏就想到是不是有鬼怪在暗中作祟，與她過不去，請了巫婆來看。

巫婆在家裏東瞅瞅，西看看，掐起指頭算了算，最後算出原來是屋子下面埋著一個冤魂，她家的房子建在了冤魂的墳上，冤魂在和她作對。對這種事，楊玄琰是不相信的，但夫人已是病急亂投醫，寧可信其有不可信其無，除了讓巫婆在家裏貼了驅鬼符，還要到離家不遠的某個道觀去祈福禳災。

唐朝時候，雖然佛教東來已經有了不少年，隨著玄奘法師取經歸來，佛教的影響日漸增大，但唐朝是以道教為國教的，道教的影響也早已深入民心，所以提起祈福禳災，人們自然想到的是去道觀，而不是去寺廟。在深秋落葉飄飛的一天，楊玉環陪著母親去玉虛觀祈福禳災。

進了道觀，待母親在三帝面前默禱完準備返回時，這時從旁邊側門裏閃出一位小道童，對王氏說，師父有請。楊玉環的母親一愣，按道理像她這樣只佈施一點小錢的施主，觀中師父是不接見的，但觀中師父既然有請，也不好不去，當下攜著楊玉環的手跨進了後堂。

王氏攜著楊玉環一跨進後堂，那位身披道袍頭頂挽著道士髻的師父就拿眼睛一直緊緊盯著楊玉環在看，足足看了有好一會兒，才把目光投向王氏說：「這是你的女兒？」在王氏點過頭後，他示意小道童把楊玉環帶到外面玩一會兒，等兩個小孩的背影消失在門外，道士才用緩慢的語氣說：「你的女兒出生時有沒有什麼異樣？」王氏心中一驚，忙說：「師父，實不相瞞，她出生時手臂上戴了一個玉環。」王氏從貼身衣袋裏掏出玉環遞在師父手裏。道士左右前後地仔細看了半天，才說：「果然是個大貴之人。」

聞聽這話，王氏心中一喜，在這之前，已經有無數的人說她最小的女兒生就一副好面相，將來是個富貴之人，但這話從一個道士嘴裏講出來還是讓她心中暗喜。只見道士不停地用手撫摸著玉環上的「太真」兩字，眼望前方，目光迷離，良久喟然長歎一聲，說，可惜命運作弄人，富貴不能長久。王氏心中又是一墜，想張嘴問問命運怎麼作弄人，道士已把玉環遞給了她，告誡她一定要把玉環收好，隨後讓王氏帶上女兒離開了。

從道觀回來後，王氏的病不僅沒有減輕，反而加重了。等寒冬到來的時候，她終於沒有熬過去，撒手西去。年紀還小的楊玉環不知母親的故去對她意味著什麼，還一派天真地沈浸在玩樂之中，看到家裏突然來了這麼多的人，那是從來沒有過的熱鬧，直到看到三個姐姐哭泣的模樣，才受到感染，咧著嘴跟著哭起來。

王氏下葬時，楊玄琰把那只帶有「太真」二字的玉環，用綢緞包好放在她的身旁，他的心裏對那只玉環有一種始終說不清道不明的感覺，既有著神秘的奇怪，又有著不可琢磨的畏懼。既然它是從王氏身上來的，那就讓它永遠陪著她吧。

自從母親病逝後，父親也變得鬱鬱寡歡，在接下來的歲月中，他一直都沒有從喪妻的悲傷裏走出來，除了到衙門去坐班處理一些公事外，整日都不出門，有時看著亡妻留下的衣物，還會淒然落淚。父親對母親的這份情感，多多少少影響到了幾個女兒，所以在小小楊玉環的心中，早已蘊藏了對真摯情感的渴望和珍惜。

家中的許多事物已經由大姐擔負起來，從某些方面說，她起到了一個母親的作用。沒過多久，楊玉環的大姐出嫁了，接下來二姐接管了家務事，這期間，最快樂和自由的當屬三姐蘭蘭和楊玉環了。

因爲沒人管，她們常常跑到外面去玩。

楊玉環和三姐蘭蘭最喜歡去的地方是東街雜耍場，那裏除了打把式賣藝、占卜算命和數不清的各種誘人小吃外，最讓她們著迷的是一個叫謝阿蠻的小姑娘的表演。

看上去謝阿蠻和她們差不多大，表演的節目卻常常吸引了許多人的圍觀。她能在一個只有她頭大的筒裏穿進穿出，還能把身子折成三段疊起來，就是頭向後扳腳向前伸，同時嘴上還能咬一個托盤，托盤上放一隻盛滿水的杯子，在她做這一切的時候，杯中的水竟能一滴不灑出來。

每當她表演這個節目的時候，就會出現一個老婦人拿出盤子向周圍的人收錢，如果有誰遲疑著不給，她就不讓謝阿蠻停下來，直到那個人不忍再看著她受罪爲止。每當這一時刻，楊玉環往往看到謝阿蠻的眼中噙有淚水。

楊玉環和三姐蘭蘭對謝阿蠻柔如無骨的身姿充滿了羡慕，也想擁有她那樣靈活的身材，日子久了，慢慢地她們和阿蠻也交上了朋友。看得出，謝阿蠻也想與她們做朋友，也許是她常年在外，缺少友情的緣故吧。謝阿蠻告訴她們，她柔韌的身材也不是天生的，是從小鍛煉的。

每天都要早早起床練功，不能有一天的懈怠，如果她們願意，每天早上可以來和她一起練功。從此，楊玉環和三姐每天都早早趕到東街，和謝阿蠻一起練功，她們只是抱著玩玩的心思，並不真想練得要上場去表演。謝阿蠻教她們壓腿劈叉，也只是一些活動韌帶和骨節的基本功。

相處的時間久了，楊玉環從謝阿蠻的口中知道，她很小就出來做了這一行，也許她是從小就被父母賣到這個班子的，現在她也不知道自己的父母是誰，家在哪裏，她叫班子裏一個老婦人爲娘，就是那個拿盤子收錢的老婦人。是她從小督促她練功，教她如何表演。有時，她吃不了練功的苦，老婦人就拿鞭子抽她。楊玉環覺得和謝阿蠻比起來，自己真是幸福，雖然母親去世，起碼還有父親疼她，還有三個姐姐疼她。

她們在一起，往往是謝阿蠻說得多，楊玉環和三姐插不上嘴，其實謝阿蠻比她們還要小上幾歲，但她走的地方多，見識的場面大，天生練就了一副能說會道的嘴，她把沿途各地的風情和怪異的事情，或見到的或聽到的，一一說給她們聽，也讓楊氏二姐妹聽得興味盎然，纏著她不放。當然，謝阿蠻身上也染有跑江湖人的輕佻習性，似乎這點也使她們著迷。

楊玉環和三姐偷跑去跟謝阿蠻練功的事讓父親楊玄琰知道後，大爲生氣，他把她們叫到面前狠狠訓斥了一頓，說我們這種人家怎可學那種江湖上的技藝。雖然楊玉環和三姐都不覺得那是什麼丟人的事，也不覺得那技藝有什麼不好，但從此以後，她們再也不敢到東街去了。

後來，謝阿蠻所在的那個雜耍班子離開蜀州，到別的州府繼續過他們那種飄泊不定的生活去了。楊玉環以爲從此再不會與這位機靈活潑的童年夥伴相見，哪知若干年後，她們再度相逢在大唐皇宮裏。

因爲楊家四個女兒一個長得比一個漂亮，前來相親說媒的人幾乎踏平了門檻，很快二姐也出嫁了，婆家姓柳。等三姐快到及笄之年時，來往楊家的媒婆絡繹不絕，但都失望而歸。這不是說三姐長得不漂亮，相反，她的美貌賽過兩個姐姐，只是對將來的夫婿，她有著自己的標準，不輕易許諾罷了。

她曾私下對楊玉環說過，她希望嫁到一個富貴人家去，同時夫婿還不能對她約束過嚴，最好寵著她，凡事任著她的性子來。她身爲女子，平日很少拋頭露面，又怎麼知道哪個男子是符合她心目中的標準呢，好壞都是聽媒婆說，那些媒婆又從不會說男方家不好的。

楊玄琰的身體從妻子亡去後一直不好，也許他感到自己壽命不會長久，心中爲女兒著想，也就想看到女兒都能夠早日嫁到一個安穩的人家去。但是他對穿梭於他家的媒婆也感到窘於應對，所以他對女兒多次無故的推脫也就有了微辭，最後，他終於不再徵得女兒的同意，私自爲她定了一姓裴的人家。

三姐對父親不徵得自己同意就胡亂把她許配出去，感到氣惱。雖然唐朝禮教不如後來朝代那樣僵硬與嚴格，但子女的婚嫁還是由父母做主的。所以三姐氣歸氣，辦法卻是一點也沒有。楊玉環見三姐氣惱，不免開導她說：「三姐，你現在也不知道那家姓裴的是好是壞，爲什麼這樣氣啊？聽父親說，那家姓裴的還很有錢呢。」三姐說：「就是很有錢，人不好，嫁過去還不是受罪。」楊玉環聽了也覺得是個理。

忽然，三姐喜上眉頭，對妹妹說：「我們爲什麼不去探探呢？好壞一探不就知道了嗎？」楊玉環聽了也覺得是個好法子，但如何探呢？三姐說：「看我的安排。」當天夜裏，她們二姐妹等父親就寢後，拔下頭上頭飾，把頭髮梳成男子的髮式，再各找一套顏色稍暗的衣服換上，裝扮成男子的模樣出發了。當然她們裝扮得不像，但在夜色的掩蓋下，乍一看，還真分不出男女。她們來到那家姓裴人家，看到裴家果然氣派不凡，房屋高大，錯落有致，是個有錢的人家。

她們先是繞著裴家莊院走了一圈，莊院大得超出她們的預料，白牆墨瓦在月光下有著一份詩意，更有著一份富貴的氣派。等她們再繞到莊院大門時，她們不知道接下來還應該幹什麼，如果就這樣回去，似乎意猶未盡。這時，正好有一個僕人從大門內走出，三姐似乎沒有多想，走上去對那個僕人說，請問你家公子在家嗎？僕人說，不知你問的是哪位公子？三姐遲疑一下說，就是才說了楊家女兒爲媳婦的公子。噢，你說的是三公子啊，你等等，我爲你通告一聲。

說完，僕人向內跑去，一邊跑一邊喊：三公子，有人找。喊聲把三姐嚇了一跳，她連忙跑回來，拉起妹妹的手說，快跑。楊玉環被弄得莫名其妙，說，不看了？不看了，如果被他看到就丟人了。三姐拉著楊玉環沒跑出多遠，又停了下來，悄悄躲在一棵樹後。沒過一會兒，她們看到從大門內走出一位青年公子，因爲離得太遠，加之又是夜晚，雖然有著明亮的月光，看得並不真切，只見他身材柔弱，並不強壯，一襲長衣，模樣斯文，站在月光裏，也是長身玉立。他先是兩旁瞧上一瞧，問，誰找我？連問幾聲，沒見到半個人影，搖搖頭進去了。

三姐和楊玉環回到家，她們爲想到這個點子探到了一些真相感到高興。結果是令人滿意的，首先裴家是個富貴人家，其次，裴家公子看上去是個知情達理的讀書人，這樣的人是不會太過刁難人的。特別是三姐，幾天來淤在心中的擔憂消散了，她重新變得活潑和快樂。這就是任性的三姐。

在楊玉環十歲的時候，也就是開元十七年的春天，楊玄琰的病加重了，已經到了不能去辦公的地步，他知道外面雖然是萬物復甦的季節，但自己正日薄西山，一天不如一天，能不能熬過這個季節，再看到清豔的蓮花在家前池中的綻放，實在是件難說的事。爲了讓三女兒在他死後能有個依託，他決定提前舉辦她的婚事。

蘭蘭哭鬧著不同意，她想以自己還不到出嫁年齡爲理由，留在家侍候父親，但楊玄琰決心已下，不容更改。楊玉環的三姐在哭泣中上了花轎，父親強撐著病軀操辦了女兒的婚事。婚事一結束，楊玄琰就倒在床上再沒起來，他知道自己真的不行了，留待世間的日子屈指可數了。

此時最讓他放心不下的就是最小的女兒楊玉環，他躺在床上，透過昏暗的光影看著嬌小玲瓏稚氣未脫的楊玉環，彷彿看到自己去世後她飄搖孤獨無依的處境，他想到她出生時所戴的玉環，還有夫人從道觀回來對他說的一番話。

種種異象似乎都在表明他這個最小的女兒具有大富之命，但他對這些玄虛總是將信將疑，起碼，迄今爲止他沒有在她身上看到哪怕是一點的富貴之相，他能看到的就是在他死後，她就會成爲一個孤苦無助的人，哪怕有三個姐姐的照顧，她也是過著寄人籬下的生活。自從楊玄琰臥床不起後，楊玉環似乎也變得懂事了，她學會了燒飯洗衣，還會把煎好的湯藥捧到父親的床頭。

爲了女兒的一片心意，楊玄琰有時強迫自己喝下那些苦澀的藥湯，但他知道，那些苦湯對自己的病已經沒有什麼作用了，他遲遲沒有閉上雙眼，只是懸掛著楊玉環的命運。最後，他想到了遠在河南洛陽作官的二弟楊玄敫。

於是楊玄琰連夜修書，托人帶至洛陽，要二弟幫他照看他最小的女兒楊玉環。楊玄琰這樣做是經過一番思考的，他想到家族中只有二弟楊玄敫還算個人物，雖然當的也是小官，但到底是在東都洛陽，托他照顧楊玉環相比較要比託付別人放心，再說，如果楊玉環真的命中註定有富貴的話，他想也絕不是在僻塞的蜀州，而是在繁華的都城。可惜他沒有等到二弟的到來，就帶著憂慮閉上了雙眼。就在他下葬的第二天，楊玄敫終於從洛陽風塵僕僕地趕到蜀州，闊別有二十多年的兩兄弟終於沒能見上最後一面。

到兄長墳上祭奠完畢後，楊玄敫帶著楊玉環離開蜀州，踏上去洛陽的路，也是走上了改變楊玉環命運的道路。

洛陽雖不及長安繁華，但作爲歷代皇帝常常臨幸的另一都城，其建築的宏偉與壯觀自不是別的郡府州衙可比，因爲地處中原腹地，水陸交通又便利，在某些方面的繁榮與長安比，有過之而無不及。

楊玉環到了叔父的家裏，拜見過嬸娘。叔父家還有一個比楊玉環大的兒子，叫楊鑒。嬸娘一見到長相端正、眉清目秀的楊玉環就從心裏喜歡上了她，同時爲她小小年紀就失去父母感到憐惜不已。因爲是領養，楊玉環就以父親稱呼楊玄敫，以母親稱呼嬸嬸。

開始楊玉環可能還有些彆扭，一喊他們，就想起了自己的爹娘，她的眼睛裏就會浮現出父親滿是憂患、放心不下的眼神，她對母親也是稍有記憶的，母親的懷抱就像一個溫暖的家園，讓她無法忘懷。但隨著她和叔叔嬸嬸一家人相處的時間增長，這種稱呼也變得自然而然了。

楊玉環剛到叔叔家的時候開始還有點拘謹，但是嬸嬸對她無微不至的關心和愛護，使她體會到了已經久違了的母愛，她小小的心很快就被融化了。楊玄敫家只有一個兒子，其實他們夫妻倆一直希望有個女兒，美麗乖巧的楊玉環就像上蒼給他們送來的寶貝，倆人疼愛不及，加上楊鑒性格溫和，從來都不和楊玉環爭搶什麼，甚至還處處讓著楊玉環，所以楊玉環在這個家裏很快就適應了。

楊玄敫雖不是楊玉環的親生父親，但對她的管束卻比楊玄琰嚴厲得多。他認爲楊家是名門，爲人處世自不能與一般小官小吏相比，行爲規矩都要合禮合節，舉止言行都講求個溫文爾雅，合乎官家禮儀。因此，楊玉環只在才來洛陽時遊玩過幾天，隨後就讓叔父關閉在家，不讓出門了。同時，還給她佈置了大量的功課，讓她沒事的時候，和楊鑒一塊看看聖賢之書，揣摸聖人的教導。

楊玉環對叔父佈置給她的功課痛恨之極，她天生就是一個活潑好動的人，現在讓她靜下心來看那些枯燥乏味的什麼孔聖人的書，真如要了她的命一樣，她常常看了半天，卻不知道書上講了什麼。有時氣惱得恨不能把書撕個粉碎，更爲可恨的是，叔父每天哪怕事務再忙，晚上都要抽出時間來考查她的功課，對她不能完成的部分還給予講解。

倒是嬸嬸對她多有呵護，說她小小年紀，失去父母還不夠傷心的，何苦非要逼著她去看什麼聖賢書，她一個女孩子，又不能和男人一樣去應考中進士。每當聽到這話，叔父總講她婦人之見，什麼也不懂，說一個女孩子，看了孔孟之書，習了賢淑之禮，才能端正優雅，只有這樣的女子才能嫁入貴族人家，享有富貴。

和她一樣受著這樣苦刑的還有堂哥楊鑒，但他似乎並不認爲這是一樁苦差事，對看書和做功課甘之如飴。有時，楊玉環問堂哥，書上有什麼這樣吸引著你，那樣專心地看個不夠。他說，我與你不同，我是要應考的，是要中進士的，只有中了進士才能做官，也才能過上富貴的日子。楊玉環搖搖頭，表示對堂哥的志向不理解，不過她有時讓堂哥幫她完成功課，省了她許多煩心事。楊玉環喜歡的是起舞弄琴，喜歡抱著音律方面的書看。有時來了興致她還會自娛自樂一番。

那是通常叔叔不在家的時候，她的嬸娘和堂哥就是她最好的觀眾。楊玉環叔叔的家有幾件常年閒置的樂器，那是嬸娘出嫁的時候帶過來的，嬸娘從小在家的時候喜歡擺弄樂器打發時光。後來手漸漸生疏了，也就不再玩了。現在她看玉環喜歡擺弄這些，就在旁邊給她點撥點撥。沒想到玉環的悟性還真高，稍稍點撥她就上路了，而且她是那樣癡迷，恨不能夠天天都能把樂器抱在手裏不放。她的叔叔見她如此喜歡樂器，後來也就對她睜隻眼閉隻眼，一切隨她去了。

她還常常趁叔叔不在家的時候，喜歡跑到街頭看藝人的演出，而且常常看得如癡如醉的，這些民間的藝術就像營養給了楊玉環許多藝術上最好的補充。而這些不曾想到的是爲她後來對歌舞音律的精通和修養都打下了良好的基礎，更讓她自己和她的家人想不到的是這些竟然成了她和玄宗皇帝情感的媒介，甚至成了她和玄宗皇帝宮廷生活十分重要的一個組成部分。如果玄宗皇帝不是作爲一個帝王而是作爲一個音樂家做他自己想做的事情，那麼他在中國音樂史上的建樹一定是了不起的，也許他會爲我們留下許多留芳百世的舞曲和音樂的。

有一天，楊玉環逛到與她家只相隔一條街的一所大宅前，聽到裏面傳出一陣陣悠揚的音樂聲，她趴在門縫上朝裏一望，看到宅子裏有一大片空場，許多和她年齡差不多大的女孩子在練習舞蹈。她不覺推開門走了進去，站在邊上入神地欣賞起來。她發現那些女孩子在一位中年婦女的口令下做著整齊劃一的動作，或進或退，或放或收。這時，那位中年婦女也看到了她，問她是誰家的孩子。她告訴了她，隨之她問中年婦女，她可不可以也跟著練習。中年婦女說只要你父親同意，你就來吧。

楊玉環看到的是一處歌舞教坊，那位中年婦女早年是一位舞伎，年齡大了，所接的應酬少了，她才退下來開了這處歌舞教坊，專門教一些平民百姓家的女孩子練習歌舞，以便她們長大後，能靠此掙飯吃。有錢人家的小姐很少有人來學這個，但楊玉環對舞蹈的愛好是出自內心，也就不管環境是否與身分相宜，冒昧提了出來。

中年婦女一來瞧她長得討人喜歡，二來也是看她是官家小姐，認爲她不過偶爾來玩玩罷了，也就答應了。哪知她學舞的熱情超出常人，竟然天天都來，來了就專心投入地練習，有些動作還反覆地練習多遍，直到汗透衣衫。

中年婦女姓吳，大家都叫她吳大娘，楊玉環也隨大家這樣叫她。吳大娘發現楊玉環是天生的舞蹈胚子，她不僅是悟性好，而且身肢柔軟，舞蹈起來就像周身無骨似的那般靈活，她的每一個關節都是那樣的柔韌，跳起舞來似風如雨般的輕盈，讓人有一種看不見逮不著的感覺，那真是有說不出的曼妙和風韻。要不是因爲她出生在那樣的有地位有名望的家庭裏，吳大娘真想把她收養來作爲自己的養女，將來她會在她的調教下，出落成一個了不得的尤物，會成爲紅遍洛陽的舞伎。

光陰荏苒，不知不覺中，楊玉環來洛陽已經五年了。五年中，楊玉環身上發生了很大的變化。首先她長成了一個亭亭玉立的大姑娘，美貌驚人，由於常年喜愛舞蹈，渾身散發出一股健康清新之美。吳大娘的歌舞教坊，楊玉環還是常去，現在，吳大娘也從心裏更加喜歡她了。憑著多年的經驗，吳大娘看到，在她教的這群徒弟中，沒有一人比得上楊玉環，不論是相貌還是舞姿，楊玉環都是出類拔萃的，她對音樂和舞蹈的領悟超出常人百倍，對舞蹈那種出自內心的喜好更是別人望塵莫及。

也許正因爲她是出於內心的狂熱，而不是生活所需，她才舞得比別人美妙和灑脫吧。對於楊玉環美妙的舞姿，吳大娘在羨慕之餘又有點惋惜，她知道對於她這種官家小姐，最後總是要嫁給一個官宦之家的，那時，她的舞姿再美又會有幾人領略呢，要是她出生貧寒人家，她倒可以入梨園，那樣的話，就會有更多的人欣賞到她出神入化的妙姿，而她的名聲就會隨著楊玉環再次的響亮起來。每當想到這裏，吳大娘都會深深地歎口氣。她知道楊玉環的命運上天早已爲她安排好了。

在楊玉環十五歲那年的春天，洛陽城舉行了一次舞蹈大會。說是大會，不過是各個教坊間技藝的比較，各教坊中盡派精英參加，爲的是在大會中替自己爭臉揚名。每個參賽的人也都很重視這樣的出場，意欲在大賽上有不俗的表演，引起別人的注意，好被貴族豪宅或好的梨園選去，不枉多年習練之苦。

楊玉環的身分是不適宜參加這種大賽的，但她渴望著能到這種場合去一展舞姿。吳大娘一味慫恿她去，她知道楊玉環一定會爲她的教坊爭得頭彩，楊玉環心中卻有顧慮，叔父知道她在這樣不雅的場合拋頭露面，一定會重重責罰她的。最後，她經不住吳大娘的一再勸說，決定參加舞蹈大賽。

跳什麼舞參加大賽讓楊玉環煞費苦心，可以說楊玉環對各式各樣的舞蹈都諳熟於胸，不論是意韻悠揚的慢舞，還是輕快靈活的勁舞，她無一不精通。但她想到，這些舞都沒有什麼出奇制勝的地方，她會，別人也會，起不到特別引人的奇效。她要跳一種既有難度又從未爲大家所見的新舞，達到出奇制勝的效果。最後她選擇了胡旋舞。

胡旋舞，是由少數民族傳至中原的一種舞蹈，顧名思義，它是由身體快速旋轉來完成的，在音樂聲中，合著音樂的節拍，一邊不停地旋轉一邊還要擺出各種優雅的舞姿，這不僅需要體力，更顯示了舞蹈的基本功和靈活的身段。試想，一個人在快速旋轉中既要保持頭腦的清醒，又要保持身體的平衡，這是很難的，因此，胡旋舞雖然傳入中原已經有了些時日，一般人是不敢問津的。

吳大娘聽說楊玉環要以胡旋舞去參加比賽，心頭不免爲她捏一把汗，因爲她知道，胡旋舞不比別的舞，表演中有了小失誤可以掩蓋過去，胡旋舞的一切動作都是在快速連貫中完成的，難度高就不說了，如果出現了一點失誤，就會滿盤皆輸，無從挽回。她勸楊玉環是不是可以換別的舞參賽，但楊玉環只願跳胡旋舞。

臨近大賽前一個月時間裏，楊玉環刻苦勤奮地練習著胡旋舞，常常累得汗透衣衫，雲鬢散亂，但她樂此不疲。終於到了比賽這天，正巧叔父這天不在家，這是她先前最最擔心的。

比賽是在一處比較大的教坊內舉行的，雖然只有歌舞行的人知道，不過來的人還真不少，這除了遍佈整個東都的各個教坊外，還有各家梨園以及豪門管家，他們是想從這次大會中物色出色人才或揚本園名聲，或選進貴門以宴王公的。各坊的人環坐四周，各有一小塊地盤以供圍觀和休憩。

比賽開始了，各教坊參賽人員依次入場表演，其中不乏容貌嬌美、身姿婀娜之人，她們或輕舞飛揚，或群舞群蹈，也博得熱烈的掌聲，但給人的感覺沒有新意，不免讓人有著匠氣之感。等楊玉環出場了，只見她脫去外面的長衫，露出穿在裏面的一襲緊身短衣，這正是跳胡旋舞所應穿的胡服。這身衣服是她專門找人裁剪縫製的，只等著這一天了。

楊玉環一亮相，就博得了滿堂喝彩，大家看到的是別出心裁的組合，一個美豔超塵的少女卻裹在透著野性與粗獷的胡服裏，豐腴的身體似乎更散發出青春逼人的活力，讓人疑爲空谷幽蘭。圍觀的人爲之屏氣靜聲，目光集中在一點。隨著一聲鏗鏘樂聲的響起，似乎在平靜的湖面投入一枚石子，楊玉環輕舒手臂，就像受到水波觸動的一朵含苞欲放的荷花，她被觸動，她被驚醒，她好奇地小心翼翼舒展開粉紅色的花瓣，她發現了外面春光明媚的時節。音樂的節奏在加快，猶如歡樂的召喚與時光的催逼，於是她不再猶豫不再徘徊，全身心地放縱著自己歡樂的本性。

此時，人們只見楊玉環雙袖飄舉，身如旋陀，隨著樂拍左旋右轉，初若雪花飛揚，漸如狂風漫捲，忽而驪珠追飛星，忽而虹暈掣流電，忽而潛鯨噴海波。只看得大家眼花繚亂，如癡如醉。音樂的節拍愈來愈快，猶如繁星密雨沒有一點空隙，讓人心跳加劇呼吸不暢。大家忘了鼓掌忘了喝彩，眼珠子錯不開半分，臉上的表情似乎凝固了，在楊玉環快速美妙的舞姿裏，他們有著想衝進場中和她一起舞的衝動。隨著音樂的愈來愈快，他們已經分不清楊玉環的舞姿了，看到的只是一片彩雲在飄，這片彩雲在樂曲的吹奏下扶搖而上，變幻著晨光晚霞般的絢麗，隨著一聲響徹雲霄的鼓聲，樂曲戛然而止，這朵雲彩也遂然墜地，幻化爲一個絕世的美女。

大家瞧得目瞪口呆，很久才從迷醉中醒來，掌聲如雷聲般地響起來的時候，楊玉環已經早早離場。在這之後，別的舞女都成了虛設的景致。彷彿一日間，楊玉環爲整個洛陽所知，大家都知道楊玄敫家出了一位善舞的美麗女兒，她的胡旋舞能讓人看得氣喘心跳，如風似電，又似霧如花。

也許洛陽城傳講楊玉環的人真的太多了，她去參加舞蹈大會並奪魁的事還是被叔父知道了。叔父把她叫到跟前，嚴厲地訓斥了一通，痛斥她這種行爲簡直有辱門風，說他們楊家世代禮儀之家、名門之後，怎能去參加這種自降身分的比賽，難道長大想當戲子伶人不成。從此以後，楊玄敫加強了對楊玉環的看管，讓她在家習練貴族之禮，並把這個看管的任務交給了楊鑒。楊鑒雖然對這個頑皮的堂妹十分喜愛，但迫於父命，也不敢太過縱容。楊玉環外出的時間少了。就是這樣，也阻擋不了她熱愛舞蹈的天性，她因時制宜，自己編排了一套適合在臥室練習的動作，每天勤練不懈。

轉眼間，乙亥年的新年到了，過了年，楊玉環就十六歲了，已是待嫁的年齡，她像以往過每一個新年一樣，心中充滿了歡樂，慶幸自己又增添了一歲，對未知的命運暗暗充滿了少女的期待。但她不知道，這已是她不多的少女時代的新年了，等過了這一年，她的命運就會發生天翻地覆的變化。

第二章　皇子驚豔

楊玉環長大了，她能歌善舞，貌美如花，傾倒整個長安城。想一睹芳容的，想說媒的踏破門檻，絡繹不絕……皇帝的十八子壽王凝視著風姿綽約、顧盼流媚的玉環，心如撞鹿，不能自持。他不敢想長安竟藏著如此尤物，縱是父皇的三千粉黛也不及玉環的一分……貧寒的楊玉環就這樣邁進了皇家大門，投入了壽王的懷抱……

大唐開元二十二年正月二十六日，新年剛過，鞭炮的硝煙還沒散盡，貼在門上的對聯墨蹟猶香，玄宗皇帝從長安來到了洛陽。這次和前幾次一樣，都是因爲長安糧食歉收，穀價大幅度上升，倉儲銳減，民食吃緊，爲了緩解糧食供應的緊張，玄宗皇帝親自率領文武百官、宮妃、皇子、公主等來到洛陽，而這次和上次來的時間僅隔了四年。

早在幾天前，楊玉環就知道了這個消息，除了街里鄰里之間的傳聞，作爲主管車仗調度的父親更是忙得連吃飯的功夫也沒有，許多人都在相約，那天要到洛水邊去看熱鬧。

那天很冷，池塘上都結了冰，呵出的熱氣如濃濃的霧籠罩著面容，楊玉環和堂哥楊鑒一起去看皇家的車仗。堂哥本想不來，是被楊玉環硬拖來的。這個堂哥，因爲整天讀書，楊玉環覺得他已經有點迂了。她真佩服他這麼冷的天還能坐得下來。

楊玉環和堂哥來到洛水邊，兩岸已經站滿了人，大家呵著氣跺著腳，引首翹盼爲的是一睹皇家豪華與威嚴的陣容。她還看到歡迎的官員排著老長的隊伍守候著。中央高級官員和東都的留守官員排在前面，地方的中下級官員則排在黃道橋堍的洛水邊。水邊的風更冷，那些身著吉服的官員，身體在打顫。楊玉環想：自己的叔父是不是也在其中呢，那樣，他會吃不消的。其實作爲主管車仗調度的楊玄敫沒有排入歡迎的隊伍中，他爲了周全地安排車仗，在天津橋與黃河之間跑來跑去，不僅不覺得冷，還全身忙得流汗呢。

皇家車騎終於在洛陽百姓的等待中來到了。前後綿延有百里，文武百官、皇族中主要人員、侍從加上護衛的兵士總共有兩萬多人，雖然他們在過潼關時遇到過一場雪，但現在看來，依然儀容鮮明，車輦嚴整，旌旗翻飛。楊玉環看到一輛接一輛裝飾華麗的車架從眼前駛過，上面飄掛的耀眼流蘇順風擺動，猶如一艘在風中行駛的彩船。所有的車架都放下了掛簾，看不到裏面坐著的人，大家指點著其上的奢華彩繡，並各自猜想著哪輛是皇帝所乘坐的，豔羨稱慕之聲在風中飛揚。

皇家車隊很快由端門進入皇城，含元殿有朝儀，百官魚貫而入，郊迎大典告一個段落。楊玉環卻不想早早回去，她像脫籠的鳥一樣，好容易找到這個出來的藉口，想多玩一會兒。洛陽百姓也確實是把這次郊迎大典當作了一次娛樂的藉口，許多雜耍班子和梨園唱班就地開了場子。反正是正月裏，一切農事都停止了，百姓也難得有個遊玩的機會。

楊玉環拉著堂哥的手在人群裏鑽進鑽出，一會兒看別人測字相命，一會又去聽兩句戲文，渾身都有著活力。楊鑒也喜歡在這種場合多待一會兒，但他又擔心父親發現，那樣他受到的責罵一定會比堂妹多。最後，在楊鑒的勸說下，楊玉環嘟著嘴回去了。

回到家裏，楊玉環到自己房間練舞去了，楊鑒也鑽到書房中去讀永遠也讀不完的聖賢書。看著哥哥有些灰暗的背影，楊玉環替哥哥難受，覺得作爲一個書生真是不容易，要想著科舉，想著功名，如果考不取，一輩子都要與昏暗的油燈爲伴，皓首窮經，總想著金榜題名的那一天，除了死讀書外，什麼事也做不成。當然，她希望哥哥能榜上有名，早中進士。

洛陽曾經在女皇武則天時代長期是政治中心，因此皇城、宮城和民居空間都很大，後來睿宗與玄宗執政後，雖以長安爲政治中心，但爲了糧食問題時時東來，洛陽並沒失去它在政治上的地位，只是繁華稍微不如以前。這次皇帝再來洛陽後，百官的家族得知皇帝會在東都住上一段較長的時間，所以也陸續地來了，再加四面八方的使臣和商人，洛陽的人口到三月間，已添增了五萬以上，一時間彷彿又成了全國政治、文化、經濟的中心。

洛陽城大，人口增加，並不見得擁擠。再者，皇帝趕到正月裏來，主因是長安區域去年大歉收，糧食缺乏，到洛陽就是爲了解決糧食的問題。洛陽，儲積饒富，人口雖增，食物供應仍然有餘；何況，洛陽的交通方便，皇帝一來，東南的貨物便迅速大量運到，一般物價，洛陽比長安低，長安貴人有錢，用起來也慷慨得很。洛陽一下就繁華起來了。

也由於皇家到來，河南省的地方官比平時忙得多了，楊玄敫時常因公而留宿衙門不回家；楊鑒因爲計畫著明年應考進士，爲自己的事而忙著，嬸母向來是寵著楊玉環的，把這位侄女當作親閨女一樣的疼愛著，沒有不滿足她的，這樣一來，因爲沒有管束，楊玉環常常以一些藉口外出遊玩了。

現在她玩的地方可多了，因爲從長安遷來的官員家族中有楊家的親戚，她的遊伴陡然多了起來，她們都是見過大世面的，總是帶著她去玩一些很新奇的東西。那些人也喜歡帶著楊玉環玩，因爲她乖巧討人喜歡的性格，加上她的美麗與大方，走到哪裏都吸引衆人目光。其中有一種玩樂是她們常玩不疲的，那就是到洛水中乘著彩船漂遊。

洛水把洛陽一分爲二，水北岸和漕渠以西是皇城、宮城、皇家的苑囿，水南岸是民居，還有南北行的漕渠以東的洛水北岸，也是民居。洛水支流多，貴族之家，家家有船。貴族子弟也常常泛舟洛水上，他們遇到有少女乘坐的彩船，往往會停靠上去搭話，想和她們結伴而遊。每當遇到這樣的時候，楊玉環的女伴們似乎特別高興，個個爭著展示自己嬌豔的面容，想把那些年輕男子的目光吸引到自己身上來。

有一天，楊玉環和她的新朋友們興致特別好，她們又相約去洛水上泛舟。那一天，春光明媚，氣候宜人，洛水河邊垂著依依楊柳，楊玉環和朋友們環坐於船頭，有的唱歌，有的在跳著自娛自樂的舞蹈，洛水無聲地推著五顏六色的彩船順流而下。馬上有載著青年男子的船靠上來與她們搭話，立刻有人用歌聲來應和。

春天的陽光照在臉上，青春年少的男女們一起嬉戲逗笑，與兩岸的美景相得益彰。不一會兒，在相隨的船旁靠上來一隻船身敞大的船，船上的人衣裳鮮明，舉止惡俗，他們一面舉杯飲酒一面用不堪入耳的言語輕薄地挑逗她們。別的船上的年輕人一看這種情景，知道那條船上坐著的是些惹不起的貴族惡少，紛紛避讓開去。那幫惡少見沒有人來阻撓，越發猖狂肆無忌憚起來，仗著船大，還撞起她們來。楊玉環與衆姐妹們又驚又怕，尖叫聲不斷。

最後，她們在一處城郊棄舟上岸，希望擺脫開這群流氓的糾纏。但那夥人並不甘休，也捨棄船隻追上岸來，言行更加放肆，有的人竟上來牽扯她們的衣袖。周圍踏青遊玩的人看到這種場面，一個個早躲得遠遠的，顯然對這群惡少早有了解，並懼怕得不敢上前幫她們解圍。她們如一隻隻受驚的小鹿，不敢搭話不敢停留，只一味地向前跑去。她們都後悔今天的出遊了。

正在她們驚慌不知所措時，一位青年公子突然救了她們的駕。只見那位公子身穿華麗的綢子外衫，腰纏玉帶，面如敷粉，皓牙如貝，他端坐在一匹高頭大馬上，用馬鞭指著那群惡少厲言痛斥道：「青天白日，朗朗乾坤，爾等屑小，竟敢胡作非爲，不怕廷律王法嗎？」

這幫惡徒仗著家族背景，一向欺橫野蠻慣了，今日見一個白面公子來橫加干涉，不免氣恨之極，但他們看到白面公子氣派不凡，後面又跟著眾多的僕從，知道也是一位頗有來頭的人物，不敢太多放肆，遂語氣蠻橫地說：「這不干你的事，你少管。」

白面公子說：「天子腳下，怎容你等目無王法，我不管誰管。來人，把這些狂妄之徒給我驅散了。」

隨著他話聲剛落，跟在後面的僕人立即撲向前來，捋袖揎拳地動起手來，不一刻就把那幫惡少打翻在地。那些惡少也帶有一幫僕人，但不知怎麼的，他們見了公子的氣派，全沒了平日的囂張氣焰，架起被打翻的主子落荒而逃。

目睹此過程的楊玉環和她的女伴們，對這位素昧平生出來打抱不平的公子感謝之極，深深爲他的氣度和膽識所折服，她們剛想上前去表達一下謝意，白面公子已經帶著僕人遠去了。

回來的路上，楊玉環的女伴們都在談論著這位白面公子，不知他是什麼人，但有一點她們是可以肯定的，這位英俊的公子一定出身王公貴族，這從他的打扮與氣度上一眼就可以看出來，更讓她們敬佩的是，他還有一顆正直的心，面對邪惡會挺身而出，不畏權勢，不畏強暴。

晚上，回到家的眾少女們都做了一個與那位白面公子有關的夢，楊玉環的夢是這樣的，她夢到白面英俊的公子和她坐在一匹馬上，就是白天看到的那匹高大的駿馬，一起向前飛奔。她陶醉地閉上雙眼，依靠在公子的懷裏，耳中聽到的是呼呼的風聲。等馬停下來時，她發現他們已經在一座高山上了，她睜開眼，面前是燦爛的陽光，身後是公子的一雙深情的眼睛。

百官隨皇帝的東遷，來楊玄敫家做客的客人也愈來愈多，愈來愈尊貴起來，他們大多是楊玄敫在京都爲官時認識的同僚，其中最爲尊貴的一位是身爲監察御史的楊慎名。在長安時，楊玄敫沒外調前，楊慎名就以他九十歲老父太府卿楊崇禮退休之故，以蔭賜特擢爲監察御史，二人多有相見，也談得投機。談得投機還有一個原因，就是大家都姓楊，又都自稱是後漢太尉楊震之後，論世系，楊玄敫是十七世，楊慎名則低至十九世，但他們在聯族時卻撇開了本就糾纏不清的世系，只以族兄弟相稱。

楊慎名的家眷也自長安遷到了洛陽，安頓下來後，基於兩家的關係，拜訪了楊玄敫家，隨後，兩家走動就頻繁起來，待兩家熟悉後，楊慎名夫婦當著楊玄敫夫婦的面稱讚了他們的女兒楊玉環的美麗，並順帶誇獎了她的儀容氣質，說她有一種令人一見難忘的神韻。作爲長輩能說出這樣的話，可見十六歲時楊玉環的出眾儀態了。

楊玄敫對女兒楊玉環出眾的姿色並不是太重視，他知道女兒長得是漂亮的，是同齡人望塵莫及的，但他作爲一個讀書人，總覺得一個女子長得太美麗似乎不是什麼好兆頭，因此，每當別人誇獎女兒漂亮時，他還要暗暗貶損幾句，更不輕易讓她拋頭露面，以免招惹是非。他也並不指望女兒靠著美色嫁入到一個權貴之家，他的想法和玉環死去的父親一樣，只希望她能過太平的日子就好。

楊慎名的妻子，在見過楊玉環一面後，就邀請她到本宅參加內室宴會。現在，楊慎名的三兄弟都來到了洛陽，次兄慎矜官監察御史兼太府出納，長兄慎余，先官吏部郎中，到洛陽不久，又兼宮內官，爲太府少監。三兄弟雖然是亡國皇孫，卻聲勢顯赫，交遊不僅止於朝臣，兼及宮廷和皇族，那是因爲他們三兄弟都有宮廷職務。楊慎名兼管的糧倉含嘉倉，專爲供應宮廷和禁軍的。

倉庫自成一個大城，西牆和宮城的東牆相接，又有一部分牆垣和東宮城相接，含嘉倉城的北面是德猷門，門外是宮苑禁區，東面出含嘉門，有一條大路通永福門，大路的兩邊，都是衙署、大理寺、少府監、軍器監、尙書省等。楊氏兄弟，以出入宮中府中之故，經常賓客盈門，而三兄弟中最幼的楊愼名夫婦倆都喜歡交友，他家的宴會也特別多。楊玉環剛一在楊愼名的家宴上露面，就以美色引起了轟動，受到許多貴婦們的讚賞。楊玉環還不知道，她的美豔彷彿一夜間又在貴族間傳開了。

楊玉環的美麗這次在上層貴族間的傳開，與去年只在歌舞行的傳播有著本質的不同，歌舞行說起來到底還是不入流的娛樂行當，爲官吏們所輕視，這次就不同了，被貴婦們所肯定並盛傳，這爲楊玉環的命運改變帶來了契機，爲她邁入真正的貴族圈子起到了推波助瀾的作用。事實也正是如此，貴婦們欣賞著楊玉環的嬌美，連帶著忽視了她並不高貴的出身，提起她來，大家只說她是隋末大名鼎鼎的楊汪五世孫女，從不談她那現任河南府士曹的父親楊玄敫。楊玄敫怎麼也沒有想到，他靠出眾的才學和勤勉的政務沒有傳揚的名聲，他的女兒靠著美色竟然替他傳播了。

時間過得真快，皇帝來洛陽已經一年了，在這一年裏，東都整個就像變了個樣，處處透著繁華，一片歌舞昇平的景象。開元二十三年正月，爲了標榜天下的升平，玄宗皇帝要與民同樂，除了大赦天下外，還在東都城內大宴三日，舉辦盛大燈節，取消宵禁三天，讓百姓隨意遊玩，想玩到什麼時候就玩到什麼時候，不必受時間的約束。

消息傳出，滿城雀躍，百姓們期盼著這天的早點到來，好盡情遊玩。這個消息對於愛熱鬧的楊玉環來說，歡喜自不必說，還沒到這一天，她就早已約好遊伴了。已經到了及笄之年的楊玉環，一年來也許是經常出入貴族世家的緣故，見多識廣，眼界開闊了，除了本身屬於少女的青春美外，在氣質上也顯出雍容典雅的神韻來，神采迷人，凡是被她相約的人都表示出由衷的歡喜，因爲能與這樣一個大美人在一起，一定會吸引許多青年男子的目光。

到了這一天，楊玉環早早吃完飯就出門了。父親昨晚就沒有回來，他愈是碰到這樣熱鬧的節日就會愈忙，哥哥楊鑒恰恰與妹妹相反，不僅不愛熱鬧，似乎對喧鬧隱隱還有著恐懼，當然他不會說出口，他以快要會考爲由留在家裏繼續看書。楊玉環管不了那麼多，她早早來到街上，愈往前走，人就愈多，人們從家中走出，走出胡同，匯集到大街上，再摩肩接踵地向鬧市區湧去。

這天，好像全洛陽的人都走出了家門，都在朝著一個地方湧去，那就是五鳳樓。皇帝要在五鳳樓設宴，與萬民同慶同歡。大家都想一睹皇帝的龍顏。一路逛來，楊玉環不時地看到遊玩的人中有老有小，有的一看就是全家出動。愈往前，人愈擁擠，慢慢地走不動了，等到了鬧市區，只有跟著前邊的人亦步亦趨，一點一點地向前挪。鬧市區的街兩旁擺開了許多鋪著紅地毯的舞臺，皇家梨園弟子與民間藝人粉墨登場，各展才藝。

楊玉環和同伴們逐一欣賞，久久留戀不去。除了歌舞外，楊玉環特別喜歡的還有驚險的雜技表演。那些身懷絕技的江湖藝人似乎也受到了熱情觀眾的感染，一個個各呈絕技，驚險節目一個賽似一個。

有一個身材苗條的小姑娘的表演特別受到大家的稱道，她表演的道具只是二根繩子，一根橫，一根豎，她除了像一般藝人在橫繩子上行走外，還能在上面輕盈地跳躍，甚至擺出許多又美妙又讓人擔心的舞蹈造型，最後她順著豎繩子攀緣而上，不時地擺出讓人咋舌的高難動作，如繃直身子橫著垂掛於繩上，看去就如一隻蜻蜓小憩於荷梗，等她終於攀到繩端，突然一鬆手，身子彷彿脫離繩子旋轉著從高空墜下，圍觀的人驚嚇得叫出聲來，就在小姑娘快接近地面還有半尺時，臉孔幾乎就要觸著地了，她身子忽然頓住，原來她根本就沒放開繩子，只是抓著繩頭從高空落下來了。

就是這樣，還是把楊玉環嚇得夠嗆，她拍拍自己的胸口，深深喘了口氣，她還從沒看過這樣大膽又靈巧的雜耍人呢。

雖然雜耍表演刺激又驚險，歌舞的演出也精彩紛呈，但楊玉環還是和同伴們離開向五鳳樓湧去，她們更想看到大唐天子的龍顏。這是她們的心願，也是所有老百姓的心願。等她們好不容易擠到五鳳樓前時，這裏已是人山人海了，擠在前面的人不願離去，後面的人還在源源不斷地擠來。爲了維持秩序，五鳳樓前站著皇家的穿著金甲的衛士們，他們手裏拿著代表著皇家的白色梃杖，驅趕著人群，因爲是皇帝即將幸臨之地，以免驚嚇了龍駕。

隨著金甲衛士無理的呵斥與揮杖痛擊，更增加了人群的混亂。楊玉環夾在人群中，像水草一樣被夾裹搖晃著，同伴早已不見了蹤影，地上到處是擠掉的鞋子。就是這樣，楊玉環還是努力擡起頭來，向五鳳樓上看去，希望不致錯過看到皇帝的機會。那時的楊玉環做夢也不會想到自己有一天會成爲皇帝身邊的女人。

五鳳樓上，四周都懸掛著白色的紗幔，那是一種輕柔半透明的紗幔，裏面的人可以透過它看到外面，外面的人卻不能透過它看到裏面。在紗幔與圍欄間的走廊上排列著奏樂的樂工，但人群的嘈雜讓楊玉環一點也聽不到他們的奏樂。楊玉環想，皇帝一定就坐在那輕柔的紗幔裏面看著她們呢，可惜她們卻看不到他。

就在楊玉環爲看不到皇帝而心中懊悔時，忽然一陣風起，吹起了張掛著的那層紗，紗幔高高飄起，這下，不僅楊玉環看到了，五鳳樓下所有的人都看到了紗裏面的場景，皇帝正在大宴群臣。楊玉環透過朦朧的紗簾，看到有一人高坐在上位，由於相隔太遠，面容看不真切，也許他就是皇帝吧。人群連忙跪拜在地，高呼萬歲，楊玉環也跪拜下去。秩序更亂了。

就在混亂不可收拾時，一輛馬車分開人群急驅而來，到了五鳳樓前，車上下來一位身著官服的人，他臉色肅穆，不苟言笑，拿過隨從手中遞過的一隻盂缽，從裏面倒出一些白粉在人群前劃出一條白線，高聲說：「逾此線者，格殺勿論！」人群隨即靜立在白線旁，一動也不敢動了。

人們認出了這位官員，河南丞嚴安之。嚴安之是一位素來為大家所敬重的官員，他秉公斷案，不畏強權，常常能為百姓說理作主，治法甚嚴，說一不二。嚴安之畫過一條線後，喧鬧的人群立即平靜了下來，剛才還被梃杖打之不退的人群遠遠地站在了白線之外。後來楊玉環還待了很久，但風再沒吹起紗幔，皇帝的龍顏也就再沒見到。

春天裏，楊玉環的哥哥楊鑒參加了進士會考，他多年刻苦的攻讀總算沒有白費，到放榜的那天，他考中了進士。父親臉上露出笑容，楊玉環也真心為哥哥高興，她想，一個人的心願終於得到實現，那是多麼幸福的事啊。

哥哥的心願實現了，我的心願是什麼呢？隨即她又這樣為自己辯解：「我一個女孩子，為什麼要有心願呢？」楊鑒在才高興幾天後，又愁眉緊鎖了，楊玉環不解地詢問他還有什麼事不高興，哥哥說，中了進士，皇帝就會派官，他希望不要被派到外地去，那樣要回來就難了，他想在京都長安做官，哪怕官小一點也沒關係，他讀書不就是為這個嗎？楊玉環想，做男人真累，不中進士不好，中了進士憂愁更多。她寬慰哥哥說：「在洛陽做官一樣的，皇帝現在不就在洛陽嗎？」

「不一樣的，皇帝終究是要回長安的。」哥哥說。

楊玉環對哥哥的煩惱的心事再不願多想了，她想，虧了自己不是男人。現在，她只想玩樂。隨著愈來愈多貴族人家的邀請，楊玄璬對女兒的管教也愈來愈鬆了，他心中常常充滿著矛盾。一面受到儒家思想的教育，要他忽略女兒的美色，一面又有著一個父親的私心，希望女兒能嫁到一個貴族人家去，他知道，玉環要想嫁作貴婦，所能憑藉的只有她的美色了。因此，他既不鼓勵楊玉環的交際，又不約束她的交往。

有一天，楊慎名的夫人又喊楊玉環去她家參加家宴，中途，突然有人來報，中宗皇帝的長寧公主拜訪。楊玉環聽後忙起身要迴避，她早已聽人說過，長寧公主是皇族中著名的公主之一，先嫁楊慎交，楊慎交死後，她已經步入中年，又嫁給了蘇彥伯。她這次來，是爲著和前夫所生的兒子楊洄的婚事，楊洄將迎娶皇帝最寵愛的咸宜公主，有許多事要和少府的官員聯絡。

楊慎名的夫人一把拉住楊玉環的手，讓她不需迴避，並告訴她，長寧公主是一位性情特別柔順的公主，不必拘禮。就這樣，楊玉環在意外的場合下，與皇帝的堂妹相見了。在長寧公主進來時，她拜見了長寧公主，果然如楊慎名夫人所說，長寧公主性情和婉，面容慈祥，沒有一點傲慢的架子，讓人一望就心生好感。

長寧公主對楊玉環也是一見就喜歡上了她，並當面誇讚了她的美貌，還極有興趣地問了她的世系，並說她的兒子，也就是即將做駙馬的楊洄的先祖也是弘農人，這樣說來，她們之間也是有親戚關係的。最後，長寧公主從頭上取下一支釵來作爲見面禮送給了楊玉環。這是楊玉環第一次與皇族中人打交道，給她留下了良好的印象。

開元二十三年七月間，大唐皇帝的女兒咸宜公主出嫁，在洛陽舉行了場面極爲盛大的婚禮。咸宜公主是皇帝極爲寵愛的女兒，這與她母親是武惠妃是分不開的。皇帝後宮佳麗雖多，但最有權力和最被皇帝寵幸的此時只有武惠妃一人。

武惠妃是武則天女皇的侄子的女兒，從進宮後就一直被皇帝寵幸，後來皇帝廢除王皇后，曾有把她扶爲皇后的打算，因朝中大臣反對過甚才罷，但也沒有再立旁人爲后，同時武惠妃的俸祿與地位已與皇后相同，少的只是名份罷了，她實際上已是皇后之尊。這次是武惠妃第一個子女辦婚事，自然想體面一些。皇帝除了滿口答應外，還破例增加咸宜公主封戶數額，由五百戶增爲千戶，這是違反皇帝先前自己定下的制度的。

大唐初年，公主王孫的封戶都在千戶以上，給國家的管理與稅收造成很大的困難，唐太宗時，革除濫封的弊端，對皇子皇孫的封戶進行了削減，定下的制度中規定公主封戶爲三百戶。高宗時，寵幸武后則天，恩惠施及子女，封戶開始逾制。到了武則天女皇執政時，封戶更加擴大，如太平公主的封戶就增至一千二百戶；中宗臨朝，太平公主的封戶已經增至五千戶，可以說前無先例。

玄宗皇帝即位，鑒於武皇以來食封制度的弊病，親自制定了開元新制，其中規定長公主（皇妹）封戶爲一千戶，公主（皇女）只五百戶。當時，有人認爲食封太微薄，玄宗嚴正地指出：「百姓租賦非我有，士出萬死，賞不過束帛，女何功而享多戶邪？使知儉嗇，不亦可乎？」那時才當上皇帝的玄宗因爲年輕，頗有革新之精神，對治理國家抱著熱情與信心，大唐王朝在他精心治理下，也確實呈現出前所未有的昌盛與繁榮，出現了被後人稱爲「開元之治」的盛況，此時國力鼎盛，威名震於四海。

然而，隨著太平盛世的日久，玄宗皇帝陶醉在四方一片「萬歲」聲中，由早年的勵精圖治慢慢變爲粉飾太平，以爲自己是一位在歷史上很有作爲的皇帝，功可直追太宗，眼中所願看到的是盛世圖景，耳中所願聽到的是頌世之音。由此，他踐踏了早年自己制定的封戶制度，破例增加咸宜公主的食封達一千戶，有此先例，不能厚此薄彼，別的公主王孫皆有增封，即使公主不出嫁，也有增封爲一千戶的。歷史繞了一個大圈又回到了原地。

皇帝最鍾愛的公主要出嫁的消息，在洛陽盛傳開來，許多高官望族收到了婚禮的請柬，作爲地方小官的楊玄敫居然也收到了楊洄的請柬，這多少讓他既欣喜又莫名。請柬是專人送到公署的，在整個衙門裏只有楊玄敫一人收到了大紅請柬。他的同僚們把請柬拿在手裏翻看，臉上露出既羨慕又嫉妒的神情。

楊玄敫臉上雖一派平靜，心裏也在暗自詫異，作爲一個默默無名的地方小吏，與皇家又從無來往，怎麼會受到邀請的呢？要知道，這可是皇帝的女兒出嫁啊。爲此，他走訪了楊慎名，並婉轉地提出了自己心中的疑惑。楊慎名說，這有什麼可奇怪的呢，楊洄世系也出自弘農，只是不同房支而已，後人雖沒交誼，但先祖終是一脈。楊玄敫只能信服這個理由。其實楊慎名知道，真正的理由並不是這個，真正的理由是長寧公主邀請了楊玉環作咸宜公主的伴娘，哪有喊別人的女兒來作嬪從又不邀請她的父親的道理呢。於是，楊玄敫才收到了那張大紅請柬。

回到家的楊玄敫在得知女兒被邀請去作咸宜公主的伴娘後，似乎隱隱明白了一點什麼，但他還能說什麼呢。不管怎麼講，這對他來說，到底是一件很有面子的事。

收到請柬的楊玉環沒有表現得如父親那樣高興，相反，她暗自擔憂，怕自己那天在那樣盛大的場面中會舉止不當，讓人嘲笑，爲此，她焦躁不安，茶飯不寧。此時，她暗自埋怨自己以前沒好好學習那些繁瑣的禮儀，那樣的話，她當知道如何進退了。她跑到楊慎名的夫人處，向她諮詢那天應如何表現。楊慎名夫人寬慰她說，到了那天，會有專門的人來指示她們，讓她不必擔心，儘管放鬆好了。

到了那天，楊玉環很早乘車趕到駙馬府，梳洗打扮。作公主嬪從的一共八人，除了楊玉環，其餘七人都是皇親國戚，豪門之女，但楊玉環是其中長得最漂亮的。執事女官把她們召集起來，給她們說了作嬪從的職責，也就是婚宴中，公主要在公眾前出現時，由她們分作兩隊，站在公主兩側，陪伴公主一下就可以了，但不要講話，更不得喧嘩。

當她們在一起梳妝時，她的美色就蓋住了其餘七人，在經過一番精心化妝後，她的美豔姿容更如出水芙蓉，超凡脫俗。隨後，她們一起登車去皇宮去迎接公主。或許是楊玉環明白了伴娘並不是什麼重要的角色，只是要擺擺樣子，她心裏放鬆下來，並對別人過多關注她的眼光心裏竊喜。她知道，那是因爲她出眾的姿色。

皇宮，即使豪門之女，也不容易進入，八位年輕的女嬪中沒有一人曾入過內廷，因此，表現得特別興奮。她們坐在掛有紗簾的車中，穿殿過宇，從縫隙中窺看著皇宮的佈局和擺設。雖然看到的只是一角，已經足以讓她們驚奇和歡喜了。最後，她們被帶到一間寬敞的起居室裏，等待著公主的到來。

沒有等多久，咸宜公主就來了，只是她並不是一副打扮好的模樣。她頭髮還沒有梳理整齊，衣裳也只是便服，讓嬪從們更感驚訝的是她竟赤著雙腳。執事女官連忙讓嬪從們站起來迎接公主。楊玉環和同伴站成一排，向公主屈身行禮。咸宜公主擺擺手說，不必多禮，我只是想看看諸嬪從。

隨即，執事女官逐個向公主介紹嬪從的名字和來自哪個有名望的家庭。被介紹的就向公主行禮。當被介紹到楊玉環時，楊玉環發現公主盯著她的眼光與看別人的不一樣，亮亮的，有著驚奇和欣賞。楊玉環連忙躬下身子行禮，公主竟伸出手來要她不必拘禮，這在別人是沒有的。待全部介紹完後，公主對執事女官說，時辰還早，可以領她們去苑中遊玩一下。說完，就進內室去了，臨轉身時，還朝楊玉環看了一眼。

其實公主沒有化妝就跑出來，並不是如她所說想認識一下嬪從，原來從楊玉環她們一入宮，就有宮廷女官向咸宜公主報告說，在八個伴娘中，有一個長得特別漂亮，風華姿色，無人可比。公主也是童心大發，忍不住跑出來看看，看過之後，果然如宮女所傳，楊玉環的姿色在八人中卓然可見，令人賞心悅目。楊玉環也看到了公主，她雖然不明白公主爲什麼這樣匆忙地出來，但從她看自己的眼光中，她知道這一定與她有關。楊玉環發現公主其實比她要小，臉上還帶有孩子的稚氣，還有看她時的眼睛，晶瑩閃亮，坦誠中有著善意。

公主的婚禮在典麗堂皇中進行，依照禮制，作新娘的公主在進入每一所殿堂行禮時，都由八位嬪從分兩行左右行，公主的步輦則在中央，嬪從扶公主下輦，走至殿門內階而止。

她們一共要如此伴行四次，再伴入一所殿中和賓客相見。在整個伴行過程中，公主不時地把頭朝向楊玉環，含笑看著她，更多的是把手伸向楊玉環，讓她牽著自己下輦和上階。有一次，楊玉環扶公主上階時，手牽著公主的手，倆人挨得比較近，公主低聲說：

「你今天太美了，大家都在稱讚你，我感到你才是今天的新娘。」

聽到這話的楊玉環，惶懼得說不出話來，隨即她又聽到公主說：「大禮過後，你可以時時到駙馬府來看我，我聽說，駙馬都尉和你們是一家。」楊玉環這才心下釋然，知道公主不過是在稱讚她的美麗罷了。照禮節，新娘在此時是不宜說話的，但是，咸宜公主講了，還是跟她在說。此前，執事女官曾告誡她們不得在婚禮中開口講話，但她對公主怎可不理會呢。於是楊玉環也低聲說：「謝謝公主的誇獎，我一定會去的。」

婚禮之後是宴樂，女嬪從不必再隨從相伴公主，她們被引入一所殿中看舞蹈和雜耍。

坐在許多貴婦人中的楊玉環，心中忐忑不安。正如公主所說，今天她吸引了太多人的注意，她出眾的姿容隨著公主一天幾次出現在眾人面前，風頭幾乎蓋過了公主。就是現在，她也感到有人在議論著她。她強自鎮靜，表現出被精彩雜耍吸引了的樣子。

回到家的楊玉環，脫掉束縛著她一天的禮服，又回覆到她本真的樣子來。她首先跳到銅鏡前，對著鏡中的自己癡癡地呆看。她看著鏡中那個少女，彷彿在看一個不認識的人，她心想：「她真的那麼美嗎？她美在哪裏呢？」她看不出鏡中的那個少女美在哪裏，但她隨即衝著鏡子扮了個鬼臉，做了幾個怪模樣去沐浴了。不管怎麼說，被別人誇讚爲一個大美人是讓人高興的。

楊玉環在咸宜公主的婚禮上，風華爲眾人所慕，人們紛紛打聽，這位含章出秀的少女出自誰家，當然沒有費太多周折就都知道了，她是河南府士曹楊玄敫的女兒，芳齡十七，更主要是待字閨中，還沒許配婆家。這下，那些家有年輕子弟的官僚人家，自恃門戶可與楊玄敫相配，紛紛來楊家下聘書。更有些門閥高貴的，也貪圖著楊玉環的姿容托人來說媒。楊玄敫對突然間有著這麼多聘書下到他家，感到不知所措，好在他並沒有忙著答應一家，他要爲了女兒幸福著想，放棄門戶之見，爲女兒找一個品性端正的好女婿。還沒等他好好考查過來，一份聘書的到來打亂了他的計劃。

聘書是他頂頭上司河南府尹程大人下的，他要爲他的三公子聘取楊玉環。這就容不得楊玄敫多加考慮了，在別人看來，這真是天大的喜事，堂堂河南府尹竟願與七品職位的士曹結親，可謂求之不來的事情，榮光之極。

父親接受河南府尹家的聘書的消息很快就告知了楊玉環，正是懷春年齡的楊玉環當然是歡喜的，她知道自己已經到了出嫁的年齡，不會在家待太久的，咸宜公主不是十五六歲就出嫁了嗎。但她心中欣喜之餘又有著擔憂，就是對那位即將嫁予的河南府尹的公子不了解，不知他長得是俊是醜，是高是矮，人品如何。一切都罩在霧裏，只等著她婚後才能知道。這是多麼令人心焦啊。楊玉環覺得這有點像賭博中的押寶，押到好的算贏，押到壞的只好自認倒楣，她覺得這太不公平了。聽說，這位公子也是今年才考中的進士，這樣說，他與她的哥哥還有同榜之誼呢。

楊玉環並不因有了婆家而老實待在家裏，她似乎要抓緊做少女的最後一點時光，好好遊玩似的，整日裏，要麼去認識的貴族人家聊天，要麼與好友同伴相約去野外玩賞。漸漸地有些不好的消息傳入了她的耳朵，這些消息都是她那位未婚夫的。雖然她們說得隱晦，楊玉環還是從她們閃爍其詞的言語中，嗅到了可能預示到她以後命運的資訊。

她們說他，也就是那位河南府尹公子品性不良，不務正業，完全是個花花公子。聽到這些傳聞的楊玉環懵住了，她完全沒有想到自己會嫁給這樣一個男人，那是一個讓她恐懼的男人，在此之前，她對婚姻抱著怎樣美好的幻想啊，這下全破滅了，等待著她的將是難捱的日子，悲慘的命運。

楊玉環回到家，把聽來的話講給父親聽，希望這不是真的。不管怎麼說，在世上，她最信服的還是父親，她希望父親聽了她的話後，一邊拍著她的頭，一邊用最慈愛的語氣說：「你個傻姑娘，哪有那樣的事啊，做父親的會把你往火坑推嗎？」但父親聽了她的話後，不僅沒有拍拍她的頭，用慈愛的話來寬慰好，相反，臉色更凝重了，他一句話也沒說，最後，重重地歎了一口氣，轉入內堂。

這下楊玉環的心涼了，她心中僅存的一點希望也破滅了。她知道父親對那人的品性不是不知道，而是早就心知肚明，只是瞞著她罷了。令她不明白的是，一向疼愛她的父親爲什麼要把女兒往火坑裏推，縱是有千般理由，難道有比女兒的幸福更重要的嗎？她再也抑制不住心中的悲痛，放聲大哭起來。

鬱鬱寡歡的楊玉環從此大門不出，二門不邁。外面正是金風送爽的涼秋時節，她的許多同伴和相識人家都來喊她去參加果品宴會，一起享受收穫季節的快樂，她沒有心思去和她們同樂，她覺得她的冬天提前來到了。

一天，一輛裝飾華麗的馬車停在楊玄敫的府上，原來是咸宜公主來接楊玉環去駙馬都尉府遊玩的。這是咸宜公主在她婚禮上親口對楊玉環說過的事，楊玉環以爲公主不過隨口說說罷了，不當真的，想不到現在她竟派車來接了。對別人可以推辭，咸宜公主是不可以輕辭的。楊玉環稍事收拾打扮一番，登車去了。

咸宜公主一見楊玉環的面，就把她的手執住，就像許久沒見的姐妹一樣，神情親密地說：「玉環，不是說好你來玩的嗎？為什麼不來呢？」

楊玉環只好支吾著以沒時間為由搪塞過去。楊玉環看到，短短時間不見，咸宜公主身上有了一些變化，也許是她已嘗男女魚水之歡的緣故，臉上容光煥發，全身洋溢著一股初為新婦的魅力。咸宜公主拉著楊玉環的手說了一會兒親熱話，最後說：「玉環，這次我喊你來，是有事要求你的。望你不要推辭啊。」

楊玉環連忙說：「公主有何吩咐，只管差遣好了。」

咸宜公主笑著說：「不要這麼客氣，在我這裏不用這樣拘禮。是這樣的，最近我才聽說，玉環，原來你還是我們洛陽舞蹈高手啊！正好我想學舞，還愁找不到好師傅教呢，有你就不愁了，不知你願意不願意教我？」

楊玉環才知道咸宜公主把她叫來的原因，她當然不能推辭，就當起了公主的舞蹈師傅。楊玉環不知道公主為什麼突然會對跳舞感興趣，可能是她覺得常在府中待著煩悶吧，既然公主願學，她只有盡力地教。

只做了幾個動作，楊玉環就看出咸宜公主是沒有舞蹈功底的，腿硬腳僵不說，關節的軟骨一點柔韌性也沒有。對此，楊玉環只能從最基本的動作教起，先讓公主作柔軟腰肢與關節的活動，雖然單調卻必不可少。為了不讓公主覺得無聊，楊玉環往往以身表率，以自己動作的優美來挑動她的熱情。有時，公主看著楊玉環柔韌的腰肢和靈便勻稱的小腿，情不自禁地誇讚道：「玉環，想不到你這樣豐腴，卻又這樣靈活。」

楊玉環的身體是圓潤的，但她跳舞時的輕盈又是超乎所有人的想像。

自此以後許多天裏，楊玉環都是在咸宜公主那裏度過的，咸宜公主學舞的熱情很高，看樣子，她是想在短時間裏就學會跳舞，想擁有輕盈的舞姿。只有楊玉環知道，這不是一朝一夕的努力所能達到的，只有長期堅持不懈方有收穫。

但她並不打擊公主的熱情，還時刻鼓勵著。有時，公主疲倦了，就讓楊玉環舞上一曲，看著楊玉環優美的舞姿，公主鬆懈的熱情就會又鼓動起來。同時，楊玉環在不停的舞動中，也會忘記自己的煩心事，從內到外，從身到心都會獲得一種歡暢舒適的放鬆感。直到她再回到家時，才會想起那樁不可避免的強加給她的婚事，她身上的活力頓時冷卻了。

有一天，在咸宜公主的府上，在教舞的間隙，咸宜公主問楊玉環：「玉環，聽說你的胡旋舞跳得最好，還在全洛陽的比賽上奪了花魁，能不能舞給我看看？」

楊玉環沒有想到公主連這個也曉得，當即不好意思地說：「那是鬧著玩的，怎樣在公主面前舞呢。」

公主不放過她，還叫人拿來了胡服和專供跳胡旋舞的鞋子，看來，公主是有備而來的。「這裏又沒有外人，就我們兩人，你就跳一下讓我開開眼吧。」公主再一次懇求道。

看來不跳是不行的了，楊玉環只好換上衣服和鞋子，在樂曲聲中旋轉起來。現在楊玉環的胡旋舞跳得比那次在大賽上更自如，更靈便了，因爲在那次比賽以後，她一直就沒間斷過胡旋舞的練習，現在，她能根據胡旋舞的節奏更好地掌握旋轉時的速度和技巧了，真正做到繁而不亂，快而不紊，急速的舞姿與優美的表演相得益彰，讓人從眼睛到心靈都是一次美的享受。一曲跳下來，呼氣不促，鬢髮不亂。

一曲舞罷，楊玉環突然聽到內堂的門口傳來的一陣掌聲，伴之的還有一個男子的喝彩聲。楊玉環扭頭一看，發現在門口站著一個英俊的青年公子。只見他玉身挺長，面容皎白，正溫文爾雅地含笑看著楊玉環。楊玉環當時羞紅了臉不知該如何是好。此地已是內堂，再無門可通別室，楊玉環只有避在咸宜公主的身後。這時，就聽到咸宜公主說：「哥哥，你進來也不知通報一聲。」

原來進來的是咸宜公主的哥哥，那就是一位皇子了。楊玉環聽到這位王子說：「僕人說你在學舞，我想看看你學舞時的樣子，就沒讓他們通報。想不到，倒讓我領略到了這位姑娘這樣優美的舞姿。」

楊玉環這才知道這位皇子早就來了，一直在觀看她的表演。她的臉更紅了。

咸宜公主笑著說：「算你運氣好，能看到洛陽城舞蹈花魁的表演。她現在可是我的師傅。玉環，這是我哥哥壽王。」

楊玉環於是站起給這位壽王行禮。她屈下身子，穿著一身胡服，一邊行中原大禮一邊說：「拜見壽王。」

咸宜公主被楊玉環行禮時的模樣逗笑了，她說：「玉環，你這個樣子不倫不類，不胡不漢，太好玩了。」

壽王也被逗笑了，他婉拒楊玉環行大禮，說：「不要叫我壽王，這太讓人生疏了。」

楊玉環一雙又黑又亮的大眼睛在濃而長的睫毛下撲閃著，露出困惑的眼神，似乎在問：我不稱呼你壽王，該稱呼你什麼呢？

咸宜公主說：「玉環，你就聽他的。哥哥是位平易近人的皇子，他希望關係親近的人都叫他清，你要是覺得不好開口的話，就叫他十八殿下好了。」

「十八殿下？難道，難道……」楊玉環一雙大眼眨著，一副欲言又止的樣子。

咸宜公主顯現看出了她的心意，笑著說：「是的，玉環，父王的子女很多，壽王是排行第十八的皇子，在他下面的還有許多，最小是才到洛陽生的，還在吃奶呢。至於我的同父姐妹嗎，就更多了，多得我都記不過來。這還不算已經夭折的呢。」

楊玉環吐了吐舌頭，臉上露出調皮的神情，說：「一個人生這麼多子女，太讓人不可想像了。」

咸宜公主與壽王看到楊玉環可愛的模樣都笑出了聲，他們對楊玉環說出的對皇室有些不敬的話，並不往心裏去，相反，他們都覺得她是一個胸無城府直率的人。

壽王含笑看著面前的楊玉環，眼中有著少許的柔情。在此之前，他是見過楊玉環的，那還是在妹妹的婚禮上，那時，他就被她出眾的儀態所吸引，現在，距離近了，他發現，除了那天遠距離看到的綽約風姿外，她身材修長，體態豐滿，一頭烏黑亮麗的頭髮上插著別具風情的頭飾，鼻子飽滿而端正，唇紅齒白，也許是剛剛跳完舞的原因，皎白的皮膚透著紅潤，渾身上下散發出青春健康的自然美。他身不由己地被她吸引了。

楊玉環在壽王含情脈脈的眼光中，含羞低下了頭。她的心像一頭小鹿「突突突」地在跳動。她也擡起眼光向這位壽王看去。只在一瞥間，她突然覺得壽王有些面熟，略一思索，她想到了春天那個趕跑惡少的白面公子，真是一種巧合，原來曾令她魂牽夢縈的白面公子竟會是一位皇子，而且此時就站在自己的面前。楊玉環隨即想到了她做的夢，夢中她和他策馬飛馳。她的臉更紅了。

看到這一切的咸宜公主，在一旁暗暗納悶，想不明白。她對她這位壽王哥哥是清楚的，他仗著父王與母妃的寵愛，什麼事都喜歡自己作主，不喜歡聽從旁人的安排，特別是在他的婚事上。按道理，他作爲哥哥，他的婚事是應該完在她的前面的，但他想自己作主，找一個他喜歡的少女做王妃。雖然這在王室裏有些特別，但好在父王和母妃並不太計較，任由他做去，難道皇子還能找不到自己中意的女子嗎？只是或早或遲罷了。

不知是他眼光太高，還是別的原因，迄今爲止，他還是孤身一人，不過，他也顯得不著急，更重要的是他始終潔身自好，不像別的皇子，或和歌女舞妓私通相狎，或與某位貴婦有染。就這樣，做妹妹的反而走在了前面，先他一步結了婚。

現在，咸宜公主在哥哥壽王李清的眼中看到一絲從未有過的光芒，那是愛戀之後激情的光芒，是長久期盼等待後終於找到所愛無法掩飾的激動。他的話從未這樣多過，手足從未這樣無措過，對談話人的興趣從未這樣濃厚過，眼神熱烈，顧盼生風。已經體驗過男女之情的咸宜公主一眼就看透了哥哥的內心，那光芒是愛情的光芒，那熱烈著的是被情感燃燒著的心。

她再看楊玉環，楊玉環已從最初的窘迫中解脫了出來，對壽王熱烈的話語，她落落大方地回答著，神態從容，完全一副有教養的大家閨秀模樣。但咸宜公主還是從她不經意的眼神中看出了苗頭，那就是她對哥哥也有著好感。作爲一個女人，咸宜公主已經看出，楊玉環的心中已經萌動了一縷少女的情絲。只是身分要求她更隱含罷了。

發現這個秘密的咸宜公主，心裏很開心，覺得這是個意外的收穫。平素一向心高氣傲的哥哥，這次竟突然動了情思，向一個剛見了一面的女人敞開了心扉。不過，這也有情可原，楊玉環太漂亮，她的儀態，她的純真，她超凡絕俗而又讓人感到親近的氣質，就是同屬女人的咸宜公主也被她吸引了。發現了這個秘密的咸宜公主並不從中點破，而是自覺地從中退出了角色，只讓他倆盡情地談話，只在他們由於不好意思要冷場時，才開口引導。懂事的妹妹在不經意中扮演了姐姐的角色。

這次談話並沒延續多長，雖然壽王與楊玉環都希望就這樣長談下去，但顧忌禮儀，他們不便多處。最後，楊玉環起身告辭。臨去時，她向壽王行告辭禮，壽王以手相攙，再次讓她不要行大禮。咸宜公主送楊玉環出門時，也只說了一句：「過幾天還來教我跳舞。」

當咸宜公主回到內室時，看到哥哥滿臉悵然，對著屋角在呆望出神，聽到妹妹的腳步聲，又連忙恢復到平時的樣子，問了妹妹一些平日家常話。咸宜公主知道，哥哥此時最願聽到的不是她居家過日子的事，而是剛剛離開的楊玉環的事，但她知道，哥哥是個自尊心比較強的人，有些事，他不說，你就不能代他說出來，哪怕那是他心裏想知道的。看著哥哥欲言又止的難受樣子，咸宜公主說：「哥哥，過兩天喊你來看鬥雞吧。」

聰明的壽王聽出了妹妹話中的深意，她不會單單約他來看一場鬥雞的，她是在幫他和楊玉環兩人訂約會。他答應了，臨走時，深深地看了一眼妹妹，眼中蘊含著謝意。

壽王沒有領會錯，咸宜公主確是這樣想的。沒過幾天，她就派人去接楊玉環來她家一起欣賞鬥雞。當然，她已經事先通知了哥哥。

這同樣沒有出乎楊玉環的意外，從那天她離開駙馬都尉府，她就預感不會過多長時間，公主就會找個藉口來接她的。她的預感沒有落空。可以說，從她回來的那天起，她的心就沒有平靜過，她對預料到的結果又是期待又是惶懼。期待，自不必說，從見到壽王的那一刻起，一顆少女的芳心已亂，特別是看到英俊的壽王對她也是情義有加，越發令她心中竊喜，情思難抑。但一想到她已許嫁他人，立刻愁緒滿胸，意氣消沈。她想，爲什麼上天不讓她早早地認識壽王呢。

年輕幼稚的楊玉環就沒有想到，如果壽王真的看上了她，就是她許給了宰相的公子作媳婦，還不照樣得讓給皇子。哪位大臣的兒子能膽大到與皇帝的公子爭奪女人。

楊玄敫因爲楊玉環已經許配了人家，輕易不再讓她拋頭露面，但他對公主的車駕卻不敢拒絕。楊玉環打扮一番後，登車趕赴駙馬府。果然如她所料，壽王李清已經早來一步在等著她了，即使心中有準備，她還是不自禁地臉上一紅，稱呼一聲：「十八殿下。」

看得出來，壽王今天特地打扮了一番，頭上戴著簪纓帽，帽子正中嵌著一顆明珠，更襯托出壽王的光彩照人，身襲一領寶藍色綢衫，腰繫一條鮮豔玉帶，藍白相配，清雅高逸。他看到楊玉環，臉上頓時煥發出青春的光彩來。

當然相約來看鬥雞只是一個藉口，但來了看還是要看的。咸宜公主讓人抱來兩隻鬥雞，放在欄內相鬥。兩隻雄雞，望去威風凜凜，脖子上的毛乍豎著，翅膀張開來，眼盯著對方，恨不能一口啄死另一個。旋即，鬥在了一起。他們看到，兩隻雞一會兒糾纏在一起，一會兒分開來，蓄勢待發，尋找對方的破綻。

同時，牠們除了用嘴，連爪子也沒閑著，不時刨向對方。不一會兒，場內已是羽毛紛飛，雞血淋漓。當勝敗已分，咸宜公主讓人去換另一隻時，楊玉環阻止她，她不願看到這種過於慘烈的遊戲，不願看到血，不願看到失敗一方的落荒而逃和勝利一方的趾高氣揚。她拉著公主的手說：「公主，我們去後園賞菊花吧。」

駙馬都尉楊洄因為是長寧公主的兒子，也就是皇帝的外甥，所住府宅寬敞高軒，特別出眾的地方是他的後園占地數畝，按著園林結構佈局營造，有小橋流水，有迴廊涼亭，至於荷塘花坊自不必說，自然因地取景，謀劃得當，在有限的空間裏獨具匠心，使人不感人為雕琢的痕跡。

自從咸宜公主嫁到都尉府，看中了這一塊巧奪天工的地方，經常邀請別的公主或宮中舊時的女伴來此遊戲，往往花樣翻新，不落舊套。她們更常做的是就著季節中的花舉辦賞花會，比如夏天咸宜公主才嫁過來，她就舉辦過一次賞荷會，在會上眾女伴還紛紛效仿文人學士，賦詩吟詩，熱鬧非凡，盡歡而散。那次就約定，等到了秋天再來個菊花會，到了春天，不用說，自然是賞牡丹了，誰不知，洛陽牡丹天下無比。

現在正是秋天，咸宜公主很早就傳出風去，說要舉辦一場規模浩大的賞花會，到時，洛陽的貴婦淑女幾乎都會被邀請而來。今天爲了安排壽王與楊玉環的見面，咸宜公主特地讓匠人僕役提前佈置好後花園，以便今天的玩賞，好讓他們二人的感情在菊花的清香裏增進。

爲了便於談話，咸宜公主把跟從與奴僕全部屏退，只他們三人進入花園。一進花園，滿園的菊花香氣撲面而來，展眼望去，各式各樣的菊花爭奇鬥豔，讓人目爲之眩。有的大如碟盤，色白如霜，有的小如蔻丹，五色俱有，繽紛不可名狀，加之藝匠精心擺設，讓人有一步一景，瀏覽不盡的感覺。

轉過一處迴廊，眼前陡然又是一個新天地，行到水窮處，跨過小橋，又別有洞天。各類菊花或簇擁，燦爛如錦，如海，如雲；或分類裝點，鮮豔如畫，如圖，如煙。不盡美色兜眼來，萬種風情心頭起。看著眼前如海的菊花，聞著撲鼻的芳香，楊玉環三人都覺胸中俗塵盡拋，凡念滌除。楊玉環不自禁地湊近花叢，閉上眼，深深吸入一口氣。

壽王李清看著楊玉環純真的流露，不自禁地也受到感染，陶醉在美人與花香裏。他靠近楊玉環的身邊，與她一起欣賞起來。雖然菊花的香味濃馥，但壽王還是聞到從楊玉環的身上傳來的一股異香，這股異香與清淡的菊香不同，雖然也是若輕若淡，但它更有一種讓他暈眩的感覺，它夾裹在花香裏，猶如一隻蝴蝶徜徉在花叢中，一會兒隱沒在花朵裏，一會兒翩翩飛翔在枝頭上。壽王再低頭看到楊玉環白皙的皮膚，雪白如玉，正與白色的菊花相映爭輝，他覺得楊玉環就是一朵一塵不染的白色菊花，或她就是統領百菊的花神。

楊玉環正陶醉在菊花的美色中，一點不知道身邊的壽王心裏已把她比作了花神，當她睜開眼時，發現咸宜公主不知什麼時候已經離去了，只有壽王一人深情地在望著她。接觸到壽王不看菊花只看著她的專注目光，楊玉環臉上泛出紅暈來。

真是最是溫柔嬌羞間，壽王發現，楊玉環最美麗動人的地方，就是她時不時表現出的嬌羞，每當此時，她眼光盈盈，粉面含春，低首垂鬢，真可謂風情不可名狀。不要說別的少女，就是周圍的菊花都相形見絀，黯然失色。壽王情不自禁地伸手採下一朵菊花，要給楊玉環插上雲髻。楊玉環低聲說：「壽王。」

壽王柔聲說：「我不是說了嗎，不要叫我壽王，叫我清就可以了。這樣我更喜歡聽。」

楊玉環再次漲紅了臉，頭垂得更低了，她沒有推辭壽王爲她插上的菊花。隨後，兩人相伴著一路賞起花來。此時，要是有人在旁看到，一定會爲看到的情景心醉神迷，四周是簇擁的菊花，花叢中緩步徜徉著一對璧人，男的英俊倜儻，長身玉立；女的貌如天仙，形若花神。兩人隨步而行，時而低語，時而嬌笑。兩人忘了時間，也忘了咸宜公主，陶醉在濃烈的情感裏。

遊園結束後，在把楊玉環送回府後，壽王終於按捺不住地向妹妹傾吐了他對楊玉環的愛慕之情，他再也無法放手對楊玉環熱烈的情感。

這早在咸宜公主的意料之中，她在開過哥哥的玩笑後，答應幫忙，她認爲這不是一樁難事。試想，最受皇上寵愛的皇子向一位家道中落的少女求婚，這只會增加她家的榮耀。斷無拒絕的道理。

但楊玉環拒絕了。當咸宜公主聽到楊玉環從嘴裏吐出「不」字時，幾乎不相信自己的耳朵。她問她爲什麼？因爲她看出楊玉環也是喜歡哥哥的，她以爲她只不過起到點破的作用，水到渠成的事怎麼會變卦呢？她想不通。楊玉環開始不願說，咸宜公主問得急了，她索性放聲痛哭起來。楊玉環哭起來也很美，猶如梨花帶雨，但此時，咸宜公主沒有心情來欣賞楊玉環的哭態美，她只想知道她爲什麼拒絕哥哥的愛情，其實她也是在拒絕自己的愛情啊。最後，楊玉環抽泣著說：「我已經許配人家了。」

聽到這話的咸宜公主大笑起來，她笑楊玉環的單純與不諳世事，還有她的自作多愁。楊玉環在咸宜公主的笑聲中停止了抽泣，她有些不明白地望著公主，甚至嗔怪公主對她的不體諒。

咸宜公主止住笑問道：「不知你許嫁的是哪家公子哥啊？」

「是河南府尹家的公子。」

「你見過他嗎？」

「沒有。」

「你喜歡他嗎？」

「不喜歡。聽說他吃喝嫖賭，是個惡少。我的命真苦啊！」

「這不就得了嗎，那你有什麼傷心的？」

「可是我已經許配給他了呀！」

「那有什麼？」

「父親已經答應了這門婚事。」

「那就退掉！」

「退掉？他可是河南府尹的公子。」

「河南府尹算什麼。壽王可是皇帝的兒子。除非，除非——」

「除非什麼？」

「除非你不願做我的嫂嫂。」

沒過幾天，楊玄敫收到頂頭上司河南府尹的退婚書，收回了前些日所下的聘書。這事是在河南府尹單獨召見楊玄敫時提出的。當時，河南府尹表現得很謙卑，他說，犬子不器，加之管束不嚴，行爲有瑕；為不誤令嬡終身，經一再慎思，為不結秦晉之好為佳，萬望勿辭云云。

楊玄敫對著突然而至的退婚書，內心有些惶恐與不安，讀了太多書的楊玄敫有著讀書人的性格，懦弱而敏感，多思又慎言。從女兒以後的幸福來講，這本是一件好事，但他想得太多，唯恐其中還有別的原因。再說，女兒還沒過門，就被夫家所休，到底是件不體面的事。但他也覺察到府尹大人收回聘書時，臉上並沒有什麼不悅之色，相反，倒是和顏悅色，深怕得罪了他的樣子。

楊玄敫被弄迷惑了，他寢食難安，終也想不出什麼頭緒來。當父親楊玄敫把河南府尹退婚的消息告訴女兒時，楊玉環心中狂喜，她完全知道河南府尹為什麼退婚，他一定受到了皇帝的壓力。其實，皇帝對這事一點都不知曉，這點小事只須咸宜公主出馬就輕而易舉地辦妥了。

就在楊玄敫愁緒滿腹的時候，楊玉環像換了個人似的，一掃以前的抑鬱，重新變得活潑起來。她嘴裏又哼起了小曲，打扮得漂漂亮亮的，有時一個人也對著銅鏡搔首弄姿，跳舞更不用說了，眼中儘是她輕盈旋轉的舞姿。楊玄敫看著女兒充滿活力的身影，喟然長歎，心想，女兒，我不是不為你的幸福著想，只是你想過沒有，如果作為一家之主的我有了什麼不測，你的幸福又有什麼保障呢？但這種擔心沒有讓他沈溺太久，沒過太長時間，一個巨大的喜悅降臨在了他的家裏。

這天，河南府尹讓人把楊玄敫請到公署，當楊玄敫來到時，府尹站起相迎，親自為楊玄敫泡了一杯茶，並呼楊玄敫為楊兄。這讓楊玄敫受寵若驚，不敢應答。以前，出於公務，他與府尹也是常常見面，但都屬於公事公辦，沒有太多親熱客套，自從兩家結了親家後，府尹才對他稍假顏色，但現在兩家不是斷了婚聘了嗎，何以府尹對他更加禮遇如此呢？這讓他有點摸不著頭腦。待楊玄敫坐定後，稍加客套後，府尹再一次站起，恭敬地一揖到地說：「楊兄，恭喜你啊。」

「大人，何喜之有？」楊玄敫連忙站起。

「剛才奉內廷傳話，楊兄令嬡已被納吉爲壽王妃，定於十二月二十四日舉行冊妃禮，請回府準備吧。」

聽到這話的楊玄敫呆立當地。消息太過突兀，讓他一點心理準備也沒有。他嘴裏喃喃地說著：「同喜，同喜。」走出公署的他完全傻了。

終於到了開元二十三年十二月二十四日這天。這天天氣寒冷，但陽光很好，照得人身上暖洋洋的，並未感覺到太冷。一大早，就來了二十多名典禮人員沿著伊水岸邊，每隔十步，就立有一人，一直到楊宅門前，此外，有金吾軍的兵士四十人，在街道上巡弋，不許閒雜人等在此經過。

楊玄敫府上，早已打掃得纖塵不染，所有人等都穿戴齊整，坐等冊封使的到來。大門、二門都敞開著，除執事、役吏外，守宮署的內官一人，以及一位內謁者，也分別在門內坐待。

朝會散了，有飛騎不斷地把消息傳向楊宅，正副冊妃使馬上就到。楊玄敫整待衣冠到門口迎接。不一會兒，冊妃使的車駕在儀仗隊的呼擁下來到了楊府，楊玄敫看到首先從車上下來的是當朝宰相之一李林甫，再次是黃門侍郎陳希烈，他們各爲正、副使。原來皇帝和武惠妃爲了表示對這件婚事的重視，把宰相都派出來了。楊玄敫趕緊搶前一步把兩位高官迎進府內，平日他連他們的面也休想見到。

宰相李林甫與黃門侍郎陳希烈邁進楊府，使者、持節者、典謁者、贊禮者、持冊案者以及主人、諸宗人各就各位，之後，女相者從「別室」把楊玉環引出，立定，使者令她向正副使行禮。來的人早就聽說這位壽王妃美貌出眾，當楊玉環一出來時，他們都覺眼前一亮，果然名不虛傳。隨後，使者讀冊書，全文如下：

「維開元二十三年歲次乙亥，十二月壬子朔，二十四日乙亥，皇帝若曰：於戲！樹屏崇化，必正闈闈，紀德協規，允資懿哲。爾河南府士曹參軍楊玄璬長女，公輔之門，清白流慶，誕鍾粹美，含章秀出。固能徽范夙成，柔明自遠；修明內湛，淑問外昭。是以選極名家，儷茲藩國。式光典冊，俾葉龜謀。今遣使戶部尙書、同中書門下李林甫，副使黃門侍郎陳希烈，持節冊爾爲壽王妃。爾其敬宣婦道，無忘姆訓。率由孝敬，永固家邦，可不慎歟！」

宣讀完畢，楊玄璬引領全族俯身而拜。女相者帶著楊玉環向前從使者手中接過冊書，拜而受之。儀式結束，正副使沒有停留，在楊玄璬的相送下，登車離開。留下的只有典禮人員，他們負責把皇帝給楊家的聘禮擡入。

隆重的冊封典禮讓楊家滿門生輝，楊玄璬看作這是一件光宗耀祖的事。他雖然極力抑制心中的歡樂，但在獨自一人時，他還是常常笑開了口。女兒的冊妃，他們楊家有可能再次顯貴，此時，他想到的是他們楊家曾經煊赫的家史。想當年，曾祖楊汪時，官至隋朝尙書，那是多麼赫赫有名，將相爭相交拜，車駕來往不絕於門，自從唐代隋後，楊家家道中衰，一蹶不振，自己在官場奮鬥多年，勤懇務勉，也不過才做到一個七品小官，再想升遷，已是仕途無望。

不想，時運陡轉，女兒竟被冊封爲王妃，而且還是皇帝最加寵愛的壽王，於是一切又都變得撲朔迷離起來。楊玄璬作爲一個讀書人，本不該有這些俗念，但他到底是在官場中走動日久的人，知道出身卑微仰人鼻息的日子不好過，有時，爲了子女或生存，就不能不放下架子，做些事與願違的事。他想，皇帝之所以選中楊玉環爲壽王妃，美貌出眾與品德淑賢固然是一個方面，但不可忽視的恐怕還有一個原因，那就是她有個曾做過隋朝尙書的先祖吧。這在詔書中明明寫著的，不然「名家」、「公輔之門」從何講起。

楊玄璬的諸多想法，自不會與楊玉環說起，在他眼裏，女兒始終只是一個稚氣未脫的小女孩，說給她聽，她也未必知曉其中的奧妙。但他在冊妃禮後，對女兒的看管加嚴了。他知道，如果在未正式入嫁壽王府時，如果女兒有了什麼不潔的名聲，那就不是僅僅廢除了事的，朝廷一定會追究他疏於教導之罪，輕則流放，重則掉頭。好在這些方面不再用他多操心，內宮已經派了幾位執事女官，整日在教楊玉環學習宮廷貴族禮節。

楊玉環對那些所謂宮廷禮儀深感討厭，她覺得那都是一些繩繩框框，把她束縛住了，讓她不能盡情地展示自己。人高興的時候就笑，傷心的時候就哭，這不是很好嗎，現在卻有人來告訴她，笑的時候要怎樣，手要怎麼擺，嘴要怎麼抿，甚至連怎麼走路也有一番講究，弄得她渾身不自在。

但那些宮內派來的教習女官，委婉地對她說，她現在已經貴爲王妃，與一般人有所不同，應時刻注意自己的言談舉止。楊玉環弄不懂，王妃就不是人了嗎，有什麼與眾不同的。她想是這樣想，還是照著她們的要求做了，因爲她看出，那些女官也是秉命而行，如果自己不配合的話，她們一定要受重重的責罰。

別的地方不能去，咸宜公主那裏她還是可以去的。現在，咸宜公主一見楊玉環，就喊她嫂子，弄得楊玉環應也不是，不應也不是，作爲回應，她就去呵公主的癢。兩個人在一起時，說得最多的當然是壽王了，從咸宜公主的嘴裏，楊玉環知道了許多有關壽王小時候的事情。知道他從小就是一個溫文爾雅的人，性情溫和，從不發脾氣，雖然有父皇和母妃的寵愛，但從不恃寵欺人，因此諸多兄弟姐妹都很喜歡他。他的心地特別善良，常常見不得殺戮，就是一個小動物的死亡也會讓他難受許久。

有一次，別人送給他的一隻小鳥死了，他哭了好多天，最後還在花園裏爲小鳥起了一座墳，時常去祭奠牠。楊玉環還知道，在武惠妃的子女裏，壽王並不是生來排行長子，在他之前還有兩個哥哥和一個姐姐，但他們命運多舛，出生沒多久就夭折了，在壽王才出生時，爲了讓他存活下來，父皇和母妃就把他託付給寧王妃撫養，直到七歲時才領回宮中。

寧王是皇帝的大哥，寧王妃也就是壽王的大伯母，因此，壽王對寧王與寧王妃有著深厚的感情，也是因有著這層關係，寧王與寧王妃對壽王也視爲己出，時刻關心著他。父皇與母妃對這位費盡周折才得以保存的兒子，自是寵愛備加，把對前三個子女遺留下的慈愛都傾注在了他的身上，在父皇三十個兒子中，沒有人能像壽王一樣得到父皇的歡心。最後，咸宜公主重重歎了一口氣說：「唉，可惜，哥哥只是排行十八。」

「排行十八有什麼關係？」楊玉環不懂地問道。

「有些事，你沒在皇族是不知道，以後你就知道了。」咸宜公主不願多談。

沒過幾天，丙子新年到了。這一個新年，楊家過得熱熱鬧鬧，有不少朝官都來楊玄敫府上拜年，就連那些平日並無深交的，也來了不少，更爲讓人高興的，歲首朝賀，楊玄敫竟然也以椒房之親而得以參與，這真是莫大的榮耀，許多比他大的官也沒有這種機會的。宰相李林甫的春宴，亦邀請了他。雖然他還是一個小小的七品官，但他現在經常和權貴打交道，所有人都相信，要不了多久，楊玄敫的官職就會提升。

正月裏，楊玉環除了去了一次咸宜公主家，別的地方哪也沒去，被父親逼在家裏練習皇家的各種禮儀。正月十六日，宮廷宣布了她與壽王的婚期。在三月間。

這天，咸宜公主派車來接楊玉環，到了駙馬府，咸宜公主才告訴她，母妃要見見她。楊玉環心裏一點準備也沒有，怪咸宜公主爲什麼在接她時不預先告知一聲。咸宜公主說：「自家人見見面，有什麼好緊張的。」

話是這樣說，這位從未見過面的婆婆聽說是後宮最有權勢的女人，如果沒有一定威勢，怎能統御後宮。見了面，楊玉環才發現自己的擔心完全是多餘的，她的婆婆，也就是武惠妃不僅不威嚴，反而面色慈祥，對人講話，柔聲細語，更讓楊玉環吃驚的是婆婆的容貌。按道理講，婆婆也有三十四五歲了，可看去肌膚細嫩，嬌豔無比，猶如少女，雖是生過幾個孩子的人，可身材依舊婀娜多姿。楊玉環想，婆婆多年被皇帝寵幸，不是沒有原因的。

武惠妃已經不是第一次見楊玉環了，上次在咸宜公主出嫁時就見過，但只匆匆一面，沒有留下太深印象，再說離得也遠，看不真切。自從壽王冊妃後，她早就聽說這位兒媳婦長得漂亮，美貌冠絕洛陽，一直還沒親眼目睹過。今天，讓咸宜公主私下帶她進宮來，一來加深婆媳間的感情，二來借機考查一下她的品貌。

她一見楊玉環，果然如外界所傳那樣，美豔出眾。只見她臉如滿月，肌膚細膩，粉豔欲滴，如出水芙蓉，似秋日海棠。與之交談，又見她落落大方，應答如流，吐音嬌柔，華貴之態自現。武惠妃自恃美貌少有人可比，見著楊玉環後，也自愧弗如。

她為兒子找到這樣一個品貌兼備的女子高興。同時，武惠妃從這位兒媳婦的身上隱約地看到自己當年的風韻與逝去的青春，也許是她們都是出眾貌美的緣故，而美麗在某種程度上是相通相似的，武惠妃發現楊玉環與她年輕時的相貌很像，這個發現讓她對楊玉環更充滿了好感。

楊玉環感覺到了婆婆對她的好感與喜愛，她從對方親切柔和的目光中，感受到一股母愛的柔情，此時，在她眼裏，婆婆也不是一個位尊的貴妃，而是一位可親可愛的長輩，這讓她情不自禁地從心裏產生一股親合力，對武惠妃產生尊敬與愛戴。

見面時間沒有太長，武惠妃只是充滿關切地詢問了楊玉環家族中的一些事，好似話家常一般，並沒讓楊玉環覺得拘謹，分手時，武惠妃從手腕上摘下一大串飾有各種寶石與明珠的手鐲，送給楊玉環作見面禮，回來，聽咸宜公主講，這只手鐲是西域外邦進貢來的，她向母妃要了幾次都沒要來，想不到，今天，楊玉環第一次進見母妃，就得到這樣一件貴重的禮物作見面禮。

正月剛過，二月接踵而至。二月正是早春時節，萬物復甦，柳樹吐綠。這個月裏，皇帝把皇太子與諸子的名字改掉，全換成帶「王」偏旁的字，壽王李清改爲李瑁。二月小，倏忽就過去了，轉眼就到了三月，楊玉環與壽王李瑁的佳期也就到了。

爲了顯示對壽王的寵愛，皇室宣布全城百姓動員起來，慶賀三天三夜。是日，天公作美，天氣分外明媚。正是桃紅柳綠，梨花飄香的時節，整個洛陽城爲了壽王的婚禮而忙碌著。楊玉環已經早早就起床了，她被從宮中趕來的女官安排著沐浴與梳妝，不時有人告訴她外面熱鬧的景象。

待一切準備妥當，下人和女官都退出她的閨房，似乎有意要讓她在這一刻靜靜思考。楊玉環的心卻靜不下來，她早就盼著這天了，盼著和壽王生活在一起，愛情在她與他的心中燃燒，已經到了一日不見如隔三秋的地步，這一天過去，她和壽王就可以天天在一起，再不用遮人耳目地躲在咸宜公主家幽會。唯一讓她遺憾的是三個姐姐沒來參加她的婚禮，她們遠在蜀州，尙不知道她這個最小的妹妹已經出嫁了，她多麼想聽到她們的祝福啊。

日上三竿時分，楊府門外三聲炮響，皇宮的迎親隊伍到了。隨即，楊玉環被蓋上大紅蓋頭，由伴娘牽著，上了花轎。坐在花轎中的楊玉環只聽到鑼鼓嗩吶，齊奏樂曲，一路吹吹打打，好不熱鬧。在顛簸的花轎中，楊玉環悄悄掀起蓋頭，再把轎窗簾子掀起一角，偷偷向外張望。

她首先看到的是，騎在馬上與花轎一起前進的壽王，但見他今天打扮得更是美貌瀟灑，光彩奪目，騎著高頭大馬，頭戴金冠，身著紫袍，肩披彩帶，滿面春風得意的樣子。看到壽王如此丰姿俊逸的模樣，楊玉環心裏熱浪滾滾，陶醉在甜蜜幸福裏。她想她是多麼幸福啊，不僅嫁給皇族，更主要的是嫁給了自己所愛又愛著自己的人。

花轎並沒直接擡入壽王府邸，為了讓滿城百姓觀看盛大的迎新隊伍，特地讓花轎繞城穿越幾個主要街道。坐在花轎中的楊玉環透過轎簾縫隙，看到沿途兩旁，看熱鬧的百姓擠得人山人海，他們對迎親隊伍指指點點，嘴裏發出嘖嘖稱羨的聲音。鑼鼓嗩吶高歌猛奏，一路喧嘩。隨後在內宮門前停了下來，按禮儀，壽王與王妃要朝見皇上和皇妃。

朝見只是走走過場，皇上和武惠妃高高端坐上面，臺階下楊玉環和壽王在司儀的唱喝下，屈身三拜，然後皇上和皇妃說兩句勉勵的話，就算結束了。其間，楊玉環曾擡頭向上看了幾眼，由於隔得太遠，她沒有看清皇上的面容，只覺得他裏在一團錦緞繡袍裏，華貴又威嚴。

到壽王府時，已經中午了。

這一天裏，來壽王府賀喜的賓客絡繹不絕，王公大臣幾乎都來了，還有諸多皇子公主，外加內府官員。壽王忙著接應，但他忙暇之餘還抽空到後堂看看楊玉環，在他眼裏，王妃今天真是美如天仙，身穿新娘禮服，頭戴霞帔，說不盡的千嬌百媚，看不完的美姿華態。好不容易，賓客散盡，晚燭高照，壽王與王妃並坐於紅燭之下，衷情互敘，執手相看不厭，情濃意洽之時，相擁而眠。一夜春風數度，恩愛之極。

婚後第三天，壽王與楊玉環回門。回到原先的家，雖然離開才短短三天，但楊玉環覺得有種依依懷戀的感情，她特地踏入她原先的小房間，一個人靜靜地待了一會兒。房內的陳設一切照舊，床還在老地方，櫃子上擺著她喜愛的小飾物，就連她練舞時所穿的衣服也疊得整整齊齊放在一邊，銅鏡沒有蒙塵，想來她不在時，房間也是日日打掃的，父親說，她的房間會原封不動地保持下去。她在屋內緩緩地踱著蓮步，手觸摸著銅鏡、被褥、衣架、幃帳，不自禁地想念著她的少女生活。現在她已貴為王妃，住在陳設豪華的壽王府裏，使女侍從成群，處境與未出嫁時不可同日而語，但她對少女時期的生活還是充滿懷念。

待她回到正室，全家團聚一起，免不了問候一番，才分別三日，大家似乎心裏都有著千言萬語，看來最親的還是一家人。母親在壽王不在時，乘機對楊玉環說，她哥哥中進士已經有一段時日了，要不了太久，朝廷就會授以官職，外派的可能很大，但楊鑒是不想外出的。她要楊玉環最好在壽王面前說說，看他有什麼辦法不讓哥哥外派出去為官，能分到一個留在朝廷裏做事的官。

楊玉環很為難，哥哥不想外出為官她是早已知道的，一來，她覺得才和壽王完婚，就向他提娘家的事要他幫忙，似欠妥當，二來，她也不知壽王有無此能力，她相信壽王對她開口提的事，一定會盡心幫忙的，但他如果幫不上忙，不是反增添他的煩惱嗎？她又不好駁回母親的請求，只能不置可否地虛應著。

回到壽王府，楊玉環心裏想著母親跟她說的事，不知是和壽王提好，還是不提好，心裏為此苦悶。但她是個胸無城府的女人，心中想什麼就會在臉上表現出來。壽王見她悶悶不樂，就問她有什麼心事。在壽王一再追問下，楊玉環告訴了他。壽王聽了呵呵一笑，說：「此等小事，何不早說？」

壽王隨即找了他的妹夫，也就是咸宜公主的丈夫，駙馬都尉楊洄，要他幫忙把自己的大舅子楊鑒留在京中。楊洄因為娶了最受皇上寵愛的咸宜公主為妻，成了都城中一個活躍的人物，許多官場中的人都與他有來往，他輕易地通過特別的人事關係，為楊鑒謀得了集賢殿校書，官職為正九品下階。同時他還托了宰相李林甫，由他直接薦引，把楊玉環的父親，楊玄敫提為國子監的太學博士。

這對楊家來說，當真是件可喜可賀的事，是楊玄敫做夢也想不到的事。他知道，國子監太學博士是中央正六品上階的官，而在此之前，他不過是個七品下階的地方官，這下，他不僅實現了多年來到中央爲官的心願，而且還跨級調升，再說國子監也是他喜歡的部門，能入那裏的人，大都是飽學之士，做學問的地方，在那裏做官，權雖不大，但別的部門提起，都是有著敬佩之情的。

現在，楊玄敫擔心的是，他進入國子監會不會遭到同僚儒生們的輕視。即使他再愚魯，也知道他調入國子監是因爲女兒的緣故，只是她事前沒和他說過罷了。他想的是，即使女兒幫忙，他也要讓同僚們看看，他也是有真本事的。他決定從今而後，要好好靜下心來，著書幾本，重振家聲。

楊玉環自與壽王成婚以後，兩人過著神仙眷侶的生活，恩愛甜蜜超出一般夫妻，唯一讓楊玉環遺憾的是不能經常外出，而她恰恰是喜歡跑動的。大唐皇帝的子女眾多，皇子不另建府邸，在長安，皇子的住宅附連於皇宮，在洛陽，皇子和未出嫁的公主，都居住在宮城之西的一個區域，稱爲夾城。夾城狹長，東邊城牆與宮城連接，西邊城牆則連西苑，夾城南三堂有一列屋宇和花園，是壽王邸。

平日，楊玉環與壽王就待在那裏。現在，楊玉環覺得還不如做少女時自由，因爲自從做了王妃後，她的行動都受到了皇家制度的限制，出入宮城的城門要登記，而且不能晚歸。她在未出嫁時，雖然有嚴父的看管，但她瞅準父親不在家時，還可相約同伴一起遊玩，現在，她有種鳥入囚籠的感覺。不過有時，她求助於咸宜公主，讓咸宜公主來邀她去她家做客，這樣，就有了出宮城的理由。但又不能太過頻繁。

這天，壽王從後宮省母歸來，他問侍女，得知王妃正一人在城牆上。他立即趕去。還沒登上城牆，壽王看見楊玉環一動不動地站在城牆上，獨自一個人看著腳下繁華的街景。他輕手輕腳地走到她的背後，一把把她從後面抱住。結婚已經有一段時間了，他們夫妻二人都還有著初婚時的激情與甜蜜。楊玉環依偎在壽王的懷裏，良久，指著眼下的街景說：「十八郎，你看，街上多麼熱鬧啊！」

壽王知道，妻子是個愛遊玩的人，自從嫁給自己後，由於皇家制度所限，不能自由出入，顯得很孤單和煩悶，也有點不開心。他看在眼裏，常常爲此愧疚。他順著王妃所指的方向望去，果然一派繁榮景象，近挨著城牆的是一條繁華的大街，街上人來人往不斷，吆喝販賣聲隱隱可聞。壽王摟著楊玉環說：「改天，我們就去遊覽一下。」

幾天後，壽王利用母親的關係，從宮內派人傳召，先入宮，再出苑，在記錄冊上，便是入侍的理由，帶著楊玉環出了宮城。兩人事先各備了一套便服，此時，二人就像兩個普通百姓一樣走在繁華的大街上。

他們隨意閒逛，東看看西瞅瞅，覺得什麼都透著新鮮。走進一家瓷器店，看到一對小瓷人嘴對嘴在親，楊玉環拿起，覺得很好玩，店老闆連忙過來，說：「瞧兩位，郎才女貌，似一對天仙，一定恩愛無比，何不買一對，也是早生貴子的寓意。」楊玉環聽了，臉頰緋紅，欲舍不忍，兩個小人幼稚古樸，憨態可掬。壽王見楊玉環喜歡，就買了下來。

也許是壽王從爲愛妻買東西中得到了從沒有的歡樂，他一見能引起楊玉環興趣的東西，不管什麼，都掏錢買下來，一條街還沒逛完，他的肩上已經背了一個不大不小的包袱。當走到一家銅鏡店時，他又停下了腳步。店內師傅都在忙碌，他們看到靠牆豎著的是一面面碩大的銅鏡。店內師傅告訴他們，馬上千秋節要到了，這都是大臣們訂做，到那一天，獻給皇上的。

楊玉環問壽王什麼是千秋節，她怎麼不知道。壽王告訴她，所謂千秋節就是父皇的生日，八月初五，那天，普天同慶，放假三天，父皇還要大宴百官，熱鬧得很，今年她就會參加了。

出了售鏡店，在經過一家馬店時，楊玉環心裏一動，她想起第一次見壽王時的情景來，於是，她告訴壽王，她想學騎馬。壽王進去租了兩匹馬，牽著向郊外走去。

正是暮春時節，郊外遊人如織，他們找了一處人少的地方，壽王教楊玉環騎馬。開始，楊玉環連馬都不敢靠近，覺得那個龐然大物說不準會咬她一口，直到看到牠確實是個溫馴的動物，才大著膽子摸了牠，最後在壽王的幫助下，終於騎在了牠的背上。

馬剛一邁步，楊玉環就嚇得摟住了馬脖子，驚嚇得花容失色，更不要說馳馬飛奔了。壽王騎在另一匹馬上，在旁邊保護著她，在他的一再鼓勵下，楊玉環終於坐直身子，緊拽著韁繩，緩緩向前。馬走得很平穩，甚至比坐在船上還穩當，楊玉環漸漸膽子大了，她催動馬走得再快點。沒過多久，她已經摸透馬的脾性，能控制住馬了。

楊玉環沒有想到馬這個看去嚇人的動物，性情是如此溫順，她後悔沒有早點學騎馬，不過，她以前也沒有機會學就是了。現在，她與壽王並騎走在郊外，熏風拂面，滿眼春色，遊人都用羨慕的目光注視著他們，她覺得又開心又滿足。正在楊玉環信馬由韁地陶醉在春色中時，突然，從旁邊竄出一匹棗紅色的高頭大馬，直向著楊玉環的坐騎衝了過來，眼看著快撞上時，又一撥馬頭，轉了開去。

就是這樣，楊玉環的坐騎已經受了驚嚇，牠帶著楊玉環向前猛跑起來。楊玉環還沒反應過來是怎麼一回事，突然身子向後一仰，又向前一衝，只見眼前的樹急速地向後退去。她嚇得大叫一聲，緊緊抓住馬脖子上的鬃毛，兩腿死死夾在馬腹上，身子伏在馬背上一動也不敢動。壽王趕緊打馬上前，追了一截路後，才趕上楊玉環，好不容易才把她的馬攏住。

此時，楊玉環已經嚇得嬌喘噓噓，臉色煞白，連下馬的力氣也沒有了。壽王把她扶下馬來，楊玉環擡頭看看壽王，似乎才緩過神來，突然一頭撲在他的懷裏，痛哭起來。背後卻傳來放肆的大笑聲。

楊玉環回頭望去，只見有三個人騎在馬上，正對著他們得意地大笑，其中就有剛才衝撞了她的那位騎棗紅馬的人。他們衣著鮮明，一副貴公子的打扮。壽王對他們也是怒目而視。楊玉環說：「十八郎，把這些無禮之徒抓起來，送官懲辦。」

讓楊玉環詫異的是，這次，壽王並沒有上次表現的那樣英武，他不僅沒有說什麼把他們送官懲治的話，甚至連一句喝斥的話也沒有。他扶起楊玉環，說：「我們走吧。」

楊玉環滿腹委屈地牽著馬跟在壽王的後面，路上，壽王告訴她，他們都是他的哥哥。這更讓楊玉環不可理解了，既然是哥哥，即便不打招呼，也沒有這樣惡意衝撞的道理。壽王說：「皇宮內的事不是你想像的那樣簡單。今天就這樣吧，哪天我牽兩匹御馬來，好好教你練習。」

經此一折騰，楊玉環也沒有心情再遊玩了，她和壽王到租馬店歸還了馬匹，準備回去。沒走出幾步遠，突然街上傳來一陣喧嘩聲，行人紛紛向兩旁避讓，只見一隊官差押著一行犯人踉蹌而來。那些犯人個個蓬頭垢面，男的用大枷鎖著，女的都手並著手用一根長繩子串起來，雖然他們衣著破爛，披頭散髮，甚至身上散發出一股難聞的氣味，但可以看出，他們皮膚白晰，衣服質地很好，顯現是出身富貴人家。

楊玉環和壽王也站在人群後觀看，他們從人們小聲議論聲裏知道，原來這是一隊遭流放的官吏人家，當家老爺因某事得罪了當今皇上，本來應判處斬的，是皇上慈悲爲懷，格外開恩，減輕處罰，把他們改判爲流放，聽說是流放到六千里以外的嶺南去，那裏地曠人稀，瘴氣瀰漫，鳥獸橫行，暫不說路途遙遠，中間隔著千山萬水，就是到了那蠻夷荒僻之地，也是死的多活的少。

楊玉環看到遭流放的隊伍中，也有如她一樣大的女子，她們嬌豔的臉龐掩藏在亂髮裏，汗顏垢面，在兵士的推搡下艱難行走著。楊玉環想，她們昨天也許還像她一樣，都是大家閨秀，舉止風貌，華妍嬌美，誰曾想，一日之間，就淪爲了階下囚，被別人粗魯地呵罵，隨意地鞭打，一點沒有了憐香惜玉被寵護的感覺。

楊玉環本身不是一個多想事情的人，但今天平白受了一頓委屈，在看到這群遭流放的人群時，他們陡然的命運轉變讓她有了一點人生的想法。她想，女人真是可憐，只有依附於男人才能生存。想到這裏，她往壽王身上靠了靠，心裏爲自己嫁給一個可靠的男人慶幸，她覺得自己的丈夫是最安全的，因爲他的父親是當今皇上，誰敢不聽皇上的話呢？

在路過咸宜公主府上時，楊玉環和壽王進去看望公主。楊玉環自然把今天遭遇到的一番委屈說給咸宜公主聽，咸宜公主聽了，眼看著壽王說：「哥哥，是不是又是李瑛他們一夥？」壽王默默地點了點頭。隨後咸宜公主不再多說。

楊玉環覺得他們兄妹在打啞語，忍不住開口問道：「李瑛？他是誰？」

咸宜公主說：「玉環，你既然嫁到皇家，皇家的有些事你也應該知曉了。李瑛，就是皇太子，也就是我們的二哥，等父皇百年之後，他就是皇帝了。你今天看到的除了他，另二位，一位是五皇子李瑤，一位是八皇子李琚，都是我們同父異母的哥哥。我估計用馬衝撞你的一定是八皇子李琚，他孔武有力，騎射俱精，又好招惹是非，他對壽王一向不善，一定是他仗著精湛的騎術，故意來驚嚇你的。」

「這樣的壞人，爲什麼還要選他當皇太子？」

「因爲他年長嘛。皇太子向來只是年長者當的，免得引起不必要的紛爭。」

「他年長嗎？好像他只是老二，爲什麼不讓老大當皇太子？」楊玉環問。

「大皇子在一次狩獵中，被一隻熊在臉上抓了一道傷痕，破了臉相，父皇說如果讓他當了皇帝，有礙皇室威儀，就這樣才讓李瑛得逞。」

「如果皇太子只是比長相的話，那應該讓十八郎當才對啊，他長得最漂亮！」

咸宜公主和壽王都被楊玉環稚氣的話逗笑了，不過，這何嘗不是他們心底的願望呢，並已經在為此努力了。「擇長而立，只是一般原則罷了，選皇太子，主要看的還是才能。遠則我朝初年，太宗皇帝，就不是嫡長，不是創下了前世所沒有的『貞觀之治』，近的就更不用說了，父皇排行第三，還不是當上了皇帝。因為大伯父寧王看到才能不如父皇，主動讓給了他。所以說，壽王雖排行十八，要當皇太子，也是有可能的。」

咸宜公主侃侃而談，似乎壽王沒有當上皇太子是天大的委屈。只是她忘記了，她所說的太宗皇帝是靠血洗玄武門，殺了他的兩個哥哥才當上皇帝的，她的父皇玄宗皇帝，也是手握兵權，寧王為了保全自身，不得不放棄太子之位的。皇太子之位從來沒有誰主動拱手相讓之理，古代賢君禮讓的道理只是口頭說說罷了，哪一次太子之位的爭奪不伴著血風腥雨，不過有的是能看到的，有的是暗中進行的就是了。

「玉環，你今天也看到了，太子李瑛對壽王極其不善，就因為壽王有可能取代他，如果他一旦有一天當了皇帝，他對壽王就不會客氣。因此，為了保全自己，我們都希望讓壽王當上皇太子。」

聽到這話的楊玉環，眼前出現剛看到的那隊遭流放的官屬，她們的命運改變只在一日間，如果真像咸宜公主所說那樣，現在的太子做了皇帝，那麼，自己的命運還將不如她們。但她對咸宜公主所說的一切，心裏卻有著隱隱的懼怕。

以前，她以為皇家的一切都是好的，什麼事都不會發愁，過的是萬事不愁的日子，但現在看來，不是這樣的，咸宜公主的話為她掀起遮蓋布簾的一角，讓她看到了皇家生活中不為外人所知的內幕，其中透著股股冷氣，讓她害怕，讓她後退。她對這一切本能地恐懼，不想看到，更不願加入，她只想和壽王平平安安地過安穩快樂的日子。

從咸宜公主家回來，壽王與楊玉環兩人都沈默著。楊玉環不知壽王心中所想，她瞅空問他：

「十八郎，你想當皇太子嗎？」

壽王臉色黯淡地答道：「我不知道，我只想與你甜甜蜜蜜地過日子，誰當太子，我不感興趣。也許母妃想叫我做太子。」說著，他一把把楊玉環摟在懷裏。

武惠妃對楊玉環這位兒媳婦很滿意，她時常派人傳召楊玉環進宮，婆媳兩人言談甚歡。也許是同是美人的緣故，兩人還互相傳授一些美容的小技巧，雖然楊玉環還沒有身孕，武惠妃已經鑒於自己早年的經驗，提前提醒她要注意哪些東西。在楊玉環眼裏，武惠妃就是一位慈和可親的婆婆，對她關懷得無微不至。

聽別人說，武惠妃有武氏女皇帝一族人的機智和陰狠，爲人叵測不可揣度，面慈心狠，但楊玉環總難把別人對婆婆的評論與面前這位親切和藹的婦人聯繫在一起，有幾次，她想問問婆婆爲什麼非要讓壽王去爭太子，話到嘴邊她還是住了口，婦人不可干政，她不想讓婆婆難堪，或許是她怕聽到，武惠妃嘴中說出她預感到卻始終不想面對的話來吧。

楊玉環的單純和天真，使得她總是爲別人想得多，其實她若是稍有一點心機和社會經驗的話，那麼她就會明白，在沒有皇后的後宮裏，身爲後宮之尊的武惠妃能統領宮掖這麼多年，不出一點紕漏，沒有一點的手段和心機是無論如何做不到的。武惠妃，回看她走過的歷程，正如外界所傳，正是一步一個心機，在權謀與奮鬥中走過來的。

武惠妃是曾做過女皇帝的武則天的侄孫女，是當今皇帝的表妹，從小生長在宮廷，受過良好的教育與訓練，棋琴書畫，樣樣精通。在她十八歲的某一天，玄宗皇帝一個人到宮廷閑走，被她撞了一下，她不僅不道歉，還責怪玄宗不好好走路，當然她也沒有認出眼前是皇帝。玄宗一下被她的天生麗質和少女的活力所打動，納入後宮，寵愛至今。

皇帝沒有想到，在這位看似嬌弱的女子身上，竟有著強烈的權力欲和超出一般人的久遠打算，從她被皇帝寵幸的那天起，她就有了當皇后的想法。爲了達到目的，她可謂用盡心機，同時不擇手段。

武惠妃是個天生玩弄權術，不安分守己的人，當她要做皇后的野心沒有實現後，她又爲她所生的兒子壽王謀起了當太子的夢想。不過，這次她總結了上次失敗的原因，要找到一個可靠的朝臣當自己的外援，能在朝堂上爲她講話。正好，此時就出現了一個主動投懷送抱的人，這個人就是吏部侍郎李林甫。

唐玄宗上臺之初，李林甫年齡尙幼，既無資歷，亦未立過殊功。但是，畢竟憑著宗室關係，他很快遷爲太子中允。後來，又得舅舅幫助和提拔，官運更是亨通。他的舅舅就是當時朝廷中權勢極大的楚國公姜皎，姜皎對這個外甥十分喜愛，在官僚面前往往讚揚他的聰明和伶俐。

李林甫每遇到這種場合，他的臉上都堆滿謙卑的微笑，表示對那些溢美之詞不敢接受，給別人留下謙虛有禮的好印象。特別是源乾曜爲侍中時，姜皎的妹妹嫁與源乾曜的侄孫源光乘，二大家庭結成了姻親，李林甫也因此攀上了這層血緣關係，得到了宰相源乾曜的支持。一天，源乾曜的兒子源潔對父親說：「李林甫求爲司門郎中。」

源乾曜思考半天，才說：「郎官須有素行才望高者，哥奴豈是郎官耶？」

哥奴，是李林甫的小名。由此可見，李林甫年輕時的聲望和德才都不好，不爲大家所稱頌，要當比較高的官，在朝廷中還很難通過。但他畢竟仗著姜皎這一關係，又打著源家的親戚這一牌號，沒有過多久，在源乾曜的推薦下，李林甫還是被太子任爲太子諭德。以後，又累遷至國子司業。

李林甫的官運亨通，固然有著權貴親戚這一因素，他對這一關係緊緊抓著不放，廣泛交結權貴，另一方面，更得力於他的個人鑽營取巧，想盡方法向上爬的技能。他很能在看似平靜的宮廷中嗅出其中的風吹草動，探出皇帝以及當權大臣的意向，並根據自己的利益快速做出決斷，或決定倒向哪一邊，對他更有利。

這也不能說不是一種本事，這種明斷先知的能力，讓他不知避過了多少官場中的大風大浪，使他猶如駕著一葉扁舟，穿行於驚濤駭浪間，別的船隻都傾覆了，獨他的小船一帆風順。

開元十四年，李林甫又通過有權勢的宇文融的關係，升任爲御史中丞，歷刑、吏二部侍郎。他爲了快速掌握皇上的動靜和意圖，極力結交宮中宦官，所謂「多與中貴人善」，讓他們把皇帝的喜怒哀樂傳告自己，這樣，他所奏之事都是以迎合皇上的心思爲標準，以獲得皇上的歡心。通過宮中的宦官，他探聽到武惠妃已深獲皇上寵幸，而武惠妃想立自己的兒子壽王爲太子，皇上對這位十八殿下也是極爲喜愛，心下也有此意。

當他探聽到這個隱秘消息後，他即通過宦官向武惠妃諂媚投靠，提出「願保護壽王」，即願幫助壽王奪取太子之位。這正符合武惠妃想找一個朝臣爲外援的心願，兩人一拍即合。由此，武惠妃常常在皇帝面前講李林甫的好話，她希望這個要幫助她的人能當更大的官，那樣，幫助她的力量就會更大。

吏部侍郎固然官職不小，但比它大的還有宰相，要是能當上宰相，那不是更有力量嗎？權力欲極大的李林甫自是瞄準了相座。那時，李林甫與侍中裴光庭的妻子暗通私情，而裴光庭的妻子是武三思的女兒。裴光庭一去世，李林甫立刻讓武氏爲他謀取侍中一職。武氏立即去找高力士。

高力士是玄宗皇帝身邊最寵幸的宦官，與皇帝曾共患難，關係不是一般人可比，而他早年被則天女皇逐出宮時，是武三思收留了他，給了他一碗飯吃，又找機會讓他重回後宮，結識了臨淄王李隆基，才飛黃騰達起來，出於對武家的報恩，他不好推卻武氏的請求，但他也明白，選擇宰相是朝廷的大事，皇上是很重視的，他雖然得皇上寵信，卻不敢直接向皇上提出。最後皇上和中書令蕭韓商量，還是提拔韓休當了宰相。不過高力士還是從中幫了李林甫一個間接的忙。原來在任命韓休爲宰相的任書正在起草中時，他把這個消息透露給了李林甫，李林甫得到這一機密，來到韓休家，把他即將爲相的好消息告訴了韓休。

自此，韓休對李林甫另眼相看，處處幫襯他，加上武惠妃在宮內暗中助他，不久，他就被任命爲黃門侍郎。黃門侍郎是門下省僅次於侍中的副職長官，李林甫擔任了這一官職，也就踏上了升入宰相高官的最後一個臺階。何時擔任宰相，只是時間問題了。更主要的，由於李林甫擔任這一能時常接近皇上的官職，靠著他的機靈鑽營，取得了玄宗皇帝的好感與信任，到了開元二十三年，終於當上了宰相。

此時的宰相除了李林甫外，還有任中書令的張九齡和任侍中的裴耀卿，三人並加銀青光祿大夫，在朝廷中形成三巨頭任宰臣的政治格局。

武惠妃看到李林甫當上宰相，心中自是暗暗高興，這無疑又增加了壽王當上太子的力量。她想，現在壽王已經成家了，奪取太子的步伐要加快才是，免得夜長夢多。自小生長於宮廷的武惠妃，自然知道權力對一個人，特別是男人來說，意味著什麼，掌握了權力才算掌握了命運，才能駕馭別人，不被別人所奴役。壽王是她唯一的兒子，她自然想讓壽王當上太子。

她也知道權力的爭鬥是殘酷的，一旦失敗下場極慘，但一個母親對兒子的愛讓她走上了這條充滿兇險的路。唯一讓她缺憾的是，壽王太過仁慈，不像一個做大事的人。她曾經爲壽王創造了無數的機會出外辦事，爲的就是他能給皇上留下精明能幹，才能出眾的印象，可惜都無功而返。

駙馬楊洄完全明曉武惠妃的心機與苦心，出於共同的利益與榮辱，他也不能置身事外。他秉承武惠妃的旨意，密切注視太子李瑛的一舉一動，尋找他有何悖論之言或舉動。隨時準備上奏皇上，罷黜他的太子之位。但太子李瑛似乎知道武惠妃的眼光在緊盯著他，因而分外小心謹慎，不讓她抓到一點把柄。

楊玉環與壽王完婚已經有不少時間了，他們還沈浸在新婚的快樂裏，一點兒也不知道圍繞壽王展開的宮廷鬥爭。楊玉環自從上次壽王教她騎馬後，愛上了這一有點驚險刺激的活動，現在，她常常和壽王一起去城外騎馬玩，她已經能在不要別人的保護下，策馬飛馳了。她喜歡那種耳畔風聲呼呼，蹄下野花翻飛的感覺。

與別人不同的是，她騎馬喜歡換下女服，穿上緊身窄袖的衣服，這樣顯得利索，飛奔起來更有快意。壽王是寵著她的，一切任她自便。讓他不可思議的是，他的王妃太愛運動了。白天，她能在馬上奔馳一天，晚上回來，她還要完成她自編的舞蹈動作，一刻不得停歇。那些動作與跳舞時的優美動作一點不同，顯得單調和乏味，但楊玉環一遍又一遍地做著，既不感到無聊也沒有敷衍了事的意思。直到做得渾身是汗才停止。

壽王問她爲什麼樂此不彼，這些動作跳舞時幾乎都看不到。楊玉環告訴他，這都是鍛煉身材的基本功，要想有靈活的身段和出色的身材，就要不斷地做這些動作。同時，她還告訴他，這些動作都是她小時候在蜀州時，認識的一位叫謝阿蠻的賣藝人教給她的。

有時，下雨天，不能外出，她就會把她那些愛好舞蹈的同伴好友請到王府中來，一起切磋跳舞經驗，私下她還要編排幾組舞蹈，和大家一起跳，並邊跳邊改，直到她滿意爲止。每當此時，她就把壽王趕到外面去，不讓他看到，免得他說她自降身分，甘於和不入流的人在一起。

因爲楊洄的幫忙，楊玉環的哥哥楊鑒終於如願，沒有被外派出京，隨著時日的推移，他已到娶親年齡，卻還孤身一人。壽王喜歡在楊玉環面前開他這位大舅子的玩笑。他笑著說：「大舅子到現在不婚，是不是要等著娶一位公主啊？」

楊玉環說：「他才不是攀貴附權的人呢。不過，對他的事，我向來很少過問，他做事往往令我不能理解，比如，從小不愛遊玩，就知道死抱著書本啃。」

壽王說：「這樣說來，大舅子倒是一位少有的不慕虛名，務求本分的讀書人。你這樣一說，倒讓我想起一位與他滿相配的人來。」

楊玉環問是誰。壽王說：「就是承榮公主啊。」

承榮公主楊玉環是見過的，確如壽王所說，她也是一位少見的公主。她性情溫和，好讀書，衣著樸素，當別人談話時，她只是靜靜地旁聽不置一語，偶爾抿嘴笑笑，不引人注意。楊玉環想，她與哥哥倒是一對，只是公主是否會看得上一個小小校書郎呢？

不想，壽王說到做到，沒過多久，他就跑去做媒去了。承榮公主是岐王的最小女兒。岐王已經故世多年，但因爲壽王小時候是由寧王妃扶養的，跟岐王家也是常來常往，與岐王家是最熟悉不過了。壽王不是自己跑去的，還把母親也請去了，有武惠妃出場，婚事自是沒有不成的道理。

如果對女兒嫁作王妃，楊玉環的父親楊玄敫還認爲是楊家天降榮幸的話，那麼他對兒子迎娶公主就感到驚惶無措了。他有點不能相信楊家在這樣短的時間內會喜事連連，由戚戚無名一躍而爲洛陽名門，多年小官造成的拘謹心理，讓他還不能適應家庭命運的突變。但不管他能不能適應，他就得面對這樣一個巨大的榮耀：女兒做了王妃，兒子做了駙馬。他覺得他做學問的心亂了。

當盛夏來臨的時候，楊玉環就很少出去騎馬了，她怕太陽曬黑了她嬌嫩的皮膚。但她還是不閑著，她看著滿塘盛開的荷花和亭亭的蓮葉，又動了舞性，編了一套〈芙蓉舞〉，在面對荷塘的寬軒殿亭間，親自帶領一群侍女練習。現在，家中的侍女在她的帶動下，個個都有了跳舞的喜好，常常做了她的舞伴。同時，她還認爲這支舞最好用笛子來伴奏，方能體現舞中的清麗優雅的神韻，於是，她又學起了吹笛。在壽王看來，楊玉環身披半透明的綾羅，雲髻高挽，手橫玉笛時的模樣，就是一朵嬌豔無比的荷花。

就在楊玉環與壽王陶醉在新婚燕爾之中，整天只想著變著花樣玩耍度日的時候，一場圍繞著壽王奪取太子位的爭鬥在武惠妃的策劃下，緊鑼密鼓地展開了。正如一句話所說，外面風逐浪湧，中心反平靜無波，作爲中心人物的壽王，反置身事外，把大多空閒時間陪侍在愛妃的身邊。

經過多年謀劃，武惠妃覺得爲壽王奪取太子之位的計劃可以付諸行動了。在此之前，她仔細分析了一下雙方實力。她這邊，由於她貴爲皇妃，實際已統領後宮，加上她平日有意地善待嬪妃才人，不時施以小恩小惠，上至嬪妃，下至宮女，無不服貼於她，同時她也日漸注意到宦官的作用，特別是皇上最親信的宦官高力士，她更是迂尊以結，可以說，東宮太子李瑛的聲息幾乎難以傳達到皇上面前，對皇上了解太子起到了阻隔。

現在，又有朝臣李林甫爲外援，駙馬楊洄的奔走，時機從沒現在這般好過。相反，太子李瑛那邊，他的母親謝麗妃已在開元十四年去世。謝麗妃還是在皇上當臨淄王時，以擅長歌舞見寵的，家族沒有什麼背景，這就決定了太子沒有娘舅一族的勢力幫襯，更沒有什麼朝臣爲之撐腰，顯得身單力薄，孤身一人，唯一的優勢就是以長而爲太子。

太子李瑛顯然也知道自己的處境，因而，處處小心，謹言慎行，唯恐被武惠妃挑出什麼刺來，再在父皇面前誇大其辭，惡意歪曲，廢了他這個太子。他想，一切權且忍著，等他一旦坐了龍廷，手握皇權的時候，那時，他要她們嘗嘗他的厲害。他要一吐胸中抑制多年的怒火和委屈。

太子李瑛平日深居簡出，很少離宮，更不與朝臣來往，免得被武惠妃在父皇面前說他結交朝臣，培植勢力。他知道，父皇對這一點是忌諱的，想當初，父皇就是因爲有了朝臣的擁護，依仗豐滿的羽翼，迫太上皇退位，過早登上皇位君臨天下的。當年的經驗讓他時刻關注諸皇子的行蹤，因此他在京都長安建十王宅，用一個大大的院子把他們圈起來，給他們優厚的俸養，就是要讓他們沈溺享樂，不要無事生非結交朝臣，各成派系，對他的皇權造成威脅。如看到哪位皇子背著他與外廷官僚來往密切，那他一定會對他嚴懲不貸。不用說，太子首當其衝，是他防範的重點。

平日，太子只與五皇子鄂王瑤、八皇子光王琚相往來。他們的母親都是在皇上當臨淄王時，因爲容色豔麗而被皇上眷顧，後來又都因爲武惠妃的被寵而遭冷落。母親的不得勢，讓他們也不被皇上喜愛，心裏難免失落，爲此，他們也不願與旁人交際，把時間和精力都放在讀書和練武上。相同的際遇讓他們有相同的命運，相同的命運又讓他們有著共同的感慨，於是他們自然地走到了一起。

他們經常一起讀書習武，切磋詩文，相互唱合，聊以自慰，排遣抑鬱。他們對武惠妃的專權後宮，都很憤懣，特別是她不守嬪妃之道，妄想把壽王扶上太子之位，更是氣惱難平，但限於情景，只能鉗口緘默，以目示意。如果說太子李瑛故意訥言恭讓，只想明哲保身，以待來日的話，那鄂王瑤和光王琚卻有著年輕人的熱血與衝動，他倆心中的怨憤有時會假於言形於色，不自禁地顯露出來。

太子瑛多次勸告他們，不可意氣用事，要韜光養晦，以待時機，免得招來武妃的陷害，但他們對太子的懦弱退讓反不以爲然，認爲他應該主動出擊，在朝臣中培植親信，以固本基，在邊將中網羅心腹，以爲外援，免爲刀俎下的魚肉，任人宰割。那次光王琚用馬衝撞楊玉環就是一次心中怒氣的表露。

對太子瑛與二王的密切交往，武惠妃早已心知肚明，對他們私下的怨語，也是早得傳報，開始她本待剪除二王，削除太子唯一的羽翼，但她看到，二王只是有勇無謀的人，讓他們在太子身邊，只會壞他的事，不會有助太子之位的鞏固，方才罷手。現在，她覺得正好可以借助二人意氣衝動的特點，尋機窺隙，抓到太子不實的把柄，達到她心中的目的。

這天，二王又以溫習詩書爲由，相聚於太子瑛處，實是想聚在一起，發發滿腹牢騷。見左右無人，鄂王瑤說：「二哥，你可聽說，前兩天，壽王妃的哥哥娶了承榮公主爲妻。想他卑俗之人，小小校書郎，何德何能匹配公主。」

不待太子接話，光王琚說：「還不都是那個武氏老女人從中作怪，想籠絡人心，壯大壽王勢力，也不管你什麼公主不公主，只要對她有利，就用連姻這根線把你拉進來。想承榮公主是岐王最小的女兒，連父皇都喜愛，嫁於那個名不見經傳的校書郎，真是辱沒了她。」

太子見二人講話愈來愈口不加遮攔，擔心地說：「二位弟弟，講話切莫過激，免得隔牆有耳，惹來不虞之禍。」

光王琚說：「二哥，你就是太過提心吊膽，平日怕她也就算了，今日，在你府邸，又無旁人，我們還不能一吐心中怨言嗎？」

鄂王瑤也說：「是啊，想那武氏，一味狐媚父皇，專寵後宮，害得你我母親遭遇冷落不說，還打起移換皇儲之事，要把她親生的兒子替換爲太子。真不愧是武氏一脈。」

太子瑛深深歎了一口氣說：「唉，武氏亂朝，殷鑒不遠，父皇不應沒有警戒，爲何獨獨不悟呢？」

三位皇子對父皇專寵武惠妃，也是滿肚子的不滿，但止於名份，不敢妄加評說，只把一肚子的怨氣發泄在武惠妃的頭上，說她武氏之後，專以媚狐事上，貌美如花，卻心如蛇蠍。最後太子瑛也抑制不住心中怒氣說，如等到他當政的那一天，他一定要把她武姓餘脈剷除，還唐室一朗朗青天。

他們自以爲在太子府邸，只顧講得高興，不想他們的話早已被武惠妃收買的太子身旁的人聽去，並迅速傳到她的耳中。武惠妃聽到這一切，氣得渾身顫抖，恨不能立即趕到東宮向三人問罪，但她冷靜下來，覺得應好好利用這一難得的機會。於是，她留住那個太子身邊的人，衣飾不拾，蛾眉不描，飯也不吃，哭哭泣泣以待皇上的到來。

當皇上看到他的愛妃這樣一副受人欺負，憔悴不堪的模樣，自是關心地問她怎麼回事。武惠妃未語淚已流，她一頭撲在皇上的懷裏，放聲痛哭起來，彷彿受了天大的委屈一般。邊哭邊說：「太子私下裏與鄂王、光王結黨相聚，說我專事狐媚陛下，並說陛下不明清濁，偏聽偏信，如他臨朝之日，必不讓我與壽王存活世間。」並說這是太子身邊的人不忍她無由被害，特來轉告她的。皇上立即把那個太子身邊的人找來，親自審問。

太子身邊的人既然被武惠妃收買，不免添油加醋地把三王的牢騷話誇大說出，皇上還沒聽完，已經怒氣勃發，他怒喝道：「此等逆子，怎敢猖狂若此，陰損皇妃，誹謗父皇，如真讓他臨朝，還不知會怎麼樣對待天下呢。」說著，就要下旨要把三子送御史嚴辦。

武惠妃見目的已經達到，不想繼續擴大事態，由此掀起冤獄，引起朝中大臣的不滿，就又哭泣著說：「陛下，太子是將來一國之尊，爲社稷著想，妾妃誠請自願，把我與壽王驅逐出宮，或賜死吧。免得因爲我的緣故，讓太子於人落下不實話柄，有損他的威嚴。」

皇帝聽了，說：「此等不孝子，留他何用，待明天，我先廢了他的太子之位，再慢慢收拾他。」聽了這話，武惠妃心中暗喜，她勸皇帝千萬要保重身子，免得氣壞了自己的身體，她語氣一轉，說：「陛下，凡事有個限度，太子品性不端，愧爲太子，現在你知道了，免去他的太子也就是了，不要再多加責罰了，到底你們還是父子，以免讓外人朝臣非議，於陛下威嚴有損。」

皇帝氣哼哼地答應了，他決定免去李瑛太子之位。他把武惠妃摟在懷裏，心想：這樣一個善解人意，多爲別人著想的人，太子竟然罵她心如蠍蛇，只會狐媚事人。我看不是她心如蠍蛇，而是你太子心術不正，還沒登上皇位，就連爲父的愛妃也不能容忍，連我這點歡樂也要剝奪。她狐媚事人，她事的是誰？是父皇我，這樣說，我不就是一位偏聽婦人之言的昏君了嗎。是可忍，孰不可忍！

武惠妃見皇上氣得不行，就提出陪他下一盤棋解解悶。皇帝立刻傳御廚房爲武妃準備御膳，他要去考慮一下廢除太子和二王的事，看如何與三個宰相們商討。

第二天，玄宗皇帝把中書令張九齡、侍中裴耀卿、禮部尙書李林甫三位宰相召集來，商議要廢黜李瑛太子一位，原因就是武惠妃給他說的，太子私結黨羽，陰損後宮，指斥皇上。三位宰相乍一聽都懵住了，他們沒有想到皇帝召他們來是商議這件事，他們沒有一點心理上的準備。

倒是李林甫聽了氣定神清，顯然這不是一件出乎他意料的事。三位宰相誰也沒有先開口，因爲他們知道，這預示著宮廷中又將掀起一場新的權勢鬥爭，而在這場鬥爭中，他們的講話也就表明他們的方向，是站在現在太子一方，還是站在那個他們還不知曉是誰的另一方。

沈默沒有太久，中書令張九齡開口了。他說：「陛下，恕老臣直言，您登基已經三十年，三十年來，在您英明的治理下，天下太平，五穀豐登，使百姓很久都不知道戰爭是怎麼一回事了，他們慶幸生逢其時，感謝陛下的享國日久，子孫的繁育，從沒像現在這樣多過。這一切因爲什麼呢？都得利於天下安寧，靖晏無事。太子殿下，很早就已經確立，他平日不離開深宮，天天受到您的教誨，耳提面命，早已薰陶得深明大義，從來沒有聽到有什麼過錯，今天突然一日之間，聖上要廢三王，臣伏唯陛下三思而後決之。而且，太子是國家的根本，輕易不可動搖，以免引起不必要的紛爭，頻繁更換太子給國家造成災難的，這在歷史上是屢屢可見的。比如晉獻帝、漢武帝等。陛下慎思！」

張九齡是首席宰相，他的話是有一定份量的。他這樣說，皇帝不好反駁，他把頭扭向裴耀卿和李林甫說：「兩位愛卿，有何高見？」

裴耀卿一向是以張九齡馬首是瞻，見張九齡這樣說，只是唯唯諾諾地跟著應和，說他所言極是。李林甫在皇上還沒問話時，就一臉肅然，顯出對這個問題已經深思熟慮的樣子，在皇帝問到他時，他徐徐說道：「陛下，臣以為正如張宰相所言，太子是一國之根本，因此所立皇子應是溫禮有賢德，品性俱佳之人，這樣，才能起表範作用，一旦臨朝，才能更好地治理國家，如果先期失於考察，僅固守太子立而不可輕廢的原則，那麼對大唐社稷是不利的。現太子既有不虞之辭，越禮之議，陛下要廢黜，也是情理之中的事。歷史上罷免已立太子，再立賢明皇儲，從而把國家治理好的例子也不少。」

玄宗聽了李林甫的話，微微點了點頭。張九齡向來鄙視李林甫的為人，見他在這緊要關頭，竟不顧國家社稷，只知道順著皇帝的心意講，討皇上的歡心，連忙說：「陛下，太子是一國所望，廢止是百官皆知之事，現僅以聽聞到的，沒有確證之事來廢黜，恐令天下失望。願陛下再思之。」

這倒是說到了玄宗皇帝的心坎上了，他就是因為廢黜太子的理由太過單薄，才和三位宰相商議的，如果他有太子忤逆的確鑿證據，還用得著與他們商量嗎，早下詔辦理了。此時，他也不願聽宰相們的爭論了，他揮揮手說：「我知道了。這事以後再商議吧。」

皇帝與三位宰相商議的結果，很快就傳到武惠妃的耳中，她一面對李林甫為她講了話感到快慰，一面又痛恨張九齡的迂腐與不識相。但她沒有再就這事去問皇帝，她知道凡事不可操之過急，急了反而不好。她一面讓女婿楊洄更加密切注意三王的動靜，搜集他們不敬的言行，一面不停地在皇帝面前大講李林甫的好話，她的目的是讓李林甫在朝臣中的地位更加突出，講話更有份量，最好當上第一宰相，把張九齡那個不識擡舉的老傢伙擠下去。

其實，李林甫與張九齡本身就有矛盾，且矛盾比較深，還不是一朝一夕結下的。

在李林甫要當宰相之前，玄宗皇帝曾徵求過張九齡的意見。張九齡卻說：「宰相一職關係著國家的安危，不可輕率地授於別人。陛下看中了李林甫，我恐怕他不能擔當此重任，誤國誤民，他日成爲朝廷的憂患。」張九齡不贊成把宰相一職授於李林甫，但玄宗皇帝心意已定，問問張九齡是走走過場，因此沒有聽他的話，還是把禮部尚書一職給了李林甫。

張九齡對李林甫爲什麼有看法呢？是不是李林甫早年得罪過張九齡，讓他耿耿於懷不放過他？事實不是這樣的，對於諂媚阿諛的李林甫來說，當朝第一宰相張九齡他怎麼會無緣無故去得罪他，巴結還來不及呢，造成張九齡對他壞印象的感覺，完全是當時朝廷中派系相鬥的後果。

此時，朝廷的官僚大致分兩派，一派爲文學派，一派爲吏士派。文學派，不言自明，大抵是科舉出身，儒家之臣，善於舞文弄墨。他們往往有著較高的文學修養，走上仕途，多想一展心中理想的抱負，但往往理想大過現實，在處理實際事務上，能力有所欠缺；而吏士派呢，大多不是科舉出身，他們務實不尙虛，雖然沒有什麼過高的文學修養，但處理日常政務的才能卻較一般人爲高。兩派都有自己的做人和處世標準，在引薦人才和提掖後進上，都希望引進自己一派的人來，一來意氣相投，二來壯大自己一方的力量，這樣，在爭權奪利上，不免就有了衝突和矛盾。

張九齡是屬於文學派的人，他外表飄逸，學問深厚，很有學士的儒雅之態，更爲難得的是，他處理政務的能力也少有人比，因此早年得到玄宗皇帝的賞識。但張九齡是位耿直的大臣，並不因皇帝的信任而濫用手中的權力，他對一些看不慣的人和事，往往極言得失，絲毫不顧別人是怎麼想，甚至皇帝稍怠於政，他也直諫奏陳，弄得皇帝幾次下不了臺。李林甫非科舉出身，其水平僅能寫寫一般文章，他是屬於吏士一派的。由於他少學無文，在負責吏部典選時，曾鬧出過不少笑話。

有一次，太常少卿姜度添了個兒子，因爲姜度是李林甫舅舅的兒子，也就是他的表弟，李林甫寫了一幅字去道喜，其中有一句「聞有弄獐之慶」，古時人把添了兒子比作「弄璋之喜」，這是常識，而李林甫卻把「璋」寫成了「獐」。璋，是玉器名，有喜慶吉祥的意思；獐，畜牲名。一字之差，意思完全相反，本來賀喜的話變成罵人的話了。來賀喜的客人見了，都掩口暗笑。

自此，李林甫的粗鄙無文也揚名朝廷上下。他不僅自己不注重文辭的修飾，連推薦的官員也欠缺此道，有一個他推薦的戶部侍郎把「伏臘」讀作「伏獵」，遭到文學派的嚴挺之的嘲笑：「省中豈容有『伏獵侍郎』！」文學派和吏士派，由於彼此看問題的角度不同，容易產生政見的不同，互相之間輕視對方。張九齡和李林甫作爲兩派各自的頭面人物，當然彼此沒有好感了。

李林甫知道張九齡對自己印象不佳，因爲張九齡的官比他大，他只能把對他的忌恨放在心裏，表面上對張九齡還是恭禮有加的。但善於僞裝的他，慢慢發現了張九齡與皇帝的關係並不是太融洽，有幾件事弄得皇帝很不高興，他看到這種情況後，就千方百計附和皇上，有些事不管對不對，只顧順著皇上的心意說。利用一切可利用的機會離間皇上與張九齡的關係，削弱皇上對第一宰相的信任。而皇帝被李林甫這麼一而再、再而三的挑撥，漸漸地疏遠了張九齡。這一點張九齡也是有覺察的，但文士的耿直讓他一如既往，沒有變得圓滑。

李林甫見皇帝聽了張九齡一番義正辭嚴後，廢太子的決心開始動搖，自己雖有意幫助武惠妃，只歎孤力難爲，三個宰相中，就他一人說可廢太子，人微言輕。從宮中出來後，他一面派人把商討結果告訴武惠妃，一面又派人找到皇帝寵幸的宦官，官封右監門衛將軍、知內侍省事的高力士，讓他轉告皇上一句話，這句話就是：此乃皇上家事，何須外人置喙。就是說，這是皇上您自己家裏的事，廢也好，不廢也好，全在於皇上您這個一家之長。爲什麼還要問旁人，讓別人來管您家中事呢。別人也沒權來管您家裏的事。這是李林甫聰明過人之處，他把關係著大唐命運的皇太子的廢立，輕描淡寫地說成是皇上家裏的事。

武惠妃聽了李林甫的傳報，一面暗罵張九齡的不識相，一面又無可奈何，但她不是一個凡事坐等靜觀的人，她知道一切事都要爭取，坐待其變，是不會等來好的結果的，特別是在權勢集中的宮廷，誰都想撈取權力，爲了抓住它，什麼殘酷的手段都能用出來，看似溫情脈脈太平無事的宮闈，實有掩蓋不住的血腥；你不謀劃別人，別人就會謀劃你，你一步想不到，處處就會讓別人爭得先機，你就只能成爲任人宰割的魚肉。

但怎樣讓朝臣都同意廢黜皇儲呢？爲此，她心急如焚，焦躁不安。但又不能把心中所想表露於臉色，特別不能在皇上面前露出一點口風，那樣，原本還有希望的事就會前功盡棄，歷朝歷代的皇帝，都是深忌後宮干政的，他們不允許婦人對他手中至高無上的權力有一點影響。因此，在皇上面前，武惠妃還要強顏歡笑，表示對皇上廢不廢太子一事，根本不關心，似乎把她對皇上哭訴太子一夥要陷害她與壽王的事已經忘得一乾二淨了。

武惠妃的心事和難言之隱瞞過了皇上，卻沒有瞞過身邊的侍候她的一個叫牛貴兒的宦官。一個人的心中所想，總會有所表露，她在皇上面前極力掩蓋，在皇上不在時，難免有所鬆懈。而在宮廷生活久了的宦官，無論大小，似乎都從小養成了一份對權力的敏感，和對妃嬪們的觀色察顏，從中猜度她們心中的喜怒哀樂。牛貴兒也是從小就入宮的人，他又一直服侍武惠妃，幾天來，武惠妃的心事他不可能不知道，他很想開導開導皇妃一下，爲她分擔憂愁，但限於身分，他不敢貿然開口。

這天，皇上在朝堂上處理國事，武惠妃一人在後宮，牛貴兒侍立在旁。雖是金秋送爽的時節，武惠妃卻沒有出去走走散心的意思，她反顯得焦躁不寧，坐臥不安，只見她一會兒蛾眉緊蹙，一會兒起身徘徊，心中實有決斷不下的事。牛貴兒在旁不敢多嘴，垂首默立。忽然，武惠妃喊道：「貴兒，你過來。」平日，武惠妃都喊他貴兒，以示親切。牛貴兒趕緊小跑到武惠妃面前。

「貴兒，我問你一個問題。你說，怎樣才能讓一個人做他不願做的事呢？」

牛貴兒想了想說：「我聽說在秦朝時，有一個宰相叫商鞅的，要變法，但人們開始都不信任他。爲了取信於民，他在城的北門豎了一根大木頭，並當眾宣布，誰把大木頭擡到南門去，當眾給五兩金子；人們都不相信，想，世上哪有這樣便宜的事，擡一根木頭就能得到五兩金子，該不是一個陰謀吧，還是不要貪財爲好。見眾人不信，商鞅就加到十兩，還是沒有人相信，最後加到了三十兩。一個人實在經不起誘惑，就把大木頭扛到了南門，商鞅當著眾人的面，給了他三十兩黃金。這就叫重賞之下，必有勇夫。如果要一個人去做他不願做的事，奴才以爲，多加賞賜，他一定會去做的。」

「如果這個人不缺錢呢？」

「那就給他官，有錢的人沒有一個不想當官的。」

「如果他已經當了官呢？並且還是一個大官。」聽到這裏，牛貴兒已經心知肚明瞭，他稍稍停頓了一下，語氣加重，一字一頓地對武惠妃說：「那就派人告訴他，可以讓他一直把大官當下去。」

武惠妃聽了這話，把目光定定落在牛貴兒的臉上。兩人四目相對，心中都已經知道那人說的是誰了。武惠妃說：「好，貴兒，你就去告訴那個人吧。」

牛貴兒秉承武惠妃的心意，當晚，趕在宵禁之前，他來到中書令張九齡的府邸，面見張九齡，不過他是經過一番喬裝才去的，沒人知道他是宮內的太監。張九齡久在官場，見一陌生之人此時來訪，知是爲人所派，問他有何見教。牛貴兒也不與他兜圈子，直言相陳，說：「聽說太子有逆忤之言，皇上有廢黜之意，曾召公商議此事？」

張九齡詫異此等機密的事竟爲外人所知，既然此人連這件萬分機密的事都知曉，可見他是有一定來頭的。他不動聲色地點點頭，算是默認。

「聽說公不主張廢黜？」

「太子是固國之本，怎可僅憑謠傳輕言廢黜。」

「公此言差矣。太子固是將來一國之君，但如果品性不端，大臣只是一味循章遵典，以爲廢黜有損國基而遷就，最後，豈不免欺國累民。常言道，有廢就有興，皇上子嗣眾多，難道就沒有一個品德端莊，慈愛有仁心的嗎？」

「噢，你看哪一位是可立太子之選呢？」張九齡不知來人底細，故有此一問。

牛貴兒以爲張九齡有所心動，說：「我看壽王俊美可愛，溫良禮讓，如立爲太子，定不負國人所望，可使國泰民安，內外頸望。中書令大人如傾力助持，不僅是盡了臣子之道，爲國家薦一明君，就是自己的至尊之位，也可久居不離，是別臣所不敢祈望。」

聽到這裏，張九齡已經全明白了，他知道眼前這個人是受誰指派而來，他把眼一瞪，眉一橫，疾言厲色道：「太子廢立，聖朝命運所繫，我身爲大唐臣子，自當忠於職責，秉心陳言，只求無愧於心；要想讓我尸位素餐，上不能匡主，下無益於民，位尊而遭人恥笑，不是我輩所爲。爾等何人，竟敢過問皇儲廢立，不怕律法懲處嗎？」

聽著這番慷慨言辭，牛貴兒的心陡然懸提了起來。他見張九齡怒氣勃發，臉上鬍鬚都根根皆豎，目光如炬盯射著他，雙手扶著椅子的扶手，似乎隨時都要站起喊人把他拿下。牛貴兒知道，如果此時，張九齡把他拿下送官，告到皇帝面前，他就是有十條小命也揀不回來了。但他想到他是武惠妃差派而來，既然張九齡也知道，量他還沒有這個膽。想到這，他的膽又壯了壯，看著張九齡冷冷地說：「張大人，小的完全是一番好意，只在提醒你要審時度勢，免得日後後悔。要知道，再怎麼講，太子的廢立，都是皇上自家的事，大臣還是不要過多干預的好。」

聽到這話的張九齡一下站了起來，他一步跨到牛貴兒面前，怒喝道：「大膽狂徒，竟敢口出這等言語，再不速退，休怪我無禮。」

牛貴兒在張九齡威嚴的目光下，不自禁地退了兩步。待穩定心神後，他恨恨地說：「好，好。我話已傳到，你好自爲之。」說著，忙不迭地出了張府。

牛貴兒回到宮內，添油加醋地把張九齡的話傳給了武惠妃。武惠妃聽了，眉頭緊緊地擰在了一起，她沒說一句話，揮揮手讓牛貴兒退下。此時，她有些後悔讓牛貴兒去勸說張九齡了，她沒有想到張九齡是這樣的頑固，這樣的不識相，現在，她最怕的是張九齡把牛貴兒去勸說他的事告訴皇上，那樣的話，形勢就會對她極爲不利。

雖然牛貴兒沒有說是她派他去的，她想張九齡心裏一定會明白的，不然，他一定會把牛貴兒拘押起來，送交御史台或刑部，他放牛貴兒回來，就是心裏忌憚她。如果張九齡把這事呈報皇上，即使不說出她來，皇上難免會起疑心，也一定會削弱他廢除太子的決心。她實在懊悔自己考慮不周的舉動。她連忙把駙馬楊洄招來，要他時刻注意張九齡，看他是不是把這件事告訴了皇上。

武惠妃的擔心不是多餘的，張九齡第二天就把牛貴兒去勸說他的事，呈報了皇上。皇上在褒獎張九齡忠心正直的同時，心中疑雲密布，經過多次宮廷權勢鬥爭的玄宗皇帝，深深感到在廢立太子一事的背後，有著一股隱藏著的勢力，這股勢力想扳倒太子，另立皇儲。這是玄宗皇帝所不能容忍的，任何對他至高無上的權力構成威脅的因素，都是他要警惕和提防的。因此，廢立太子一事，他覺得不能偏聽偏信，遲緩一下才好。

楊洄探聽到這些消息，立即讓咸宜公主入宮傳送到武惠妃的耳中，武惠妃見自己擔心的事還是發生了，更是懊悔無比。她知道，廢黜太子謀立壽王的事只能暫緩一下了，只有慢慢打消皇上的疑心再相機行事。她在一面懊悔自己處事欠妥的同時，一面把張九齡恨之入骨，她想，如果繼續要謀立壽王為太子，只有把張九齡這個絆腳石搬開，把李林甫這個得力的外援扶上第一宰相的位置。

這些政治上的陰謀，非但楊玉環不知道，就連壽王也蒙在鼓裏，不是他們的母妃不願讓他們知道，而是看他們實在不是搞權謀的人，有些事讓他們知道，反而有可能壞事，故有意瞞著。武惠妃看得出，壽王與楊玉環都像是永遠長不大的孩子，只一味沈溺在自己愛情的幸福裏，她有時想，假如一切如心中所願，讓壽王當上了太子，以後再當上皇帝，他能把國家治理好嗎？他能應付得了這些陰險殘酷的權力鬥爭嗎？看著他柔弱怯懦的樣子，武惠妃知道他是決不能在綜錯複雜的權勢鬥爭中生存的，那麼，自己所做的一切，不僅不是為他好，不是反而害了他嗎？雖然自己可以應對一切，但到底不能保他一輩子啊。

最遺憾的是壽王妃也是一個心地純真無憂無慮的人，是個不諳權勢的女人，不能指望她能在旁助丈夫一臂之力，再說了，壽王妃就是一個有超眾能力的女人，是壽王的得力助手，一旦功成，她會不會反客為主，喧賓奪主呢？先是垂簾聽政，再取而代之。這不是不可能的事，自己的外祖母則天女皇不就是榜樣嗎？還有步她後塵的中宗時的韋皇后。

想到這些，武惠妃有時覺得她所要爭的一切都失去了意義，失去了方向。但她決沒有罷手的意思，一是從小耳濡目染的權勢鬥爭讓她只想去爭奪最高的權力，弱肉強食的道理她比誰都明白。二是她現在已經走到了這一步，太子瑛與她和壽王的仇恨已經結下。這個仇恨是不可化解的，是必須要以一方毀滅一方勝出為代價的。她勝出，太子瑛與二王不會存活，如果太子勝出，以後當上了皇帝，那麼他也不會放過她與壽王，等待他們的只有死路一條。為了自保，她就像騎上一匹脫了韁的野馬，欲罷不能了。

什麼事也不知曉的壽王與楊玉環，當真以為自己生活在太平無事的好日子裏。這天，壽王又不知從哪裏借來兩匹駿馬，要攜愛妻去郊外騎馬。自從楊玉環愛上這一運動後，壽王幾乎把他認識的皇親國戚的好馬都借來了。今天當壽王興致勃勃穿戴好後，見楊玉環還是一身家居打扮，詫異地問：「咦，平日都是你催我，今日怎麼了，你倒不慌不忙起來？我可是收拾好了，今天，我要和你好好賽上一賽，看誰先跑到洛水邊。」

楊玉環還是沒有忙著去換衣服，她走到壽王面前，溫柔地拉起他的手，輕輕地放在她的肚子上，說：「十八郎，今天恐怕我不能去了。」

「為什麼？」

「我已經有身孕了。」

「啊！」壽王眼中露出喜悅的光彩，他把楊玉環摟在懷裏，一隻手輕輕地在她肚子上撫摸著，感受著另一個小生命的存在，嘴裏喃喃著說道：「我就要當父親了，真是不可想像。」

楊玉環心裏湧起一股從未有過的溫情，臉上放射出幸福的光波，她問壽王：「十八郎，你是想要一個皇子呢，還是一個皇女？」

「都要，最好生一對龍鳳胎，這樣，我們再出去騎馬玩時，就可以你抱一個，我抱一個了。」

「唉，都是因為他，我不能出去玩了。」楊玉環臉上又露出煩惱的表情。任何影響到她遊玩的東西，她都要氣惱的。

「玉環，不要這樣著急嘛，只是短短幾個月時間，再說馬上要進入冬季了，外出騎馬也不方便。除了騎馬還有別的可玩嘛。」

聽了壽王這麼一說，楊玉環緊皺的眉頭鬆開了，她又喜笑顏開地說：「對，你說的有道理。不過，現在我要去看看你又借到了什麼駿馬。」

壽王妃有孕的消息立刻讓武惠妃知道了，她由衷地高興。她把楊玉環召入宮中，詳細地詢問了有關情況，並派內宮侍醫奚官來為她診脈。奚官雖不是正式太醫，但醫術絲毫不遜於太醫，只是他們常為內宮服務罷了。奚醫診過楊玉環的脈後，告訴武惠妃一切正常，沒有什麼可擔心的。話是這樣說，武惠妃還是不放心，因為她就曾多次流產，沒有保存住在壽王前面的幾個孩子，在這方面，她有著自己的迷信和忌諱。

首先武惠妃要求不要把壽王妃懷孕的消息到處傳播，特別不要讓皇上知道。如果哪個宮女不守此條，到處張揚，一定嚴罰不貸。她是出於這種心理，如果真的有什麼鬼祟的話，她希望用這種方法能瞞過鬼祟的注意，似乎鬼祟也特別愛在富貴的人身上打主意，來展示它嚇人的猙獰面目。

這和鄉下人為了好讓孩子活下來，給他取個小狗小貓的賤名一樣。其次，武惠妃拿出一塊玉讓楊玉環隨時帶在身上，聽她說，這塊玉是在她前幾個孩子不幸夭折後，一位女道士送給她用以避邪的。自從她佩上這塊玉後，生下的壽王與咸宜公主都存活了下來，所以，她對這塊玉特別鍾愛，就是在壽王與咸宜公主長大成人後，她還是時刻把它佩戴在身上。現在，她把玉送給了玉環。

楊玉環對自己的身孕，開始是驚喜的，她似乎此時才意識到自己成人了，是一個要對某個生命負責的人，一種偉大的母愛在她心中蕩漾。特別是在獨自一人沐浴時，她看著自己日漸隆起的肚子，心裏又是甜蜜又是莫名。她把手放在肚子上，感受另一個生命在她體內的跳動，他的跳動與她一致，他的成長在她身上現顯，而她卻看不見他，他會長得什麼樣呢？他會像她，還是像壽王？真是不可思議，一個生命就在自己身上孕育了。

但慢慢地，楊玉環又對自己的身孕討厭了，因爲她的身孕，她不僅不能騎馬，所有的激烈運動都不得不停止，她最喜愛的舞蹈也只能看不能親身參與了。因此，她抱怨不休，甚至對肚中的那個他怨恨起來。好在壽王體諒到她的心情，把洛陽最好的樂師召來給她解悶，受他們的影響，楊玉環慢慢地對音樂的興趣大增。

轉眼間，八月初五日的千秋節到了，玄宗皇帝爲了慶祝自己的生日，每次千秋節都放假三天，讓百官休息，士庶同樂。每當此時，洛陽城中就分外熱鬧，街市上的喧嘩往往能傳入深宮。楊玉環爲自己不能溶入到這種歡樂的氛圍中深感懊惱。武惠妃似乎知道她這位兒媳好動的脾性，特地派人來告誡她，要少動靜守，以免牽動胎兒。楊玉環抱怨自己的行動受到了限制。

壽王爲了楊玉環不至太過寂寞，也沒有上街遊玩，只是到宮中參加了賀拜父皇生日的儀式，就匆匆趕了回來。他對楊玉環說，許多官員都給父皇送了生日賀禮，就是上次他們在制鏡坊看到的一面面大銅鏡，取名金寶鏡，唯有中書令張九齡給父皇上了一套書，書名叫《千秋金鏡錄》，是以前歷代興廢史事編纂而成，希望父皇看了能從中汲取經驗，更加地知人善用，把國家治理好。

「這很好啊，知古才能明理，這比那些獻什麼金寶鏡的人強多了。我聽說太宗皇帝曾說過這麼一句話，照鏡子可以整衣冠，只有觀照歷史，以歷史爲鏡子，才能明辯是非，有錯必糾。做一個明君。」或許是父親是儒生的緣故，楊玉環對張九齡這一舉動很是欣賞。

「是啊，父皇也賜書給予了褒美。但是母妃說這是張九齡的別有用心，向來只有對昏庸的君王，臣下才搜集什麼歷代興亡史事編成書，上呈皇帝藉以諷諫，現在，父皇英明決斷，海內升平，他這一舉動不是明明是在說父皇是昏庸之君嗎？」

「怎麼能這樣說呢，要知道編一本書是要費好大勁的。我記得，父親在編書時，有時唉聲歎氣半宿，往來不停地踱步，翻看了幾大本書，卻不能寫下一句話，能把以前朝代的事收集起來，那要多大的精力啊。他這樣做也是出於一番好意嘛。」

「我對張九齡編不編書不感興趣，只是聽母妃說，他對我們不太友善，讓我們提防著他才好。」

「噢，原來他是一個奸臣，那皇上為什麼還不把他懲辦了？」

「忠奸只是後來人評說出來的，當時是不好說誰忠誰奸的。」

「好了，不說這些事了。今天我又新學會了一支琵琶曲，彈給你聽。」現在，楊玉環又對琵琶有了興趣，為了經常奏樂不引起旁人的議論，她特地把一間寬大的房間的門窗，各加三重帷，以防音響傳出太遠。

這樣的日子沒過多久，突然武惠妃從宮內傳來話，要楊玉環千萬不要進宮，聽說是宮內有鬼祟作怪，免得沾染上她，有礙身孕。這話在叫人害怕的同時，又讓人刺激，好奇的楊玉環叫壽王去打聽，到底是怎麼一回事。很快，壽王打聽出來了，說是宮中有鬼，鬼經常在晚上敲門，還有地上的螞蟻在一個宮女遭杖殺的地方常組成一個「冤」字來。楊玉環問那個宮女是被誰杖殺的。壽王支吾半天說，是被母妃杖殺的，罪名是她污穢宮廷。楊玉環不再問，她想一個宮女被杖殺，死的地方有螞蟻自動拼排成一個「冤」字，其中一定有隱情。

事情正如楊玉環所猜疑的那樣，其中隱藏著一些秘密。其實那個宮女是冤枉的，她不過是武惠妃與太子瑛政治鬥爭的犧牲品，不過那些被人們談之色變的鬼祟，卻又是太子瑛蠱惑人心恐嚇武惠妃的伎倆。

那個宮女名叫英妹，本是武惠妃身邊的侍女，長得婀娜多姿，容顏如玉，芳齡二八，正是懷春多情年齡。有一天，太子禮見武惠妃，偷眼望見英妹天仙般的容顏，不禁怦然心跳，多瞧了兩眼。英妹呢，生長於深宮，男人見得沒幾個，一見太子望她的眼神，也是心有靈犀，一雙妙目也是在太子身上游走不停，雖在武惠妃身側，兩人竟眉目傳情起來。

這一切都被武惠妃看在眼裏，當下她不動聲色，等太子離開後，她單獨留下英妹，作出關心的樣子問道：「英妹，你今年多大了？」

「回貴妃娘娘的話，奴婢今年十六了。」

「嗯，正是青春年少，如花似玉的年華。這樣的歲數應該出嫁了。」

「奴婢不嫁人，奴婢要侍候娘娘一輩子。」

「你的心意我領了。我也知道，你們宮女誰都希望能出宮嫁人，哪怕過一個普通人的生活。」

「奴婢不敢。」

武惠妃不去聽英妹的話，自顧自地說：「你是我身邊的人，要嫁人可不能胡亂就嫁了，一定要嫁個有權有勢，能讓你享盡榮華富貴的人。你看東宮太子如何？」

武惠妃的這句話差點把英妹的魂給嚇掉，她以爲武惠妃知道她與太子眉目傳情的事後，是在懲罰她之前，故意說這番話給她聽的。她嚇得立馬跪倒在武惠妃面前，哭拜道：「奴婢不要嫁人，奴婢只要忠心地侍奉娘娘。」

「好了，不要說小孩子話了，這個事就這樣說定了。不過，委屈你的是，你到東宮太子那裏，卻不是太子妃，只是一般侍幸的宮女。至於以後你是不是能被太子寵愛，就看你的造化了。今天我看太子對你很有情義的樣子，我相信你是能得到太子的寵幸的。」

英妹見武惠妃不像是開玩笑的樣子，心中不免疑惑起來，她想，難道當真喜從天降，武惠妃看到自己與太子眉目來往，不僅不加責怪，還成全他們的心願。想到這裏，心中難免暗喜，但嘴裏還在說著什麼要侍候娘娘一輩子的話。這時，她又聽到武惠妃說：「不過，你到了太子那邊，要時刻關心他，要像侍候我一樣侍候他。太子是將來一國之君，任何舉止言行都關係著未來大唐國運，因此，你到了那邊，太子的一舉一動，你都要及時回報於我，讓我們共同關心他。聽到了嗎？」

「奴婢聽到了。」

於是，沒過幾天，英妹被送到了東宮太子處。太子當初要勾引英妹，固然因爲她美貌，更主要的是看中她是武惠妃身邊的人，太子想把她勾引到手，好隨時從她嘴裏探聽到武惠妃的秘密舉動，不想，武惠妃奏明皇上，打著關心太子的旗號，把英妹送了過來。太子知道，武惠妃才不會真地關心他呢，她這樣做，是要在他身邊派來一個奸細，監視他的一舉一動，好隨時上報於她。但太子也是工於心計的人，看到英妹這樣小，他決定用男人的魅力征服她，把她轉變過來，成爲一個爲他所用的女人。

因此，從英妹被送給太子那一天起，太子就表現出對她超乎尋常的寵愛。不用說，連男人都很少見到的英妹，一下子就掉到男歡女愛的甜蜜中不能自拔了，對太子無比依戀起來，早把武惠妃臨來告誡她的話忘到九霄雲外，倒是太子多次勸她常回武惠妃那裏去走走。她回到了武惠妃這裏，也給武惠妃說了很多太子的情況，當然都不是武惠妃想聽的。武惠妃在要她好好侍候太子的同時，不忘提醒她要多注意太子平日都在忙些啥。英妹沒有在武惠妃那裏坐多久，就等不及地回來了。

等時間久了，時機慢慢成熟，太子看到已能控制住英妹了，就把真相都告訴了她，當然隱瞞了他當初要勾引她的初衷。英妹沒有想到武惠妃把她送給太子，原來包藏禍心，另有目的，藏在心中對她的感恩戴德，一下全消散了。最後，在太子挑撥和花言巧語下，英妹從一方倒向了另一方，不是把太子的消息傳報給武惠妃，而是把武惠妃的消息傳報給了太子。太子還給英妹許諾，等他有一天登上皇位，就會立她爲皇后。雖然現在太子已經有了太子妃。有了這一空頭許諾，英妹爲太子奔忙得更歡了。

通過旁的渠道，武惠妃很快知道了英妹的變心，她不能忍受一個宮女對她的出賣，她的心裏對英妹充滿了怨恨，她要狠狠地懲罰她的變節，方能一泄心中被愚弄的惱恨。沒過多久，這個懲罰的機會降臨了。

早年間，有一個叫于佑的儒士漫步禁衢間，在御溝邊拾得一寫有詩句的樹葉，上書：

流水何太急？
深宮盡日閑。
殷勤謝紅葉，
好去到人間。

于佑拾到這片樹葉，喜愛上面所題詩句意境新美，就夾藏在書間，終日玩味，很想結識詩的作者，但不知是什麼人寫的。忽然一天腦子開竅，想，紅葉既是從御溝中流出，御溝水出禁掖，詩必是宮中美人所寫。想到美人，他精神爲之大振，頓起要與她唱和的心情，也是書呆子氣發作，竟也找到一個碩大的紅葉，上題：

愁見鶯啼柳絮飛，
上陽宮女斷腸時。
君恩不閉東流水，
葉上題詩寄阿誰？

跑到御溝上游，放入水中，順水流入宮掖中企盼能被那個寫詩的宮女得到。事有湊巧，這片紅葉竟真的傳到了那個宮女手中，或許是她本人拾到的，也可能是別的宮女知道她曾在紅葉上寫詩放入御溝中這件事，拾到後交給她的，反正不管怎樣，那個宮女得到了于佑回覆的紅葉詩。正如于佑所盼，宮女是個年輕美麗的姑娘，她自恃聰慧，想到一生就可能慢慢衰老湮沒於深宮，心中不免悵然難抑，出於排遣寂寞，她寫詩於紅葉置於御溝中，不想，竟有人拾得，還回覆一葉。她讀著紅葉上的詩，雖然不能與作者見面，但她猜想作者一定是個青年男子。她連忙又覓得一紅葉寫下兩句詩，放入御溝中：

一葉題詩出禁城，
誰人酬和獨含情。
自嗟不及波中葉，
蕩漾乘春取次行。

自從在御溝上游放入紅葉後，于佑每天都在御溝下游處等待，企盼能得到那位宮女的回音。功夫不負有心人，果然在某一天讓他等到了那位宮女回贈的紅葉。自此以後，兩位從未謀面的多情男女，借著紅葉爲媒，不斷向對方傾吐心中的思念。

每次，于佑寫好一首紅葉詩，就從御溝上游放入，然後再到宮掖下游等宮女的紅葉，時間久了，他們已經掌握了放入御溝的時間，這樣，也就能按時收到，不須讓對方多等。時間一長，他們的事讓皇上知道了，不過，皇上並沒有懲罰他們，而是覺得此事頗有趣味，就破例把宮女下嫁給了于佑，成就了一段美滿姻緣。此事也就流傳爲一段佳話。但誰也沒有想到，這段好事最後給宮廷帶來的卻是一片污穢。

原來于佑與那位宮女紅葉爲媒終成姻緣的故事，慢慢流傳到街頭巷間，引得一些不三不四的地痞無賴紛紛效仿，也跑到御溝的上游，開始寫些歪詩流入宮中，後宮的宮女正寂寞難捱，閑得發慌，一見從御溝中流入的那些歪詩，加之也是聽說過那段紅葉爲媒的宮女蒙恩外嫁于佑的故事，竟也狗尾續貂地唱和起來。開始還像個樣子，只是互相鬧著玩，慢慢地走了味，一些挑逗肉麻的話也傳了進來，宮女們不僅沒有迴避，反更熱烈地加入了進去，以爲反正見不著對方的面，盡著心鬧唄。

現在，他們都不再用什麼紅葉，也找不到那麼多紅葉，他們用一種特製的小木船，標上特別的標誌，在裏面放上寫好的信紙，又保險又好認。本來這樣鬧鬧也沒有什麼事，反正閑得也無聊，權且把這當作一種感情的宣瀉，不想，期間有一位宮女因事外出，竟尋找到久與她傳語調笑之男子。不用說，有那些挑逗話語在前，二人有似佳期喜降，情欲難耐，偷閒纏綿一處，好似鴛鴦遊於綠水，快活半日方才回宮。

那個宮女是個嘴巴不嚴的女人，她本待不回宮的，和那個苟合的男子從此遠走高飛，去過快活的日子，但她看到那個男子是個無所事事的無賴，跟著他，不要說吃香喝辣，就是吃糠都要自己去篩，哪比得在宮中，整日穿的是綢衫，吃的是魚肉，雖比不得嬪妃才人，但也是定期供給脂粉頭油用之化妝，和外面村婦僕婢的生活，可有著天壤之別。

這樣，她權衡一下後，又回到了宮中。回來後，那種甜蜜銷魂的感覺久久縈繞不去，讓她不由地去和別的宮女談起這番風流遭遇。別的宮女聽到她的話後，對她都豔羨不已，越發起勁地在御溝邊玩起那種紅葉傳情的遊戲來，並期待有一天出宮辦事時，也能快活一次，不枉了做女人一場。那個曾出宮的宮女雖然回來了，但並沒和那個男子斷了來往，他們通過御溝中流傳的書信互通音信，看到眾姐妹急不可待的樣子，她就和宮外的那個男子起了拉媒的作用，分別介紹各自一方的人結成所謂的「夫婦」對子。

就這樣，一邊是無所事事的地痞無賴，一邊是久鎖深宮的怨女幽婦，感情迅速升溫，達到一種從未有的狂熱。這種事後宮的宮女幾乎全都加入了進來，就是沒有加入的，也是聽聞已久，只瞞著那些嬪妃才人及被皇帝臨幸的有正式封號的女人。

如果只是這樣，僅是一種打發深宮寂寞日子的遊戲，倒還罷了，問題是在今年千秋節上這些宮女鬧出事來了。千秋節，皇上爲了表示萬民同樂，全國放假三天，那些宮女也特准放假一天，出宮玩樂。

這一下可不得了，那些宮女猶如放出籠的金絲鳥，紛紛去找那些早已經結過對子的「丈夫」，那些男子也事前打聽到宮女要放假出宮一天，早已準備了各種勾引手段等待著她們呢，一挨她們出宮，紛紛使出渾身解數，甜言蜜語加以誘惑，等傍晚回宮時，一點人數，竟有三分之一的宮女沒有回來。她們不再留戀宮中貌似繁華實則無聊壓抑的生活，釋放人性，追求自己的幸福生活去了。此事當即震動後廷，皇上也風聞，下旨嚴查那些在此事中上竄下跳、拉媒的宮女。

雖然皇上沒有責怪武惠妃，但作爲統領後宮的她，後廷中出了這樣一件不光彩的事，她到底是有些說不過去的。因此，她親自督辦，審查出那些不安分的宮女，全部嚴加懲罰後，驅逐出宮，同時揹帶著把英妹列爲最大罪魁禍首，給予了最嚴厲的懲處，在御溝邊杖殺，以震懾眾人。

英妹的被杖殺，武惠妃與太子最是心知肚明的，她根本與此事無關，只是他們之間權力爭鬥的犧牲品。武惠妃借此出了胸中一口怨氣，太子受到了無情的打擊，他連自己所喜愛的一個女人都保護不了。他在心中暗暗咒罵武惠妃的同時，也在絞盡腦汁地想辦法，從而給武惠妃這個他最痛恨的人以重重打擊。沒過多久，他想到了一種辦法。

這種辦法是光王琚替他想出來的。光王琚因爲常在外走動，他認識一些江湖奇異人士，出於長遠的打算，他刻意結交這樣的能人，以備以後的使用。其中有著一個對動物特別感興趣的人，他對光王琚講了許多動物方面的事，當武惠妃無辜杖殺英妹，給了太子一悶棍時，他想到可以利用一些動物的特性去從精神上恐嚇武惠妃。

首先光王琚和太子商議後，在武惠妃杖殺英妹的御溝旁，用調合好的蜜在地上寫了一個大大的「冤，」引得螞蟻聚附在上面，不知內情的人看了，還以爲螞蟻受到神靈的昭示，聚集成字，向世人顯示英妹的冤情呢。

立即有人將這一特異情況告訴了武惠妃。武惠妃聽了，開始還不相信，以爲是太子瑛那邊的人在散佈謠言，對她杖殺英妹發泄不滿，等她趕到御溝邊，看到確如所聽到的那樣，無數螞蟻聚集在她杖殺英妹的地方，形成一個大大的「冤」字。那些螞蟻爬動著，使得那個「冤」字看去又嚇人又噁心。也許是心中有鬼的原因，武惠妃沒有心情細看，吩咐宮女把那些螞蟻一起鏟到御溝裏去。

武惠妃受到了打擊，她以爲她無辜杖殺英妹的事，遭到了神靈的遣責。這種事瞞得了誰也瞞不過神靈的，她在無人時，也許是想得到神靈的寬佑，默默地進行了禱祝，還派人在晚上爲英妹燒了冥幣，希望她在另一個世界寬恕她，不要再到處訴冤了。但神靈似乎沒有接受她的請求，在隨後的幾天裏，螞蟻依然聚集成「冤」字，並有更離奇恐怖的事出現了。

這件更離奇更恐怖的事，就是半夜鬼敲門。

一到晚上，人剛剛睡下，就聽到「嘟」，開始是一聲，隨後「嘟嘟」，緊接著就是密如驟雨似的敲門聲，等壯著膽子起來把門打開，門外什麼人也沒有，擡頭向天，只看到一隻隻蝙蝠在夜空下亂舞。那些令人噁心的小東西，在靜寂無聲的夜空中無聲地穿梭，望去讓人有說不盡的恐怖與驚懼。把門關上，回身剛躺下，又是一陣密集的敲門聲傳來，一直到天明。

其實這又是太子瑛玩的一個陰謀，就是他悄悄買通武惠妃身旁的小太監，等到晚上時，讓他把一些牲畜的血塗抹在武惠妃寢室的門上，這樣，就吸引了那些晚間才出來活動的蝙蝠，那些看去顯得怪異的小動物，一聞到血腥氣味，就從半空中飛下來，附在門上吸血，聽去就像有人敲門一樣，等人一出來察看，蝙蝠又飛到空中，到了天明，蝙蝠把門上的血吸乾，什麼痕跡也不會留下。

不明就裏的武惠妃還以爲她冤殺英妹的事真的觸怒了神明，神明特意用這些手段來恐嚇她。她爲了平息神明的怒氣，派人請來道士和和尚不斷地來宮中做道場和法事，希望驅逐那些鬼祟，但沒有見效，鬼怪依然夜夜來敲她的門。

這真是一件可怕的事，在威嚴的皇宮深處，一俟夜晚來臨，那些聽聞這些事的膽小宮女，都早早就寢了，只有執戈的武士提心吊膽地巡遊在宮殿間，每一點風吹草動，都讓他們汗毛豎起，心驚肉跳。走路的人躡手躡腳，講話的人不敢高聲，偌大的皇宮顯出一派陰森。

最可憐的還是武惠妃，她害怕著黑夜的來臨，每當夕陽最後一抹晚霞在天邊消失時，她心中的恐懼就隨著夜色漫上心來，那些夜色就像冰冷的水一樣，不可阻擋地從天空中，從門縫裏，從樹蔭下，從看不見的陰暗角落裏湧出來，慢慢地浸漫過屋角、堂廳、走廊，最後是整個天空。武惠妃看著黑暗從四面八方湧上來，她感覺她心中的熱氣也在慢慢地退卻，最後只剩下如豆的火光僅能供她呼吸。

當大門「轟」的一聲在她面前關上時，武惠妃覺得那聲響就是鬼祟到來的鈴聲。她也曾想過不關門，但她不敢冒這個險，敞門迎鬼，也許鬼真的就會邁門而入，一直到她的眼前。她讓宮女多點紅燭，把寢室照得亮如白晝，又多增宮女，環列於室內。那些宮女和她一樣也嚇得渾身顫抖，牙齒打顫。武惠妃坐在床上，在心裏想像著鬼怪的模樣，它面目猙獰，眼放紅光，腿腳粗大卻落地無聲，它和整個黑暗溶爲一起，分不出它到底多高多大，伴隨它的是紛飛的蝙蝠，那些蝙蝠在它頭頂翻旋左右，就像它紛披的亂髮；它邁著輕快的步子，一步一步逼近她的寢室。

它到了寢室門口，從容地靜立一會兒，然後舉起醜陋的手指敲起門來。「嘟！」當第一聲敲門聲傳來時，寢室裏的宮女就如被施了定身法，一個個呆如木雞，臉上都是凝固的恐怖表情，她們目光驚駭地盯著大門，已經忘了自己職責所在，隨後驚叫一片。武惠妃嚇得連呵斥宮女的膽子都沒有了，此時，她忘了她尊貴的身分，此時的她只是一個普通的女人，她像所有的宮女一樣，嚇得把頭深埋在被子裏。她感到，巍峨的皇宮在密集的敲門聲裏搖搖欲墜。

幾天下來，武惠妃已經被搞得面容憔悴，疲憊不堪了，夜夜提心吊膽，坐以待旦。當幾天後，皇上再次臨幸她時，吃驚於她的面容變化那樣大。在皇上詢問他的愛妃的面貌變化何以如此出人意外時，武惠妃忍不住心中的驚悸一頭撲倒在皇上的懷裏，痛哭流涕。但她又不能把內在的隱情告訴皇上，只是說：「我們回去吧，這裏不吉利，我們回到長安吧。」

皇宮有鬼祟的事傳開了，於是，皇帝在第二天朝會上提出想提前回京都，他原本是想在來年四月回去的。但中書令張九齡不同意，他說現在百姓的冬忙還沒結束，現在回去，大隊人馬，勢必會給沿途百姓造成侵擾，影響他們來年莊稼的收成。別的大臣也有阻攔，理由都相一致。皇帝見眾大臣反對，心下徘徊，就沒有強行決定。

下朝回到宮中，皇上來到武惠妃的身邊，他把朝臣們反對此時回長安的消息告訴了她。武惠妃悶悶不樂，她涕告於皇上，她恐怕不能活著回到長安了。這話讓玄宗皇帝嚇了一跳，他握著愛妃的手寬慰她說：「你放心，我爭取儘早回去。」

武惠妃之所以說那麼重的話，是因爲今天壽王府來人告訴她，壽王府也出現了鬼祟，壽王妃受到了驚嚇。聽到這個消息，她心中吃驚，因爲壽王妃正有孕在身，那是絲毫不能有差錯的。此時，她有點後悔太嚴厲對待英妹了，引得神明的震怒。

太子瑛和光王琚本來只是想用此計嚇嚇武惠妃的，看到效果竟大出他們的預料，把武惠妃嚇得著實不輕，現在她已經草木皆兵，夜不就寢，晝不安坐了，接著他們又想到把這條計策用在壽王身上，也嚇他一嚇。這次更方便了，因爲他們的住處與壽王連在一起，沒費太多周折，他們就達到了目的。

雖然楊玉環沒有武惠妃因爲杖殺英妹而有的鬼胎，但她終是一個女人，著實也被嚇得不輕，她不明白，鬼祟爲什麼會找上她，她自問從來沒害過哪個人，也沒得罪過誰，鬼怪幹什麼半夜來敲她的門。如果是在朗朗白日，她一定會認爲是誰在和她開玩笑，那她是再開心不過了，但這是在黑夜中，陰森的氣氛讓她產生不出絲毫玩樂的心情。

她緊緊依偎在壽王的懷裏，身子瑟瑟發抖，平日洋溢全身的歡樂蕩然無存。壽王也是一個懦弱的男子，但爲了保護妻子，他強打精神壯起膽子，仗劍站在門邊，彷彿隨時與有可能破門而入的鬼怪決一死戰。往往就這樣，他們身心俱疲地度過一個夜晚，直到東方第一縷曙光從窗櫺間射入室內，他們才如虛脫了似的鬆懈下來，衣服不解地倒在床上。

一切玩樂都停了下來，他們整天都如生活在夢魘裏，怕黑夜，怕燭光，怕空中飛翔的鳥。在極度的驚嚇中，在一夜接一夜無休無止的折磨中，楊玉環流產了。楊玉環痛哭流淚，她像第一次遭遇傷痛一樣，兩行清淚從眼中流出，她一把抱住壽王，爲他們的第一個孩子就這樣離他們而去傷痛不絕。

壽王也悲痛滿心。他們在傷痛中，突然感到自己是那麼地凄苦無助，那麼地脆弱無依靠，連自己還沒出生的孩子都保護不住。他們更緊地摟抱在一起，感到，只有對方才是自己依靠的對象，除了對方，自己一無所有，世上雖有萬人，真正相依爲命的，能給自己扶持的，只有此時自己懷中的人。在萬分悲苦中，他們長大了，知道了生命的可貴和脆弱，那是他們以前藉著青春年少很少考慮到的。

壽王妃流產的消息很快傳到了武惠妃那裏，她讓人去安慰壽王妃，並派去宮中最好的御廚師，讓他從飲食上好好調理壽王妃的身體，並告誡了一些必須注意的事，比如不可見風見光，離污穢的場所遠些等。她的心中更沈悶了，認爲有一些事是命中注定的，她在養育下一代上周折頗多，看來現在輪到壽王妃了。無論從哪方面看，她覺得都要儘快離開洛陽這個鬼地方爲好。

武惠妃在督促皇上的同時，托人轉告尚書侍郎李林甫，要他在朝會上做出贊成遷駕回長安的姿態。李林甫回話說，他照武惠妃的意思去辦。等朝會上再次討論是否可以回駕長安時，張九齡一派依舊固執己見，不贊成此時傷及稼禾的回駕，讓皇上爲難。很有城府的李林甫沒有當即說出自己的主張，他沈默地不開一言，等散朝時，他故意裝作腳有點跛地落在後面，皇上看到了問道：「李尚書，你的腳怎麼了？」

此時，李林甫看到眾大臣都已經離開了，他回話說：「臣向來腳有疾，不想此時又犯了。」

「噢，那爲什麼不治治呢？」皇上關心地問道。

「回皇上，臣有一家奴，每當臣腳疾發作時，都是他手到病除，可惜臨來洛陽時，臣沒有把他帶來，故臣才有這無備之痛。」

「唉，如果此時能回長安，愛卿的腳疾當即刻痊癒，哪用受這番苦處。只是張中書一意阻攔，使之不能成行。」

李林甫見話題引到正題上，於是故意面色鄭重地說：「陛下，恕爲臣妄言所奏，張中書所謂勞民傷禾，實有牽強附會之嫌。」

「噢，怎麼說？」

「暫不說現在已經接近冬閑時節，正是鋤藏民休的時候，該播種的已經下地，該收穫的也已收割進倉，路過州府，一切供給只勞動稍許百姓，怎樣說耽誤農時；再說，皇上車駕行進有序，只在官道上行進，怎說得上踐踏田地，傷害稼禾；張中書只是一味地強調愛護百姓，拒絕回駕西京，而忘了普天之下，莫非王土，不去考慮皇上的需要，這未免有沽名釣譽之嫌。近來臣聽說，宮內時有鬼祟作怪，已侵擾到皇上和嬪妃，臣沒有聽說有這樣愛民的，爲了幾個小民的利益，而委屈至尊，以致行本末倒置之事；試問，如果皇上有了什麼不安，牽動天下不寧，還有比這更大的損失嗎？」

這番話，從李林甫嘴中娓娓道出，顯見得他在心中醞釀已久。一來順了皇上的心意，二來暗損了張九齡，把張九齡愛護百姓的一番用心，說成了是沽名釣譽的私心所爲。只說得皇上不住地頷首稱是。最後，皇上說：「李尚書，你且回去，朕自有決定。」

李林甫見他的目的已經達到，只是皇上不好當他面說出最後的決定就是了，也就心滿意足地離開了。只是離開時，他還一跛一拐的，沒有忘記他裝腳疾這回事。

終於，皇上不再顧中書令張九齡和許多大臣的反對，決定從洛陽回駕西京長安。

這是開元二十四年十月間的事。眾官員們奔相走告，他們都喜笑顏開談論這件事，因爲他們從隨皇上到洛陽來，已經整整有二年十個月了，雖然有著這樣長的時間，但在他們的印象中，長安才是真正的京都，那裏有他們真正的府邸，真正的家，洛陽的一切都是暫時，他們最後還是要離開的。整個洛陽城都在忙碌，收拾行囊裝束，車馬喧嘩，一片鬧騰。

武惠妃臉上展露出笑容，她想只要離開這個晦氣的地方，鬼祟也就會被遠遠抛開吧。她讓人傳話給壽王和壽王妃，一切原有的東西都留在洛陽，那都是有晦氣不吉利的，並告訴壽王妃，讓她一路上一定要保護好身子，切記不要受了風寒。

離開洛陽到長安去，這對楊玉環來說，比別人少了一份歡喜，因爲她是在洛陽長大和懂事的，洛陽是她的第二故鄉，長安的繁華與宏觀在她印象裏沒有一點模樣，就是說，她對洛陽是有感情的，對長安卻沒有，她的親人和少女時的夥伴都在洛陽，她成長歲月中的每一個足跡都印在洛陽，現在離開，她有種割捨不去的依戀。唯一讓她高興的是離開洛陽，可以離開這個鬧鬼祟的地方，再不用夜夜提心吊膽了。

楊玉環的父親楊玄敫和哥哥楊鑒已是朝中官，自然也隨駕西遷，主要他們還是皇親國戚，身分已大不相同，甚至成了官僚結交的對象，這與他們的職位又是不相稱的，好在他們並不是欲壑難填的人，本身對權勢不感興趣，就是有了這點虛權，還常常警醒自己，檢點自己，內省自己是不是有什麼言行露出了傲慢姿態，讓別人背後指指點點，說三道四。

其實又有什麼說的呢，不過說他們是靠裙帶關係謀上職位的罷了，而這在歷朝歷代都是這樣的。楊玄敫是一個讀書人，內心有著讀書人才有的追求完美境地的願望，無論是在做學問上，還是在爲人處世上，他都渴求完美。比如現在他已升調到國子監做太學博士，與原來當河南府士曹時所管的事務截然不同，原來他在河南府當士曹時，爲了避嫌結幫拉夥，他故意與同事保持一段距離，離衙回家，也是大門不出二門不邁，不參與同衙門官僚間的應酬。

現在，他升官了，官級調爲正六品上階，最主要的是調爲了京官，他反而主動與原有的同僚們走動親近起來，常常與他們飲宴遊樂，相談趣事，他與他們之間的關係反而較原來大爲親密。這次，皇上傳詔起駕回長安，楊玄敫隨駕西去，同僚們都感到與他有著難捨的感情，於是東家相請，西家相約，再一起餞行，應酬不停。他讓堂侄楊恬留守洛陽看守宅院，全家都隨駕進京。

這是十月間的某天，天氣晴朗，陽光不溫不熱地照著人，即將凋零的枯黃樹葉在枝頭簌簌作響，玄宗皇帝御駕回京都長安。車駕是在日頭高於樹梢時離開洛陽城的，金吾衛士在前開道，驅趕閒人。先是皇帝的車駕，緊跟著的是後宮嬪妃及皇子皇孫的乘輦，再後是百官。楊玉環就夾雜在中間一隊裏，坐在一輛寬大的車輦裏。

或許是洛陽的鬼祟也有人之常情，在他們即將離開的前一夜，沒有拜訪他們，楊玉環與壽王睡了一個安穩香甜的覺，一早醒來，他們的精神都較前幾天好多了。收拾東西的事自然不會讓他們動手，他們早上起來，各自沐浴了一下，吃了一點飯。隨後，壽王扶著楊玉環到各個庭院走走，作爲最後離去時的告別。

正是悲風素秋，萬物搖落的時節，楊玉環在壽王的攙扶下緩步穿行於壽王府邸的各個庭院間，枝頭落下的樹葉在腳下沙沙作響。即將離別的愁緒把一切都蒙上了一層憂鬱的色彩，她看著眼前再熟悉不過的院落，那裏有著她與壽王歡樂的昔日光陰，幾乎每一處，她都能想起她與壽王嬉戲時的音容笑貌，雖然只有短暫的半年時光，但這半年是幸福的，是令人難忘的，現在，她就要離開了，不禁有著無法言說的感觸。

也許是因爲季節的原因，更主要的是因爲她的流產，讓她心中積聚了做母親的柔情，卻沒有當上母親，失落與痛惜讓她心裏有了從未有過的傷感與憂鬱。壽王看出她的傷心，勸她不要太多難過，他們還會再回來，少則一二年，多不過五年，他們總要隨父皇再來洛陽的。楊玉環感激地對壽王笑笑，她知道壽王是了解她的，她往壽王的身上依靠得近了些，壽王把她的手緊緊握在自己溫熱的手裏。

此時，楊玉環坐在寬大的車中，四周結上厚厚的布幔，這是武惠妃特意交代的，防止有風進入，壽王和諸皇子騎馬另在一隊。聽著外面喧天的聲響，楊玉環還是忍不住好奇地掀開一角向外望去。她透過身周執戈護衛的金吾衛士，看到大街兩旁擠滿了看熱鬧的百姓，他們望著裝飾華麗的皇家儀仗，臉顯豔慕。

兩旁經過的街道都是楊玉環熟悉的，她看著一家家店鋪在車邊往後移去，彷彿又想到她當初在這些店鋪中出入時的歡樂心情。出了洛陽城，視野開闊了，滿眼都是成熟待收的莊稼，並不像李林甫所說，是秋收已畢冬閑來臨的時節，楊玉環看到田地裏有許多百姓在收割莊稼，成熟莊稼散發出的香甜氣味從車窗中透進來，讓楊玉環感到清爽，但浩浩蕩蕩的車隊與往來奔馳的龍武軍士卻把那些莊稼踐踏了，使得莊稼清香的氣息更加濃郁。

洛陽城在身後愈來愈遠了，楊玉環放下布幔，開始在心裏對僅見過一面的長安憧憬起來。她心裏倒不是對洛陽有什麼不滿，如壽王所說，她隔上兩年還會再回來，那時，再來表達對它的喜愛都還來得及，用不著太過傷感，殊不知，她再回不來了，此後她的一生都要在另一個繁華的都市中度過。

洛陽，做爲楊玉環的第二故鄉，此刻，靜靜地矗立在她的身後，就像一個飽經滄桑的老人，灰色的城牆是他被風雨侵蝕的臉，城門是他飽含憂傷的眼，他凝視著衣甲鮮明的皇家車駕慢慢離去，車駕中坐著一位他爲之驕傲的女兒，她曾豔舞傾全城，美色動四方，現在，她就要得到命運的寵愛了，她出現在都城的時候，整個都城都跟著增色生彩了。而洛陽就像一個閱遍人世滄桑的入定老人，沈默地不發一言。隨即，黑夜籠罩了整個大地。

第三章　後宮驚魂

武惠妃為了讓自己的親生兒子壽王登上太子位，處心積慮，巧布陷阱，並慫恿玄宗皇帝殺死了三個皇子。一時間，皇宮內外血雨腥風，殺機四起……楊玉環是壽王妃了，可她對宮廷的權謀爭鬥毫不知察，除了與壽王卿卿我我，就是唱歌跳舞，賞花騎馬，好不快活……玄宗皇帝打量著闖入眼簾的兒媳婦楊玉環，笑吟吟地道：這是誰家的女子如此俊俏……

洛陽離長安有八百多里，皇上的車駕於十一月間才到達長安。在長安，壽王有自己獨立的府邸，和洛陽相比，他不用和其他的皇子住在一起，行動自由多了。壽王待楊玉環沐浴完後，就迫不及待地領著她參觀起她的新家來。長安新家比洛陽的府邸要大得多，真正有著皇室的氣派。

經過精心調理，楊玉環的身體慢慢好了起來，恢復得幾乎與流產前一樣了，壽王就帶著她遊覽起長安來。他們遊覽了大慈恩寺、芙蓉園和許多奇妙的場所，都是楊玉環在洛陽時聽說過，從沒見過的地方。就在楊玉環和壽王都沈浸在長安的繁華和新奇裏時，一場新的宮廷鬥爭又展開了。

回到長安後，因爲太子瑛居於東宮，光王琚與鄂王瑤與他相見不如在洛陽時方便了，爲了避人非議，他們的聯絡少了，自然裝神弄鬼的事不能再做，武惠妃也就又過上了安穩的日子。但她是個不安分守己的女人，環境剛安定下來，精神稍有恢復，她爲兒子謀立太子的欲望又高漲起來。

武惠妃仔細分析一下當下的境況，她知道，現在首先是想辦法廢掉李瑛的太子之位，讓太子位置空下來，然後才能把壽王推上去；廢掉李瑛太子之位，在她看來，最大的阻礙就是那個老而頑固的中書令張九齡。爲了壽王當上太子，她一定要想盡方法搬去這塊絆腳石，讓張九齡失去相位，讓朝中再也沒有一人爲太子講話。這一點，僅憑她個人之力是不能完成的，她只有與朝中大臣聯合。這不難，李林甫會隨時領會她的心意。

也合該張九齡倒楣，沒過多久，朝中發生了一件事，把他牽扯進去了。

事情還得從張九齡的好友、御史中丞嚴挺之說起。嚴挺之也是一位耿直忠信之人，張九齡當初就是欣賞他這點，才舉其善，爲他引薦，當上了御史中丞這一重要職位。想當初，在張九齡想把嚴挺之推薦爲相時，私下裏對他說：「我與君相洽厚，義氣相投，自不多說，但李尚書正得到皇上的寵信，你有時間也造訪一下，溝通溝通感情。」

當時，李林甫任禮部尚書，剛得到皇上的寵信，在皇上面前也是能說上話的人。雖然張九齡瞧不起李林甫，但出於爲老朋友著想，還是想叫嚴挺之去屈意通融一下。哪知嚴挺之輕視李林甫的爲人，負氣清高，說什麼也不去拜訪這個宰相，還說什麼我與此種人同列朝堂已感污穢，再與之聞聲，如入泥塘，恐三日不能去其垢。

張九齡一面讚賞他清高的同時，也暗地裏爲他擔憂，因爲他是深深知道李林甫這種人的，心胸狹窄，錙銖必較。果然，後來此話傳到李林甫的耳中，他把嚴挺之視爲眼中釘，並且恨之入骨。只是因爲他有張九齡的庇護，才一時沒有找到報復他的機會，但他想，這筆賬先記下，我有的是時間，總有一天，讓你栽在我的手下，讓你知道我的厲害。

嚴挺之的前妻王氏，因故離異，又嫁於了蔚州刺史王元琰。後來王元琰坐贓罪下三司，就是刑部、大理寺、御史台同審。王氏知道，人只要進入這三司，就說明罪已很大了，即使不死也要脫層皮。她救夫心切，想來想去，找一般人已經幫不上忙，只有硬著頭皮去懇求嚴挺之幫忙，希望他看著過去夫妻一場的情份上，幫她這個忙，把她現在的丈夫王元琰是否能罪減一等。

嚴挺之接見了王氏後，最後答應幫她這個忙，這倒不是他看在他與王氏昔日的情份上，而是他把王元琰的案卷調來，仔細看了一遍後，發現其中王元琰確有冤情所在，他是有罪，但罪不該誅，頂多削官減俸。於是，他在審理此案時，極力爲之營解。

王氏從前夫嚴挺之處出來，心中還是放心不下，雖然嚴挺之答應幫忙，但她想多個人幫忙多條路，因此，她又在想，看京城是否還有什麼相識的有能力之人，能在這事上出出力。最後，她又想到有一個遠房堂妹，在皇宮當才人，也許可以讓她知告皇上一聲，幫上點忙，即使什麼也不說，只把這事告訴了皇上，讓皇上心裏有個數就行了，並還把在朝臣中找了嚴挺之幫忙的話也說給了她聽。

這也是病急亂投醫，王氏就不想想，後宮佳麗三千，小小一個才人平日想見皇帝一面都難，天天期盼皇上的臨幸而不可得，就是見了面，她一個後宮才人怎麼可能在皇上面前提朝中之事呢，這不是把好不容易等來的皇上再往外推嗎？王氏沒有在後宮待過，她以爲後宮也像普通人家一樣，什麼事都是夫妻倆商議的。

宮中的那位才人，當然知道這事她無能爲力，但爲了不傷堂姐王氏的心，嘴裏答應可以在皇上面前說說，好像她隨時都可以見到皇上似的，但私下裏聽過就拋到腦後去了，只是在一天去武惠妃處坐坐時，無意中把這事說給了武惠妃聽。

武惠妃立即從這條消息中嗅到對她有利的東西。她是知道嚴挺之的，他是張九齡那個老頑固的死黨，雖然對她廢立太子的計劃還不構成什麼威脅，聽李林甫講，因爲他身居御史中丞，已經對李林甫的幾次有利於壽王的行爲有了彈劾，使得他有點掣肘，也是一個有礙壽王成爲太子的人物，應在他羽翼還未豐滿的時候，早除去爲好。她認爲這是一個除去他的把柄。她迅速把這個消息通告了李林甫。

李林甫那裏自不用說，得到這個通告，立即派人密奏玄宗皇帝，說嚴挺之在審理王元琰坐贓一案中，身爲審理官之一，卻徇私枉法，因爲前妻的情義，有意開脫王元琰的罪行。玄宗皇帝聽了大怒，也不派人細加察訪，立即把三位宰相召來，說嚴挺之宥於私情，置律法於不顧，應允前妻所請，爲罪人鑽營脫身，一定要懲處他包庇親屬之罪。張九齡沒有想到皇上把他們召來是商議要嚴懲嚴挺之的事，他心裏一點準備都沒有，因爲嚴挺之事先並沒有把這事告訴他。

但他是了解嚴挺之的，知道他絕不會如皇上所說，因爲看在前妻的面子上，私下裏置國家律法於不顧，去爲王元琰開脫罪名。因爲了解，他才不能沈默，不能眼見著好友無端被皇上怪罪，即將受到不應有的懲治。他說：「請求嚴挺之的人，是王元琰的夫人，雖是嚴挺之的前妻，但既已離異，兩人當再無情義可講，也就不能說是徇情；至於嚴挺之爲王元琰的開脫，是否其中還有別的隱情呢？望陛下派人細加考查，再做定奪不遲。」

李林甫說：「雖離婚，仍有私情。嚴挺之一定是因私而謀。張中書可不能因與他厚交而一意袒護啊。」

聽到這話的張九齡狠狠瞪了李林甫一眼。李林甫講話向來話中含有深意，他在皇上面前講這話，用心很明顯，就是暗地裏向皇上告了張九齡一狀，說他結黨營私之嫌。聽了這話的玄宗皇帝果然怫然不悅，他把臉轉向侍中裴耀卿，問他有何意見。

裴耀卿本是對經濟有研究的人，也是因經濟的才能得到擢升的，對錯綜複雜的政治鬥爭不能駕輕就熟，自他上臺後，與張九齡配合很好，一改過去那種中書令與侍中不和的現象，心裏，他對張九齡也是很尊重的，他認爲張九齡爲人正直，敢於直諫，做事果斷有理有節，在朝中的威望非別人可比，以前，每當遇事，他們兩人都是協商著處理，自從李林甫入相後，形成三相鼎立的局面，有事時反不如以前順利，李林甫總是與他們唱反調。

現在，皇上問他對這件事的看法，他一時不知如何回答才好。他看到皇上已經怒形於色，顯然是想嚴懲嚴挺之了，但張九齡說的也未嘗沒有道理，什麼事都不能光聽一面之辭，要多方了解，據實辦事，如果嚴挺之真的是徇情枉法，嚴懲自不必說，如果正如張九齡所說，因爲他閱案仔細，看出其中有欺瞞冤枉的地方，這樣做不僅不應該懲處，倒要獎勵才是。於是他說：「張中書所言有理，凡事據實查處，而後再加懲處不遲。」

玄宗皇帝聽了裴耀卿的話，更加不悅，他大聲說：「嚴挺之，身爲朝廷大臣，受命審理此案，自當知道避嫌，明知前妻已嫁王元琰爲妻，還私自會面，沒有私情怎會如此。」

張九齡見皇上發這麼大的火，當下不好再說。皇上草草罷議，回宮了。張九齡知道嚴挺之的前景不會看好，皇上這次是一定要懲處他的了。但他弄不懂的是，一向處事能明辨是非的皇帝，這次爲何會一反常態，連臣下的一點非議也聽不進去了呢，一意專斷獨行起來。

張九齡不會知道，正是李林甫的那句話觸動了皇帝的心。李林甫說張九齡對嚴挺之的袒護是因爲他們關係親密，相交甚厚，這就給他們扣上了一個結黨的罪名。試問從古至今，又有哪個皇帝喜歡手下的臣子搞黨派陣營的，一方面皇帝希望手下的朝臣默契配合，協助他把國家治理好，一方面又怕他們關係太過親密，搞小宗派，從而團體勢力太過，對他的皇權造成威脅。對這一點，玄宗皇帝因爲有著切身的體驗，所以處處防範。

想當年，他就是秘密在龍武軍中籠絡人心，和軍中的將領過往甚密，慢慢培養彼此間的感情，使得實力大增，有著軍隊撐腰，從而在誅韋后和滅太平公主的宮廷鬥爭中，佔據上風，把政敵致於死地的，從登上皇位後，他就一直密切注意大臣們是不是有著這方面的傾向，一經發現，立即嚴懲不貸，絕不手軟，輕則流放，重則處死。想那個早年爲他掃平政敵出了大力的王毛仲，當初被玄宗皇帝寵愛到何種地步，兒子一出生就被授予五品官銜，並允許長大後與皇太子同遊，和皇帝連榻而坐，貴重非常人可想，就因爲他與禁軍的將領來往親密了點，皇帝就起了防範他的疑心，終於找了個理由把他貶謫，後又殺死在永州。

居心叵測的李林甫早已把皇帝的心思揣摩透了，他說那話，看似輕飄飄不經意說出的，實是深思熟慮後的放言，他知道，皇上聽了他這句話後，他就再不會去管什麼嚴挺之是否出於私心還是公心，爲了防範大臣的結黨，一定會貶官外調。

果然，正如李林甫所料，皇帝對張九齡、裴耀卿與嚴挺之的關係不免懷疑起來，他根本也不派人去查嚴挺之到底是出於什麼心，第二天就下旨把嚴挺之貶爲洛州刺史，王元琰流逐嶺南。嶺南，在當時人的心目中，那是蠻夷荒僻之地，鳥獸橫行，瘴氣彌漫，只有重罪之臣才會被流放到那裏，人人都把流放到嶺南看作僅次於被殺頭的刑罰。

沒過太久，中書令張九齡和侍中裴耀卿被皇上以「阿黨」的罪名，雙雙罷去相位，貶裴耀卿爲尚書左丞相，張九齡爲尚書右丞相。雖還是相，但不再參預政事，就是說成了只拿薪俸不謀政事的閑官。同時，玄宗皇帝任命牛仙客爲工部尚書、同中書門下三品，領朔方節度使。這無疑是給張九齡一個響亮的耳光，你不是說牛仙客只是邊疆小吏，不堪委以重任嗎，好，我現在偏偏要委他於重任，倒是你這位棟樑之材，遠遠到一邊歇著去吧。

朝廷重大的人事變動，自然迅速傳入內宮，武惠妃聽了喜上眉梢，她想，這下好了，終於除去了張九齡這個最大的絆腳石。下一步就可以專心對付太子瑛和二王了。於是，她督告駙馬都尉楊洄更加密切注視他們的行蹤，收集他們忤逆的言行，一經發現，立即稟報。

但太子瑛與二王自東都還長安後，知道時局對他們愈來愈不利，越加謹言慎行，不敢再做冒險逾禮之事，他們汲取上次只圖一時口舌之快，險招大禍的經驗教訓，連非議的話也不說了。這次張九齡的罷相，對他們無疑又是一個打擊，他們知道從此後，朝臣中能爲他們說話的人再也沒有了，以後命運如何，實在是兇險多多，既然不能再博取父皇的歡心，那麼但求無過，讓父皇要廢黜他也找不出理由，只求能熬到登臨皇位的那一天吧。

不能不說，他們的想法太過幼稚，在歷代的宮廷鬥爭中，對手往往都是殘酷無情的，人人都想搶得先機，置對方於死地爲快，如他們這樣一味保守弱勢，期待對方抓不到他們的把柄，就以爲可以保存下來，實在是想得太簡單了。殊不知，你想維持現狀，對手是不會答應的，他們會想盡一切辦法，尋找你的縫隙，即使沒有，他們也要給你造出來。這就是，樹欲靜，而風不止的道理。

但他們也並不是一點準備也沒有，光王琚就是個又有頭腦又知計謀的人，他提醒太子說，在險惡的宮廷鬥爭中，你一鬆懈就會被敵人所乘，你退一寸敵進一尺，因勢守弱固然迫不得已，但也應積極準備外援，外援固了，太子之位才能穩固，當然現在看來朝臣中幾乎沒有了幫我們說話的人，但可以慢慢培植，到底你還是太子，有著讓旁人依附的吸引力。同時他還說，在所有外援中，太子的舅家趙氏和鄂王瑤的舅家皇甫氏家，以及他的舅家謝氏都是可靠且可以聯絡的人。太子被光王說動了心，讓他去辦這些事，但一定要辦得隱秘穩妥，不要讓武氏察覺。

李林甫自從把張九齡和裴耀卿排擠出相位外，他一人把持朝廷大權，雖然牛仙客被提上了相位，但他出於對李林甫的感激，凡事聽他的安排，唯李林甫馬首是瞻，沒有一點自己的主見，只是一個傀儡宰相。就是這樣，李林甫還不稱心，他知道，雖然張九齡倒臺了，但他一手提拔上來的人還有很多，他們向來和張九齡一個鼻孔出氣慣了，絕不會看著他李林甫一手遮天，什麼事都是他說了算的。

因此，某一天，散朝後，李林甫和朝臣們走出金鑾殿，當走到殿外不遠處時，他停下來，指著道路兩側的立仗馬說：「眾位大臣，你們看到這些立仗馬了嗎？你們有沒有發現牠們有什麼不同？」

眾位朝臣不知宰相突然問這話是什麼意思，就把頭轉向那些立在道路兩旁的馬。立仗馬，顧名思義，是擺立在宮殿外，用以增加皇室威嚴和擔任衛戍的，隔上十步立上一個，身上還披上好看的衣飾，繡上耀眼的金絲線，陽光一照，閃閃發金光，馬上騎著宮廷侍衛。大臣們左看右看，也沒有發現有什麼不同？牠們都很安分守己，老老實實地站立在各自的位置上，頭垂著，甚至連尾巴也不甩一下，忠於職守的樣子。

看大臣們臉上佈滿疑惑，李林甫說：「立仗馬與別的馬相比，每天都吃的是三品料，不僅用度不愁，還不用拖車不用耕田地幹苦活，日子可以說是馬中的上等生活，但如果牠們有哪一匹鳴叫的話，立刻拖出，或充以軍用，或驅使馱重，吃的是下等草料，還常受鞭打呵斥。現今，明君在上，我們做臣子的只需用心領會皇上的旨意，用不著上什麼諫，進什麼言。如果非要如此，就像立仗馬的鳴叫，立即拖出，不僅丟官失俸，連性命能不能保全也難說，到那時就悔之晚矣。」說完，留下神情錯愕的眾臣，大步邁出皇宮大門。

此話中的威脅意味不言自明，李林甫這是在以立仗馬爲例，告誡那些對他心有不滿的人，不要無事生非，與他作對。有些人是被這話嚇住了，但有些人聽了這話，心裏被李林甫如此囂張的氣焰氣壞了。監察御史周子諒就是其中的一個。

回到家的周子諒還氣憤難平，他為李林甫把眾大臣比作立仗馬而氣惱，原本他手頭正有一本寫好的奏摺，準備近日呈交皇上，被李林甫這麼一激，他決定，明天就上書進諫。他倒要看看立仗馬在一鳴後的景象會是個什麼樣子。

第二天，周子諒當廷啓奏，說宰相牛仙客才學有限，身居相位，卻毫無建樹，專以旁人意見而唯諾，有名無實，不如罷免相位，另行任用。可以說，這篇奏摺還是很客觀的，他指出牛仙客實非相才，不應該身處相位，應該量才而用，派他到能發揮他才能的地方去。他在入相前當地方官時，不是才能發揮的很好，把當地治理得井井有條嗎？周子諒只顧自己說得盡興，不知此奏摺已經引起了兩個人的反感與憎恨，一個是皇帝，一個是李林甫。

當初牛仙客入相時，張九齡也曾這樣反對過，說牛仙客邊疆小吏，不堪委以大任，皇帝不聽，還譏諷他說，噢，他是小吏，就你是大官，能擔當大任，誰能當大官誰不能當大任還是天生的，我偏不聽你的，就把相位給他。現在把牛仙客入了相，沒過短短幾個月，周子諒又來說這話。皇帝想，這不是成心讓我難堪嗎？說我有眼無珠，不能識人嗎？果然是張九齡那一派的人，不識相。

李林甫就不用說了，一來牛仙客是他引進的，自他入了相後，對他凡事聽從，必先請教後才辦理，讓他很是滿意，周子諒說的旁人就是他李林甫了。二來，他昨天才以立仗馬勸告過他們，想不到，今天周子諒就敢鳴叫了。看樣子，我今天要是不把你掀翻，給你點厲害看看，以儆效尤，以後還不知道有多少人會做鳴叫的立仗馬呢。

想到這，他緩步邁出班列說：「陛下，周子諒這是一派胡言，在微臣看來，牛尚書自上任以來，政績顯著，處事有度，滿朝文武百官，無不敬服。想周御史師承張丞相，張丞相也曾阻撓過牛尙書的入相，他這是懷有私心，無中生有，惡意中傷，明著說牛尙書才能不當，實是想替恩師洗脫阻塞賢才之罪。」

周子諒一聽，義憤填膺，他急忙奏道：「皇上明鑒，周子諒實無此意。因民間流傳讖辭，稱牛姓之人將敗壞大唐國運，臣憂心如焚，不能不直言以告。」

周子諒只顧想開脫李林甫栽給他的罪名，急不擇言，竟說出聽到的流傳謠言，不想，這下觸犯了玄宗皇帝歷來討厭卜祝謠言的忌諱。皇上一聽「讖辭」二字，勃然大怒，他氣恨恨地說：「大膽狂徒，你心懷叵測也還算了，竟以民間讖辭蠱惑人心！朕今日若不重重治你，民間讖辭勢必如野草瘋長。左右侍衛，給我把他拿下，當廷杖責五十。」

左右侍衛上前，二話不說，拿翻周子諒，當廷用杖打起來。

這在以前是沒有過的，一般說來，五品官犯罪不用杖，更不用說在朝堂之上，當著文武百官的面用刑，這實是從未有過的奇恥大辱。只見板子上下飛舞，「劈吧」有聲地落在周子諒屁股上。周子諒被打得幾番死去活來，但他咬緊牙關，硬是不哼一聲，更不出聲求饒。看得兩旁的大臣心驚肉跳，心下惻然，卻沒有一人敢爲他求情。

周子諒被打得奄奄一息，擡回家去，連氣帶惱，沒有多久就死了。李林甫還覺不解恨，他對玄宗皇帝說：「周子諒妖言惑眾，死有餘辜。他是張九齡推薦爲官的，張九齡應負連帶責任。」

玄宗皇帝深以爲然，立刻下詔罷免張九齡的右丞相一職，逐出京都，貶爲荆州長史。自此，吏治派掌握了朝中大權，文學派隨著張九齡的被逐外放，徹底倒臺。朝中大臣看到周子諒的下場，無不膽戰心驚，人人自危，再不敢做嗚叫的「立仗馬」了。李林甫在朝中一手遮天，權勢熏天，一天天飛揚跋扈起來。

李林甫在外廷中的屢屢得手，刺激了武惠妃的心，讓她覺得現在天時、地利、人和都是最適宜的時候，應該把她的願望付諸於行動了。但令她苦惱的是太子瑛一夥斂形藏跡，讓她無從著手。這天，她又把咸宜公主與駙馬楊洄以探視爲名召進宮裏，共同商討對付太子的計策。這段時間楊洄一刻也沒放鬆對太子瑛的監視，但他看到的太子，整天都是在讀書或研討經史，似乎刻意想做一個應考的讀書人，連內坊也不出。這讓他很失望。

三人對坐，一時也想不出什麼計策來。武惠妃心急如焚，她急切地說：「難道我們就這樣乾等下去不成。如果這樣，等到有一天太子登基，大權在握，我們都性命難保。」

武惠妃不是在危言聳聽，她講的是事實，宮廷鬥爭向來是殘酷的，一方得勢後必會置另一方於死地，她們與太子作對已經走到這一步，要麼拚命把他拉下馬，要麼謀事不成被太子掀翻，絕沒有半途退下，等太子得勢後，再慢慢來收拾她們的道理。楊洄看著焦急的武惠妃，心中一動說：「他們既然不動，我們爲什麼不引蛇出洞呢。」

「引蛇出洞？怎麼引？」

於是，楊洄緩緩說出一個計策來，武惠妃聽了，思慮良久，說：「也只能這樣了，但此事勢必要做得穩妥，不然真是打蛇不成，反被蛇咬。」

幾天後，太子瑛和鄂王瑤、光王琚接到宮中邀請，到宮裏參加宴會，說是波斯國新近進貢了一些食品與胡姬，父皇要與子女們同享共樂。來傳達消息的是十八弟壽王瑁，他還特意關照說，近日宮內外時有盜賊出入，不甚安全，請太子與二位皇兄務必帶兵甲上路，以防萬一。

皇上與子女同享共樂的家宴以往一年中總要舉行幾次，自從武惠妃受寵以後，這樣的家宴漸漸減少了。太子瑛及鄂王瑤對此毫不生疑，不知是計，倒是光王琚多了一個心眼，他說：「平日我們入宮，都不允許佩帶兵器的，這次怎麼特地關照要帶上兵甲呢？其中會不會有什麼陰謀？」

鄂王瑤說：「八弟，你也太小心謹慎了，你沒聽說嗎，因為宮內外有毛賊出入，以防安全嘛。」

「宮內侍衛何止千百，諒幾個小小毛賊怎有容身之地，此事有些蹊蹺，不可不防。」

太子李瑛說：「此事是有點反常，但既是壽王親自來說，想必不會有什麼事。」

光王李琚見太子也這樣說，不好再說什麼，就選定十幾個衛士，令他們拿上兵器，三人身佩長劍，向宮內走去。

早在太子內坊附近監視的楊洄，一見太子攜兵甲出門，心中大喜，立刻飛馬向玄宗報告，說太子並鄂王、光王三兄弟帶甲進宮，要殺害武惠妃母子，還一路把消息播撒了出去，宮廷立時人心惶惶，亂作一團。

玄宗皇帝近日正為杖殺了周子諒，貶逐了張九齡而悶悶不樂，聽聞楊洄之報，龍顏大怒，立即令高力士召集侍衛護駕。高力士也不知是真是假，忙亂地把侍衛召集一起，在皇帝面前擋起幾道人牆。慌亂中，早得到消息的武惠妃，打亂她的頭髮，鞋子也不穿，赤足披髮地從寢宮奔到皇帝面前，高叫道：「皇上救我！太子帶兵要來殺我。」

說著一頭撲在皇帝的懷中，放聲痛哭起來。接著，幾個太監和宮女早按武惠妃的安排，狼狽地奔來，紛言太子要來殺惠妃娘娘。

玄宗皇帝聽了，驚慌失措，他以為是發生了宮廷政變，命令高力士快快備馬，準備逃跑。高力士倒有幾分冷靜，他呵斥住奔逃的宮女，問太子帶了多少人來。宮女回說只有十幾人。高力士還以為自己聽錯了，當確認太子確是只帶了十幾個人時，心才安定下來，心想，十幾個人能成什麼大事。武惠妃在旁連忙說：「他們帶了十幾個人，是專門來殺我和壽王的。」

皇帝在知道太子帶的人數後，環顧身邊的侍衛和內侍也有幾十人，當下心裏不再害怕，吩咐高力士：「高將軍前邊引路，朕要親自看看怎麼回事。」

眾人簇擁著玄宗皇帝直奔寢宮，太子三兄弟一見父皇，叩拜道：「孩兒給父皇請安。」

玄宗皇帝厲聲呵道：「你們兄弟三人爲何夜晚持甲進宮，莫非要謀反嗎？」

聽到皇帝一聲呵，太子與二王面面相覷，情知有異，忙跪倒在地分辯道：「孩兒奉父皇之命前來赴家宴。」

「大膽！朕何時請你們來赴家宴？赴家宴須帶兵甲嗎？分明是圖謀不軌，來人，給我拿下！」

「冤枉！父皇，我們分明是聽了召命而來的，還說宮內不安全，特讓我們備兵甲以防不測。」

「誰人所傳召命？」

「壽王。」

「傳壽王。」

楊洄在稟報過皇上太子帶兵要來殺害惠妃母子後，立即從皇帝身邊消失，趕到壽王府，看到壽王正和壽王妃打扮一新，準備去宮赴宴呢。他一把拖住壽王，把事情的前因後果說給他聽，並要他做好皇上召見他時，要矢口否認去過太子內坊一事，更不能說是他傳召了太子三兄弟帶甲入宮的。

聽到事情真相的壽王一下子驚呆了，他不能相信自己被無意中牽進一樁宮廷陰謀之中，更讓他揪心的是，這個陰謀的發動者是他的母妃，並且最終是爲了他。他來回不停地徘徊在屋裏，手一會兒背在身後，一會兒揣在胸前，唉聲歎氣，長吁短歎，實在不知如何是好。

楊玉環看著壽王焦急難安的樣子，也不知如何是好，她只能眼睜睜地看著丈夫手足無措。壽王身上還穿著鮮明的衣裳，也不知是該換下來，還是繼續穿著，腰帶也散了，衣袖一會兒捲起來，一會兒放下去，他停在楊玉環面前，問道：「玉環，你說我應該怎麼辦呢？」

楊玉環也無助地望著壽王，她比壽王更加沒有主見，一個婦道人家，遇到這種事，她又能拿出什麼主意呢。她只能搖搖頭。

「不然就跟父皇實話實說了吧，不能讓三位皇兄遭受不白之冤啊！」

「你要是一切實說，那麼母妃怎麼辦呢？皇上豈不要怪罪母妃，說她誣陷太子嗎？再說，母妃這樣做全是爲了你啊。」

「那就一切按母妃吩咐的說？唉，明明不是那麼回事，你知道，私自帶兵入宮，是要殺頭的。母妃爲什麼開始不和我說呢，開始和我說了，打死我也不會去通知他們的。母妃真是用心良苦，連我們都瞞過了。要不是楊洄來說，我們倆還準備去赴宴呢。」

楊玉環此時也明白了武惠妃爲什麼會選中壽王去傳召，就是因爲要打消太子他們的疑慮，如果派別人，一定會引起他們的懷疑，就達不到目的了。只是，這樣做，太讓壽王爲難了，這是逼迫他做違心的事。

就在二人坐臥不寧的時候，宮中傳話，要壽王立時進宮，皇上召見。壽王一下停止了徘徊，他就像一個要趕赴刑場的犯人一樣，目光無助地看著楊玉環，似乎她是他唯一的依靠，他要從她那得到對策，用以應付即將到來的考驗。但楊玉環也是兩眼淒苦地回望著丈夫，就在壽王即將邁出大門時，她把壽王拉回來，指了指他身上的鮮明衣裳。壽王也才像醒悟了一樣，趕忙脫下身上的新衣，換上一件看上去不是太鮮明的衣裳，木然地邁出門去。

壽王來到宮中，被眼前的場景震住了，只見四周火炬通明，亮如白晝，侍衛和內侍環列四周，手裏拿著兵器，人群中間，跪著太子瑛和鄂王瑤、光王琚三位皇兄，他們身懸長劍，衣著鮮明，在他們三位的身後，一排還跪著十幾個人。再看上面，父皇坐在床上，滿臉怒容，母妃也坐在父皇邊上，飲泣吞聲，不時發出抽泣聲，旁邊站著高力士。

壽王趕忙上前叩拜父皇和母妃。不待他叩拜完，玄宗皇帝大聲問道：「我來問你，是不是你傳告太子，要他們進宮來赴宴的？」

「這……」壽王不知如何回答是好，他拿眼偷看著母妃。

武惠妃知道，此時此刻壽王的回答不能有一點含糊，稍一遲疑就會引起皇上的懷疑，那樣的話，不僅前功盡棄，還會給他們帶來麻煩。她見壽王躊躇不答，心中暗暗著急，突然大放悲聲，哭著說：「瑁兒今日一直與我在一起，怎麼會去通知他們，他們見殺我們母子不成，又栽贓於瑁兒，請皇上爲我們母子作主啊！」

「壽王，你到底有沒有去通知太子他們？」

壽王的額頭上已經沁出汗珠，他見了母妃萬分悲痛的樣子，到底親情占了上風，他牙一咬，說：「孩兒沒有去通告過他們。孩兒一天都在宮內，並不曾離開過。」話一說完，他就把牙咬得緊緊的，如果不這樣，他就會渾身打起顫來。

此話猶如巨石投入平靜的湖面，太子和二王一聽，連忙大喊：「冤枉啊，明明是壽王去通告，我們才帶兵甲入宮的。」

但皇帝已經沒有耐心去聽他們的呼喊了，他氣哼哼地站起來，拂袖而去。只留下太子與二王還在呼冤不止。武惠妃也連忙牽著壽王離開。周圍的侍衛因爲沒有得到皇帝的命令不知該怎麼辦，不知是把太子和二王看押起來呢，還是放他們回府。高力士向他們揮了揮手，讓侍衛們散開了，他才對太子和二王說：「太子殿下和二位王子，也請回去吧。」

太子瑛和二王知道今天此事被武惠妃和壽王陷害了，自己一時不慎陷入他們的陰謀，父皇心中肯定已有猜疑，即使自己有著萬張嘴，父皇不聽申辯也是白搭，怎麼樣才能讓父皇明白真相呢？當他們聽到高力士讓他們回去時，他們眼前都一亮，對，爲何不求托此人呢，要知道高力士是父皇眼前最寵信的人，日夜侍候在旁，朝中之人誰不巴結於他，後宮上下都稱之爲「阿翁」。想到這裏，他們三位一齊拜於高力士前。

高力士見太子突然行這樣大的禮，忙側身避過，表示不敢承受，他連忙把三位皇子攙扶起來，說：「三位快起，這是如何說呢，折煞奴才了。」

光王琚說：「高將軍，此事有隱情，太子與我和鄂王確是聽壽王的傳召而來，不想，造成此誤會，壽王又背棄前言，令我三人惹怒父皇。我與鄂王被父皇見怪也還罷了，只是牽連到太子殿下，恐有大礙。父皇正在氣頭上，不聽我們三人的申訴，請高將軍有時間在父皇面前代爲辯白，大恩大德，永不相忘。」

其實高力士早已看出此事的蹊蹺，他不相信太子和二王是帶兵來殺武惠妃母子的，如果是這樣，他們思慮也太不周詳了，暫不說他們所帶兵甲太少，還沒穿著甲胄，就是把武惠妃母子殺了，這對他們又有什麼好處呢？這樣就能早點登上皇位嗎？恰恰相反，謀殺了父皇寵愛的妃子，只有死路一條。他們絕不會只是爲了出出胸中的一口怨氣，而不顧一切後果這樣做的。與其這樣，倒不如期待時日，等登上君位那一天，皇權在手，再一泄胸中之氣，豈不輕而易舉。高力士也相信，他們一定是陷到武惠妃布下的陷阱裏了。宮廷裏的陰謀，他見得太多了。但他更知道在一樁陰謀面前怎樣盡一個奴才的本份，那就是不聞不問，裝作啥也看不見，啥也沒聽見。他神情謙卑地說：「三位殿下，如果此事真有隱情的話，皇上一定會知曉真相的，請不必掛懷。」

但太子與二王希望聽到的不是這種敷衍的場面話，他們希望能從高力士嘴裏聽到對他們表示同情的話，進而答應他們在父皇面前替他們辯白。於是，又再次下拜，說：「高將軍，一切都仰仗您了。」說完，三人帶著兵士垂頭喪氣地離開了宮廷。

高力士看著他們離去的背影，黯然地搖了搖頭。他準備時機允許的話，在皇上面前為這事提醒一下皇上。

壽王跌跌撞撞地回到壽王府時，楊玉環還沒有睡，她在等著丈夫壽王回來。她一掃平日無憂無慮歡樂的神態，而顯得心事重重。她知道壽王是一個和她一樣，只想過安穩日子，對權勢沒有過多欲望的人，至於要當太子，這一切都是武惠妃的安排，當然這也是母妃的一片苦心。正是因爲明白武惠妃對壽王期望太高，是壽王所不能承擔的，楊玉環才對壽王擔心。

她深切理解壽王此時左右爲難的心理，一邊是自己的同胞兄長，一邊是自己的母親，他的任何話都是對一方的打擊與陷害，都必將是對自己的傷害。但他又要必須作出選擇。所以當她一看到壽王失魂落魄的樣子時，心裏突然湧起一股深深的同情與關懷，她一把把壽王抱在懷裏，就像一位母親把孩子抱在懷裏一樣，緊緊地擁抱著他。

壽王也緊緊地抱著楊玉環，他覺得天地之大，只有此時懷中的這個人才是他的依靠，才是他可以停泊的港灣，才是他無須隱瞞可以敞開心胸的地方。他把頭深深埋在楊玉環的懷裏，就像一個孩子似地痛哭起來。楊玉環任憑壽王無節制地痛哭，她知道，此時，對壽王來說，任何言語的勸告都是沒有用的，只有他的淚水可以沖刷掉他心中的鬱悶與痛苦。他需要的只是有一個可以依靠的肩膀。

在春天的那個夜晚，在靜謐的壽王府，侍女和奴僕們很晚都沒有睡得著覺，他們都被壽王的悲切的哭聲撼動了，他們不知道，貴爲皇子的壽王到底遇到了什麼傷心事，讓他這樣傷心欲絕。

那天晚上，武惠妃使出渾身解數，發揮她的嫵媚魅力，把玄宗皇帝侍候得舒服不知身在何處，正當他昏頭昏腦的時候，武惠妃的腦子可是清醒的，她看準時機，把早已想好的有關太子與二王的謠言一古腦兒全送到了玄宗皇帝耳朵裏，說太子與二王私下裏對她母子已以恨之入骨，早想除之而後快，同時，對他這個當父皇的，也怨恨已久，說他是非不分，偏聽偏信。

在說這些的同時，武惠妃又說太子一夥在外面暗地裏交結能人志士，私藏兵器，並和軍隊中的一些高級將領來往親密，似有圖謀不軌的徵兆。玄宗皇帝聽到這番話，心中一驚，這刺激了他心中的敏感處，他是最提防別人與軍隊中將領來往的，那樣會對他的皇權構成威脅，想當初，他自己不就是用了這招兒而奪回今天這個權位的嗎。想到這裏，他披衣而起，他知道武惠妃給他說這些，固然有她的私心，但總不是空穴來風，看樣子真的要想一個方法懲處太子一下了。

武惠妃見目的已經達到，她慵散地緊靠在皇上的身上，說：「皇上，妾妃本不該說這些的，實是爲皇上著想。太子如果只是想對妾妃和壽王不利，只要他能對皇上您盡孝，妾妃和壽王就是受萬般委屈也無妨，但沒有想到他對皇上您也有微辭，心有怨意。」

玄宗皇帝摟著武惠妃說：「你放心，朕自有主張。」

第二天，朝會上，玄宗皇帝提出了廢黜太子的意見，理由是他對長不尊，並心懷異謀。對長不尊，就是對皇上不敬了，心懷異謀，什麼異謀？皇位遲早是他的，他還有什麼異謀，無非是想早點登上皇位，發動宮廷政變，逼父皇早點退位，甚至殺掉父皇，這可是大大的罪名。

皇上既然這樣說，哪個大臣還敢替太子申辯。只是滿朝大臣臉上一片錯愕的神情，因爲在這之前，一點徵兆也沒有，怎麼說廢就廢了呢。此時，替太子說話的張九齡已被貶官外放，再也不會有真正替太子說話的人了。在皇帝連問幾聲眾愛卿有何意見後，也不見有一個大臣邁出朝班半步。最後，還是李林甫上前奏道：「皇上英明，皇上明斷是非，微臣沒有疑義。」

這明顯地是奉承。言下之意不僅贊成皇帝的主張，還堵住了別的想阻諫大臣的嘴。玄宗皇帝如果還有記憶的話，他當記得上次與三位宰相商議廢黜太子時，李林甫也托高力士向他說過這句話。

說這話的李林甫，看似是置身事外，有著游離事外的超脫，但這正是他老奸巨滑的地方，上次說這話，是因爲他還不能與張九齡相抗衡，只能借助這句話曲意表達他擁護皇上廢黜太子的主張，這次說這話，是他已經大權在握，無人再敢與他爭辯，皇帝盡可按自己的主張辦吧。玄宗皇帝見大臣沒人有異議，就下令廢黜李瑛太子稱號，和鄂王瑤、光王琚一起，貶爲庶人。庶人，就是平民百姓。並把他們囚禁在各自的寓所，等候處理。

太子李瑛與二王自那晚從宮中回來後，心裏一直惶懼不安，他們不知道這件事會給他們帶來什麼後果，雖然他們請求高力士在父皇面前爲他們辯白，但父皇真的會聽高力士的話嗎？要知道，還有那個時刻不離父皇身邊的武氏賤人，她一定會在父皇面前說些對他們不利的話，她的話可比高力士的話對父皇有影響得多了。

唉，想父皇也是一生英明，當初滅韋氏和誅太平公主，是何等的決斷與果敢，現在竟被一個婦人所迷惑，難道他就不知武氏一族差點斷送了我大唐江山，武氏一族是我李家不共戴天的仇人啊。

驚惶與忐忑的心情讓太子一夥一夜都沒合眼，想不到，第二天就傳來了可怕的消息，李瑛被剝奪太子封號，並與鄂王瑤和光王琚一起被貶爲庶人。這個消息對他們的打擊太大了，他們想到帶兵甲入宮的事件會對他們造成一些不利的影響，卻沒有想到會帶來這樣可怕的後果。他們只能向天申訴：蒼天啊，你對我們何以如此不公平！

李瑛與二王被囚拘在一起，不許隨意走動，更不許與外界有任何的來往。他們滿腹怨言，卻無人可訴，他們此時也看清楚了，太子之位是再也別想了，只求父皇能明辨事件的真相，恢復他們皇子的身分，恢復他們作爲皇子的待遇，過一個普通皇子的生活。這是他們最大的奢望了。但他們的奢望落空了。

原來，自太子和二王被囚拘後，他們的外戚舅家一刻沒有停止對他們的營救。他們秘密買通內侍，使得內外互通聯絡，想辦法要找到一個能使皇帝明白真相的機會，但苦於所找之人都不是皇上貼身之人，也就沒有機會把事情的真相表白。

與此同時，他們所做的一切努力都被武惠妃所偵探，她怕夜長夢多，皇帝哪一天真的會從某一個人嘴裏知道事件的真相，那樣，自己的所有努力不都付諸東流了嗎，索性一不做，二不休，斬草須除根，爲免留後患，不如再在皇上面前講講他們的壞話，煽起皇上的怒火，讓皇上把他們殺了算了。

於是，武惠妃找準機會，乘某一天玄宗皇帝高興的時候，她曲意承歡之後，裝作滿臉戚容地說：「皇上，自從太子和二王被廢爲庶人後，宮裏宮外多有議論。」

「噢，都有什麼議論？」

武惠妃沒有馬上回答，過一會兒，她說：「那都是些無聊狂妄之人的瘋語，皇上不聽也罷。」

「我想聽聽。」

「他們說皇上年紀大了，變得昏庸糊塗，做事不分好壞，不辨是非。」

「大膽，什麼人竟敢如此放肆？」玄宗皇帝勃然大怒。

「妾聽說，這都是太子李瑛一夥借助母舅一族，在外故意如此造謠，發泄他們被貶爲庶人的怨恨。同時，還派人到處傳播，說李瑛三兄弟如何英明，不該被廢。」

「他們好大的膽子，竟敢如此猖狂！」

「還有，他們雖然被囚，卻賄賂內侍，時刻與母舅一族聯絡，並有背著人的一些舉動。妾怕他們會做出一些圖謀不軌的事來，會危及皇上。」

「哼，想不到這些逆子竟敢以下犯上。依你之見呢？」

「依妾之見，這是謀反之兆。皇上廢黜了太子，剝奪他們的爵位，他們心中一定懷恨皇上，想奪回已經失去的一切，於是，才有此異動。皇上雖然顧念父子情義，可他們不顧惜皇上的寬慰，妾怕皇上一味寬厚，只怕是養虎貽害，不若斬草除根。請皇上決斷。」

此時，高力士正好在旁，他聽了武惠妃的話，心中暗暗吃驚，爲武惠妃超出常人的歹毒心腸所震驚，按理說，太子李瑛已被貶爲庶人，她的心願已經達到，爲何還要這樣不放過對手呢。這讓他想到早年間侍候過的武則天女皇，想到女皇的專橫與蠻不講理。真是「不是一家人，不進一家門。」

他偷眼打量了一下皇上，見皇上臉色沈重，已經被武惠妃的話打動。如果他不說一句話的話，那麼李瑛與二王必死無疑。高力士於是輕輕咳嗽了一聲，想爲太子辯白兩句。再說，那天晚上，太子曾托他在皇上面前爲他們分辨一下，不是他不想說，而是他一直沒有找到機會，自從出了那件事後，武惠妃生怕別人在皇上面前壞她的事，不讓任何一人有接近皇上的機會，把皇上一人獨自霸佔了。

「高將軍有什麼話要說嗎？」玄宗皇帝聽見了高力士的咳嗽聲，多年融洽的主僕關係讓他知道高力士有話要說。

武惠妃也聽見了高力士的咳嗽聲，她見皇上要讓他講話，連忙把眼光落在他的臉上，定定地看著他，那是在告訴他，不要胡亂說話。

「皇上，依奴才之見，太子等三人謀反的證據不足。」雖然在武惠妃目光的逼視下，高力士還是硬起頭皮說了一句，只是聲音小得只有自己才能聽得到。

「什麼，將軍聲音再大一點？」

武惠妃見此情景，連忙接過話頭，說：「啊，高將軍是說三庶人謀反證據確鑿。」說著狠狠地瞪了高力士一眼。

「是不是這樣呀？」

「是，是。」高力士畏懼武惠妃的眼神，竟言不由衷地連說了兩個「是」。

「都有哪些證據啊？」

高力士想不到玄宗皇帝會有此一問，他嘴裏囁嚅著說：「都有，都有……」他本來是想替太子辨白兩句的，被武惠妃從旁一打亂，竟變得他是在誣告太子了，但情景已經走到這一步，他再改口已不可能，只能硬著頭皮編下去。

武惠妃看著高力士的窘樣，心裏又喜又好笑，她想，你個不識擡舉的奴才，仗著與皇上的關係不一般，就想壞我的大事，竟敢當著我的面為太子說話，虧了你還算機靈，見風使舵得快，不然有你的好看。這下，看你如何回答吧。

由於高力士是想幫助太子，現在叫他編造太子謀反的證據，他實在有點為難，哪比得武惠妃的有心機和靈活，一口一個瞎話，一轉眼就是一個主意。武惠妃見他實在說不上來，白白胖胖的臉上已經浸出汗珠，她怕皇上見疑，忙搶過話頭說：「高將軍，你忘了，昨天你不還告訴我說，太子妃的兄長薛蕭廣結賓朋，四處竄遊，並與軍隊中的將領來往，準備有所圖謀，讓我提醒皇上多加準備，以防不測嗎？」

「有這回事嗎？」

「是，是。」高力士此時已是騎虎難下，他心想，我什麼時候跟你說過這樣的話了。但這時已由不得他多想，只能頻頻點頭。

聽完這番話，玄宗皇帝把手重重一拍，呵斥道：「這樣不孝子，留待何用。高將軍，朕命你速到囚所，賜他們歸天。」

聽到這話的高力士臉上一哆嗦，他還想勸勸皇上再慎重一點，不要只是聽信一面之辭，但武惠妃在旁督促道：「高將軍，你沒聽到皇上的旨意嗎？」

「奴才領旨。」高力士硬著頭皮接下了這份差事，心裏萬分痛苦。

高力士奉旨向囚拘太子李瑛與二王的處所而去，身後跟著手捧毒藥的小太監。李瑛與二王自從被黜為庶人後，已經遷出太子內坊，另派一小院給他們居住，四周都有兵士看管，不准他們隨便離開處所一步。太子李瑛與二王見高力士來，臉上都顯出喜色，以為他是來傳達父皇赦免他們的消息的，不然，怎麼會派身邊最寵愛的太監來呢。李瑛迫不及待地問道：「高將軍，父皇有什麼傳諭嗎？」

高力士看到三位王子充滿渴望的臉，他真不忍心把這個殘酷的消息告訴他們，他默默地看了三位皇子一眼，一句話說不出來。三位皇子從高力士的臉上看出了一絲不祥。高力士側開身子，閃出了身後捧著毒藥的小太監來。

太子李瑛與二位皇子一切都明白了，他們沒有想到盼來的是這個結果，他們悲憤與絕望的心情真是難以言說。光王琚上前一把抓住高力士的手臂說：「高將軍，這是父皇真正的決定嗎？」

高力士的手臂雖然被光王抓得痛入骨髓，但他沒有動，他完全理解此時他們悲憤難言的心情，他木無表情地點點頭。光王一把把高力士推開，大喊道：「不，這決不是父皇的決定，這一定是武氏那個賤人的毒計。高將軍，你帶我去面見父皇，讓我當面把一切說個清楚，讓父皇明白，這都是那個賤人設下的圈套，是對太子和我們的陷害。」

高力士搖了搖頭。他是奴才，必須按旨辦事。

此時，太子李瑛與鄂王已經淚流滿面，太子把光王拉住說：「八弟，這一切都是命，我們就認命吧。古語說『君叫臣死，臣不得不死』，即使我們死了，也不能落下個不忠不孝的罪名啊。」

「我們死不足惜，可恨的是讓那個武氏賤人計謀得逞，從此後越加狐媚父皇，不知把個李家大唐江山攪個什麼樣子。早知是這個結局，還不如當時真的把她殺了，反正是一死。」極度的絕望已經讓光王口不擇言，他再也沒有什麼顧忌，沒有什麼不可講的了，他大罵武惠妃，甚至連父皇也連帶著責怪著。

反正是這個結果了，太子李瑛也不去多加阻攔，他和鄂王也連帶著加入咒罵武惠妃的行列，只想在死前痛痛快快地把胸中的怨氣發泄光。高力士看著三位皇子有點變形的臉，聽著因爲絕望而帶著歇斯底里的聲音，心下掠過一陣恐懼。他與三位皇子過去都有過交往，特別是太子，交往還非常親密，因爲他的特殊地位，他們都巴結他。

他也知道，他們三人並不是雄才大略的人，但忠厚老實，略有文武之才，想不到李瑛在當了太子後，得到的不是皇位，而是這種下場。他心裏也爲他們悲傷。他也更加痛恨起武惠妃的歹毒來，以他在宮中待了這麼多年，閱歷過的女人來看，則天女皇嚴厲威風，韋氏跋扈飛揚，太平公主持寵專橫，講到心計和陰險，誰也比不過這個出身武門之女，別看她貌如天仙，卻有著蛇蠍心腸。

他由此想到，如果聽任她的計謀施展下去，下一步就是把壽王扶上太子之位，等皇上百年之後，壽王登上大寶，她就是太上皇後，以壽王懦弱的性格來看，大權難免不會落入她手，那時，保不準又會出現一個女皇也講不定。基於這種想法，高力士想，如有可能，他一定要阻止壽王當上太子。

待一陣咒罵過後，三位皇子想到自己悲慘的命運，又抱頭痛哭一場。待哭過後，他們又把目光盯在高力士的臉上，似乎不明白他還留在此處做什麼。他們的目光一掃先前所飽含的對生的期待和熱望，甚至連憤怒與絕望也沒有了，他們的目光顯得麻木空洞。那是一種死亡的目光，雖然他們人還沒死，但他們的目光已經死了。高力士覺得那種目光是從一個叫陰曹地府的地方射來的，是能看透他五臟六腑的，射在他的臉上，就像在他臉上潑上了一盆冰冷的水，讓他不寒而顫。

「我生不能要了那個賤人的命，死了也不會放過她，變成厲鬼也要把她的命勾走！」光王咬牙切齒地說。

聽著這充滿怨恨的話，高力士心中不禁打了個哆嗦，背後掠過冷嗖嗖的一陣陰風。他不敢多留，高喊一聲「執行聖旨」後，就快快地溜走了。

太子李瑛和二王被賜死的消息，立時傳遍京城，許多人爲三位皇子悲慘的命運暗歎不平。與此同時，太子妃的哥哥薛蕭也被賜死，太子舅家趙氏、妃家薛氏、鄂王瑤舅家皇甫氏，坐流貶者數十人，株連甚眾。所謂「家事」也如此嚴懲不貸，大出臣僚的意外。

武惠妃終於了卻了心願，除去了太子李瑛一夥，爲把壽王扶上太子之位掃除了最大的障礙，她的心中既是歡喜又隱隱有著一絲不安。原來，京城長安有一股暗潮在湧動，說太子李瑛與二王死得冤屈，罪不當死。世上沒有不透風的牆，慢慢地許多人都知道了太子致死的原因，於是就有人猜疑，是她武惠妃在後面做了手腳，用心太過陰毒，不是婦人之心。她在氣惱之餘，也有點後悔自己做得太過了。

本來，按理說，太子李瑛已經被皇上廢爲了庶人，就不會再有東山再起的可能，也就不會對她的計謀構成任何威脅，如果她真有心計的話，就不應該對他們趕盡殺絕，一個也不放過，而應該趁這陣風過去後，再在皇上面前進言，把三位庶人復身爲皇子，一切待遇依舊，這樣不僅顯得她大度寬容，也籠絡了人心。這下好了，弄得滿城風雨，使她陷入極其被動的局面。

後悔歸後悔，事情既已做下，只有硬挺著了。她派人去傳告壽王與壽王妃，這段時間最好不要出門，一來是怕仇家有可能報復，免得遭遇不測；二來因爲輿論對她母子不利，少拋頭露面也許可以減輕別人的議論。

三位皇兄被賜死的消息自然也傳到了壽王與楊玉環的耳中，他們聽了萬分難受，飯也吃不下，特別是壽王，暗暗地流了幾次淚。他認爲他們的死裏有一份他不可推卸的責任，由此，他內心愧疚，停了一切娛樂活動。甚至私下在府上設了三位皇兄的靈位，有事無事的時候就拜一拜，以求他們在天之靈能得到安息，並私心禱告他們不要怨恨他與母妃。

不管怎麼說，他是不能責怪母妃的。楊玉環也曾陪著壽王流了幾次淚，但她是個沒有長性的人，慢慢地就把這事給忘了。反正她又不認識什麼太子什麼鄂王光王的，也許他們的死與壽王有關，可與她是一點關係也沒有的。她覺得那些權力鬥爭是可怕的，是令人難以想像的，同時，又是離她遠遠的。她對這一切不感興趣。

近來，楊玉環結識了一位對舞蹈頗有研究的人，她的名字叫公孫大娘。公孫大娘不僅對舞蹈有一套獨特的研究，自身也是一個舞蹈家，她最擅長的舞蹈與眾不同，是劍器舞。這本是一種男子的舞蹈，但經過公孫大娘的改編後，糅進了一些女子的形體動作，使得此舞看起來既有男子舞的雄壯，又兼有女子的陰柔，端的是妙姿百出，剛柔相濟。

楊玉環曾看過公孫大娘的劍器舞。說是劍器舞，手裏卻不拿劍，舞者雄姿而立，聞樂而起，節奏淋漓頓挫，動作飛旋波瀾，氣如雷霆萬鈞，翻江倒海。雖然手中無劍，但舞動起來，端的是劍氣森森，劍光閃閃，似有萬柄劍在舞動，神韻不可名狀，真是「一舞劍器動四方」。

楊玉環馬上被這種動感十足的劍器舞吸引了。本來她就是對表現繁縟的舞蹈感興趣，劍器舞可說是舞蹈中展現花樣最多的舞蹈。她央求公孫大娘教她這種舞蹈。

公孫大娘雖說是一位很有名氣的舞蹈家，她不像有的人，只把舞蹈當作一種生活點綴，或把它當作一項藉以糊口謀生的技藝，不，她是把舞蹈當作生命的人。因此，她對舞蹈傾盡了所有心血，劍器舞就是她在雜糅各種舞蹈的基礎上獨創出來的，一般她是不表演的，因爲她知道，就如寶刀贈壯士一樣，好的舞蹈也不是只是動動腰肢就可以舞出的，它往往是舞者性情的淋漓展現，對一個有著豐富靈性的舞者來說，她不會隨隨便便就在一個人面前起舞，她要舞就舞給知音看，舞給懂行的人欣賞。

所以當楊玉環與她初次相識，意欲學習時，她以爲楊玉環像別的貴婦人一樣，只不過風聞過她的名聲，出於好奇心，把她當作無聊的生活的消遣而已。但她與楊玉環接觸交談，特別是談及舞蹈時，她發現眼前這位王妃雖身在貴族之家，卻是少有的對舞蹈懂行的貴婦人，她對舞蹈不是像別的貴婦一樣只是圖它的外在花樣和好看，而是能一五一十地說出其中的美妙之處和不當生硬的地方，更難能可貴的，她自身也是一位能舞的人，特別是她的胡旋舞，是公孫大娘從未見過的舞中的高手，舞時動如旋風，收時靜如翠山，堪與她的劍器舞相媲美。

一時，公孫大娘把楊玉環引爲知音，兩人也惺惺相惜，大有相見恨晚之意。自此後，倆人相互切磋，互傳舞技。楊玉環從公孫大娘那裏學劍器舞，公孫大娘從楊玉環處學胡旋舞，再吸取對方舞蹈中的優點來完美自己先前的舞蹈。

不要以爲公孫大娘的名字裏帶有大娘兩字，就以爲她年齡很大，其實她才二十多歲，比楊玉環是大了點，但還是一個年輕女子，不然她是跳不動像劍器舞那樣極需體力的舞蹈的。楊玉環曾問她名字中爲什麼要帶大娘兩字，是不是從小爹娘就給她取的這樣的名字。公孫大娘笑著說，天下哪有這樣的爹娘，從小就給自己的女兒取這個老氣橫秋的名字的。她告訴楊玉環，她之所以叫這個名字，其中是有著一段經歷的。

公孫大娘告訴楊玉環，她出生在一個武人之家，父親複姓公孫，叫公孫長天。父親的藉貫本是開封，於開元元年考中武舉，後入軍效力，投在范陽節度使張守圭的門下，被授予一名偏將。就是在范陽，她的母親生下了她。也許從小長在邊塞的原因，使得她對軍武之事並不陌生，特別是對那些閃著寒光的兵刃，她還表現出一股超出旁人的喜愛，這也是她能在舞蹈中表現出兵器森嚴之氣的原因。

在范陽，公孫大娘的父親有一位特別要好的朋友，名叫安祿山，兩人義氣相投，曾八拜爲交結爲生死兄弟。安祿山原爲一名胡人，因每臨戰陣，常奮勇向前，累軍功被封並被提拔爲偏將，後又漸漸升爲平盧軍兵馬使。兩家住處相隔不遠，安祿山有一個兒子，叫安慶明，和公孫大娘年齡相仿，兩個小孩從小青梅竹馬，常在一起玩耍。兩家父母看著他們兩小無猜的樣子，就爲他們訂下了娃娃親，只待他們成人後，爲他們舉辦婚禮，也使得兩家關係更加親密。

哪知天有不測風雲，在公孫大娘十歲那年，大唐與契丹開戰，在一次唐軍有預謀的對契丹合圍中，父親領一支軍馬按規定要在某時某地與別的軍隊會師，哪知遇到風雪天氣，讓父親那些兵馬迷了路，結果沒能按預定時間到達會合地，不僅如此，還在回途中，遭遇到契丹兵，被圍困。父親率軍奮勇作戰，寧死不屈，雖被圍數重，但期待著有援軍的到來。作戰了一天後，身邊兵馬已所剩無多，父親也是多處受傷。所幸父親的好友安祿山領兵來到，把父親從重圍中救了出來。

父親雖然被救了回來，但他所帶的兵馬已經損失殆盡，按軍法處置當斬。又是安祿山極言所陳這並不是父親個人過錯，實有天氣的原因在內，節度使大人才格外開恩，免去父親死罪，貶爲白衣。經此一番遭遇，父親再也無心功名，變得意氣消沈起來。他想多年的出生入死得來的功名，一朝失誤就付之東流，甚至差點連性命也搭進去了。也就收起了那份從頭做起的雄心，決心回歸故里，過安穩的日子去爲好。雖然安祿山極力挽留，但他去意已決，並答應等女兒大了再送來范陽與他兒子完婚。臨離開范陽時，安祿山的夫人送給公孫大娘一對手鐲，做爲定婚之禮，說以後不管遇到什麼事，執這對手鐲來，定當相待如前。

公孫大娘隨父親回到開封，沒過多久母親就去世了，不知怎的，父親離開了軍旅邊塞生活，身子也垮了下來，在范陽沒有的毛病，回到開封後，都在父親身上出現了。也許父親是個只適宜過馬上生活的人。看上去，父親不僅沒有了強健的體魄，也沒有了當年那種英武的神氣，他變得消沈頹廢，對什麼都不感興趣，唯一的希望似乎就是指望女兒快快長大，好到她及笄之後，送她到范陽完婚，完成他在世間的唯一牽掛之事。

終於等到公孫大娘及笄了，但這時父親卻不能把她帶到范陽去完婚，因爲有消息傳來，他的好友安祿山已不在范陽了，在哪裏？沒有人知道。原來安祿山在一次率兵巡邊時，擅自偷襲契丹、奚國，意在搶掠殺戮以報功，哪想中了對方的埋伏，所帶三萬大軍只逃回了安祿山三人。

這是一樁大事情，雖然范陽節度使張守圭愛惜他屬下這員虎將，但軍法不可寬宥，按理當斬。張守圭又實在下不了手斬他這員愛將，索性把安祿山打入囚車押到京師讓皇帝處理，或許皇帝也愛惜將才，會格外開恩赦免。

哪知事情正被張守圭料個正著，皇帝一見安祿山，被他英武的相貌所折服，認爲他是一位猛士，竟真的格外開恩，免了他的殺頭之罪，只把他貶爲普通兵士，讓他再回邊疆，戴罪立功。只是沒有人知道，安祿山是不是又回到了范陽。從范陽那邊過來的人說，好像在那邊也沒有見到他。這樣，公孫大娘的父親就不好貿然帶著女兒上范陽去完婚了。

只有等打聽確鑿消息後，再帶女兒上路。不想，這一耽擱就拖延了下來，總是打聽不到昔日好友安祿山的下落，女兒慢慢地大了，自己的身體卻愈來愈不行了，眼見著就要撒手西去，留下女兒一個人怎麼辦呢？按理，好朋友安祿山知道兒女都大了，也應該帶兒子到開封來完婚的呀。終於，公孫大娘的父親沒有熬過那個冬天，他在就要撒手西去前，在病榻上，拿出那對手鐲遞給公孫大娘說，這是當年爲她訂下婚約的信物，希望她仔細保管著，一待男方家有消息，就拿著它尋去，不負早年婚約。

安葬了父親後，公孫大娘獨自一人在開封又待了兩年。此時，她的舞技已經遠近聞名，加之人長得漂亮，上門求婚者絡繹不絕。但一來她想著父親臨終時的遺言，二者那些求婚者大多是紈綺子弟，多是垂涎她的外貌，把她當一般梨園子弟看待，只存有輕狎玩弄的心意，沒有一個是把她當一個有出眾修養的人來尊重的，她一概回絕了。她的心中還有著小時候那個安慶明小夥伴的影子。她一邊開了一處舞蹈教坊，靠教舞謀生，一邊留心打探父親好友安祿山和他全家的消息，但是一直都沒有得到他們的下落。

日子本來會這樣過下去，不想，就在今年年初，開封有一個貴族惡少，貪戀公孫大娘的美色，派人上門求親，遭到公孫大娘的拒絕後，賊心不死，非要把公孫大娘佔有方才甘心，整日聚集一幫無賴上門糾纏，弄得她舞蹈教坊無法開下去。加之她一個孤身女子，身單力薄，無人可依仗，這可如何是好呢？

眼見著公孫大娘在開封就待不下去了，俗話說惹不起躲得起嗎。正好這時，以前曾跟她學過舞蹈的一位貴族女子，隨父調任去了長安，她托人帶信來告訴公孫大娘，可以到長安來發展她的舞蹈技藝，因爲當時長安不僅是全國中心，也是舉世聞名的大都市，許多有才學的人都匯聚京都，希望一展抱負，自然也包括那些有舞蹈才能的人。

同時，長安作爲各種文化的中心，各種異族風情也不斷傳入，可以從中汲取新鮮血液，進一步提高她的舞藝。公孫大娘於是打點行裝就來到了京城，同時，長安也消息靈通，便於打聽到安家父子的消息。

爲了一路方便，她把自己的名字改爲大娘，這樣，聽起來像一位婦人家名字，爲她減少了許多麻煩。隨著日子的推移，叫的人愈來愈多，她索性不再用原來的名字，就叫起公孫大娘來了。到了長安，公孫大娘看到京城的繁華果然是別的地方不可比的，真可謂八方雲集，風情萬種，各色人等俱全，各種風俗雜然相陳。

這對她鍾情的舞蹈技藝的領悟又上了一個臺階，在原來舞蹈動作中又糅進了許多先前沒有的東西。但美中不足的是，她始終沒有打聽到安家父子的一點兒消息。現在，她在長安城開了一處舞蹈教坊，藉以謀生度日。好在她名聲在外，不愁收不到徒弟，有些貴族人家還專門聘請她上門，爲府上的子女指導演示。

聽了公孫大娘的一番話，楊玉環不由得一陣同情，想不到眼前這位看上去嬌弱俏麗的女子，竟有著這樣淒涼的身世，同時還有著超出一般女子的剛強性格，她雖說也是從小就失去了雙親，但到底還有著叔叔和嬸嬸待她如親女兒一樣，自己從沒感受到身世的孤單，更沒飽受生活的磨難，不像公孫大娘，孤身一人，無依無靠，凡事都得依靠自己，更難能可貴的是，她不爲富貴所動，信守當年婚約，一心等待下落不明的安家公子。這樣的情義，放眼世間，又有幾人。因此，楊玉環在佩服公孫大娘的舞技的同時，對她的高潔的人品，又多了一份仰慕。

「如果安家公子一直沒有消息呢？」楊玉環不免替公孫大娘深想一層。

「不會的，安叔叔是一個胸有大志的人，他無論在哪裏，必不會久居人下，時間久了，自會有消息傳來。我也相信安家父子不會是默默無聞之人。」公孫大娘言下之意，她所等待的人是值得她等待的。

「就算你等來了安家父子的消息，如果安家公子已經另娶，那你豈不是空等了他一場？」不知怎麼的，從來不喜歡動腦子的楊玉環，今天爲公孫大娘命運擔憂，竟問出了許多她平日很少考慮的問題。

「就算那樣，也是他們安家失信，不是我們公孫家對他們不住。我們做到問心無愧就行了。再說，現在，我也不是太寂寞，我有舞蹈作伴，每當我寂寞苦悶的時候，我只要盡情舞蹈一番，一切煩惱就都沒有了。安家公子的消息對我是重要，但舞蹈對我更重要。」

「如果你再感到苦悶的時候，就請到壽王府來找我吧。我要讓你不再寂寞。」楊玉環關切地說。

公孫大娘表示真心的感謝。貴族王侯之家，她出入的不少，但能像壽王妃這樣真心對她表示關切的沒有。她看得出來，壽王妃是一個單純的沒有心機的人，她話由心出，從不掩飾擺架子，更不盛氣凌人。她覺得雖然她和壽王妃在身分上相差很多，但性情很接近，話能講得來，更主要的是她們能在舞蹈上找到共同語言，大有相見恨晚之意。公孫大娘答應楊玉環，她會常來拜訪的。

自從認識公孫大娘以後，楊玉環再一次表現出對舞蹈的熱愛來，現在，她爲了快點學會劍器舞，聽從公孫大娘的建議，常常一人在家苦練劍器舞的基本功。劍器舞的基本功與別的舞蹈基本功也有出入，它撇開那些劈腿彎腰不談，而是在房間四周牆壁上，分別貼上巴掌大的白布，然後手拿一柄木頭劍，劍頭上沾上或紅或黑的塗料，快速舞動起來，用劍頭在每個白布上輕輕一觸，這樣，白布上也就留下了紅的或黑的印痕，也就可以檢測你舞劍時的速度。

能做到在短時間內刺中每一塊白布，這才僅僅是第一步，這說明你的速度剛剛能達到跳劍器舞；第二步，就是手裏不拿劍，凌空虛點那些貼有白布的地方，讓人感覺你手裏確有長劍在手的氣勢；第三步，白布也除去，四周什麼也沒有，跳舞的人快速旋轉，在美妙的舞姿中，讓人感覺到手中拿著一柄劍，而這柄劍卻指向四面八方，無隙不入，劍氣逼人，同時又給人一種美的享受。這就到了劍器舞的至高境界，也就得了劍器舞的精髓。

楊玉環現在才僅僅入門，整天手裏拿著一柄木頭劍在室內亂刺亂畫，牆上的白布倒沒刺中幾張，身上反倒被弄得紅一塊，黑一塊的。她也知道自己的樣子比較狼狽，因此，每次練舞的時候，她都是一個人把自己關在一間偏室裏，不許人打擾，更不許壽王在身邊。

這天，乘壽王到宮中向母妃問安，楊玉環又來到偏室，脫去長衫，換上一身緊身衣裳，執劍向牆上那些白布刺去。爲了增加氣勢，其中還夾著一兩聲嬌呵。哪知壽王回來的早，他一回府，聽說王妃在偏室練舞，揮手制止住侍女，躡手躡腳地向偏室走去。他早就聽說楊玉環在練一種新舞，不知什麼原因，幾次想看都讓她阻止了，這越發激起了他心中想看的念頭，總想有空能一窺真容。今天終於讓他逮到了機會。

他先是站在房外，把耳朵貼在門上偷聽。他聽到屋內似有木棍舞動的聲音，隨後是什麼東西擊打在牆上的「撲撲」聲，其中還夾雜著楊玉環的嬌呵聲。他不知道這是什麼舞，需要這樣大的力氣。他輕輕把門推開一條縫，看到楊玉環一身精短打扮，手拿木劍，在屋裏前後飛舞，不時左刺一下，右刺一下，「撲撲」聲就是她用劍刺在牆上的聲音。再看她身上，已經紅印點點。看到這裏，壽王止不住啞然失笑。

聽到笑聲，楊玉環停下手中的劍，看到是壽王，嗔怪地說：「誰讓你偷看人家練舞了。」

壽王笑著說：「你這是練舞嗎？我還以爲是哪個小兵在行操呢。」

楊玉環也笑著說：「我就是在行操。我要做個花木蘭。」

「花木蘭可是會打仗的，她可不只會跳舞。」壽王開玩笑地說。

「我就不會打仗了嗎？看劍。」說著，楊玉環向壽王虛刺一劍。

壽王佯裝躲避。他看到壽王妃今天特別的嫵媚，也許是剛剛激烈運動過，她渾身上下都散發著一股濃濃的青春活力，緊身衣裙，更勾勒出她勻稱的腰身，雲鬢散亂，更添別樣風情，雖然日日見面，但壽王此時還是不禁被她的嬌豔所吸引，心旌搖蕩。他走上前去，輕輕把楊玉環摟在懷裏，吻著她的香唇。他想，他真是一個幸福的男人，娶的妻子不僅性情溫柔，而且美麗出眾，不要說洛陽長安，恐怕全國上下也沒有一個人能比得過她，要是來個全國選美比賽就好了，他敢說，他的王妃一定能拔個頭彩。

楊玉環輕輕推開壽王，要去沐浴。她問壽王，不是到宮裏向母妃請安的嗎，怎麼回來這麼早。壽王說：「聽宮女講，母妃昨夜沒有睡好，做了一個惡夢。我去時，她剛剛睡著，不便打擾，就退了出來。」

「惡夢？什麼惡夢？」楊玉環停住腳步問道。

「我不清楚。聽宮女講，母妃已經連續幾個晚上都沒睡一個好覺了，聽說都與惡夢有關。父皇已經派了最好的太醫爲母妃診過脈，不過也沒有診出什麼病因來。希望母妃早日康復才好。」

「噢，那我要進宮去一下，向母妃問安。」

第二天，壽王與楊玉環一起再次進宮，探視武惠妃。楊玉環見到她這位婆婆，果然像是生病的樣子，臉色憔悴，無精打采。武惠妃似乎並不把自己的病放在心上，她執著楊玉環的手反倒問起她的生活起居，並說，春天來了，正是受孕的好時節，她希望來年能看到她與壽王的第一個孩子出生。聽到這話，楊玉環羞紅了臉。說了一陣閒話，楊玉環和壽王告辭回府。武惠妃對困繞她的夜間惡夢隻字不提，她不提，壽王與楊玉環也不好提起。

其實不僅僅是楊玉環與壽王不知武惠妃到底做了什麼惡夢，就連皇帝也不知他的愛妃做了什麼惡夢。武惠妃的惡夢不能給別人知道，只有她一個人悶在肚子裏。原來她夢到了被皇上賜死的太子李瑛與二王了。也許是她心中有鬼的原因吧，她對他們在她夢中出現感到了心悸和害怕。

武惠妃晚上受著惡夢的侵擾，白天卻又不能安心休息，因爲她在加緊爲壽王當上太子忙碌著。當然，她是不能在皇上面前提這件事，那樣反而壞事，唯一的辦法就是派人催宰相李林甫，讓他在皇上面前提早立皇儲的事。

李林甫也傳來消息說，他在皇上面前是提過這件事，皇上反問他諸皇子中誰人可立。他推薦了壽王，說壽王英俊有才，心地仁厚，是可以託付國事之人。但皇上聽了沒有說什麼。

武惠妃聽了李林甫的傳報，認爲這不是好兆頭，試想，身爲宰相的李林甫在皇上面前提到了壽王，而皇上不置可否，這說明皇上心中根本沒有考慮讓壽王來當太子的意圖。武惠妃更焦慮了。她催李林甫有機會再在皇上面前提一提。李林甫說，凡事不能急，欲速則不達，現在皇上還沒從失去三位皇子的陰影中走出來，如果一味地強行推薦壽王的話，難免引起皇上的疑心，可能把立壽王爲太子一事和三位皇子的遇害連到一起，那樣就適得其反，再也沒有指望了。

武惠妃認爲這話有理，也就沒有再催促，但她要求李林甫此時可以多聯絡一些元老重臣，一待有機會，好一起上言推薦壽王，這樣的力量就大了。李林甫答應了，他說，時間拖得久一些，對壽王是有好處的，那樣，皇上對三位皇子的離去就會淡漠。

真是愈是怕什麼愈有什麼。這天夜裏，武惠妃好容易迷迷糊糊才睡著，剛閉眼，就看見眼前晃動三個人影，他們身影飄浮，好像是懸在空中一樣，披頭散髮，舌頭老長地伸在嘴外。他們既不講話，也不做什麼怕人的動作，只是陰森森地並排站在她的床前，木然地看著她。

武惠妃張嘴想喊，卻喊不出聲，想起身趕跑他們，但全身猶如僵硬了一般，連手指頭也不能動一下，她只能一動不動地躺在床上，驚駭地看著他們可怖的面目，心膽俱碎。就在她幾乎要嚇得昏死過去時，突然昏沈中她聽到一聲驚叫，這聲驚叫把她從惡夢中驚醒了。隨後，她又聽到一個驚怖的聲音叫道：「鬼，鬼！」

武惠妃捂著「怦怦」直跳的心口，大口大口喘著氣，她問剛才是哪個宮女在外狂呼亂叫。隨即，一個年齡不大的宮女被帶到了武惠妃的面前。那個宮女似乎也知道犯了不該犯的罪，一進來，她就「撲通」一聲跪在了武惠妃的面前，口稱奴婢該死。武惠妃問她：「半夜三更的，爲何在寢室外大呼小叫？」

宮女起先不敢說，在武惠妃的一再逼問下，才不得不開口說：「今晚，該奴婢値班，正是三更半夜時分，奴婢突然看到有三個人影闖進惠妃娘娘的寢室。一定是奴婢的眼看花了，誤以爲是鬼，喊叫了起來，驚嚇了娘娘。奴婢該死，奴婢該死！」

「噢，你倒說說，那三個鬼影是什麼樣子？」

「奴婢該死，是奴婢眼花，望娘娘開恩饒過奴婢。」宮女磕頭如搗蒜。

「說，你看到的三個人影到底是什麼樣？」武惠妃聲色俱厲地呵斥道。

「他們，他們披頭散髮，嘴裏伸著老長的舌頭，身子就像一件懸掛在竹竿上的衣服，隨風一飄一蕩。奴婢看見他們飄蕩著就進了娘娘的寢室，啊，不，不！是奴婢眼花，無中生有的捏造。望娘娘寬恕奴婢。奴婢下次再也不敢了。」

武惠妃聽著宮女的描述，分明就是自己夢中所見到的三個鬼影，這樣說來，不是自己在作惡夢，是真的有鬼魂作祟。想到這裏，武惠妃身子禁不住一陣顫抖，但不知出於什麼原因，也許是太害怕的緣故，她突然厲聲呵道：「大膽賤婢，竟敢妖言惑眾。來人，把她送交內侍省去，給我重重治罪。」

宮女在一連聲的饒命叫聲中被拖了下去。坐在床上的武惠妃再也不敢入睡了，她再一次擔驚受怕地坐到天亮。

第二天，那個宮女被內侍省以妖言惑眾罪杖殺。後宮人心惶惶。

現在壽王每隔一天就進宮探視母親一次，有時，楊玉環也跟著一起去，但她每次見著武惠妃不知該說些什麼，因爲她不是一個會寬慰人的人，她難以想像，到了晚上，還會有人會睡不著覺。她可是一到晚上，頭沾著枕頭就進入夢鄉的。武惠妃也勸她少進宮一些，因爲她心裏總有一絲不祥的預感，覺得宮裏有鬼祟作怪，這對既將有孕的壽王妃是不利的。

楊玉環現在已經停止了練習劍器舞，不是她不想練，實是覺得在武惠妃生病期間，她再一味沈浸在歡樂裏，傳出去到底有些不好。現在，她經常把公孫大娘召來，兩人探討一番舞蹈的技藝。自然，楊玉環也和公孫大娘說了武惠妃的病。公孫大娘說，她或許有一個辦法可以治好武惠妃的病。

楊玉環問什麼辦法。公孫大娘告訴她，她有一位很出名的畫家朋友，名叫吳道子，畫什麼像什麼，他的畫往往千金難求，既然武惠妃夢中總是出現惡鬼，那就讓吳道子畫一張天神的畫，貼在寢室裏，諒惡鬼也會驚嚇而退。楊玉環對這個辦法將信將疑，她要公孫大娘先帶她那位朋友來壽王府，讓她先看一看，如果確如她所說，她再推薦給武惠妃不遲。

這天，公孫大娘和那位吳道子一起來到壽王府，楊玉環看到吳道子相貌平平，也看不出有什麼特別出眾的地方，但她想既然公孫大娘如此推崇他，此人定當有奇特的技能。她起身迎接，以示對他的優待。那個吳道子本來一副醉眼惺忪的模樣，一見楊玉環天仙似的容貌，頓時兩眼瞪得滾圓，如被定住了一樣，一眨不眨地盯在了她的身上，連起碼的禮儀也顧及不到了。楊玉環看到這樣子，心中隱隱有些不快，心想此人好生無禮。公孫大娘似乎也覺吳道子有些唐突，就用手扯扯他的衣角說：「快快拜見壽王妃。」

但吳道子好像沒聽見一樣，他兩眼繼續盯在楊玉環的身上，不僅如此，他還圍繞著楊玉環打起轉來。他一邊轉一邊還用手在空中比劃著，也不知他想要幹啥。就在楊玉環要發火時，突然聽到吳道子大喊一聲：「拿畫筆來。」

隨即一個小僮從門外快步跑了進來。小僮手裏捧著幾支畫筆，身背後背著一個行囊。但見他，一跑進來，就卸下背著的行囊，打開一個可收放自如的木架子，在上面鋪上一卷好紙。待小僮擺放好畫筆後，吳道子揎起袖子，拿起畫筆，稍一凝神，即在紙上運筆如飛。

只見他勾勾點點，筆如走蛇，濃墨處大開大合，虛描處又惜墨如金。邊畫邊擡頭看著楊玉環。這時，楊玉環與公孫大娘都明白了，原來吳道子一看到楊玉環超凡脫眾的容貌，引起了他創作的衝動，情不自禁地要爲楊玉環畫一幅肖像畫。楊玉環明白後，收起了心頭的不快，心想此人倒蠻可愛的，她也就不再走動，配合起吳道子來。

沒過一會兒，但見吳道子把筆一扔，嘴裏長長出了一口長氣，眼中的光彩突然黯淡下去。楊玉環與公孫大娘知道，畫已完成，吳道子創作的熱情隨著作品的完成已經消退。楊玉環迫不及待地走到吳道子畫前，急切想看到這位著名的畫家是如何描摹她的容貌的。

真是不看不知道，一看嚇一跳。楊玉環走到畫像前，立刻被畫中人所吸引了。但見那個畫中女子，體態豐滿，雲髻高挽，肌膚嫩白，嘴角一絲神情，是笑非笑，是嗔非嗔，有著說不出的一種魅力；特別是那雙眼睛，明亮有神，似遠眺，似凝眸，如煙如霧，空靈縹緲。

楊玉環自認為是夠美的，也常常攬鏡自賞，雖說畫中女子是吳道子給自己的畫像，但她卻覺得自己與畫中人比較起來，尚且不如。但看畫中人的裝束，又分明就是自己。公孫大娘似乎也有同感，她說：「王妃，我看到你後，以為世間再不會有比你更漂亮的人，哪知，現在一看吳道子的畫，才知比你漂亮的人還是有的。」

聽到這話，楊玉環一點也不生氣，因為她知道，公孫大娘說的比她漂亮的女子其實在世間是找不到的，她是吳道子創造出來的，是理想化的，是藝術的表現。真正的藝術不正是這樣嗎，超越現實，永遠引起人的嚮往。此時，她再也不敢以貌取人，小看吳道子了。

這時，隨身小僮把畫架收拾起來。楊玉環也知道吳道子為什麼隨時要帶一個備有畫具的小僮了，因為他時刻都有著要創作的靈感，而靈感往往是一閃而逝的，必須抓住它。在小僮準備把那幅畫裝入畫筒時，楊玉環說請求吳道子把那幅畫像送給她。吳道子同意了。

有了親眼所見，楊玉環信服了吳道子的畫技，她誠心誠意地請教道：「吳先生真有神技，不愧是公孫大娘所欽佩之人，但不知可有辦法，能讓母妃逃避惡鬼的侵擾？」

吳道子說：「此有何難，只要在武惠妃寢室中懸掛我所畫的畫像一幅，包管她不再受惡鬼的侵擾，從此安然入睡。」

楊玉環一聽大喜，當即就要把吳道子引見給武惠妃，但一想到皇宮是不可以隨便什麼人都可以進去的，特別是男人更不能隨便進入，她氣餒了。這時公孫大娘給她出了一個主意，說可以把吳道子改妝成道士的打扮，就說武惠妃請他進宮祈禳的，不就行了嗎。楊玉環一聽果然是個好主意，就欣然同意。她還頑皮地說：「吳道子，吳道子，不做一次道士，怎能叫道子呢？」

等壽王晚上從宮中回來，楊玉環給壽王說了這事。壽王一天都在宮中，正爲母妃的病焦急，聽了楊玉環這樣說後，想想雖然並不是個好辦法，但病急亂投醫，姑且試試吧。他再進宮時，就和武惠妃說了這件事。武惠妃也同意了。這樣，楊玉環就托公孫大娘和吳道子約了個時間，把吳道子改裝一番，讓他穿上道袍，拿上拂塵，一起進宮去。

武惠妃知道皇上是最討厭占卜祭禳這類事，就私下裏約見了吳道子，看他有什麼辦法能爲她趕除夢中的惡鬼。吳道子詳細詢問了武惠妃夢見惡鬼時的情景。當然武惠妃是不會把詳細情況告訴他的，她只是說她一入夢鄉，就會有三個長相很惡的鬼從門外跳進來，在她面前又蹦又跳，還作勢向她撲來，讓她無路可逃。吳道子聽罷，也不作聲，就鋪開紙畫了起來。不一會兒，畫好了，武惠妃走向前來，看吳道子爲她畫了一個怎樣威武的天神，好爲她捉去夢中的惡鬼。不看則罷，一看，武惠妃大叫一聲，仰身向後倒去。

楊玉環一看不好，忙搶步上前扶住武惠妃，不及觀看吳道子的畫，連忙搶救武惠妃。忙亂了一陣子，武惠妃才醒轉過來。武惠妃一醒來，就指著吳道子厲聲呵斥道：「好大膽的奴才，我讓你畫天神，你畫的什麼天神？」

這時，楊玉環才得空細看吳道子的畫，一看也嚇了一跳，原來，吳道子畫的根本不是什麼天神，分明也是一個惡鬼。只見那個鬼面目猙獰，鬚毛篷張，手拿寶劍，一副兇狠狠的樣子。望去令人心驚肉跳，不敢再看第二眼。

吳道子從容地答道：「回娘娘，小人畫的並不是什麼天神，而是一個惡鬼。」

「放肆，我就是讓你來捉鬼的，想不到你又來給我添一個鬼，你還嫌我被惡鬼攪擾的不夠嗎？」

「娘娘請聽小人分辯，此惡鬼非彼惡鬼，此惡鬼名叫鍾馗，是專門捉鬼的鬼。別的惡鬼只要被他碰到，必捉住被他吃掉。所以他是不害人的。」

「噢，真有這樣的事？」武惠妃被吳道子講得將信將疑。

「稟娘娘，小人不敢欺瞞。」

楊玉環乘機也在旁邊說：「母妃，吳道子這樣說，想必是有些道理的。」

「娘娘只要把這張畫貼在寢室，那些惡鬼見了必不敢前來，如果來了，就會被他捉住吃掉。娘娘盡可放心好了。」

聽吳道子一再這樣地說，武惠妃心裏到底存有疑慮，但她想，不妨就按他說的那樣辦，如果沒有效果的話，再重重治他的罪不遲。她讓宮女仔細把那張惡鬼鍾馗的像收好，等到了晚間就貼在她的寢室內，至於她自己，實在不敢再看那張畫像半眼。

到了晚上，武惠妃讓宮女把那張畫像貼在了寢室內。說也奇怪，竟一夜平安地度過了，幾個月來，少有的睡了一個香甜的覺。這下，武惠妃相信吳道子說的話了，她不僅沒有治他的罪，還通過壽王，重重地賞賜了吳道子許多錢財。至此後，每到晚上，武惠妃就把鍾馗的畫像貼上，惡鬼再沒有侵擾過她。武惠妃的精神一天比一天好起來。

但武惠妃做這一切都是偷偷瞞著皇上的，因爲皇上忌諱這些神神鬼鬼的事，如果讓他知道了，他一定要懲罰的。隨著武惠妃的精神好轉，皇上又臨幸她了。也是合該有事，這一天很晚了，武惠妃以爲皇上不會來，就讓宮女又把鍾馗的像掛上，哪知剛貼上沒多久，皇上來了，畫像來不及揭下，正被皇上撞個正著。

玄宗皇帝本興沖沖地來武惠妃這裏就寢，剛邁進房門，擡眼看到一個面目猙獰的惡鬼手拿長劍，正兇惡地瞪視著他。當即就把他嚇得怔住了，他沒有預料到，武惠妃的房間裏怎麼會突然冒出個惡鬼來。這著實把皇上嚇個不輕。

等皇上從驚駭中醒轉來，武惠妃想要把事情給他解釋一番，不知是皇上實在是嚇得太厲害了，還是怎麼的，竟拂袖而去。

第二天，即有內侍省派人來調查這件事，當然不是怪罪武惠妃，要問武惠妃的罪，而是調查是誰畫的那幅畫，並帶入宮中的。於是，吳道子、楊玉環，都被調查了出來。楊玉環作為壽王妃自然也不能給予什麼懲罰，這樣，懲罰就落在了吳道子一人身上。皇上氣哼哼地表示要殺了這個裝神弄鬼的傢夥。

皇帝要殺吳道子的消息，立刻傳了出去。令玄宗皇帝想不到的是，朝中許多大臣和梨園藝人竟多次上書，讓他赦免了吳道子，理由是他是個千古難出的大畫師，對這樣的人才應愛惜。吳道子，玄宗皇帝是聽說過的，知道他年紀輕輕，已是個馳譽畫壇的大畫師，在畫技上有著諸多創新，別人都稱他為「畫聖」。

玄宗皇帝想，你個吳道子，好好畫你的畫就是了，不要說別人封你為「畫聖」，就是封你個「畫帝」我也不會去管你，可你竟不知好歹跑到朕這裏來搗亂，畫什麼能捉鬼的鬼，我豈能讓你在此裝神弄鬼，蠱惑人心。難道你不知道朕生平最痛恨的就是那些扶乩占卜之人，他們整日搖動三寸不爛之舌，專會說些神神道道的話，借此斂財，你既是這樣的人，諒也是徒有虛名，沒有什麼真本事，不殺你，留你何用。

但他見有這麼多人保吳道子，也不好一意孤行，免得被人說成是個聽不進諫言的昏君。於是他說，那好吧，你們都說吳道子是「畫聖」，畫的畫怎麼怎麼好，那就找兩幅來給我看看吧，我要看看怎樣個好法子，如果確如你們所說，我就開恩，免他一死，如果只是徒有虛名，不僅他的死罪免不了，就是你們，朕也要下旨嚴懲。

哪知吳道子平日作畫往往都是憑著靈感一揮而就的，畫過後也就忘了，或送人，或賣給了有錢人，留在身邊的竟一幅沒有。再有就是他給那些寺院畫的壁畫，總不能把牆壁擡到皇帝面前去吧。更可恨的是，那些手裏擁有吳道子畫的人竟個個膽小怕事，怕牽進這件事裏去，因此，寧可見死不救，也不願冒險把吳道子的畫拿出來，甚至私下裏暗暗地揣度，吳道子死了倒好，這樣，他的畫就更值錢了。所以，在皇帝下旨要看吳道子畫以後，再決定是否殺他時，竟一時找不到一幅呈給皇帝可看的畫。

這時，公孫大娘想到了前不久，吳道子才給楊玉環畫的那幅畫。就急匆匆地趕到壽王府，勸楊玉環把那幅畫拿出來，呈給皇上看。

但楊玉環心下躊躇，認爲這與禮不合，她說：「哪裏有公公看媳婦畫像的？」

公孫大娘說：「此時這些禮節顧不到了，趕快救吳先生的性命要緊。」

「難道就沒有別的方法了嗎？比如可以花高價買吳先生以前的畫？」

「那些膽小如鼠的人，這時你就是給他一座金山，他們也不敢把畫賣給你的。」公孫大娘恨切切地說。

楊玉環總覺得把自己的畫像給皇上看，有些不妥，但她想到，在這件事上，自己其實是有著責任的，甚至可以說是最大的責任，不就是她請求吳道子進宮的嗎？如果不是她請他幫忙，他自然不會有殺身之禍。因爲自己是皇室中人，是皇上最疼愛的兒子壽王的王妃，不好加以責怪，就把一腔怒火全撒在了吳道子一人的頭上。如果自己再袖手旁觀，見死不救的話，那就太說不過去了。思前想後，權衡得失，楊玉環還是把自己的畫像拿了出來。

玄宗皇帝下朝回到後宮，人稱吳道子的畫已經送到，皇上叫呈上。在畫卷還沒打開時，玄宗皇帝正端起一杯茶要喝，當畫卷一展開，他端到嘴邊的茶盅再也送不到嘴裏，他就那樣端著，眼睛透過繚繞的熱氣一下定在了畫卷上。隨即，玄宗皇帝把茶盅放在一邊，用雙手輕輕地把畫卷捧起來，慢慢地靠近眼睛。

玄宗皇帝的眼睛放著光彩，雖然他閱盡後宮佳麗，但他還從沒見過比畫中人更漂亮的女人。畫中人太美麗了，不僅有著天仙般的容貌，更有著超越凡塵的氣質。特別是那彎彎的嘴角，雖只是簡單的用筆一勾，但讓人瞧了其中似含了萬種風情，有著幾分頑皮，又有著幾分可愛，更有著幾許矜持。還有那勾出的衣紋飾帶，猶如迎風飄灑，流暢自然，更增人的飄逸風姿。玄宗皇帝把畫像又放回案頭，竟情不自禁地用手在畫像上撫摸起來。

站在旁邊的高力士用嗓子輕輕地咳了兩聲，說：「大家」。無別人在側時，高力士就稱呼玄宗皇帝爲「大家」，這是皇帝特許的，以示兩人關係的不一般，但高力士從不濫用這種特權，只要有旁人在，他總是恭恭敬敬地稱呼皇帝爲「皇上」。高力士見皇帝爲畫中的女子這樣著迷，不自禁地輕聲說道，「大家，這真是一幅絕妙的好畫啊。」

聽了高力士這樣說，玄宗爲自己的失態有些不好意思，嘴裏也「唔唔」地應著，隨口說道：「不知這畫中畫的是誰啊？」

玄宗皇帝只不過是隨口說說罷了，在心裏，並沒認爲這是某個人的實畫像，以爲不過是畫家的憑空想像。世間哪裏有這樣超凡脫塵的女子呢。不想，站在一邊的高力士竟輕聲地說：「聽說，畫中的女子是壽王妃。」

「噢？」玄宗皇帝聽了這話後，再一次把畫像捧起來，細細端詳著。細看之下，果然是有些面熟。

壽王妃，玄宗皇帝是見過的，不過都是在某種慶典中，比如壽王的婚禮上，還有一些除夕元宵的諸皇子來參拜的節日中，距離遠不說，當時，她夾雜在一群人中，他也不會特意去關注她。但模糊的印象是有一點的。聽高力士這樣一說，他是覺得畫中人與壽王妃有些相像。

因爲在此之前，已經有人托過高力士，讓他在皇上面前爲吳道子講講好話，他見皇上爲吳道子的畫所吸引，就借機誇讚吳道子的畫技，希望皇上愛惜這樣一位人才，但也許是他是位太監的原因，他不知道，皇上固然是被吳道子的畫所吸引，但真正令皇上陶醉的是畫中的女人。也許是剛才太過失態的原因，玄宗皇帝爲了掩飾窘狀，並沒有聽高力士的話，他仍然帶有怒氣地說：「哼，僅憑一幅畫就能說明他是一個大畫師嗎？常言道，一人傳實，萬人傳虛，朕要親自看他畫上一幅畫。方再下決定。」

這天，吳道子被帶到皇帝面前。正好在內宮有一面牆剛剛粉刷完畢，皇帝就要吳道子在那面牆上作畫。開始吳道子還有一點拘束，但一當他沈浸到創作中時，他的猥瑣神態不見了，似乎眼前的皇帝也不在了，他目光空蒙，擡頭向上，小步在殿內緩緩走動，沒過太久，但見他抓起畫筆就在牆上快速畫動起來。

他的動作很快，似乎不是在作畫，而是牆上早已有了一幅畫，他不過是拿筆在上面臨摹，不像有的畫師，畫畫停停，有的地方還反覆擦拭勾勒，吳道子全沒有這些動作，他畫筆飛動，遊走壁牆，衣袖帶風，手影婆娑，沒多一會兒，一堵五龍壁呈現在了大家面前。只見牆壁上的五條龍，有的張牙舞爪，就欲撲面而來，有的騰雲駕霧，幾欲破壁而去；雖是五條龍，但沒有一條的神態和姿勢是相同的，它們或盤結，或獨立，或扶搖直上，或橫空而出，真是形神兼備，神采不可名狀。周圍的人看了都暗暗喝彩，但沒有皇帝的首肯，沒有一人敢把彩喝出口來。

皇帝也被這面五龍圖吸引了，但他還不想馬上就饒恕了吳道子，如果那樣，他覺得有失他的威嚴。他依然板著臉問道：「這有什麼稀奇的，五龍壁人人會畫，只不過你畫的比旁人快一點而已。」

吳道子聽到這裏，連忙上前奏道：「回皇上，小民的這面五龍壁與旁人的有所不同。」

「噢，有什麼與眾不同之處？」

「小人的這面五龍壁，天晴的時候，看去毫無異樣，但天陰或下雨的時候，在龍的周圍就會騰起煙霧。」

「大膽，說你裝神弄鬼，你還愈會胡言亂語起來，竟敢用這樣的鬼話來欺瞞朕，看朕不好好治你的罪。」

「皇上息怒，小人講的句句是真，實不敢有半句誇張，如不信，可拭目以觀，若沒有此效，那時再懲處在下，奴才死無怨言。」

「好，就暫信你的，若沒有你說那般神效，再重重治你的罪。那你看，何時會有雨呢？」

吳道子仔細看了牆壁一會兒，說：「看五龍的四周，漸漸似有煙霧的形成，以此推算，明天不是陰天就當有雨。」

玄宗說：「好，就以明天是不是下雨爲準，如果下雨，你不僅無罪，朕還要封賞你，如果沒雨，哼，你也就別指望活到後天了。」

此時，外面正當是晴朗天氣，天空晴得連一絲雲彩也沒有，這樣的天氣已經持續有一二個月，給莊稼造成了旱災，每天都有許多百姓排著隊去寺廟和道觀磕頭求雨。現在，吳道子貿然說明天會有雨，實是讓許多人不信。人們都在替他搖頭，心想，你這不是跟自己過不去嗎，暫不說你講的什麼下雨天龍壁會起雲霧，就是起了，明天要是沒有下雨，你的小命不也白搭進去了。但吳道子似乎全不考慮這些，一副胸有成竹的樣子。

說也奇怪，還沒等到第二天，當天夜裏，一聲炸雷把人們從睡夢中驚醒，隨後就是連天「轟轟」的雷聲，還沒等到天明，豆大的雨點就從空中降了下來。

真是一場及時雨，也是一場暴雨。有這場雨作證，玄宗皇帝再也不敢小瞧吳道子了，他不僅收回了要懲罰吳道子的聖旨，而且還把他請爲上座，稱呼他爲先生。他與吳道子一起，觀看著外面久盼才至的雨，心中實有說不出的高興，他再次走到五龍壁前，細細欣賞著籠罩一片煙霧裏的五龍。

只見此時的五龍壁與昨天看到的又有不同，正如吳道子所說，煙霧騰起彌漫在龍的周圍，五條龍在煙霧中忽隱忽現，更添威武之勢。眼見著快到正午了，雨還沒有要停的意思，地上已經積起了齊踝深的水。看著外面的雨勢，玄宗皇帝又擔心起來，雨水已經足可緩解旱情，再下，勢必又會造成水災。他把頭轉向吳道子說：「吳先生，你看這雨會什麼時候停呢？」

吳道子仔細看過五龍壁後，說：「稟皇上，小人看壁上煙霧已有消散之象，想必雨不會下得太久，如果我推算不錯的話，午後雨當會停下來。」

說也奇怪，就在他們這樣說的時候，雨勢竟漸漸小了下來，由傾盆暴雨慢慢變爲斷線成點的中雨，再變爲了淅淅瀝瀝的小雨。玄宗一看，大喜過望，想不到五龍壁好像知道人心一樣，想雨的時候，它就來雨，不想的時候，它就不下。其實，不是五龍壁有什麼神奇，而是這次被他碰巧趕上了。

玄宗皇帝一高興，板著的臉也就鬆弛了下來，他帶開玩笑地對吳道子說：「先生，我看你這樣凡事先知，也不要叫道子了，乾脆改名叫道玄吧。」
吳道子聽了，連忙跪倒說：「謝皇上賜名。」
本來，玄宗皇帝只是說說玩的，想不到吳道子當真了，好在這也不是什麼大事，皇帝樂得送個人情。自此後，吳道子改名叫吳道玄了。皇帝知道，給人改個名可不算什麼封賞，真正的封賞是要實的，既然自己有言在先，總不能空口無算吧。但封吳道子一個什麼官好呢？封他個實際職務吧，看樣子他又不是個專心做政務的人。對，就封他個內都博士，聽起來既體面，又不用處理比較具體的事務，還不妨礙他特長的發揮，盡可畫他的畫去。吳道子很高興地接受了這個虛銜。
大家都沒有想到這個事會以這種圓滿的結局收場，皆大歡喜。武惠妃可以繼續在寢室裏懸掛鍾馗的畫像，吳道子自從受了封賞後，整日秉性而爲，借酒使性，酒一喝多，往往又是才氣迸發的時候，才氣得到淋漓盡致的發揮，於是畫出了不少傳世之作。而楊玉環卻沒有拿回原本屬於她的那幅畫卷。她曾問過公孫大娘，公孫大娘說皇上沒有退回。她們自然不好去向皇上討要。於是，那幅畫就留在了皇帝的手中。楊玉環以爲這對皇上來說，只是小事情，他想必是忘掉了。她希望是這樣，同時還希望皇上最好不要知道畫上的人是她。她不知道，皇上並不是忘記了，而是因爲喜歡那幅畫私自留了下來。
轉眼間，已是十月深秋季節，武惠妃的病雖然有了好轉，不再夜夜夢見惡鬼，但因爲曾受到驚嚇，心裏一直鬱悶，精神沒有太大起色，爲了讓武惠妃身體早日康復，加之這年長安特別寒冷，玄宗皇帝決定赴驪山溫泉避寒。所有皇族中人都要跟隨前往，百官也有不少從駕到驪山的隨從人員，大臣中有不少人在驪山有賜第，家眷也相隨而去。皇上這次去驪山與上次到驪山已經整整相隔三年了。
驪山溫泉離京都長安有七十多里路，是一處聞名的皇家療養勝地，以前，皇帝都是在隆冬臘月裏才去避寒，今年，爲了武惠妃的病，皇帝決定提前上山。楊玉環自來長安後，也從別人嘴裏聽說過驪山溫泉這個地方，說那裏的地底下會「汩汩」地往上冒溫水，不管是夏天還是冬天，一年四季都是這樣。人用那些溫水洗澡後，身體不適者可以祛病除疾，身體健康的人，洗了也神清氣爽，皮膚嬌嫩。楊玉環早就想去見識見識了。

雖然已是深秋季節，別的地方的樹木已經枝葉枯黃了，但驪山的樹木卻還是一片綠色，鬱鬱蔥蔥，生機盎然，使人心曠神怡。皇家在驪山建了許多行宮，造了許多宮殿，不同身分的人有不同的浴池；有專供皇帝洗浴的，有只給後宮嬪妃洗浴的，還有專供皇室人員用的。楊玉環第一次下溫泉是咸宜公主陪著去的。楊玉環看到溫泉池是用光滑的石頭砌成的一個大的水池，池面水氣繚繞，池水清澈見底。池的底部也是用光滑的石塊砌成，邊上還有可坐的石凳，以便人能躺在水中。

咸宜公主已經來過無數次了，輕車熟路，麻利地脫去身上的衣裳，一下就滑到了水裏。楊玉環還小心翼翼地用腳試探著入水。看著嫂子楊玉環那副謹慎的可愛模樣，咸宜公主突然用手撩水向她潑去。楊玉環一驚，失足向池中倒去，慌亂中喝了兩口水。待她手忙腳亂地爬起來時，發現，池中的水不過才到達腰間，咸宜公主「咯咯」大笑起來。

被捉弄的楊玉環隨即也捧水向咸宜公主潑去，倆人在池中打起了水仗。待玩累了，倆人躺在溫泉中，渾身慵懶乏力，卻又感到有說不出的舒服。咸宜公主說：「啊，真舒服，已經有三年沒來泡泡了。前幾年，每當冬天，父皇都要帶我們來的，這兩年不知怎麼的，他好像把這個地方給忘了，這次，要不是母妃的病，可能還來不了呢。」

「聽說這溫泉水還能治病，真有那麼神奇嗎？」

「這可不是假的，前幾年父皇的一個嬪妃，身上莫名其妙地長了一身瘡痂，什麼藥都吃了，就是不見好，後來到這裏一泡，不僅痂皮盡落，而且皮膚比以前更加白嫩嬌豔了。」

「就在這個池子裏？」

看著楊玉環一臉驚慌的神色，咸宜公主笑著說：「你放心，池子裏的水是時刻流動的，不然，哪有這麼清。這些水不停地從地底下冒出來，不僅澆灌了驪山周圍的樹木，還流到四周農田裏。說來也奇怪，農田裏的莊稼被溫泉水一澆灌，種出的糧食都與眾不同，做成的飯，吃起來特別的香。」

「也許溫泉水裏含有特別的東西吧，但願母妃能在這裏把病治好。」

提到武惠妃，咸宜公主的神情也黯然了下來，她說：「其實，母妃的病主要還是心病，心病還須心藥治。」

楊玉環自然知道咸宜公主提到的武惠妃的心病是指什麼，就是讓壽王當上太子。她默默不出聲，過了一會兒才說：「其實一切都不用太急的，一切順其自然吧。」

咸宜公主說：「有些事情是不能順其自然的，太子之位是每一個皇子都渴望得到的，現在太子之位空缺了出來，你不努力，別人就會鑽營，等到別人得逞了，你就什麼也沒有了。」

楊玉環最不喜歡談論政治了，但每次與咸宜公主在一起，她總是要說這方面的事。見楊玉環不作聲，咸宜公主又說：「要是壽王能當上太子就好了，那樣你以後就是皇后了，你說，那該是多麼大的榮耀啊。你不喜歡當皇后嗎？」

實在地說，楊玉環從沒想過自己會當皇后，也就沒什麼歡喜不歡喜的講頭了，她淡淡地說：「我不知道，我覺得當壽王妃也蠻好的。」

咸宜公主不再多講了，她實在覺得壽王妃是個沒有多少心機的人，如果是別的女人遇到這種機會，一定會鼎力幫助丈夫謀取太子之位，也是爲自己日後的飛黃騰達，顯赫尊貴而努力，可她好像很滿足自己現在的處境。

兩人沐浴完後，穿好衣服來到外廳，咸宜公主看到出浴後的壽王妃顯得更加嬌美，肌膚如雪，真是美妍絕倫。咸宜公主想：在皇宮中我長了這麼大，不知見過多少漂亮的女人，但還從沒見過有壽王妃這樣美麗的女子，哥哥壽王娶了她真是有豔福，但容貌漂亮而又很有心機的女子我也見到很多啊，比如母妃就是其中的一個，要是壽王妃也如母妃一樣心有機智，那樣壽王真可謂是天下最有福的人了。

來到驪山，宮廷和王府的各種管束都放寬了，生性好動的楊玉環就像出籠的鳥兒一樣，盡情感受著這種無拘無束的自由。她參加各式各樣的活動，累了，就到溫泉裏泡一泡，一身的疲勞立即消失，沒過一會兒又精神煥發。各種運動中，楊玉環最愛的除了跳舞就是騎馬。自從在洛陽跟著壽王學會騎馬，她就喜歡那種騎在馬上的感覺，那種一起一伏合著馬的節奏行進的感覺，她想著有一天能像男人一樣騎馬飛奔就好了。來長安後，就再沒騎過。這次來驪山，終於如願以償，又可以騎馬了。

這天，天氣分外的好，陽光普照著大地，讓人感到不冷不熱，簡直不像是十月的天氣。壽王奉詔命，和別的諸王一起去聽國子監祭酒和司業講經，留下楊玉環一人覺得煩悶，她就換上輕裝，一身胡服打扮，在外面罩上一件外衣，帶著兩名馬夫和內侍，騎馬出遊。

也許是許久沒有騎馬的緣故，楊玉環一騎在馬上，立即就有一種要飛奔的欲望，她也不管徒步的馬夫和內侍是否跟得上，只一味地打馬馳奔。在她的印象裏，馬似乎是天底下最溫馴的動物，再怎麼鞭打也不會發脾氣。楊玉環不知道，爲了皇室成員的安全，宮廷的馬都是經過特別馴服的，野性已經降服，就怕牠突然發脾氣尥蹶子，給人造成意外的傷害。今天，楊玉環牽出來的馬，卻是一匹剛剛入廄的馬，還沒經過很好的調理，就是說身上還有著一絲野性未服。

楊玉環今天特別興奮，覺得今天的馬特別聽她的話，輕輕一揚鞭，牠就小跑起來，不像以前騎的馬，催促半天，還緩緩踱步，只把人急得要死。小跑了一陣，楊玉環就出汗了，她看前後無人，索性把累贅的外衣脫掉，橫搭在馬鞍上，露出裏面的緊身小褂，這樣就利索多了。跟著的馬夫和內侍早不見了人影，楊玉環也不等他們。她一路跑過的都是平坦大道，心裏也就沒什麼可擔憂的。

這時，她看到前方有一處平臺和閣樓，掩隱在一片樹叢中，她朝馬後用力抽了一鞭，想一鼓作氣疾馳到那裏，好好歇一歇，再等馬夫和內侍。不想，這一鞭把馬的野性給抽了出來，只見牠頭一昂，尾一甩，突然奮蹄向前衝去。楊玉環身子猛地向後一仰，差點從馬上摔了下來，她趕緊用手抓緊韁繩，準備把馬勒住，但此時馬已失控，牠鼻子裏喘著粗氣，嘴裏噴著白沫，順著大道，一路狂奔下去。

楊玉環嚇壞了，想不到平時看似溫順的馬，還有狂暴兇猛的一面，她此時顧不著許多，死死抱住馬鞍，手裏緊緊拽著馬韁繩，希望能把馬勒住，但她不知道，馬在受驚時，是不可以拽緊韁繩的，應該放鬆才對，好讓牠被激起的野性慢慢平服。人在情急之中，哪會想到這麼多，楊玉環只覺得耳畔生風，眼前的樹木「嗖嗖」地向後掠過。她心裏害怕到了極點，覺得眼前金光亂閃，馬上就要從馬背上摔下來，不自禁地呼救起來。

正在這萬分危急的時機，突然從旁邊竄出兩個人來，只見他們一把抓住馬的韁繩，先是隨著馬的方向跟著跑了一會兒，然後慢慢把馬勒住了。楊玉環都不知道自己是如何從馬上下來的，她腳一著地就癱在了地上。想到剛才的冒險與經歷，她不自禁地流下了眼淚。

幫她截住受驚之馬的兩個人詢問她的身分，在得知她是壽王妃後，對她寬慰了一番，並提醒她說，聖駕在此，請速速離開。楊玉環擡頭一看，她已經快到剛才看到的平臺和閣樓前了，聽內侍這樣一說，她心裏更是驚慌，想到自己剛才的失態可能會被皇上看到，更是窘急，她不顧身體乏軟無力，心中的驚悸，強作精神站起來，想再騎上馬去，好早早離開。也許是剛才驚嚇得太厲害了，她的雙腿發軟，再也邁不上馬背，只好用手牽著韁繩，一步一步向回走去。

這時，玄宗皇帝與武惠妃正好在平臺上觀賞風景，他已經看到了楊玉環，因爲離得遠，他還以爲是哪位皇子在馳馬飛奔，他看著快速飛奔的馬的背影，心中很是爲這位皇子的膽量和勇氣而讚賞，他傳詔，讓這位皇子近前來，他要當面誇讚他兩句。

雖然離得遠，但詔命一層層由內侍傳下來，很快就傳到了楊玉環的面前。聽說皇上要見她，楊玉環心中一片恐慌，她想，自己這樣不守禮制地馳馬狂奔，又是一身這樣的打扮，一定要被皇上呵斥了。唉，早知這樣，今天也不出門了。

楊玉環一步一步向上走去，當她來到平臺上，看到了玄宗皇帝，同時，她還看到在皇上身旁的武惠妃。看到武惠妃讓她稍稍心安了一些，她想不管怎樣，武惠妃會爲她開脫兩句的。

直到楊玉環來到近前，玄宗皇帝才知道剛才他看到馳馬飛奔的人竟是一位女子，只是她一身緊身胡服打扮，和男子並沒兩樣，怪不得他看走了眼。楊玉環上前拜見皇上和武惠妃，並爲自己不適當的行爲請罪。皇上沒有開口，武惠妃說：「玉環，你不陪著壽王，這樣騎馬亂闖，不怕出事嗎？」語氣中帶著一絲責備，她是想在皇上開口責備楊玉環之前，用輕輕的語氣順帶過去。

聽了武惠妃的話，玄宗皇帝才知道眼前站著的美貌女子是壽王妃，他眼睛不禁一亮，想到他前不久才看到的那幅吳道子的畫像，不免重新把眼前的楊玉環細細打量一番。果然如畫中一樣，有著別一樣的風韻，這種風韻除了容貌的嬌麗外，主要是一種清新的氣質，加之此時一身緊身小衣打扮，把勻稱的身材勾勒得更加渾圓，再襯以紅潤的臉色和委屈的眼神，更讓人怦然心動。看到這裏，他不免眼含笑意，臉露慈和之色。

楊玉環向武惠妃稟告說，因爲壽王去聽講經，自己認爲這是一個好天氣，才一個人出來騎馬玩，不熟悉驪山道路，不承想驚擾了聖駕。

玄宗皇帝聽後，語氣溫和地說：「不妨事。」隨即詢問楊玉環是從哪裏學會騎馬的。

楊玉環稟告說，是在東都洛陽時，壽王教她的。

「想不到在這樣短的時間裏，你的騎術竟這樣精，許多男子都不如呢。我當年也可以騎這樣快的馬，現在恐怕不行了。」皇上對楊玉環誇讚著。

聽到皇上的誇讚，楊玉環臉紅了，她又是羞澀又是委屈地說：「不是，是馬受驚了。」

「是嗎？我還以爲你的騎術出眾呢。」說到這裏，玄宗皇帝「哈哈」大笑起來。他完全可以想到一個女子騎在一匹驚馬上的心情和窘態。也許是爲了鬆弛壽王妃緊張的心態，皇上竟教起她在馬受驚時應採取的措施，就是既不能死拽著馬韁繩，也不能用腿使勁夾著馬，那樣牠反會認爲你是要牠賣力向前衝。應該坐穩身子，信馬由韁，直到牠跑累了，自己自會停下來。說著，皇上禁不住又「哈哈」大笑了起來。

武惠妃見皇上對壽王妃有著好感，認爲這是一個好兆頭，對壽王謀取太子之位是有好處的，於是，她也笑嘻嘻地看著楊玉妃，說：「玉環，你也不必太過拘禮。你的外衣呢？取來穿上吧。」她以爲，作爲兒媳婦的壽王妃只是這樣一身打扮站在皇上面前，總是不好。

聽武惠妃這樣一說，剛剛心情才平復的楊玉環又面頰泛紅，不好意思地說：「因爲天熱，我把外套脫了放在馬背上的，現在，現在——」楊玉環說不下去了。

玄宗皇帝又止不住臉上露出微笑，他想，一定是剛才馬受驚，她的外套不知掉到哪裏去。他傳令，讓內侍去把壽王妃的外套找回來。他看著眼前壽王妃因緊張而羞紅的臉，面頰白裏透紅，身上散發出活潑潑的青春活力，想到當年武惠妃也是這樣頑皮嬌媚的。他不自禁地眼含愛意地把頭扭向了武惠妃，說：「你可記得，當年，你也是愛騎馬到處遊蕩的，只是不穿這身衣服罷了。」

武惠妃見皇帝還記得當年她的模樣，心裏也掠過一陣甜蜜，臉上泛起了一絲嬌羞，雖有兒媳在旁，也禁不住輕聲說了一聲：「三郎。」

楊玉環見皇上與武惠妃有些情不自禁的樣子，自己在旁不免顯得彆扭，她正不知是進是退的時候，內侍已經把她的外衣找來呈上。她把外衣穿上，正準備行禮告辭，皇上對武惠妃說：「外面有些涼，不宜待得太久，我們進去吧。」

武惠妃並沒讓楊玉環離開，而是讓她相隨。她是希望皇上看到眼前的壽王妃，從而多問起一些壽王的消息來。但皇上似乎把壽王給忘了，也忘了楊玉環的身分是壽王妃，他對壽王隻字不提。在他們進到室內，皇上竟問起楊玉環的家事來。

楊玉環告訴皇上，她在東都洛陽，未出嫁時，父親管得她很嚴，只是逼著她每天去看什麼《貞女傳》和《十孝》的書，上面都講著如何做一個婦人的禮教。但是她不敢告訴皇上自己往往是看不下去的。

皇上問她還喜歡什麼，問她是否已經適應了宮廷裏的生活等等。

也許是皇上慈和的神情讓楊玉環放鬆了，她竟率真地回答著皇上的種種提問。

皇上往往在聽到壽王妃一些直率的回答後會哈哈大笑開來，為壽王妃的天真率直而心中倍加好感。其實在心裏，他對那些迂腐的儒生也是有不以為然的看法的，動輒引經據典，說話必有個來源。倒是武惠妃在旁輕輕「哼」了一聲，覺得壽王妃講話有點輕率。當皇上談到對那些儒生的看法時，皇上接著問道：「依你看，做人應該如何去做才好呢？」

也許是皇上愉快的神情鼓勵了楊玉環，她不假思索答道：「我覺得，一個人該怎樣就怎樣，由著性情來做人才好，不要做什麼事都想著書上怎麼寫的，不寫的就不能做。書不也是前人寫的嗎？」

「好，這個想法很新鮮，我倒是第一次聽說。」玄宗皇帝忍不住喝起彩來。

被皇上這樣一讚，楊玉環反有點不好意思，她用眼看著武惠妃，想從她臉上知道，她這番話講的是不是有些唐突。武惠妃也笑盈盈地望著她，她心裏雖然覺得壽王妃在皇上面前有點太不拘禮，但看到皇上沒有一絲一毫的責怪，反倒還很開心的樣子，她也就不做阻攔，仍讓楊玉環講下去。她覺得皇上已經很久沒有這樣高興過了。

玄宗皇帝似乎真的有點興奮，他竟和兒媳壽王妃開起了玩笑，他說：「剛才的策馬飛馳，也算一次性情的流露吧。」說著，不待壽王妃回答，想到她剛才在馬上受驚的模樣，自己先忍不住笑了起來。

聽皇上這樣一說，楊玉環再一次飛紅了臉，她再次下拜，表示謝罪。

不知怎麼的，玄宗皇帝覺得在這位青春飛揚的壽王妃面前，自己也變得有活力了。他問起壽王妃的家族成員來。楊玉環告訴皇上，她的父親現在國子監祭酒，上個月奏請，已經由太學博士擢升爲國子博士，現在除了教書外，整天待在家裏，準備寫兩本有價値的書出來。

其實，玄宗皇帝對外戚的行蹤是留意的，他早從外人口中得知他這位親家專心著書，對政治向來少有興趣，這讓他放心，並有好的印象。他想到在這樣一個儒學之家，竟出了這樣一個性情如此自如開朗的女子，不覺啞然失笑。

此時，侍女送上點心小菜，皇上也邀楊玉環就座，一起用些小食，並命侍女賜酒給她。楊玉環依循宮廷中晚輩受賜的儀式而拜謝。楊玉環看到，武惠妃用酒吃了一些藥丸。原來武惠妃的病一直都沒有徹底消除，人比先前消瘦多了。在進小食的過程中，進來了幾位舞女，在琵琶的伴奏下，輕歌曼舞。在楊玉環看來，那些舞都太過簡單，沒有激情，根本沒有美妙可談。可是皇上看得卻很投入，一副陶醉的神態。也許是楊玉環不屑的神情引起了皇上的注意，他問道：「怎麼，壽王妃認爲這些舞跳得不好嗎？」

楊玉環連忙起身答道：「不是，她們跳得很好。」

「壽王妃如果有什麼見解就儘管說來聽聽，朕是不會見怪的。」

這時，武惠妃乘機在旁說，壽王妃很熱愛舞蹈，舞跳得是很出色的。

「噢？原來壽王妃還是一位舞蹈人才，那你說說剛才那段舞是好是壞，看與朕心中想的是不是一樣。」

楊玉環被逼無奈，也是仗著皇上此時對她的好印象，於是大著膽子把剛才看到的那段舞，她認爲的好壞優劣都一古腦地說了出來。哪一段是好的，好在恰如其分地表現了音樂中的感情，與音樂互相應和，互相映襯，用動作表達了人心中的所思所想；哪一段是不好的，舞蹈動作太過死板，與音樂脫節，動作只是無意義的比劃，同時指出，哪些應該急舞的地方太緩，哪些應該輕緩的地方又過於急促。

聽著楊玉環的分析，皇上不住地點頭默贊。楊玉環的話，有些是與他心中的看法是一致的，有些卻讓他大開眼界，出乎他的意料。整個說來，楊玉環的話與他心中所想大致不差，只是他是從音樂方面來評判，而她是從舞蹈方面來評判，殊途而同歸。他沒有料到，眼前的壽王妃不僅容貌出眾，而且還有著這樣高的藝術修養，這不能不讓他刮目相看。他說：「壽王妃對舞蹈這樣有研究，想必舞跳得也是不一般的。」

楊玉環只顧盡興地在皇上面前評論著舞蹈，把該注意的禮節都拋到了腦後，等到皇上這樣一問，她才覺得自己有點放肆了，不應該在皇上面前這樣喋喋不休地亂語。她頑皮地吐吐舌頭，低下頭去，輕聲說：「臣妾只是這樣說說罷了，是只能動嘴不能動腿的。」

皇上笑了笑，沒有再過勉強，他知道，雖然壽王妃這樣說，但她的舞一定跳得很好，只是這種場合，是不合宜讓壽王妃表演的。楊玉環也覺得今天自己是太過輕慢了，雖然皇上和武惠妃不怪罪，但再待下去，還不知自己會做出什麼舉動來呢，於是就告辭了。臨去時，皇上表示等哪天有空，一定要看看壽王妃的舞蹈表演，隨後和武惠妃含笑目送她遠去。

楊玉環一蹦一跳喜氣洋洋地回去了，到了她與壽王在驪山的住宅時，正好壽王也聽完講經剛到家門口，倆人手牽手一道進去了。看著楊玉環朝氣蓬勃的樣子，壽王不知她因爲什麼這樣高興，他問她今天又到哪遊玩，遇到什麼新鮮事了。其實壽王在心裏，從楊玉環身上的打扮已經看出她一定是去騎馬了。

「你猜？」楊玉環睜著一雙明亮的眼睛，撒著嬌。

「這我怎麼能猜得出來呢，驪山這麼大。」

「告訴你吧，我今天騎馬出去玩，遇到皇上和母妃了。」

「啊，你當時就這身打扮？」

「是呀，騎馬嘛，不穿這身衣服穿什麼？」

「哎呀，你知道不知道，你這樣是犯例的，是要被皇上責怪的。」

「皇上沒有責怪我，皇上還誇我呢。誇我有膽量有勇氣。」

「那是父皇看在母妃的面子上，才沒責怪你，玉環，你要知道，這是與禮儀不符的，你一個王妃，穿得這樣輕佻，還到處亂逛，這是有損皇家尊嚴的。」

楊玉環不吱聲了，她心想，連皇上都沒說什麼，你卻拿禮不禮的來教訓人家。隨即她想到，今天還和皇上才討論過禮制束縛人，想不到馬上就讓她遇上了。想到這裏，她不禁暗笑起來。壽王隨後問她對父皇的印象如何。楊玉環答道，皇上對她很親切，也很慈和，還向她討教了一番舞蹈的看法。壽王聽了，覺得她越發不成體統，身爲後輩，怎麼可以在皇上面前這樣輕率呢。

壽王又問起了武惠妃的身體情況，楊玉環把看到武惠妃用酒呑藥的情況給壽王說了。壽王重重歎了口氣，他說，看樣子，溫泉對母妃的病似乎也沒有多大的幫助。他想，這個冬天對母妃來說，將是一個嚴重的考驗。

在楊玉環還沒對驪山溫泉玩夠，玩過癮呢，皇上突然決定起駕回長安，其實他們從十月到驪山才過了一個月多一點。聽說這與武惠妃的病有關。原來武惠妃在驪山上又做惡夢了，她又夢見太子李瑛與鄂王瑤、光王琚了，他們在夢中變成厲鬼的模樣向武惠妃索命。就連寢室裏貼上吳道子畫的鍾馗像也無濟於事。

玄宗皇帝把最好的太醫也帶上了驪山，讓他們給武惠妃把脈診斷，他們一個也診斷不出武惠妃的病因，只能胡亂地說溫泉對武惠妃的病並無好處，敦請皇上回到長安的好。皇上在萬般無奈的情況下，只好聽從御醫們的話。於是，在十一月中旬，皇帝的車駕又回到了長安。這讓楊玉環心裏懊喪，她現在是愈來愈喜歡泡在溫泉裏了。

常言說，身殘病弱者最怕過冬天，這話一點不假。冬天，萬物蕭條，各種動物也蟄伏休眠，正是生命最脆弱的時候，往往受不住寒風的侵襲而離世。當玄宗皇帝回長安的第四天，大唐皇朝的老臣，曾做過宰相的宋璟故世了。

宋璟是一位有作爲的宰相，他在爲相期間以直言敢諫、剛正不阿著稱，在玄宗皇帝未登上皇位時，就一直忠心耿耿地擁護他。玄宗皇帝對他也是萬分器重，他死了，依例是要有哀悼的儀式的。皇帝親自到宋璟的府上弔唁，以示哀悼。武惠妃請求李林甫在皇上去弔唁宋璟時，乘機再提出立壽王爲太子的事。但皇上沒有給李林甫這個機會，他一弔唁完後，就急匆匆地趕回皇宮。他心裏惦念著武惠妃。

玄宗皇帝親自詢問了太醫，武惠妃要用什麼藥，爲什麼要用那樣的藥，並親自到配藥房去看了各種藥的配製。他曾看過不少道教方面的書，對藥的配製是有一些研究的，他提出了一些好意見。

武惠妃爲皇上對她的情義而感動不已，但她心裏又埋怨皇上不知道她真正的苦惱，她想，如果皇上把壽王立爲太子，她的病說不準就會好了。現在看來，皇上一點沒有立壽王爲太子的意願，這怎麼不讓她心急如焚呢。又急又睡不好覺，她的身體每況愈下。

隨著天氣的愈來愈冷，武惠妃有一種不祥的預感，她感到自己會熬不過這個冬天，雖然她還只有四十幾歲，比皇上還小著十幾歲，沒想到她會走到皇上的前面去。爲此，她一定要加快把壽王扶上太子之位，她覺得，壽王與別的皇子比起來，除了有她這樣一個被皇上寵愛的母親外，別的什麼優勢也沒有，如果萬一她不在了，壽王也就失去了唯一的靠山，再不會有當上太子的希望。因此，她要用感情這根線牢牢拴住皇上的心，讓他愛屋及烏，早點定下立壽王爲太子的決定。

這天，侍女來報，皇上又來看她了。武惠妃強打起精神，稍稍梳理了一番，支撐起身子來迎接皇上。玄宗皇帝一跨進武惠妃的寢室，就把她扶靠在床上，讓她只管躺著，不要拘禮以免受了風寒。

武惠妃感謝皇上對她的眷顧，她斜靠在床上，把皇上的手握在自己的手裏，眼睛癡癡地望著皇上，突然眼裏流出淚來，她嗚咽著說：「三郎，妾怕不能長久侍候您了。」

玄宗皇帝面上一驚，責備她說：「愛妃何出此言，小小病恙，轉瞬即癒，不要胡思亂想才好。」

「三郎，不是妾胡想，妾實在有這種預感。這些天來，妾思前想後，多年來，皇上寵幸臣妾，恩愛無人可比，妾死也可瞑目了，只是想到從此後，將要永訣皇上，妾每每想起就不勝心悲。妾真是命薄，無福消受皇上對我的恩寵。」話沒說完，武惠妃眼中熱淚長流。

玄宗皇帝也被武惠妃心底流露的真情所打動，他緊緊抓著武惠妃的手，眼中也不自禁地流下淚來。他想到與武惠妃二十多年的恩情，兩人情好始終如一，情分綿厚，現在聽她如此說來，怎不令他心痛。

過了一會兒，武惠妃輕聲說：「三郎，你還記得當初我們第一次相遇時的情景嗎？」

玄宗皇帝用袖子擦擦眼淚，說：「怎麼不記得，那天我到後宮走動，你衝撞了我，不知道歉，還理直氣壯地責問我是誰，爲什麼不給你讓道。現在想來，你那時的頑皮可愛的模樣好像還在眼前。」

武惠妃的臉上也浮起了一絲笑容，她說：「就是從那次衝撞開始，三郎你就讓妾侍候在旁，妾也受到了三郎你的寵顧。想來那已是二十年前的事了。」

「二十年來，你永遠都是我心中的小妹，雖然有著後宮佳麗三千，但她們和你比起來，沒有一人可替代你在我心中的地位。讓我心裏難安的是，始終沒有能封你爲皇后，讓你榮貴至尊。這都是外面那些自以爲是的迂腐大臣們拚命阻諫，現在，朕想開了，再不聽那些大臣的話了，只要你的病好了，朕立即封你爲皇后。」

聽到皇上的話，武惠妃再一次熱淚盈眶。皇后的封號也是她盼了許多年的了，但隨著時間的推移，她嚮往這一封號的心也淡了，加之，她雖沒有皇后的封號，但實際享受的卻是皇后的待遇，後宮的尊榮無人能出其右。現在，她躺在病榻上，把皇后的名號看得更輕了，她唯一寄望著的只是壽王的太子名號了。

武惠妃把皇上的手又向自己胸口拉了拉，說：「妾與三郎的情份是自古少有的，正是因爲太過真，太過深，連上天都要嫉妒了。」

「愛妃不要胡想，你會慢慢好起來的。」

「不是嗎，三郎還記得我們的第一個孩子吧，才出生就夭折了，第二個孩子也是這樣。這不是上天在嫉妒我們的感情又是什麼呢？當有第三個孩子時，我們的心情是又緊張又歡喜。皇上還記得那些個日子嗎？」

「我怎麼能不記得呢。那些個日日夜夜，我整天陪同在你的身旁，看著你日漸隆起的肚子，又盼著你臨盆的那一刻，又害怕等到那一刻。心裏真是說不出的矛盾。」

「好在上天可憐我們，終於給我們送來了一個可愛的孩子。他就是現在的瑁兒。」

「爲了讓他活下來，真是難爲了他，一出生就讓寧王抱回府中扶養，是寧王妃把他餵養大的。」

「在那幾年裏，爲了能讓他健康地成長，我們心裏想見他，卻又顧慮著不敢見他，只靠從寧王府傳進來的消息安慰自己。那些日子真是熬人啊。」

「好在，瑁兒在寧王妃的照顧下，沒有出什麼毛病。」

「當他六歲第一次被帶進宮，站在我面前時，我幾乎都不相信眼前那個粉雕玉琢的小孩就是我們的孩子。三郎，你還記得，瑁兒第一次見你時的情景嗎？」

「怎麼不記得。我把他抱起來，他又踢又鬧不認我這個父皇，吵著要回他自己的家呢。」

「這不就是他的家嗎，他把寧王府當作了他的家。」

「也許是瑁兒從小就離開了我們的緣故，所以我總覺得他與我之間有著距離，不是太親近。」

「三郎，不是這樣的，瑁兒曾無數次地對我說，他心中以爲最親的人就是父皇，因爲你讓他佩服。」

「噢，他都佩服我哪裏啊？」

「他佩服你把國家治理得這樣井井有條，百姓豐衣足食，百官和睦相處，君臣無猜。他說這是歷史上任何一位皇帝都沒有做到的。」

「是嗎，他是這樣說的嗎？」

「三郎，你別看瑁兒長得文弱，但平日他對如何治理國家是有一番研究的。只是你平日少見少問他罷了。」

「是的，皇子太多，我沒有太多閒暇一一考校他們。但我見瑁兒相貌固然俊美，文采可能是他擅長，武功或要略輸常人。」

「這一點，瑁兒也曾和我談到過，他說國家要想安寧，長久治安，必須要重視文臣，以文治國，不是他不好武功，他認爲，身爲皇室中人，如果帶頭喜好武力，自然會有附炎小人追隨而來，那樣，難免會惹是生非，帶來不好的影響。」

「他這樣想很有道理。」

「三郎，臣妾留在世間的時日已經不多了，心中割捨不下的只有你和瑁兒兩人。」

「愛妃不要多想，只管安心養病是真。瑁兒自有我來關照，再說，他現今也已成家，我看壽王妃雖活潑好動，但還知禮賢惠，我也聽說他們夫妻感情很好，瑁兒會生活得很好的。」

「三郎，臣妾說的不僅是這些，臣妾是說在陛下也百年之後，世間還有誰來關心愛護瑁兒呢。那時，如果有誰來給瑁兒氣受，誰又來保護他呢？」

「愛妃不須牽掛，瑁兒是朕的兒子，有誰敢給他氣受？」

武惠妃說這些話，原是想用情打動皇上，讓他立壽王爲太子，見皇上一直避開那個話題，不禁長歎了一口氣，說：「但願如皇上所言。」

玄宗皇帝不是不知道武惠妃說這番話的用心，但在他心裏，委實還沒有立誰爲太子的決定，壽王，他是曾考慮過，特別是宰相李林甫和許多大臣都推薦過他，加之壽王又是他與武惠妃的兒子，在心裏，他對壽王也是疼愛多於別的皇子的，但在他的內心深處，他總以爲壽王太過文弱，不是當君王的最佳人選。

多年的爲君之道告訴他，一個君臨天下的皇帝，不能太過柔弱，太過兒女情深，太過心慈手軟，那樣的話，就給了政敵可乘之機，他們會抓住你的這個弱點，把你打倒，到那時，你後悔都沒有機會。玄宗皇帝是深知在皇權鬥爭中殘酷與無情的，想早年，面對韋氏的專權與太平公主的步步進逼，他不就是抓住時機，率領兵甲衝進皇宮，毫不手軟地把她們殺得一個不留的嗎。如果他稍許遲疑不決，或顧念姑侄之情，那麼他早不在人世，早已投胎幾世爲人了。

壽王會有他這樣的當機立斷的魄力嗎？他看壽王不具有。如果立壽王爲太子，也許他才登上皇位時，不會遇到什麼波折，但誰能保證他一輩子不碰到呢，到那時，豈不是反害了他嗎。可武惠妃看不到這點，她一心只想把壽王扶上太子之位，這是做母親的對親生兒子的愛，但他不答應立壽王爲太子，也是出於愛護他啊，只是這份良苦用心，沒有人能體會得到。

玄宗皇帝本來是要把他這番愛護壽王的心機說給武惠妃聽的，但當他一看到武惠妃憔悴的面容後，又不忍心把心裏話說出來了。他想，看情景，武惠妃在世的時日將不會太久，既然她不能明白他對壽王的這番長久打算，爲何非要說出來傷她的心呢。對，不僅不能傷她的心，還該順著她的話講，寬慰寬慰她才是，也許這樣一來，她的病會好也說不定呢。想到這裏，玄宗皇帝說：「其實瑁兒的聰明伶俐，我是早就看出來了。不僅我看出來了，許多大臣都以爲瑁兒是個治國的人才，他們還向我推薦要立瑁兒爲太子呢。」

武惠妃本來以爲皇上已無意在立太子的問題上過多考慮壽王了，不免黯然傷神，聽他這樣一說，真是喜從天降，她眼睛中放射著光彩說：「皇上，你也看出來了嗎？瑁兒真是一個治國的人才？」

「我想是的，不然李林甫爲何一而再，再而三地在我面前保舉他呢。自從李瑛那個不孝子孫被廢去太子後，太子之位就一直空著，這始終是牽掛在朕心頭的一樁大事。常言說『國不可一日無君』，太子也是這樣，總是不立太子，會讓大臣們心不安的。」

「陛下是說，要立瑁兒爲太子嗎？」

「朕有此打算。」

聽到皇上親口說出這話，武惠妃眼中流出淚來，這是喜極而泣的眼淚。她緊緊抓著皇上的手，嘴裏輕輕喚著「三郎，三郎。」心願得到滿足，武惠妃不知如何表達她的歡喜心情，變得語無倫次了。

玄宗皇帝也緊緊握著武惠妃的手。二人四目相對，情不能自禁，最後，皇上拍了拍武惠妃的手說：「你只管安心養病，等你身體痊癒後，我就宣布立壽王爲太子的詔命。」

等皇上離開後，武惠妃只覺得身體一掃多日的萎頓，身上活力頓添，病好像也好得多了。她兩眼放光，神情亢奮，也有了要吃東西的胃口。皇上不是說了嗎，只等她病好後就宣布壽王爲太子，對，爲讓病早點好，一定要吃東西。她傳令趕快擺上小食。

稍爲進食後，武惠妃覺得有點累了，就斜靠在床上睡了過去。這是她幾個月來都沒有過的安穩覺。剛進入夢鄉，武惠妃就看見門「吱」的一聲開了，已經有二個月沒到夢中來驚擾她的太子李瑛和二王又出現了。他們從門外一跳一跳地進來，一直跳到武惠妃的床前，他們跳到她的面前，就厲聲罵道：「你個賤婦，今天你的心願終於得逞了吧。但你高興得太早了。」

武惠妃一咕碌從床上坐了起來，她指著三人呵斥道：「你們這三個逆子，真是做鬼也讓人不得安寧，你們就不怕鍾馗把你們捉去嗎？」

「哼，你個老賤婦，你以爲請了鍾馗來就能奈何住我們了嗎？告訴你吧，我們把各自的冤屈訴說給鍾馗聽後，他不僅不捉我們，連白天都不會阻擋我們。連鬼都有同情心，你的心腸比鬼還歹毒，對你已是人鬼共怒，天理不容。你死後要下十八層地獄，上刀山下火海，受盡地獄裏的各種折磨。」

「放肆，你們三個小丑，做人的時候是無能之人，做了鬼又能成什麼氣候，看你們能把我怎麼樣！」

「你個賤婦，做人的時候，你媚言惑上，仗著皇上的寵愛，我們是不能把你怎麼樣，但做了鬼卻能要了你的命。」

「拿命來！」三鬼說著，一起張開尖利的手指向武惠妃撲去。

「啊！」武惠妃大叫一聲，從夢中驚醒，張口把才吃下肚的食物全吐了出來。自此以後，武惠妃又夜夜夢見太子李瑛與二王的鬼魂了。他們在武惠妃的夢中向她惡言相向，作勢嚇人，向她討債，向她索命，每每把她從夢魇中驚醒。就是一個身體強壯的人也經不住這樣的折騰，更不說身子虛弱到極點的武惠妃了。幾天下來，武惠妃已經變得花容慘澹，玉骨鎖立。宮女們也被她不斷的驚叫聲吵得提心吊膽，私下裏相傳，武惠妃是活不過年關了。

玄宗皇帝依然對武惠妃很體貼，他經常來病榻前看望她，勸她不要多想，只一心養病才好，心靜才會祛除心魔，須知有所思才有所夢，什麼都不想了，夢中的惡鬼自然遠離。太醫們勸告皇帝不要常到武惠妃的寢室中來，因爲重病之人身上不免會有些穢氣，怕皇帝沾染了不好。皇帝把他們很是訓斥了一頓，認爲他們平日只會誇誇其談，用得著他們了，卻一個主意也拿不出來。

其實玄宗皇帝不知道，武惠妃病情的加重，其中也有他不恰當的原因，就是他給武惠妃說要立壽王爲太子的話，才加重了她情緒的不穩定，從而加重了她的病情。皇帝講這句話，本意是想讓武惠妃高興一下，沖沖喜，增加她戰勝疾病的信心和盼頭，他哪裏想到，這個消息對武惠妃來說太過重要，聽到這話的武惠妃，太過激動，太過亢奮，太過不能自抑了，這是一個身體極度衰弱的人所不能承受的，這就像給一個身子很虛弱的人進行惡補一樣，營養不僅不會被吸收，反而會對腸胃造成戕害。

萬般無奈之下，玄宗皇帝也顧不了自己平日對神怪占卜的討厭，又把吳道子喊來，請他想想辦法，是不是再畫一幅什麼驅鬼的畫像。吳道子告訴皇上，要說驅鬼，沒有再比鍾馗更讓惡鬼懼怕的了，武惠妃夢中的惡鬼連鍾馗也不怕，他也就沒了轍。

「依你說，一點辦法也沒有了，只能眼睜睜地看著武惠妃受此折磨？」

吳道子沈吟一下後，說：「既然他們不怕鬼，也許還怕神吧。那我就畫兩幅天神的像吧。不過，只能試試看了。」

隨即，吳道子畫了兩幅天神的像，一幅是尉遲敬德，一幅是秦叔寶。

尉遲敬德與秦叔寶都是大唐皇朝的天國武將，他們曾隨太宗皇帝東征西討，立下汗馬功勞，後人往往把他們倆人的畫像貼在門上，用以驅鬼避邪，聽說很是管用。只見畫像上的二將，一個手舉寶劍，一個高擎九節鋼鞭，怒目圓睁，威勢逼人，一副威風凜凜的樣子。當晚，玄宗皇帝就讓人把那兩張畫像貼在了武惠妃的寢室裏。

但這次沒有收到與上次一樣的效果，當晚，三個惡鬼照樣侵擾了武惠妃，他們一邊指著武惠妃垢罵一邊說：「你個心如蛇蠍的婦人，你以爲把尉遲敬德和秦叔寶喊來就能嚇退我們嗎？他們本就是我們李家的家臣，嚇唬別的小鬼還差不多，能奈我何？」

在這期間，壽王幾乎日日來探視母親武惠妃，這也是武惠妃有意安排的，她讓壽王侍病，以此讓皇上看到，壽王是多麼忠實孝悌，這樣孝順的兒子是不會懷有貳心的，是可以依靠的，可以放心把太子之位給他的。楊玉環多數時間也隨壽王進宮，每次當她看到消瘦得已變形的武惠妃時，心裏既恐懼又難受。

她難以想像幾個月前還丰韻照人的武惠妃，短短時間內，怎麼會變得這樣難看。兩邊的顴骨高高突起，腮幫深深陷了下去，頭髮乾枯，兩隻大眼帶點陰森地瞪在臉上，空空無神。每次她都要在壽王的陪伴下才敢靠近武惠妃，不然，她的心裏總有些發毛。

但武惠妃倒很想與這位兒媳談談話。現在，隨著病情的日漸加重，武惠妃也知道自己病入膏肓，無可救藥了，能不能支撐到年關，她心裏一點譜也沒有，再說，就是支撐到了年關又有什麼意思呢，還不是多受兩天罪罷了。這樣一想，她的心反而平靜了下來，許多虛妄的念頭反拋開了。

她靜下心裏，把自己短暫的一生回顧，覺得一切都是可以放棄的了，一切都是可有可無的了，生不帶來，死不帶去。想自己一生中，雖說榮華富貴到了極點，但真正快樂的時光卻很少，倒是沒遇上皇上前做少女時，那時雖然懵懂無知，反無憂無慮，遇上皇上，得著皇上的寵幸後，煩惱也就來了。先是與王皇后鬥，想著當皇后，用盡萬般手腕，鬥敗了王皇后，自己也沒有能如願，後又與太子鬥，要把壽王扶上太子之位，鬥敗了對方，又殺了不少人，是不是她就勝利了呢？還很難說。現在，她就像一盞油燈，快要油盡燈滅了。於日無多的時候，她反倒認爲一切都是可以割捨的了。

這時候，她特別有些衝動，覺得有些話想和人說一說，這些話都是她心裏的秘密，是她二十多年來深深埋藏在心底的隱秘，它們埋在她心的最深處，多年來，墜得她沈甸甸的。但這些話，不能和皇上說，不能和壽王說，不能和咸宜公主說，她反而想和楊玉環說一說，也許因爲楊玉環的沒有心機，也許因爲壽王妃永遠不會明白她的那些話。

在只有楊玉環一人在她身邊時，武惠妃把楊玉環的手拉在她的手裏，她說：「玉環，你告訴我，我的面貌是不是變得很難看了？」

楊玉環眼睛不敢看著武惠妃說：「沒有，我覺得母妃依然還是那樣光彩照人。」

武惠妃歎了一口氣說：「你不要騙我了，我知道自己已經變得很難看了，自從宮女們把我房中的鏡子都拿走後，我就知道自己變得不好看了。這也是我爲什麼不讓皇上來看我的緣故，就是他來了，我也不讓他看到我的臉。玉環，你要知道，以色事人者，色衰即失寵。這就是我們女人的命啊。」

見楊玉環一臉茫然的樣子，武惠妃喘了一口氣接著說：「古時，有一個妃子，因爲美貌被皇帝寵幸，後來她病了，皇帝去看她，她就把自己罩在帳子裏，隔著紗帳與皇帝說話，皇帝問她爲什麼要這樣，她說『妾以色事君，不想讓陛下看到妾現在的模樣，損害了以前留下的美好的印象。』這個妃子是多麼聰明啊。」

「可是我看到皇上對母妃您的關心是出自內心的啊，他還和御醫們商量如何用藥呢。」

「是的，現在皇上對我是寵愛的，但誰能保證皇上會一直寵愛下去呢？總有一天我會老的，我的面貌會變老，變醜，那時，皇上就會另找新歡。因此，我們做嬪妃的人，沒有一個不預先爲自己尋找後路的，這條後路就是子女。」

楊玉環一點也聽不懂武惠妃的話，但她覺得武惠妃今天對她說的都是心裏話，是平日不輕易和別人說的，她不知道武惠妃爲什麼要和她說這些。

不等楊玉環有任何表示，武惠妃又自顧自地說了下去，似乎她要的只是楊玉環的傾聽，傾聽她的訴說。

「皇帝嬪妃的子女，就是皇子與公主了。每一個嬪妃都希望自己能生下皇子，這樣，她就有所依靠，不至於晚年寂寞冷清，無人理睬了。最好兒子能當上太子，後來再順理成章地登上皇位，這樣一來，她就是皇太后，榮貴無人可比了。玉環，我這樣一說，你能明白我爲什麼總是處心竭慮要讓壽王當上太子了嗎？」

楊玉環若有所悟地點了點頭，說：「我知道。」

「太子的確立，向來只有兩種方式，一種是爲長而立，就是說第一個皇子最有可能被立爲太子，這是爲了怕引起不必要的紛爭；另一種就是有功者可爲，比如太宗皇帝和當今聖上，他們雖然都不是長子，但功勞太大，群臣晏服。壽王既不是長子，又沒有什麼軍功可言，要想當上太子，實在太過困難。但事在人爲，我不信就達不到目的。可惜的是我做得太過了，本來把李瑛廢去了太子也就算了，千不該萬不該，不該還慫恿皇上賜死他們。」

聽到這話的楊玉環，身上一陣發緊，她只覺得武惠妃手上的涼意從她的手上傳過來，讓她不自禁地打了一個哆嗦。她想把手抽出來，但沒敢這樣做。

「玉環，你在外面一定聽到了不少傳言，他們都如何說我的？」

「那都是些謠言，母妃不可當真的。」

「無風不起浪，謠言也是有根據的。我現在這個樣子，不就是所受到的報應嗎？」

「母妃，你不要胡思亂想，安心養病才是。」

「我也想安心養病，把病養好了，看著皇上封壽王爲太子，那是多麼令人高興的事，但我知道，我不會有那麼一天了。」

楊玉環想張開口安慰武惠妃，但一時不知從哪兒張口。武惠妃擡手阻止了她，說：「玉環，你不知我整天過的是什麼日子啊。一閉眼，那三個惡鬼就會來到面前，向我討債，向我索命，拿劍刺我，更可恨的是那個光王琚，還用帶火的箭射我，讓我一刻也不得安寧。我不敢閉眼，不敢看見燈火，更不敢聽到打更聲，一切與黑夜有關的東西都讓我害怕，讓我心驚肉跳。我只有一天到晚地睜著眼，從早晨到晚上，從晚上到早晨。真是生不如死啊。」

說著，武惠妃的眼裏泛出了淚花。淚水滾出眼眶，流過臉頰，落在枕邊。那張臉幾個月前是多麼嬌嫩啊，現在是那麼憔悴，那麼痛苦。楊玉環也難過地流下淚來。

「但我不這樣做行嗎？那些人講的時候都很明白，都很仁慈，等他們處在我的位置和環境時，我想他們也會像我這樣做的，這叫情勢不由人。有時你在某種環境中只能做那些事，這就是命運。」

楊玉環對武惠妃的這番高論顯然不明白，她勸說武惠妃道：「母妃，現在有我在旁，你就小睡一會兒吧。」

也許武惠妃話講得太多，睏乏了，也許她真的相信楊玉環能驅逐走她夢中的惡鬼，於是，她點點頭閉上了雙眼。

楊玉環的手依然握在武惠妃的手裏，她看著閉上雙眼的武惠妃，心想，武惠妃真是可憐啊，她雖然尊貴無比，但連一個安穩覺也睡不好，連一個平常人的安寧也得不到，極力鑽營，費盡了心機，本想得到的太多，反連僅有的一點也失去了。

就在楊玉環這樣想時，武惠妃已經發出了輕微的鼾聲。心裏的話能對一個人講出，讓她的心得到了稍許的平靜。楊玉環看武惠妃已經睡熟，正準備抽出手時，突然，武惠妃一把把她的手抓得緊緊的，全身抽搐起來。楊玉環看到武惠妃嘴裏喘著粗氣，臉上露出痛苦的表情。嘴裏還不停地發出「啊啊」的呻吟聲。顯然，武惠妃又做起了噩夢。看著武惠妃痛苦的樣子，楊玉環手足無措，不知是應該把她推醒，還是讓她繼續這樣掙扎下去。正當她左右爲難時，武惠妃大叫一聲醒了過來。從噩夢中醒來的武惠妃大口地喘著氣，目光驚慌地望著前方，嘴裏喊著「鬼！鬼！鬼！」

武惠妃的指甲已經深深掐入楊玉環的肉裏。又痛又怕的楊玉環禁不住哭了起來。她爲武惠妃過得這種生不如死的日子感到又是可憐又是傷心。

開元二十五年的冬天似乎比以往任何一年都要冷，大雪下了一場又一場。楊玉環是最愛雪的了，往年，每逢下雪，她都要跑到雪地裏去盡情遊玩，或堆雪人，或打雪仗，今年，因爲顧念到武惠妃的病，再要遊玩的話，怕被別人講閒話，就一次也沒玩過。十二月初七這天，下了一整夜的雪在天明時停了，天空放晴，幾天都沒露面的太陽升在了空中。楊玉環拉壽王到後園看雪景。

近一段時期，壽王因爲掛念武惠妃的病，加之天天侍病在側，人變得消瘦了。他站在後園，在雪光的映照下，臉色顯得更加蒼白。楊玉環攙扶著他，陪他賞看後園中頂雪開放的梅花。站在梅花前，壽王說：「希望母妃也能像這些雪中的梅花，能頂住風寒，度過寒冬。」

楊玉環說一切都會好起來的，等過了年，天氣一轉暖就好了。

壽王說：「玉環，讓我們來許個願吧，祝母妃早日康復。」

就在他們合起雙手，準備在心裏許下祝武惠妃早日康復的願望時，突然一位內宮太監急匆匆地來到，稟告道：武惠妃已於丙午時分逝世。

第四章　無意風騷

玄宗最寵愛的武惠妃病故了，他痛徹心肺，食無味，寢難安。高力士看在眼裏，急在心頭……玄宗盯著畫上的美人，詫異地問道：力士，如此佳人，莫不是天廷仙子？高力士嘿嘿一笑：此乃壽王妃……楊玉環長髮飄逸，兩頰飛紅，怯聲道：臣妾舞得不好，讓父皇見笑了。玄宗哈哈大笑：好好，人好，舞也好，哈哈……

在武惠妃活著時，苦心鑽營沒有得到的皇后封號，她死後得到了。玄宗皇帝追封死去的武惠妃爲貞順皇后。這次自然再無人從中作梗了，反正人已經死了，管她是武家人還是李家人，死人是不能興風作浪的。只是對封號，大臣們心裏不免嘀咕：貞順，我看既不貞也不順。玄宗皇帝不僅封死後的武惠妃爲貞順皇后，還親自帶人去爲她選擇墓地。天氣很冷，但皇帝冒著嚴寒去了很多地方，逐一考察地形地貌，最後選擇了萬年縣東南四十里的一個地方，那裏離長安城不遠，在驪山以南，終南山的東麓。皇帝又親自把武惠妃的墳墓定名爲敬陵，因爲她已是皇后了嘛，皇后的墳墓是可以稱作陵的。

壽王深深知道父皇這樣做的深意，父皇把母妃的墓選在這樣一個地方，以後每次去驪山就可以順便來探訪了。這樣看來，父皇並沒有因爲母妃的離世而在心裏減少對她的感情。壽王這樣一想，心裏不免又溫暖起來，想父皇不會忘記母妃，當然也不會忘記對母妃作出的允諾吧。

開元二十六年二月二十六日己未，是大唐貞順皇后下葬的日子，儀式極爲隆重。這一天，儀隊、皇族及百官、禁軍、送殯的隊伍排列，綿亙五里多長。這樣隆重的儀式很久都沒有過了，就是當年睿宗皇后的下葬也沒有這樣隆重過，由此可見玄宗皇帝對武惠妃的珍愛。整個儀式過程中，壽王的表現叫人挑不出一絲缺點，他悲痛地立於棺木前，雖哀傷而又執禮甚恭。許多人認爲，在武惠妃下葬後，要不了多少時間，就會宣布壽王爲太子的消息吧。可是，這一次許多人的期望落空了，皇上在下葬了武惠妃很久後，也沒有宣布立誰爲太子。聽內廷裏的人說，皇上現在鬱鬱寡歡，什麼事都提不起精神，連他最喜歡的歌舞也不欣賞了，一下朝就在宮中休息。雖然後宮佳麗有三千，但他看來，沒有一人比得上武惠妃合他的心意。二十多年下來，他與武惠妃除了情欲外，更多的是感情上的默契和彼此不可分。

皇帝不急，卻急壞了咸宜公主與駙馬楊洄，急壞了壽王，他們期待著皇上封壽王爲太子的消息，盼望得眼都直了。他們知道，這樣的大事，即使皇上曾親口允諾過武惠妃，但沒有正式頒發過詔命，一切都可能是一廂情願，鏡中花水中月，別人可以等，他們深知不能等。爲此，咸宜公主和駙馬楊洄找來壽王商議，如何才能催促父皇早早下達立太子的詔書。

壽王一點主意也沒有，以前他只知一味聽武惠妃，現在母妃去世了，他又只能聽妹妹和妹夫的了。最後還是楊洄說，這事還得去找宰相李林甫，他是一貫支持立壽王爲太子的，看他有什麼打算。

李林甫此時已被封爵爲晉國公，位列九公之首，按道理正是春風得意之時，但近來他碰到了一些不順心的事。自從皇上罷免了張九齡和裴耀卿這二位宰相以後，改變了朝中三相分權的局面，變爲二相爲政，由於李林甫的鑽營與善於揣測皇上心意，漸漸地他把朝中大權一手獨攬，講是兩相爲政，但實際另一個宰相並不主事，只是一個擺設罷了。

在此之前，這個傀儡擺設一直是牛仙客。由於牛仙客的入相是李林甫幫的忙，所以凡事不敢發表自己的意見，一切都隨附李林甫，軍國大政的決斷都以李林甫意見爲定。李林甫對牛仙客的表現很滿意，認爲他不是一個忘恩負義的人，從而兩位宰相相處得還不錯。哪知，就在上個月，皇上突然把牛仙客罷免了，換了一個也是李家的人，叫李適之。這不能不叫李林甫警惕。

玄宗皇帝看中李適之，原意可能是與當初任命李林甫一樣，都是看在是李氏宗親的份上，讓他與李林甫共同協力，把朝政處理好，也省了他許多事。但李林甫才不看你什麼李氏宗親不宗親呢，只要不聽他話的，就是他老子，他也不會買賬。李適之呢，仗著李氏宗親這張招牌，也沒有太把李林甫當回事，不像有些官員，對李林甫極盡阿諛奉承。不過他生性疏狂，不太拘小節，不喜歡搞政治鬥爭，所以雖與李林甫不和，但也還能相處下去，不至到了水火不容的地步。

楊洄去找李林甫的時候，他正在自家院子裏徘徊，爲近來李適之有幾件事與自己頂著幹生氣。當門下侍從來報，楊都尉來訪時，他已心知他是爲著什麼事來的了。他忙傳「有請」。

二人一番寒暄後，楊洄也就開門見山地提出了此番的來意，就是敦促李林甫再催促皇上一下，趕早詔命壽王爲太子。李林甫爲難地說：「楊都尉，你都看到了，不是我不著急，實在是皇上在有意拖延。」

「李大人，依你看，皇上的拖延爲著哪般呢？」

李林甫沈吟了一下說：「依我看來，皇上對立壽王爲太子這樣猶豫，主要是因爲壽王既不爲長，也沒有軍功。」

「也沒有說一定非要長子才能立爲太子啊，再說現在四海靖平，沒有敵寇入侵，哪來的軍功可談。」

「話是這樣說，但總要有個立得住的理由。如果我總是在皇上面前進言，不免弄巧成拙，反會引起皇上的起疑，這樣吧，你可以讓別的大臣再在皇上面前進言，皇上一看有這麼多大臣擁戴壽王，也許就會早點頒佈詔命。」

楊洄看看沒有別的辦法，只好照李林甫說的做。他思前想後，應該找哪位大臣再向皇上進言呢？最後他想到了李適之。因爲楊洄想，一般大臣說話沒有效果，要找就要找有地位講話有份量的，朝中大臣除了李林甫外，那就要算李適之了。

當然，這事楊洄沒有直接出面，他是派一個人去找李適之的，告訴李適之身爲一品朝官，應該催促皇上早立皇儲才對，隨後又給他介紹了壽王的諸般好處，暗示壽王應該被立爲太子。李適之聽了這番話，當下不動聲色，表示近來正有此想法，要向皇上進言早立太子的事。

等那人一走，李適之就到皇上那裏，把聽來的話原封不動地講給皇上聽。玄宗皇帝聽了，心中不免警覺，以爲壽王私下裏在搞什麼陰謀，本來他心裏就在猶疑不定，這樣一來，他就更不會輕易下詔了。

在立太子的問題上，玄宗皇帝也是煞費苦心，他是對武惠妃許過諾，要立壽王，但那話當時是在情深之時對武惠妃的寬慰，現在，武惠妃去世了，他也冷靜下來，理智告訴他，壽王並不是太子的上佳人選，只是出於個人的好惡來行事，不免對整個大唐王朝不利。他聽了李適之的話後，更動搖了要立壽王爲太子的信心。

時間不知不覺中過去了半年，自從武惠妃離世後，玄宗皇帝對女色沒有太多的欲望，他對每晚來侍寢的嬪妃也漠不關心，並不在容貌上太多重視，安排是誰就是誰。爲此，那些嬪妃才人們反倒得了便宜。在此之前，因爲皇上對武惠妃的寵愛，使得她們沒有親近皇上的機會，現在她們倒有了侍寢的可能。於是，她們每到晚間，都用猜拳來一賭運氣，誰贏了誰就可以侍寢皇上。每當此時，玄宗皇帝就在一旁看著她們熱熱鬧鬧又全神貫注地進行這種遊戲，並不阻撓，當看到勝出者喜氣洋洋的神情，他也樂呵呵地笑。

看著這一切的高力士卻認爲自己沒有盡到職責，沒有讓皇上得到真正的歡樂。他常常愁眉苦臉地待著，想如何才能讓皇上開心起來。他試著爲皇上送了幾個有姿色的女人，玄宗皇帝看都沒看就把她們打發出去了。

常話說皇帝不急太監急，看著皇帝萎靡不振，日日唉聲歎氣的樣子，高力士是真著了急。一天，他特地抽時間到掖庭去，想看看那裏有沒有絕色的女子，挑選幾個來侍寢。地方官吏及王公大臣一旦獲罪，他們的女眷及丫環、使女籍沒入宮，掖庭就是收養這些女人的地方。當時，掖庭有幾千女子，高力士想，其中當有姿容出眾可以引起皇上興趣的吧。

這次，高力士精心從幾千名女子中，選出了五位妙齡少女，經過一番精心打扮，被引領到玄宗面前。玄宗皇帝的目光逐一從五位少女臉上滑過，他不是不明白高力士的一番苦心，但他還是歎口氣說：「將軍，辛苦你了。」

高力士知道自己精心挑選的女人，又沒引起皇上的興趣，他不免氣沮而黯然。他朝五位少女擺擺手，讓她們退下，爾後，小心翼翼地說：「大家，不要太過費神，保重身體要緊。」

玄宗朝高力士看了一眼說：「將軍，你跟隨朕這麼多年，難道還不知朕的心思嗎？」

「依老奴看來，大家之所以悶悶不樂，一是因爲懷念貞順皇后，二是因爲儲君之事。」高力士謹慎地說。

「真不愧是我家老奴，朕的心思完全被你說中了。」

「老奴不能爲大家分擔憂愁，問心有愧啊。」

玄宗皇帝站起身，來回地踱步，邊踱邊說：「將軍，你看朕老了嗎？」

其時，玄宗皇帝五十四歲，講老也算老，講不老也不老。聽到這話的高力士忙說：「大家精力過人，何能言老。奴才比皇上還大著一歲，還沒有老的感覺呢。」高力士知道，皇上可以講自己老，他可不能不知好歹地順著講，自古以來，哪個皇帝會說自己老呢，須知，老就是不中用啊。

聽到這話的玄宗，不覺笑了笑，說：「將軍，你不要奉承我了。不知怎麼的，近來朕感到氣力難繼，愈來愈精神萎靡，這不是老又是什麼呢？」

「大家，那是你太過傷悼貞順皇后的緣故，你要想開點，人死，到底不能復生啊。」

「貞順皇后雖然離世了，但朕總覺得她還在朕的心中，時時想著她，再說，還有生前朕曾給她的許諾呢。」

高力士隱隱猜到玄宗皇帝給武惠妃的許諾可能就是要立壽王爲太子，但皇上沒有明說，他也不好接話。不過，皇上自己把話說了出來。

「將軍，你覺得壽王可爲太子嗎？」

高力士知道這已經涉及到皇儲的問題，而他的一言一行都可能影響到誰當太子，面對這樣重大的問題，按理他是不應該發表什麼意見的，但皇帝此時似乎不是以君臣的關係，而是以一個朋友的身分在與他探討和商量，這不能不讓他慎重應答。

其實，玄宗皇帝也不是心血來潮地胡亂發問，這麼多年來，他與高力士雖說是君臣關係，但二人從相識的那天起，就休戚與共，心意相通，有著超越君臣的情義。更難能可貴的是，高力士對他一直忠心耿耿，明辨事理而不恃寵示驕，在一些重大問題上往往有超越常人的見識，只是礙於身分，這些見識在皇上不問他時，他不主動進言。這次，高力士雖一次也沒在他面前提過皇儲的事，他想他一定有自己的想法和見解，故有此一問。

高力士沈吟半晌，才輕輕地說：「大家愛屋及烏，由寵愛貞順皇后而喜愛壽王，這是人之常情，但恕老奴直言，壽王忠厚有餘，英武不足，性格稍欠懦弱，恐不是太子上佳人選。」

高力士這番話可謂說得冒險，因爲玄宗皇帝在問他時，並沒表明他的態度，語氣中也絲毫沒有流露出不立壽王爲太子的意圖，可見高力士這番話完全是內心之言。他說完後，眼光不覺向皇上望去。

玄宗皇帝聽完高力士的話後，不自覺地點了點頭，說：「將軍所想，與朕的擔憂一樣。」

聽到這話，高力士才把心放了下來。

「將軍，你覺得朕賜死三王，是不是做得太過了？」

聽到這話的高力士身上一緊，賜死三王可是皇上親自下的詔命，即使有意見也只能深埋在心中。但聽皇上的口氣，似乎他對賜死三王也心有悔意，主要的是他當著高力士的面承認了錯誤，這已不是一般君臣間的談話，更像朋友間的交談了。也讓高力士感到今天談話的不一般。他說：「三王在對上有不敬言詞的同時，又陰構異謀，也是罪有應得。」

「不，三王也許是有不當言詞，但說他們陰構異謀，有不可信之處，這也是朕年老昏饋，聽信了一面之詞。」玄宗這樣說，無疑就是承認他對武惠妃偏聽偏信。這可是他第一次承認自己在這件事上的錯誤。

「大家，老奴有罪，是老奴去宣的賜死詔。」

「罪過在朕輕信、失察。三子因武惠妃爲壽王爭奪儲君而死，惠妃又因三子而死，如今留下朕孤家寡人。朕已是半百老人，來日無多，可儲位至今空虛，朕是寢食難安啊！」

玄宗皇帝說到這裏，不覺流下眼淚來。高力士跟隨皇上這麼多年，從未見過皇上像今天這樣消沈，他哽咽著勸道：「大家，保重身體啊。」

玄宗拭乾眼淚，接著說：「惠妃一心只想讓壽王當上太子，他日如有意外之變，壽王又沒有處理應變的能力，反爲所累，豈不是害了壽王性命，這一層意思，武惠妃考慮不到，朕當初也不忍心對她說。」

此時，高力士已經知道，皇上絕不會立壽王爲太子了。他點頭道：「儲位空虛，實乃當務之急，請大家早作決斷才是。」

「朕看中一人，將軍，不知你能否猜得到？」說著，玄宗皇帝用期待的眼光看著高力士。

高力士稍稍沈默一下，說：「是不是忠王李與？」

「正是，正是。」玄宗興奮地擊掌道：「將軍真是朕的心腹，與朕想到一起了，只是以何理由推忠王爲太子呢？」

「推長而立，誰敢複爭。」

「推長而立？如何推長而立？」

「大家，老奴早就思考過，長子李琮因容貌不雅，已沒有立太子的可能，次子李瑛已死，從遴選儲君的角度，忠王可算長子，諒朝臣對此也不會有什麼異議。」

高力士的一席話令玄宗皇帝茅塞頓開，高興得連連擊掌說：「好，好，將軍說得有理！推長而立，誰敢複爭。」

見皇上這樣高興，高力士也很得意，他到底沒有讓武惠妃遂了心願，也算替冤死的三王伸了一點冤屈。

隨後，玄宗皇帝又對高力士說：「將軍，今日，朕與你的話暫不要泄漏，朕還要對忠王多加考查一番。」

高力士重重地點了點頭，表示明白皇上這話的份量。

玄宗皇帝與高力士此時所說的忠王是皇上的第三子，名叫李與。李與的生母楊氏，也是名門出身，是則天女皇的舅家楊太尉楊知慶的女兒，還在玄宗皇帝爲臨淄王時嫁爲側室，後來玄宗當了太子，她也就封爲良娣，當玄宗當上皇帝，她才得了妃號。楊妃生下忠王李與沒多久就去世了，李與從小就由沒有子女的王皇后撫育長大，因此，他對王皇后有著很深的感情。傳說，李與出生時，還有著一段不同一般的經歷。

玄宗當太子時，與太平公主不和，已經到了水火不能相容的地步，太平公主對玄宗的一舉一動都派人監視，稍有異動就稟報兄長睿宗皇帝，在旁煽風點火，說玄宗的壞話。而玄宗身旁的人都因爲懼怕太平公主的淫威，往往暗中依附於她，主動把太子的舉動報告給她。玄宗感到這種日子再也過不下去了，到了與太平公主不得不兵戎相見的地步。

正在這種緊要關頭，良娣楊氏懷孕了。玄宗想，早不懷孕遲不懷孕，偏偏這時候懷孕，這不是沒事找事嗎，如果與太平公主的這場鬥爭取勝了，那還罷了，如果失敗，不要說一個小孩，恐怕連自己也死無葬身之地，誰還來保護一個孩子。於是，他決定不要這個孩子，讓楊氏服藥打胎。因爲周圍每一個人都可能已被太平公主收買，沒有可信之人，他很是著急，也沒有一個可以商量的人。

正好張說以侍讀的身分得進太子宮中，玄宗就與他商量這事，讓他悄悄帶墮胎藥入宮來。數日後，張說又因事入侍，就在懷中藏墮胎藥三劑，獻給玄宗。得到藥後，玄宗不敢讓別人做這事，就盡屏左右，親自在殿中支起一個藥罐熬起藥來。也許是他太過勞神疲倦，還沒等藥熬好，他躺在一邊竟睡了過去。

恍惚中，玄宗竟看到有一個天神來到殿中。天神身高丈餘，身披金甲，手執鋼鞭，他來到藥罐前，用鞭輕輕一挑，就把藥罐給挑翻了。醒來後的玄宗發現，藥罐竟如夢中所見，傾倒一旁，罐中的藥汁都流淌了出來，把火都澆滅了。

玄宗甚是奇怪，於是他又支好藥罐，再投入一劑，點好火後，再在一旁裝睡，看看到底是怎麼一回事。這次他沒有把眼睛全閉上，留了一條縫。沒過多久，他又看到先前那個天神來到殿中，和上次一樣，天神把藥罐搗翻了，藥還是沒有熬成。如是者再三。玄宗感到萬分詫異，不能明白其中緣故。

第二天，張說再來宮中，玄宗把這事告訴了他。想不到，聽到這事的張說，臉上露出欣喜的神色說：「此乃天命也，不可再動。」看著玄宗不解的神情，張說進一步解釋道：「太子試想，我們想不要這個孩子，上天卻不願意，派天神來搗翻藥罐，這暗示著這個未出生的孩子有著不同一般的尊貴，那就是說他有著帝王之命啊。」

聽到這話的玄宗也不管張說講的是對是錯，心下也很高興，他是這樣想的，這個孩子是帝王的命，那麼作爲他的父親不也就有帝王命嗎？我不當皇帝，他又怎麼能當上皇帝，這不就暗示著我是能戰勝太平公主的嗎？於是，他再也不打算墮胎了，而是不管多忙，與太平公主的爭鬥怎樣兇險，都抽空探視楊氏。

後來，楊氏想吃酸的食物，玄宗又給張說講了。張說就以進宮獻經書爲名，暗在衣袖中藏木瓜帶進來。因爲這段因緣，在後來玄宗當上皇帝後，待張說也就與衆不同，還拜他爲相，讓忠王李與和張說的兒子張均一起玩耍和讀書。

李與的母親不久後去世，李與一直都是王皇后扶養，王皇后在與武惠妃的爭鬥中敗北，李與也就無人專門照料，養在後宮，漸漸被玄宗皇帝遺忘了。有一天，玄宗到後花園散步，他看到一群孩子正在玩耍，其中一個小孩引起了他的注意，只見他把同伴分成兩夥，互相衝鋒陷陣，而他儼然是一個高高在上的將軍，雖然孩子中有比他大的，但他們都聽他的。他讓高力士把那個小孩喊到面前，問他是誰。誰知他脖子一梗，說：「你管我是誰的孩子呢？你是誰？」

在一旁的高力士說：「這是你父皇啊。」

聽此一說，面前的小孩立刻跪下磕頭。玄宗才知道眼前的小孩原來是他的第三個兒子，被封為忠王的李與。玄宗心中有些戚然，想自己真是太過馬虎了，弄得連自己的兒子都不認識自己。於是他把忠王扶起來，細細問他的身體和讀書情況。忠王回答說一切都很好，一副很懂事的樣子。旁邊的小孩接著說：「他書讀的可好了，先生都誇他聰明呢。」

「噢，那我來考考你。」玄宗來了興趣，他略一沈吟，讓兒子吟一首詩來聽聽。

少小離家老大回，
鄉音未改鬢毛衰。
兒童相見不相識，
笑問客從何處來。

李與張口即來。玄宗知道這是一首當朝有名詩人賀知章的詩，才做出來沒幾天，許多人還不知道，想不到李與就已經熟背於胸了。特別是這樣一首表達鄉情的詩，由一個未諳世事的小孩嘴裏道出，在玄宗聽來更不是滋味。詩中的兒童對少小離家老大回的本鄉人不相識，是因爲詩人離開家鄉太久了，而今天，兒子對他的不相識，又是因爲什麼呢？要知道他還是他的父親呢。玄宗只覺得心裏堵得慌，激動之下，他一把把兒子拉到懷裏，爲自己對他的關懷不夠而滿懷愧疚。

自此以後，玄宗皇帝對李與這個早年失去母親的兒子就多了一份關心，他常常托高力士詢問他的情況，回來再詳細說與他聽。從高力士口中，他知道，李與一直都很勤奮地讀書，常得到國子監博士的誇獎。等李與長大後，玄宗皇帝命高力士爲他選妃，高力士選了幼年就入宮的吳氏。吳氏溫柔賢惠，知書達理，很得李與的歡心，玄宗也認可了這門親事，並在東都爲他們主持了大婚典禮。第二年，吳氏就生下一個兒子，玄宗皇帝又親赴宮中舉辦洗兒慶典，賜物賜宴，心中十分喜悅。

在開元十七年時，契丹叛唐，高力士極力保舉忠王李與掛帥出征，討伐契丹。於是，玄宗任命李與爲河北道行軍元帥，率唐軍討伐敢於叛唐的契丹。李與很會打仗，他率兵到了前線，並不急於進攻，而是駐紮下來，與契丹對峙，努力尋找可以打敗對方的時機，在耐心等了幾年後，他終於等到了對方的內訌，再乘機出兵，一舉打垮了對方，凱歌而還。李與是諸皇子中唯一有軍功的人。

基於這層關係，高力士與忠王李與的感情超出常人。李與對高力士對他的照顧很是感激，他見著高力士常常恭敬地喊他「二兄」。所以說，當玄宗皇帝問高力士何人可爲太子時，高力士立馬推薦了忠王，不能不說懷了一點私心。

玄宗皇帝說還要對忠王李與考查一番，這不能不讓高力士平添一份擔心，他既不知皇帝要如何考查忠王，又不知忠王能否通過考查。玄宗沒有讓他等得太久，沒過多少日子，考驗忠王的事情就擺在了他的面前。

這年，山東諸州蝗蟲大起，尤以河南、河北最爲肆虐。飛蝗鋪天蓋地而來，稍爲停食，苗稼立盡。此時，正是小麥即將收割之時，百姓看著就要成熟入倉的糧食被蝗蟲一片片地吃光，心裏痛惜萬分。災情報告傳遞到長安，玄宗與百官商議，要他們採取對策，快點想出一個辦法，阻止災情的蔓延。有的大臣說這是天災，豈可以人事阻止，上天既降此災，人主自宜修德，古人不早說過嗎，人之有德，蝗蟲避境而過；人之無德，天降異災。

另有一些有識之士態度完全相反，他們認爲蝗蟲的猖獗，完全是自然的現象，與人的德行根本是兩碼事，蝗蟲食莊稼，就是損害百姓的利益，人就要盡力捕滅；再講了，蝗蟲是害怕人的，人爲什麼要害怕牠們呢，若是束手不管，那就是本末倒置，反把禍首當作了神明。在這一點上，同時，他們也舉出例子，說漢代的光武帝就曾下詔滅蝗，收到了很好的效果。

朝中大臣分成兩派，各執一面之詞，朝堂上一片吵吵鬧鬧，讓玄宗也不知如何是好，他沒有想到張九齡已被貶黜，朝中還有這麼多迂腐之士。聽了他們的話，玄宗心中萬分氣惱，按他們所說，蝗災的泛濫是上天對人主不德的懲罰，這不就是說他是個無德的昏君嗎。哼，他要是無德的話，那麼歷史上也就沒有一個有德的皇帝了，歷史上有哪個朝代有現在這樣強盛，百姓這般富裕，海內這樣太平。都是一幫死讀書沒有腦子的人。但他們人數很多，玄宗有氣只有窩在心裏，他怎麼好當著百官的面，自己說自己是一個有德皇帝呢。無奈之下，他分派兩個皇子去督辦此事，忠王去河南，壽王去河北，讓他們視情況再作定奪。

玄宗這樣一分派，朝中的大臣也就明白此中的深意了，皇帝這是讓兩位皇子治理蝗災來考驗他們辦事的能力，以確定太子的人選。

回到王府，壽王對楊玉環說：「父皇派我去河北治蝗，可我從來沒有這方面的經驗，我該怎麼辦呢？」

楊玉環勸慰壽王說：「你不行，可以多聽聽別人的意見嘛。你爲什麼不去問問旁人呢？」

於是，壽王派人去請妹妹咸宜公主和駙馬楊洄過府一議。在此之前，楊洄已經去過宰相府，向李林甫討教過了。老謀深算的李林甫自然知道皇上這次把忠王和壽王派出去的背後意圖，他感到太子之位的爭奪已經是迫在眉睫的事了，他現在才明白皇上爲什麼遲遲不立壽王爲太子，原來他還想到了忠王。忠王有什麼呢，不過是長子罷了。

當然有這一點也就可以了，要知道，壽王連這一點也都沒有呢。既便壽王什麼也沒有，他也要幫助壽王，因爲他是一直幫助壽王的，只有壽王當上太子，他的前途才可高枕無憂，他的相位才可穩坐下去。壽王能不能當上太子，全在於這次的外出治蝗了。只要這次做得比忠王好，把忠王比下去，他再聯合一批大臣在皇上面前上言，保管壽王就會當上太子。那麼壽王應該如何治蝗呢？

說心裏話，李林甫對那些口講蝗災是人主不修德行的朝臣是心存不屑的，他知道，他們都是張九齡的徒子徒孫，這幫人什麼事都要引經據典，以文自炫，口談誤國，但這次他卻支持了他們的言論，因爲他把以前歷朝歷代治蝗的情況翻出來查看，發現不論哪種對付蝗蟲的方法，最後都收效甚微，最後還搞得天怒人怨，吃力不討好。所以當楊洄來問他如何處治蝗災時，他說：「一切不可強爲，當附從民意爲上。」

楊洄把李林甫這番深思熟慮的話帶給壽王，讓他到了河北，看當地百姓對蝗蟲的態度而定決策，切不可一意孤行，自作主張，反正不要引起百姓的怨尤爲好，如果百姓心中沒有怨言，沒有憤激，沒有功也有功了。要知道，獲取民心的順附與追隨，就是最大的功勞，這才是皇上所要考查的。

臨走前一夜，壽王與楊玉環話別，免不了一番親熱與纏綿。自從他們成婚以來，這還是他們第一次的別離。楊玉環叮囑壽王在外要多加保重，凡事不須太過勞累，就按李宰相的話去做，以順從民意為好，百姓願意做什麼，只要在旁引導就行了，不要強抑民情，做吃力不討好的事。壽王一一切記在心。

壽王與忠王前後腳起程，分赴河北河南。還沒到河北境內，壽王就看到沿途蝗蟲滿天，牠們一團團一簇簇地攀附在莊稼上，滿地的莊稼都被牠們啃吃的只剩下光光的杆子，雖正處夏季，但地裏一點綠色也看不見。有的還蹦到了他騎的馬上和衣服上，稍走得快點，就會與牠們迎面相碰。那些褐色靈巧的蝗蟲，密密麻麻地在路上蹦達著，一旦飛起，鋪天蓋地，看去猶如一片烏雲。

與此相對應的，道邊倒有不少農民在焚香祭拜，祈禱蒼天福佑。到了河北，壽王看到，嚴重的地方，已經赤地千里，連路邊的樹也未能倖免。到了府衙，還沒等壽王坐穩，當地的官員就來拜見，陳說他們不願捕殺蝗蟲的緣由，說百姓都認為這是上天降下的懲處，只有修德祈神保佑才可避免，不是人力所能阻止的。他們這樣說，是為自己開脫，唯恐被壽王斥責為滅蝗不力。

聽他們這樣說，又加上一路所見百姓焚香祭拜的情景，壽王想起臨來時，李林甫對他的告誡。於是，他不僅沒有懲辦那些迷信迂腐的官員，反任他們維持原樣下去，還對他們所持論調深以為然，表示確如他們所言，人與天是感應的，人應修德以順天意，方能消彌蝗禍。壽王不是只說說就算了，而是先從自身做起，除了取消任何娛樂外，還只吃素食，參與了一些祈禱活動。所以，壽王到河北沒幾天，他的聲譽清名得到大小官吏和百姓的一致讚揚，說他是個賢德皇子。但河北的蝗災卻一日甚過一日。

與壽王所做這一切相反，忠王一到河南就大力滅蝗。不是當地的官吏和百姓比河北的開明，而是忠王是個曾帶過兵打過仗的人，他知道人定勝天這一普通的道理。他對那些只知一味搞迷信活動而耽誤滅蝗的官員嚴加訓斥，對一些愚昧的祈福儀式堅決取諦。他把大小官吏召集起來，對他們說：「蝗蟲，莊稼之天敵，生就是要毀壞稼穡的，與人的德行絲毫扯不上關係，如果放縱蝗蟲爲害，那麼必將顆粒無收，百姓來年要麼逃荒，要麼餓死。如果上天真的有神靈的話，必不會因哪一個人的德行的好壞，而讓衆多百姓餓死。」

對他這番話，有些官員明白，有些仍然執迷不悟。忠王不管你悟不悟，他下了必須滅蝗的死命令。爲此，他制定了許多鼓勵百姓滅蝗的措施，比如採取了以捕代賑的作法，就是捕得蝗蟲一石，就可以換回糧食一石，捕的愈多，換得的糧食也愈多。這無疑對捕蝗起了促進作用。忠王並不是只在府衙說說話，指揮指揮就算了，而是凡事親躬，親自到田間地頭參與捕蝗，還把認爲好的捕蝗方法推廣。比如，他看到蝗蟲夜必赴火這一特性，就想出在夜晚田間架設火堆，招引蝗蟲，這樣燒死蝗蟲無數，往往一夜之間，火堆四周都積滿了蝗蟲。

但由於早期的縱容，沒有過早滅蝗，致使蝗蟲數量太過巨大，雖然忠王積極捕滅，人力終究有限，所捕不及總數十分之一，蝗禍依然嚴重。這樣，就引起開初那些迷信人的議論，說什麼天意使然，怎可強爲，觸犯上天，恐怕不只是今年有禍，來年也怕難逃，更有一些愚夫愚婦，置災情於不顧，只是對著蒼天祈拜，還說忠王就是導致這場災禍的不德之人，求上天誅滅了他。一時間，謠言四起。面對這種情況，忠王沒有動搖捕蝗的決心，他規定，不論哪一級官員，如不積極參予滅蝗，而是散發這種消極的言論，讓他知聞，定將嚴懲不貸。

壽王與忠王在外的所作所爲，通過各種途徑傳到玄宗耳中，他爲壽王與忠王完全相反的治蝗之道而困惑，鬧不明白究竟哪一個的作法才是正確的。就在玄宗困惑不解的時候，朝中的大臣也吵得不可開交。

一派是以李適之爲主的，支持忠王堅決傾盡人力地滅蝗，不相信蝗禍是天譴；另一派是以李林甫爲主的，堅持說蝗禍就是世間德行的不修，致使上天震怒，希望人君悔過自責，減停不急之役。玄宗被他們吵得頭都要炸開了，往往沒有議出結果就散朝罷議。回到後宮，玄宗悶悶不樂，他本意是把兩位皇子分派不同災區，目的就是看他們誰有能耐把蝗禍阻止住，結果沒有一人令他滿意。

看著玄宗愁眉不展的樣子，侍候在旁的高力士小心翼翼地問：「大家，你是不是在爲山東蝗災發愁？」

「是啊。將軍你看，山東蝗災已經嚴重到這種地步，朝中的大臣還只是吵嚷，沒有一個提出切實可行的治蝗策略。怎不讓朕焦心。朕看，他們沒有一個是關心百姓的，那般吵鬧只怕別有用心。還說朕是一個不德的君主，讓朕悔過自責呢。力士，你說說，朕哪方面有過了？」

「皇上無過，不過是那些酸儒們胡談什麼天人感應，一遇到天災就說君王德行有損，好推諉過錯。隋煬帝時期，也有過風調雨順，難道說隋煬帝是個明君嗎？」

「那些目光短淺的傢伙，要是能像將軍一樣明白事理就好了。唉，可歎的是，忠王那種滅蝗方法也沒有效果。也怪不得他們說閒話。」

「大家，恕奴才直言，凡事都要給個時間，俗話說，心急吃不到熱豆腐，捕蝗不是一天兩天所能完成的。我敢說，如果皇上再等上一段時間，給忠王更多的人手支援，定能立竿見影，有明顯的效果。」

真是一語點醒夢中人，經高力士這樣一說，玄宗恍然開悟。他想，是啊，凡事都要有個時間限制，忠王才到河南，即使滅蝗方法正確，也要等到一段時間後才能收到明顯效果。於是，他不再猶疑，下定捕蝗決心，第二天早朝，他就宣布給忠王增派人手，輔助忠王捕蝗。

忠王得到父皇增派人手的幫忙，滅蝗效果立即顯示了出來，短短一個月，河南的蝗災就得到了遏制。李林甫在皇帝表態後，馬上派人快速地把消息通告河北的壽王，讓他積極行動起來，組織一切人員滅蝗，爭取在忠王之前把蝗禍控制住。接到消息的壽王不敢怠慢，立刻把能調度的人手都調度起來，加大滅蝗力量。但終究時間太遲，匆忙中難免急躁，說服工作沒做到位，引得百姓滿肚牢騷。

玄宗並不是真的要忠王與壽王要把蝗蟲治理好才回京，主要是考驗他們誰更有辦事的能力，短短一個月中，他的目的已經達到了，那就是忠王比壽王強。於是，他另派人分赴河南河北把壽王與忠王換回來，有一件大事他要宣布。

等壽王一從河北回來，玄宗皇帝就宣布忠王李與爲皇太子。

雖然壽王心中已有了點預感，但聽到這個詔命，還是覺得突如其來。他不能想像，母妃朝思暮想的東西，父皇的一句話，一句輕飄飄的話，就把它擊碎了。碎得那樣輕脆，碎得那般無痕。

人就是這樣，開始武惠妃爲壽王極力謀取太子之位時，壽王對此並不熱心，還爲母妃有些不光明的做法難受，但隨著時間的推移，當太子的願望慢慢也在他心中紮下根來，甚至他有了一種錯覺，就是太子已經非他莫屬了，只是遲早的問題，現在突然宣布給了別人，這怎麼不讓他傷悲呢。這就像開始硬塞給一個小孩玩具，等小孩慢慢喜歡上它後，又一把把它奪了回去。這太傷人的感情了。

楊玉環見壽王悶悶不樂，就勸慰他說：「十八郎，反正太子也不是你想當的，現在父皇給了別人，正好解除了你的煩惱。」

壽王自然看得比楊玉環遠，他鬱悶地說：「玉環，事情不是如你說的那樣，如果我主動放棄太子之爭，那是一回事，可是滿朝大臣和諸位皇兄都知道，母妃曾爲我謀取太子，最後沒有得到，這就又是一回事了。你知不知道，這將對我的處境極其不利。」

「不利？什麼不利？」

「首先我曾有可能當上太子，這對現在的太子忠王來說，我總是一個潛藏的對手，我的一言一行，必將受到他的關注。在他還沒登基之前，我的日子也許會好些，但一旦他登基，就會對我挑刺。你知道，要對一個人挑刺，總是能找出一些把柄的，何況是一個皇帝。」

「那這樣說，你就只有死路一條了？」

「也不能一概而論，如果從此後，我潛蹤斂跡，凡事不張揚不出頭，只當一個皇子，也許太子會認爲我對他已經沒有什麼威脅，以後會讓我過一個普通皇弟的日子。但對我來說，已是最好的結局了。」

楊玉環聽到這裏，黯然地望著壽王，她不知如何寬慰丈夫，這時，她發現丈夫是那樣無助和柔弱。她想，這是不公的，開始壽王並不想爲太子，都是你們這些人逼的，現在，太子沒有當上，所有的痛苦和後果卻要他一個人來承擔，全不顧他個人的願望。她輕輕走上前去，把壽王摟抱在懷裏，就像摟抱著一個嬰兒一樣。壽王依偎在楊玉環的懷裏，像個孩子似的「嗚嗚」地哭了起來。

還沒有等他夫妻二人從傷感中解脫出來，壽王府的長史進來稟告，說別的皇子約壽王一起去忠王府道賀。於是，壽王擦了擦眼中的淚，稍微打扮一下，強作歡笑地去了。

壽王府離忠王府並不遠，但卻讓人有天壤之別的感覺。壽王府冷冷清清，悄無言語，而忠王府一派熱鬧，張燈結綵，從上到下，個個收拾得衣帽光鮮，喜氣洋洋，前來道賀的車馬絡繹不絕，就連府下的奴僕也滿臉掩飾不住地得意，見了來人老遠地報著官名，一層層傳報進去。

看著忠王府熱鬧非凡的景象，壽王心裏不是滋味，但他不能在臉上稍有表露，他知道，今天他的一舉一動都倍受注目，他不能失禮。

忠王打扮得更是光彩照人，滿臉喜氣地接受著別人的道賀。當他看到壽王時，不知是出於兄弟之情，還是要做出某種寬容的姿態，他上前一把抓住壽王的手，連聲說：「十八弟，你來了，我真高興。」

壽王也笑著說：「三哥，恭喜你！」

只有壽王自己知道，他臉上的笑是多麼苦澀。

也許忠王真的是要向眾人表示，他會不計前嫌地和壽王相處下去，在壽王停留在忠王府的時間裏，忠王都把他留在自己的身邊，並不停地與他談話，不時發出洪亮的笑聲，讓人看了，不會對他們兄弟間的親密關係產生猜疑。

這稍稍寬鬆了壽王的心情。對眼前這位三皇兄，說心裏話，壽王並不了解，皇兄那麼多，又生在特定的環境裏，他們之間並沒有普通人家兄弟間的親密，他們碰面的機會不外乎節日間對父皇的拜賀。不過，從此以後，不光壽王，所有的皇子都要與忠王有聯繫了。

爲了避嫌，咸宜公主與駙馬楊洄也很少來壽王府了，不是他們無情，而是怕別人抓住這個把柄，造謠生事，那樣就得不償失了，不光太子之位沒得到，連性命也要搭進去。

對忠王被封爲太子，不高興的還有一個人，他就是李林甫。在此之前，他一直擁戴壽王，期望壽王當上太子，繼而龍登大寶，他就可以繼續當他的宰相，爲權朝廷。哪知人算不如天算，他的計劃落空了。由於前期他爲壽王謀劃太子出力太多，自然而然，情勢就把他推到了太子李與的對立面。李林甫深深地知道，忠王在心裏對他是怨恨的，現在忠王是太子，還不能把他怎麼樣，一旦登上皇位，不要說宰相的位置，只怕連性命能不能保住也難說。

一想到此，李林甫就焦慮得寢食不安，深悔自己當初走錯了一步棋，弄得現在處處被動。也許是他為相過久，弄權太深，只容得別人來求他，已容不得他對別人的屈膝彎腰，面對這種既成的現實，李林甫不是改變方向去迎合忠王，而是依舊對忠王不理不睬，甚至處處排擠打擊他。

如果說忠王和別的皇子比，身上還有一點英武氣的話，那麼在他當上太子後，這點英武氣就蕩然無存了。沒被封為太子時，他只是諸位皇子中的一個，行事沒有太多的拘束，還能由著性子來，當上太子，他知道，言行必會為別人注目，特別會被父皇所考查，看是否合矩合規，不能有絲毫差錯。他小心了，小心必然謹慎，謹慎必然束手束腳。這就叫愈是怕做錯，愈是不敢做。他的性格變了，由原先的活潑變得沈默寡言，變得微言慎行，深居簡出。

好在有個高力士會隨時為他講話，忠王心中對高力士的幫助是滿懷感激的，他見了高力士口稱「二兄」。這是了不得的稱呼，雖然從年齡上說，高力士是玄宗一輩的人，忠王這樣稱呼是降低了高力士的輩份，但你年齡再大，奴才終歸是奴才，再說，忠王是什麼人，是太子，是將來的皇帝，是要登基為君的，他稱你為二兄，也可以說你就是將來皇帝的皇哥了。不僅如此，忠王又讓他的兒子稱高力士為「爺爺」。這簡直亂了輩份，但大家就這樣叫著，被叫的人也就這麼聽著。也許，忠王是想把高力士稱呼為上一輩的，但礙於自己的身分，不便自己出口，只好讓下一輩來擡高他。

開元二十六年七月二日，開元皇帝舉行了立太子的大典，公佈了「冊皇太子赦」，並大赦天下。忠王李與隨即搬入東宮內坊居住。在李瑛被廢去太子，相隔了十三個月後，終於結束了太子之位的空懸。圍繞著太子之位的爭鬥也煙消雲散，塵埃落定。做為失敗者的壽王，失去了問鼎太子之位的機會，也就意味著他失去了未來，遠離了波詭難測的宮廷鬥爭。

皇儲終於有了恰當的人選，這讓玄宗皇帝感到高興。他把前一陣高力士特地為他挑選的幾個女子叫來侍寢。但沒過多久，他又覺得索然味寡，重新變得無精打采。

隨時在旁對玄宗皇帝觀顏察色的高力士，是瞧在眼裏，急在心裏。高力士知道，這麼多漂亮的女子都不能打動皇上心，並不是容貌比不上武惠妃，而是因爲皇上對武惠妃的感情太深了，在皇上的心裏，已經沒有過多的空間來容納別的女人。這可怎麼辦呢？這樣下去，皇上是不會有好心情的，也是他做奴才的失職啊。

高力士不能坐等玄宗皇帝這樣日復一日地消沈萎頓下去，他想，全國之大難道就找不到一個比武惠妃強的人了，即使比不上武惠妃，起碼長得和她一樣的人還是有的。對，何不到全國去找找呢？正好此時，南方的福建和廣東地區出了一件事，需朝廷派人處理，高力士就討得這個差使，去了福建和廣東。

高力士一般是不願出宮的，他與一般得勢的宦官有所不同。別的得勢宦官都喜歡往外跑，耀武揚威地抖威風，並大肆收取賄賂，擺一副盛氣凌人的架勢，誰要是接待得怠慢了一點，回朝立刻在皇帝面前搬弄是非，講盡你的壞話，用不了多久，你的楣運就來了。高力士不僅不願出宮，他在長安也像別的朝臣一樣有府邸，但他連府邸都不願回，每天晚上睡覺的時候，只在玄宗皇帝的寢室外面安放一張小床，他就睡在小床上。時間久了，連玄宗都說：「只要有吾家老奴在，吾則寢安。」

這次不同，這次是高力士主動向玄宗請求，讓皇帝派他出使福建和廣東。高力士平日不開口，這次難得開口討個差，玄宗皇帝還以爲他想出去散散心，怎有不答應的道理，立刻就把這個差使交付給了高力士，他哪裏知道，高力士是別有用心，親自爲皇帝尋找合意的女子。

出了長安城的高力士並不急於趕路，他穿州過府，每到一個地方，都悄悄地詢問當地的官員，此地有沒有容貌特別出眾的妙齡少女。當地官員自然知道一個宦官問這話的意思，都認爲這是一個立功請賞的機會，不管有沒有都誇口說有，於是一個個少女被領到高力士面前給他過目。最後，高力士都暗地裏搖頭，再趕往下一地。

按一般人看來，那些被選出來的少女都是美麗超群，不敢說萬裏挑一，起碼也是千裏挑出的，但因爲高力士心中是按著武惠妃的容貌來審視她們，自然合格的就少了，就算有個把相貌上勉強比較接近武惠妃，但那種內在的氣質和天生的貴族氣根本無法同武惠妃相比。也許就因爲高力士是個太監，所以他更能看出美麗女人間的不同和差距。

一路行來，一直到了福建，高力士也沒有尋到一個比較合意的女子，這讓他心中焦急萬分，他想，難道此行就這樣白跑了不成？不行，說什麼也要找到皇上滿意的女子帶回京城。皇天不負有心人，當高力士到達福建浦田縣時，這個美女終於讓他尋著了。

這位出眾的美女名叫江采蘋，父親叫江仲遜，行醫爲生。南方女子小時無名，大了嫁到夫家，才隨夫名叫某氏。江采蘋從小就表現的與周圍同齡人不同，她頭腦靈活，偏好讀書，九歲的時候就能看懂《詩經》，並以此自勵，說：「我雖女子，願以此爲志。」意思是說，別看她只是一個弱小的女子，長大了也要寫出這樣的文章。

聽到小小年紀的女兒講出這樣有志向的話，父親江仲遜不免驚訝，自此後，對她刮目相看，還給她取名爲采蘋。江仲遜一日日留心著這個女兒，發現她果然與眾不同，不僅從小就懂事，還聰敏過人，有著過目不忘的奇能，平日一有時間就捧起書本來讀，有時還拿起筆來摹仿古人的筆法作上一二首詩賦。那些詩賦雖不敢說是驚世之作，但也自有一種女子特有的纖麗與細膩，讓人讀之如沐春風，清新的感覺撲面而來。

讀書之餘，江采蘋對歌舞還有著特殊的興趣，她本就聰敏，加之又看了許多書，對音樂歌舞，她一點就通，領悟得比別人快，還比一般人深，生就一副清脆圓潤的歌喉和婀娜的身姿，沒過多久，她就成了遠近聞名的歌舞高手了。隨著年歲的遞增，江采蘋出落成一位容貌俊俏的少女，但她天生不愛化妝，她喜歡淡妝素服，卻自有一種超塵脫俗的風姿是旁人無可比擬的。

到了她及笄之年，前來求婚禮聘的幾乎踏平江家門檻，其中有慕名而來的，有慕色而來的，但都被她擋了回去。江仲遜為此心中著急，他問女兒：「采蘋，你到底要選什麼樣的夫婿呢？」

江采蘋勸告父親：「父親，你不要著急，女兒的婚事女兒自有主張，絕不會令你失望的。」

江采蘋不是胡亂拒絕那些求婚者的，她看得很清楚，慕名的沒有才，慕色的她更是不去考慮。其中雖不乏富貴官府之家，但由於她只是行醫人家，門第低下，那些富貴官府人家看中的只是她的美色，娶回去也是做小的。這樣的地位，她說什麼也是不能答應的。

所以當高力士對官府搜選來的女子大搖其頭時，地方官立刻向他推薦了江采蘋。高力士聽了說：「我剛才好像沒有看到這樣的女子呀？」

地方官忙說：「這女子一向心高氣傲，自詡才女，像這種選美什麼的，她向來鄙視不參加的。」

「噢。」高力士眼睛一亮。他被勾起了興趣，「我倒要見見她。去把她喊來。啊，不，請來。」

高力士知道，凡是稍有姿色的女子都是有架子的，他希望這位有架子的少女能讓他驚喜一下。不一會兒，江采蘋被帶到高力士面前。高力士從她一進門就盯著她看，發現她果然有著一股別人無法可比的氣質，身著樸素的碎花小衣，髮髻整齊而不花哨地梳向腦後，腳步翩翩婷婷，腰肢如弱柳，盈盈可握。到了高力士面前，盈身下拜道：「小女子叩拜大人。」

「啊，免禮。擡起頭來。」

江采蘋一擡起頭，高力士心中一陣狂跳，他還沒有見過這樣明麗勻稱的臉龐，如滿月，照得一室生輝；如荷花，淡雅襲人，清麗如玉，恍如天仙。高力士雖久在宮中，眼中見過的美人何止千百，但一見眼前的江采蘋，還是被她身上那股不加修飾，渾然天成的自然美所陶醉，所吸引。江采蘋容貌雖不像武惠妃，氣質也不如武惠妃雍榮華貴，卻別有魅力所在，高力士嘴裏不禁贊道：「果然名不虛傳。貌如天仙。」

「謝大人誇讚，小女子愧不敢當。」江采蘋又盈身一拜。顯得知書又達禮。

「好，好。」高力士連說了幾聲好，隨後又說，「我聽當地官員都誇你知書明理，才識過人？」

「那都是別人的風傳謬誇，大人怎可當真，書雖讀過兩本，不過匆匆翻閱，又何能談得上才識兩字。如果胡亂議論也能當得才識的話，真愧煞小女子了。」

高力士聽到江采蘋這一番應答，知道她是讀過一些書的人，回話中雖儘是謙遜之辭，但看得出她是比一般女子有見識的。於是，他說：「你不必過謙，可誦詩一首來給我聽聽。」

江采蘋不便推辭，略作沈吟，輕啓朱唇：

垂委飲清露，流響出疏桐。

居高聲自遠，非是藉秋風。

高力士雖說書讀得不多，但這首唐初著名詩人虞世南的〈蟬〉詩還是知道的。在此以前，詩人誦蟬大多有貶意，但這首詩卻獨闢蹊徑，把蟬讚美成了清華雋朗的高標逸韻，後人也多吟此詩，用詩中的蟬來寄喻自身品格的高潔和人格的高尚。

高力士一聽江采蘋誦的是這首詩，不覺暗暗點頭，知道她是要以此詩明志，表示她是一位不同凡俗的女子。也許是高力士對武惠妃的心計太過領略了，他心中不期然地就想找一個心地單純，性情簡單的女人，這一點，江采蘋很令他滿意。

高力士自從得了江采蘋這位美女，再無心在外逗留，匆匆辦完公事，立即打道回京。他要早日把這次覓得的麗姝呈現給玄宗皇帝。一路上，高力士還從細小的方面對江采蘋進行了考查，發現她果然是位心胸開闊，不甚計較的人，這真是再好沒有了。高力士知道，選這樣一個女人在皇帝身邊，後宮會少了許多不必要的矛盾。

早趕晚趕，高力士攜江采蘋回到長安時，已經是初冬時節。高力士立即把江采蘋呈獻給玄宗。

玄宗見了果然大喜，這除了江采蘋的美貌外，更主要的是她有著一般女子不具有的藝術領悟力。要知道，玄宗皇帝是一個藝術的愛好者，他對音樂和舞蹈都有著一定的造詣，他對身邊女子的需求除了肉體上的，還有著性情上的和諧，武惠妃就是靠這點長年打動他的心的，並在死後還讓他不能忘懷。現在，江采蘋似乎可以代替武惠妃了。

自從江采蘋入宮後，日夜陪同在玄宗的身旁，晚間侍寢，白日裏與皇帝唱和詩詞，飲酒作樂。江采蘋吹得一手好笛子，每當酒宴高潮時，她都要輕啓朱唇，吹出清越嘹亮的樂曲，在迴腸蕩氣的笛聲響起的時候，玄宗閉目養神，以手擊節，讓婉轉悠揚的笛聲載著大唐天子的快樂在宮城裏迴盪。江采蘋不僅會吹笛，舞姿也很迷人，她的舞姿與中原長安的舞姿有所不同，一改宮中輕曼變爲狂風般旋轉，在不停的旋轉與變幻中，使人想到傳奇夢幻般的南方，彷彿置身於熱帶雨林，身邊是瘋長的草木和茂盛的植物。玄宗看得如癡如醉。

江采蘋不僅善舞懂樂，更擅長文章，她每每於歡宴之後，捉筆記之，把每個場景都描述得活靈活現，讓已散的宴席活現於紙上，讓玄宗看了不覺有餘香留頰之感。就這樣，多才多藝的江采蘋獲得了玄宗皇帝的歡心，填補了玄宗失去武惠妃後的內心寂寞。

生長在南方的江采蘋舞姿是那樣的熱情，內心卻是喜靜的，來自熱帶的南方女子偏偏喜歡北國的梅花。江采蘋愛梅也是愛得如癡如醉。也許是她經常看書的緣故，從書中她知道，梅花是一種品性高潔的花，它既沒有牡丹媚人的嬌態，也沒有桃花與李花庸俗的爛漫，它頂風傲雪，不畏風寒，愈是在寒冬時節愈是怒放。江采蘋喜歡梅花這種獨立狷傲的品格。

江采蘋在南方時，梅花是能見到的，但令她遺憾的是，她從來沒有見到過在冰雪中怒放的梅花，原因很簡單，南方天熱，一年四季都不下雪也不結冰，她自然見不到傲立於冰雪中的梅花，這對愛梅的她來說，未免不是一個大大的缺憾。這下好了，她來到了長安，長安可算得上北方，不僅下雪，還下得很大，冰也結得很厚，她終於如願以償地見到了冰雪中開放的梅花。

當第一場大雪過後，也正是梅花開放的時節。前一晚，江采蘋就惦記明早要早起賞花。第二天，天剛一放亮，江采蘋就從床上起來，她一推開窗，滿眼白茫茫的一片，只見在靠近寢宮不遠的地方，有幾株梅花星星點點散佈於雪中，若隱若現的紅色花蕾掩映在白雪裏，別有一番獨特的景致。江采蘋滿心興奮，她披上一件猩紅的外衣，踏雪來到那幾株梅花面前，臉帶虔誠地注視著那一個個嬌嫩的花朵在冰雪的覆蓋下綻放著，粉紅的花瓣絲毫沒有因爲冰雪的寒冷而瑟縮，相反，晶瑩剔透的冰雪彷彿是更襯托了它的嬌豔與高潔。

這是江采蘋多年想見到的景致，她癡癡地駐立在雪地裏，只顧欣賞雪中梅花，全然忘了寒冷，也忘了來到身邊的玄宗皇帝。直到皇帝開口講話，才把她驚醒。

「愛妃，你在看什麼呢，這樣著迷？」

「噢，皇上。」江采蘋連忙告罪，「臣妾正在賞梅呢。」

「那幾株瘦梅有何看頭？」

「皇上請看，在這萬物蕭條的冰雪天地，只有梅花傲雪怒放，嫵媚卻不亞於別的花朵，這是多麼難得啊。」

「朕倒看不出它有什麼特別的地方，論大，它大不過牡丹，論香，它香不過荷花，論式樣和姿態，它與菊花更不能相比。」

「雖然梅花和別的花相比，並沒有什麼突出的地方，但別的季節裏，百花盛開，竟相繁陳，不免讓人眼花繚亂。唯獨冬天，只有梅花可賞，它的平凡也就不平凡，它讓人有了空谷幽蘭的感覺。臣妾早在福建時，就喜歡它了。只是遺憾不能在冰雪中觀賞它們的傲骨媚姿，今天方能如願。」

在玄宗眼中，此時身披猩紅外衣站立在雪中的江釆蘋就是一枝嬌豔的梅花，他說：「朕雖不能在福建布雪，但可以在宮中廣栽梅樹，讓愛妃一遂心願。」

於是，玄宗皇帝讓人在寢室四周廣植梅花，並建一亭，取名梅亭。還投其所好，索性封江釆蘋為梅妃。至此後，宮中上下，一致呼江釆蘋為梅妃。

高力士看到玄宗皇帝自從得了江釆蘋後，一掃多日來的消沈，身上似乎又煥發出了多時不見的熱情，心中輕鬆了起來，心想，到底不枉了福建之行。玄宗對高力士的這番苦心是心存感激的，他想，不愧是吾家老奴，時時為朕分憂著想。

玄宗不僅與梅妃日夜相伴，每當有宴席時，必讓她侍坐在旁，或讓她吹支笛子曲，或讓她一展美妙的舞姿。而這樣的宴席又是經常有的。這緣於玄宗皇帝對待兄弟諸王的特別友愛，常常邀請他們來宮中赴宴。

玄宗皇帝與歷史上的皇帝相比，有一點與眾不同之處，就是他特別善待兄弟子侄。玄宗共有兄弟五人，分封為寧王、薛王、臨淄王、申王和岐王，興慶宮就是五王以前所居住的五王宅，後來玄宗即位當了皇帝，把興慶宮改爲宮殿後，諸王就從那裏搬了出來，但所建府邸也環於宮側，邸第相望。玄宗把興慶宮大抵分爲兩部分，北邊的花萼樓專門用來宴請兄弟諸王，樓上設置了一個大床，皇帝與諸王有時就同榻一床，聯床夜話；南邊的勤政樓才用來處理朝政。

玄宗常常召諸王同登臨花萼樓，同榻歡宴，禮儀如同在家。有時，玄宗也到諸王府邸去，賜金分帛，厚贈分賞。到了開元二十七年，諸王中除了排行最長的寧王外，別的王爺都辭世了，玄宗皇帝就更加對大哥寧王敬重厚待了，甚至連自己服用的仙丹都派人分送給寧王，希望他與自己一道長生不老。

以前的家宴主要是以五王爲主，但隨著五王只剩下二王，寧王年紀過大，不再輕易出府，家宴的參加者愈來愈以下一輩爲主。

這天，又是一場新雪後，玄宗皇帝召集諸王開設家宴，地點就在梅亭。爲了讓諸王放鬆，每逢家宴，玄宗皇帝都是身著便服，談笑自如的。

前幾天還含苞未放的梅花，現今已經怒放。宴席上，玄宗與眾位子侄把酒歡飲，梅妃也侍奉在旁。漸漸地宴會的氣氛達到了高潮，大家都真正地把這看成了一次家常的宴席。酒興正酣時，玄宗讓梅妃用笛子吹奏一曲助興。

梅妃當即拿起一支碧綠的笛子，玉唇輕啓，立即悠揚清亮的樂曲就飄了起來。聞之猶如仙樂。笛音時而清越，時而舒緩，最後如飄浮的暗香漸隱於耳畔。諸王個個都被這美妙的音樂陶醉了，還沒等大家從音樂的迷醉中清醒過來，玄宗又叫梅妃跳曲〈驚鴻舞〉。

梅妃輕移蓮步下到場中，隨著樂曲，輕擺腰肢，舞動起來。只見她時急時緩，時進時退，忽如狂風般旋轉，忽如閃電般倒地，讓人驚疑是飛鴻在蹁躚，又似未停歇的雪花。只看得人眼睛也不及眨一下，端著的酒杯停在半空，真如喝了最濃的烈酒。最後在一陣急如繁雨的動作中，梅妃隨著一聲戛然而止的樂曲仆倒在地，宛如一瓣盛開的梅花，嬌豔不可名狀。

玄宗皇帝親自斟酒端給梅妃，說：「此乃梅精，奏清樂，作驚鴻舞，滿座光輝映雪景。」

梅妃接過玄宗手裏的酒杯，一飲而盡，氣吐若蘭地說：「俗樂拙舞，恐礙觀瞻，徒娛耳目罷了，怎比得陛下，設使調和四海，治國安邦，萬乘自有心法，賤妾何能相較。」

聽到這話，玄宗心中更是高興，舉杯與諸王同飲。隨即，宮女端上來一盤橙子。玄宗讓破開，命梅妃賜給諸王一人一片。

一個宮女端著盤子跟在梅妃身後，梅妃把分開的橙子一片片分賜給諸王。諸王都站起身來，表示不敢當。當梅妃來到漢王桌前時，漢王不僅立刻站了起來，還繞過矮桌，站到了梅妃面前，只見他沒有馬上伸手去接梅妃手中的橙子，只是眼光直直地盯在梅妃的臉上，竟似癡了一般。

「漢王。」梅妃見漢王以那種直露的目光看著她，不免臉呈紅暈。

漢王是岐王的兒子，原本是個好色之徒，剛才見了梅妃的美妙舞姿，不覺被她的美貌所吸引，萌動色心。此時梅妃近前賜橙，他透過朦朧的醉眼，看到梅妃更是光彩照人，明豔逼人，竟不能自持，昏昏然放肆起來。

「漢王。」見漢王只是癡癡地盯著自己，梅妃不覺有點惱怒，她加重語氣又喊了他一聲。

「噢。」漢王才如從夢中醒來一樣，把目光從梅妃的臉上移開，不自禁地又往前跨了一步，伸出手去接橙子。哪知他只顧貪看梅妃的美色，一步跨得大了，竟一腳踏在了梅妃的秀足上，把梅妃舞鞋上的綴珠給踩了下來，伸出去的手也沒有接住橙子，反握在了梅妃的手上。

梅妃看見漢王淫邪的目光，本就不悅，一見他如此放肆，更加氣惱。當即把橙子往桌子上一扔，也不和玄宗打招呼，掉頭而去。由於二人相隔很近，加之大家都喝了不少酒，並沒看到他們二人間發生的事情，直到見了梅妃忽然掉頭離席，漢王訕訕歸坐，好像才感覺二人間發生了一點不愉快的事，但也沒有深究，繼續喝起酒來。

玄宗見梅妃突然不辭而離席，不知爲哪般，以爲她是要如廁，也沒在意。但不想等了好久，梅妃還沒回來。於是，他讓宮女去看看出了什麼事，讓梅妃速來侍宴。

梅妃此時正躺在寢室的床上生悶氣呢。她想，漢王好大膽，竟敢調戲起她來了，也不看看她是誰，要不是她涵養好，當廷鬧將起來，他有幾個腦袋也保不住了。但她想，這又何必呢，如鬧開來，漢王腦袋自是不保，但皇上面上也不好看，一場原本熱熱鬧鬧的家宴頃刻之間就染上了血光之氣，豈不掃了皇上的興頭。於是，她決定把一腔委屈與惱恨埋在心裏，不去發作。同時也希望漢王自此以後稍作收斂，不要再有越禮之舉。

梅妃之所以不發作，還與她小時從書上看到的一則故事有關。書上說戰國時期，齊國國君有一個愛妃，也是在一個群臣的歡宴上，齊國國君讓愛妃給每一位將軍敬酒。當敬到一位將軍時，忽然一陣風來，把燭火吹滅了。那位將軍也是酒喝多了，情不自禁地趁著黑在國君愛妃的手上摸了一下。那位妃子伸手把他的帽帶子拽了下來，返回到國君身旁，把將軍對她非禮的事說了。齊國國君聽了，叫不要點燃燭火，大家就在黑暗中飲酒，並說喝得高興，讓大家都把帽子摘下來。就這樣，一直到散場後，國君和妃子也不知道是誰曾做過非禮之事。後來，齊國有難，國君被外敵圍困，在萬分危急的時刻，只見有一個將軍勇猛異常，拚死把國君救了出來。當國君問他何以如此勇猛不顧惜性命時，他說，大王，你還記得酒宴上對妃子不敬的沒帽帶子的將軍嗎?我就是那位沒帽帶子的人啊。

看過這個故事的梅妃深深爲齊國國君寬廣的胸懷所折服，她想，身爲一國國君，能不計小節地寬宥臣子酒後的過錯，這是多麼難得啊。這豈不正是爲君者得人心的所在嗎。她這樣一想，心裏雖然還爲漢王對她的失禮與輕薄不快，但已決定把這事隱瞞於心中，不去向玄宗皇帝申訴。

宮女到寢室把皇帝讓她速去侍宴的話轉告了梅妃。梅妃只是翻了一下身子，說：「你去稟告皇上，說我鞋子上的珠子掉了，等串好就來。」

宮女去了。梅妃卻並沒起身前往梅亭，而是身子一歪又躺下了。她實在不想再看到漢王那令人作嘔的嘴臉。她心想，憑著皇上對她的寵愛，偶爾一次不奉旨也不會有事的，再說，這不過只是一次普通的家宴。

但梅妃想錯了。

宮女把梅妃的話向皇上稟告了。玄宗聽了，停杯對諸王說：「梅妃馬上就來，我要讓她再爲大家跳支舞。這是朕近來才創作的，還從沒在外人面前亮過相呢。」

大家轟然叫好，全停下手中的杯子，拭目以待。

但左等不來，右等不來，玄宗不免有些煩躁，又對宮女說：「你讓梅妃快一點。」

宮女再次來到寢室，把皇上的話對梅妃說了。要在平日，梅妃早已經起身前往了，今天不知怎麼了，她就是提不起精神，也許漢王的無恥舉動真讓她大倒胃口，再也沒有一點舞興了。她對宮女說：「我馬上來。」但她還是沒有動身。

在宮女第二次向玄宗稟告過梅妃的話，還是很久沒見梅妃露面後，他不禁心中暗暗有了怒氣，他的臉色陰暗了下來。大家不免面面相覷，不知在梅妃這樣長時間不露面後，是繼續停杯等下去，還是舉杯喝酒，一時間，整個宴席鴉雀無聲，大家都把眼光望向了皇上。

玄宗的臉色愈來愈難看，他爲梅妃在這個大的場面上不給他面子，讓他難堪而氣惱。在又等了一會兒功夫後，見梅妃還沒露面，他把酒杯往面前桌子上重重一頓，鼻子裏哼了一聲，拂袖離去。

玄宗逕自向寢室而來，他要看看梅妃到底在搞些什麼，一而再，再而三地請她都不買賬。讓他這個皇帝丟盡顏面。

梅妃沒有想到皇上親自來催她。她以爲自己不去，家宴會照樣舉行，皇上肯定正和諸王們歡飲呢，哪裏想到皇上滿面怒容地來到寢室。她連忙拽過一件外衣披在身上，從床上坐起來。不等皇上開口，用手捂著胸口說：「妾妃突感胸腹痛疼，望陛下恕妾妃不能前往應命。」

玄宗皇帝見梅妃臉上表情，又看她拽衣動作之迅速，知她所言不實，言不由衷，但也不好發作，於是用鼻子哼了一聲，也不說話，掉頭而去。

梅妃到底入宮時間不長，加上從小是在邊遠地方長大，對宮廷生活所知甚少，以爲皇帝寵愛她，什麼事就可以由著她性子來了。殊不知，皇上再寵愛你，無論什麼時候，你還是要圍著皇上轉，想盡方法討皇上的歡心，也只有這樣，才能攏住皇上的心，讓皇上對你更寵愛；如果你恃寵而驕，動不動就要耍小性子，弄得皇帝不開心，那你失寵的日子也就不遠了。

弄不好，打入冷宮，孤寂一人度過餘生也是有的。這一點，梅妃就沒法同武惠妃相比，想武惠妃被玄宗皇帝寵愛了二十多年，但她從不恃寵而驕，總是對皇上曲意奉承，把皇上服侍得舒舒服服的，隨時揣度皇上的心意，想著要說些什麼話才能討皇上的開心，什麼話是萬萬不能說的，時刻圍著皇上的心情在轉。

就是因爲梅妃的單純，或者她心地的純明，不像武惠妃心有所圖，才不經意間得罪了皇上而不自知。她見皇上不高興地離開，也沒有太多想，一斜身子又躺下了。她想，要不了多久，或者就在晚上，皇上就會又和她在一起，那時，什麼煩惱都會煙消雲散的。

這場家宴除了給皇上和梅妃惹來不快外，還有一個人時刻提心吊膽，他就是漢王。當宴席上，梅妃摔袖而去時，他的酒當即就嚇醒了，他為自己這樣大膽地對待皇上的寵妃而後怕。當梅妃一再地在皇上的催促聲中沒有露面，別的人都面露狐疑時，他是最心知肚明了，梅妃之所以不出場，完全是他惹的禍，惹得她不高興和氣惱了。

一想到梅妃氣得連皇上的話也敢不聽，他的背上立馬出了一身冷汗。他想，等皇上回到她身邊，還不知道她會怎樣對皇上說呢。不用想，她一定會誇大其辭地把他對她的非禮說給皇上聽，那等著他的處罰就可想而知了。調戲皇上的寵妃，那還得了，有幾個腦袋也保不住了。

回到王府的漢王，愈想愈不敢往下想了，他徘徊在王府中，不停地來回踱步，雖是冬天，腦門上全是汗珠。他後悔自己的色膽包天。他在心裏狠狠地咒罵自己：你啊，你啊，真是吃了熊心豹子膽了，身邊那麼多美女，哪個女人你碰不得，偏偏要去打皇上愛妃的主意。你這不是找死嗎？

漢王又是自責又是後怕。他甚至想到了死，他想自己一死，皇上看在他是皇親國戚的份上，也許就不會追究他的家人，放過他的孩子了吧。但就這樣讓他死去，他又一時捨不下榮華富貴。正在他猶豫彷徨、滿心絕望的時候，門人來報，駙馬都尉楊洄來訪。他忙叫有請。

楊洄一見王府，就見漢王愁容不展，兩道眉毛擰在一起，還不時地唉聲歎聲，就問道：「漢王，什麼事讓你這樣發愁啊？」漢王看了看楊洄，又重重地歎了一口氣，欲言又止。

「到底什麼事啊，愁眉不展？」

在楊洄的一再催問下，漢王把今天酒宴上自己酒後失態，對梅妃做出非禮的事說了。末了，漢王後悔萬分地說：「楊都尉，你瞧我這個禍闖的。千不該，萬不該，我不該酒喝得太多。更不該由著性子來。這要是梅妃在皇上面前添油加醋地把這事說了，我有幾個腦袋也保不住啊。」

聽漢王這樣一講，楊洄也覺得漢王這個禍闖大了。他看著漢王說：「你是不想活了，身邊這麼多美女，還不能滿足你嗎，你竟打起梅妃的主意來了，她也是你能摸的嗎？」

漢王把這一切講給楊洄聽，本指望他能替他拿一個主意，見他也這樣說，他更心灰氣冷了，他嘴裏不住地喃喃著：「這可怎麼辦呢？這可怎麼辦呢？」

過了一會兒，楊洄說：「我看這樣吧。梅妃肯定會把你對她非禮的事說給皇上，她怎麼說，你並不知道，我想，不會有什麼好話。皇上也一定會生氣。等著皇上來找你，不如你主動去找皇上。」

「我去找皇上？我不去。」

「你以為你不去就能躲過這場禍了嗎？常話說是福不是禍，是禍躲不過。你主動到皇上面前，把今天的事說了，就說你是酒後失態，主動前來請罪。皇上看在你主動前來領罪的份上，也許會格外開恩，放你一馬也難說。」

「這，這行嗎？」

「行不行，只能這樣了。」

「萬一皇上還是追究，我這豈不是自投羅網？」

「除此之外，再也沒有更好的方法了，你自己好好想想吧。」

漢王想了想，確如楊洄所說，除此之外，再也沒有什麼好的方法了。就算是自投羅網吧，不自投也還是逃不出羅網。他猶豫半天後，終於決定如楊洄勸說的那樣，明天一早就主動找皇上請罪。

第二天，漢王還沒等早朝散了，就早早地在宮內等著了。一等玄宗下朝，他連忙迎上去，擡頭一看，皇上的臉色更沒有他預想的那樣難看，相反，一看到他，也沒有大聲呵斥他，還滿臉笑著問他為什麼這樣早來宮中給他請安。

漢王心中不免嘀咕，難道梅妃沒有把昨天的事給皇上說，但他不敢怠慢，忙跪下說：「臣特來領罪。」

玄宗臉上一片詫異，忙問道：「何罪之有？」

漢王用眼向四周望了望，於是玄宗擺擺手，讓身旁的人退下。於是漢王把昨天宴席上，他酒後對梅妃非禮的事說了。玄宗自此才知道昨天梅妃退席後，爲什麼一再喊她都不來的原因。

昨天，玄宗一再傳喚梅妃不來，被她弄得下不了臺，覺得有失威儀，後來到寢室看到她托言有病，其實什麼病也沒有，心中更是氣惱，當下便拂袖而去。晚上也沒喊她侍寢。因此，梅妃也就沒有機會把這事向皇上說，不過，她也是不想說的。現在，聽了漢王的話，玄宗心中不由得怒氣暗生，只是，這怒氣不是對著漢王，是對著梅妃的。

玄宗想，好你個梅妃，遇著這麼個事也不跟我說，還裝病不出，你眼中還有沒有朕。看來朕是太寵愛你，這樣下去還得了。玄宗心中只是氣惱梅妃，全沒想到這一切都是漢王惹的禍，漢王才是罪魁禍首，應該懲處漢王才是。但玄宗並沒有一絲加罪漢王的意思，他還伸手把漢王攙扶起來，勸慰道：「啊，朕不怪罪你，酒後失態，情有可原。以後注意就是了。」

漢王做夢也沒想到事情最後是這麼一個結果，皇上的一句輕描淡寫的話就把他一天一夜的擔心消除了。這麼說，皇上不怪罪他了，既不殺他，也不貶他，甚至連一句呵斥的話也沒有？他有點不敢相信自己的耳朵。但這是真的。他擡起頭，看到的是皇上依然笑吟吟的面容。於是，他又磕了幾個響頭，千恩萬謝地去了。

也許是玄宗對梅妃心中已有成見，從這件事，他看到的不是梅妃寬厚待人的肚量，相反，令他不滿的是梅妃對他的不忠誠，心中有事竟然不和他說，瞞著他，這是讓他不能容忍的。自此後，皇上對梅妃冷落起來。

梅妃呢，還沒有認識到其中的危險，因爲缺乏宮中生活的經驗，加之沒有旁人的提醒，惹得皇上不高興還不知道。也許她心中有了一點隱隱的預感，但沒有往深裏去想，以爲她與皇上之間就如外面夫妻之間一樣，磕磕絆絆過幾日就沒事了，吵吵嘴也是平常。加之書看得多點，人比較聰慧，性情也相對獨立些，做不來普通女子的媚態。要是稍有點宮廷生活經驗的女子，像武惠妃一樣，逢到這種情況，早對皇上軟語相求了。就是皇上不理，也要想盡辦法找一個讓皇上靠近自己的辦法，希望皇上聽聽自己的衷情。

皇上不喊梅妃去侍寢，她倒也不著急，還整日對著梅花凝目觀望，有時還呵開凍墨，提筆寫下幾篇〈梅花賦〉。別人不能欣賞，就自得其樂，一副陶醉的樣子。只有高力士看在眼裏，急在心上。

不知怎的，高力士對梅妃心中有著與別人不一般的感情，這也許因爲梅妃是他從遙遠的福建尋覓來的緣故吧。想當初，他幾乎尋覓了半個大唐王朝，才從數不清的美女嬌娃中把她找到，再千里迢迢地帶回長安，好不容易得著皇上的歡心，解了皇上的愁顏，誰成想，好景不長，也不知因爲什麼事，皇上突然冷落起她來，更讓他擔心的是，梅妃似乎對皇上的冷落竟表現出漠不關心的樣子，不放在心上，這怎不讓他著急呢。

高力士感到他最好對梅妃旁敲側擊一下，讓她注意皇上對她的冷落，應該想辦法重新得到皇上的寵愛，不要只是沈溺在對梅花的賞玩中了。他憑直覺，感到梅妃與皇上的關係還是可以彌補的，其中有著誤會。

這天，高力士抽空來到梅妃處，見她正一心一意地對著梅花畫畫。不知什麼時候，她又喜愛上了畫畫。只見她一會兒擡頭對窗外駐立於冰雪中的梅花凝目細看，一會兒提起手中的畫筆快速地在紙上滑動，邊上幾個宮女爲她捧著畫盒。她沈浸在作畫中，連高力士進來她都沒察覺。直到高力士故意咳嗽一聲，她才如夢方醒回過頭來。

一看到高力士，梅妃立刻臉上露出笑容，嘴裏喊了一聲：「阿翁，你來看看我畫的梅花像不像。」

說著，一把把高力士拉到她畫的梅花圖前。高力士看到梅妃畫的「梅花圖」就像她的人一樣，清淡雅致，雖說只是疏鬆幾枝，但其中透著一股清麗，只可遠看，不可近玩。他不免嘖嘖稱讚兩句，心想，梅妃真是一個聰明伶俐的人，學什麼像什麼，只是可惜才智用的不是地方。他一邊佯裝觀賞梅妃畫的「梅花圖」，一邊想著如何才能讓皇上回到梅妃的身旁。

「阿翁，你覺得我畫的梅花怎麼樣?像不像？」

「像，像極了。我覺得娘娘畫的梅花比真的梅花還要美，還要真。」

「阿翁真會誇人。我才學沒幾天，肯定讓你見笑了。」

「不，奴才講的是真話。皇上看過娘娘畫的梅花了？」

梅妃一聽高力士提到皇上，臉上立即有了烏雲。她說：「我已經幾天沒有見到皇上了。」

「這樣說，皇上還沒有見過娘娘畫的梅花呢？」

「我曾讓宮女去請了幾次，皇上都說他忙，沒有空來看我畫的梅花。」

「那你爲什麼不親自去請呢？」

「皇上說他忙，一定是忙吧，我怎好去打擾他呢。」

高力士心裏暗歎梅妃發迂，腦子不開竅。皇上說忙不過是藉口，以前爲什麼不忙，整天有時間和你待在一起，現在突然就忙了，又沒有發生什麼大事。但他沒有說出口，他稍待一下說：「這樣吧，讓老奴再去請皇上一次，看他是否有時間。」

梅妃眼睛一亮，滿臉喜悅地說：「那就謝謝阿翁了。」

高力士趕到另一處宮殿，見皇上正和一群宮女在擊鼓傳花娛樂。只見玄宗皇帝親自擊鼓，宮女圍成一圈，隨著鼓聲手中不停地在傳著一個紅球。皇上背對著她們，兩隻手不停地在一隻小扁鼓上拍著。鼓聲時緩時急，清脆有節奏。鼓聲一停，紅球落在哪個宮女的手中，她就要站出來表演節目。有的唱歌有的跳舞，還有的演奏一段樂曲，熱鬧得很。遊戲顯然已經玩了有一陣時間了，皇上把外衣都脫了下來，只穿著一身緊衣，額上也有著細密的汗珠。高力士進去時，場上的氣氛正達到高潮。

一見高力士，玄宗就喊他過去。玄宗說：「你跑到哪裏去了，快來幫朕擂鼓。」

於是，高力士捋起袖子，把玄宗替換下來。他想，皇上寧願和這些平常的宮女在一起，也不到梅妃那裏去，看樣子，皇上真的把梅妃忘了。現在皇上正玩得高興，此時還是不提到梅妃那裏去的好。

那些宮女平日也少有能與皇上親近的機會，今天有了這種機會，誰都拿出生平絕技，想引起皇上的注意，說不定，自此後，皇上就會寵幸自己。因此，紅花到了某個宮女手中，往往不是快速傳到下一個宮女手裏，而是磨磨蹭蹭不遞出去，下一個宮女等不及就伸手上前來奪，秩序就有些亂了。慢慢地玄宗皇帝也有點厭了，就揮揮手。那些宮女悻悻然地退了下去。

見此時機，高力士乘機上前說：「皇上，你歇一歇吧。」

玄宗點了點頭。「讓奴才扶皇上到梅妃娘娘處歇一歇吧。」

聽到這話的玄宗，只看了高力士一眼，既沒點頭也沒搖頭。見此情景，高力士連忙補充說：「聽說梅妃娘娘近來畫了不少梅花圖。」

「噢，她還會作畫嗎？」

「奴才剛才看過了，梅妃娘娘的梅花，畫得真叫美。依奴才看來，就是國手也不見得有她畫得好呢。」

聽到這裏，玄宗輕笑了一聲，說：「那我就去看看吧，如不是那麼回事，我再找你算賬。」

「奴才不敢，奴才這就前邊帶路。」

高力士好不容易說動了玄宗皇帝的心，急忙在前邊引路，來到了梅妃的寢宮。梅妃一見高力士果然把皇上請來了，忙向前深深道個萬福，鶯聲道：「妾妃恭迎陛下。」

玄宗用鼻子哼了一聲，他說：「免禮。朕聽高將軍說，你近來畫了不少梅花，很值得一觀，是這樣嗎？」

「這只是妾妃胡亂塗鴉，不入眼的，恐有礙觀瞻。」

「我也只是隨便看看。」

於是，梅妃把皇上引到畫案前，說：「這是妾妃才完成的一幅梅花圖，還請陛下點撥。」玄宗站在梅妃才畫好的「梅花圖」前，仔細觀看起來。圖中大部分空白一片，讓人想到瑩瑩白雪，一枝墨黑色的梅幹突兀而出，墨枝上點綴著幾朵粉紅的梅花。梅花的用色不是太濃，讓人想到冰雪中若隱若現的花瓣。整個構圖簡潔明朗，既沒有花朵擁簇在一起的繁俗，又沒有單調與空洞，確如高力士所言，雖然用筆顯得稚嫩，但圖中梅花自有一種清秀姿態，透出一股脫俗風姿。他看了不禁捋鬚讚賞，頻頻點頭。

高力士見皇上看得高興，不免心中竊喜，他近前說：「陛下，你看梅妃娘娘的梅花畫得怎麼樣？」

「好，好。」玄宗說，「不愧爲梅精。」

梅精是玄宗往日曾對梅妃的戲稱，此時，他以「梅精」稱呼梅妃，說明在心中他又接納了她。玄宗看過整幅圖畫，擡頭見在上面的空白處還題了兩句詩：

草木有本心，何求美人折？

這一看，他的臉色沈了下來。

玄宗把臉轉向梅妃，問道：「這是誰題的詩？」

梅妃盈盈下拜說：「這句詩是妾妃無意聽來，覺得甚好，就題在了上面。」

「你知道這是誰的詩句嗎？」

「妾妃聽說是前任宰相張九齡的。」

「哼！」玄宗重重哼了一聲，拂袖而去。

這一變故，大出梅妃意料，她不知道皇帝本來好好的，爲什麼一看到這兩句詩突然就不高興了，難道這兩句詩有什麼不妥的地方嗎？她怔怔地望著皇上離去的背影，不解地望著高力士，希望他能給予解答。

高力士也重重地歎了一口氣，說：「娘娘，你爲什麼別人的詩不題，偏偏要題張九齡的詩呢。」

「怎麼，這有什麼不妥嗎？」

「張九齡是皇上不喜歡的一位大臣，這首詩就是他被皇上貶黜之後所寫的，詩中有著對皇上的不滿情緒，難道你沒有看出來嗎？」

「可，可我實在不知啊。要是知道了，我說什麼也不會題這兩句詩在圖上的。」

高力士也知道梅妃一定是不明白這其中的原因，但事情已經發生，說什麼也是不可挽回的了。皇上本來對梅妃就有意見，這樣一來，他更要疏遠她了。

梅妃萬萬沒有想到，本來可以重獲皇上歡心的機會，就這樣被兩句詩給錯過了。她當初題這兩句詩，只是想表示一種孤芳自賞、潔身自好的品性，哪裏想到詩中還有著別的含意，這種別的含意一定讓皇上產生了誤解：你要潔身自好，那我就是摧殘你的人了。那你就好自為之吧。

梅妃知道皇上這一離去，再回來的機會就非常渺茫了，她眼巴巴地望著高力士，嘴裏囁嚅道：「阿翁，你看……」

高力士知道梅妃想說什麼，她是讓他看可有什麼方法讓皇上再回到她的身邊，但他知道，一切都無可挽回了，就是有，也得等到皇上心中的塊壘消除，再慢慢從長計議。他長歎一聲，一言未發，轉身離去。

高力士還沒跨出門檻，就聽到梅妃撕碎圖畫的嚓嚓聲和抑制不住的哭泣聲。他想，在這外表莊嚴華貴實則兇險暗伏的宮廷之中，她的無奈而悲傷的境遇，不是第一個，也不是最後一個。唉，梅妃，你也太意氣用事了，老臣就是想幫忙也幫不了你的忙啊！

自從梅妃失去了玄宗皇帝的歡心後，玄宗又陷入到先前那種鬱鬱寡歡的境地，他上朝匆匆處理了一些朝政，回到後宮後，要麼和眾宮女們玩玩遊戲，消遣時日，要麼就是無精打采地看看歌舞。高力士瞧在眼裏，急在心裏。

他想，這樣下去怎麼行呢，皇上是個有激情的人，他雖然上了歲數，但身上激情不減，他需要一個年輕美貌的女子來啓動他身上的活力。讓高力士犯難的是，玄宗皇帝對女子的眼光太挑剔了，如果他需要的只是容貌上漂亮出眾的女子，那倒好辦，他需要的是一個能與他互唱互和，在性情上完全相通相融相知的女子。這樣的女子就不好找了。雖然有事無事高力士就往掖庭跑，看看有沒有新近抄籍來的女子能符合條件，但他終是失望而歸。

這天，高力士出外辦事歸來，聽內侍說皇帝一個人在書房看書，他匆匆趕到書房，見皇帝一個人端坐在書案前，正凝神觀看著案頭上的一卷畫卷。他輕手輕腳地走進去。

高力士看到玄宗皇帝眼光迷離，神情癡醉地盯著畫卷，根本沒有注意到他的到來。他順著皇帝的眼光看去，發現案桌上攤開的畫卷，竟是吳道子爲壽王妃畫的畫像。

或許是幾天來高力士常跑掖庭的緣故，他對女人有著越發超常的鑒賞力，他一見畫像上的壽王妃，立即覺得畫像上的壽王妃明豔逼人，神采不可名狀，身姿飄逸，宛如仙女，正是他要爲皇上物色的女人。他不禁「噫」了一聲。

皇帝回頭一看是高力士，連忙把畫像捲了起來，臉上露出不好意思的神情。高力士連忙替他掩飾道：「武惠妃過世快一年，陛下不要太過傷心。」他這樣說，意思是講皇上看壽王妃的畫像，是因爲壽王妃長得與武惠妃相像，皇上思念武惠妃才看的。

聽高力士這樣一說，皇上的臉色也自然了些，他說：「是啊，時間過得真快，武惠妃離朕已經有一年了。朕還是不能忘記她。」

「人死不能復生，大家，你要保重身體啊。」

「謝謝將軍這些天來的勞碌，朕又何嘗想這樣呢。」

皇上這樣一說，說明他是知道高力士這些天爲他所做的一切的。高力士聽了，心中既是高興又是自責，他說：「奴才沒有照顧好皇上，是奴才的失職。」

過了一會兒，玄宗說：「馬上就是武惠妃去世一周年忌辰了，到時，你把武惠妃的一些衣裳賞賜給壽王妃吧，也免得我睹物傷情。我看她們兩人的身材差不多，武惠妃的衣裳，諒壽王妃能穿得上。」

高力士答應下來。

到了武惠妃忌辰一周年的日子，高力士奉命到壽王府。壽王府依禮正在舉行一項祭祀典禮，聽到高力士的駕臨，壽王與王妃連忙迎了出來。壽王與壽王妃都穿了一身孝服，在高力士看來，穿著一身孝服的壽王妃更有一番別樣的風姿，猶如梨花卓立，素潔高雅。他頒賜了祭品，又賜給壽王一套文具，賜壽王妃一些武惠妃過去的衣服，並代表皇上對他們進行了一番勸勉，而後登車離去。

坐在車上的高力士想，壽王妃果然豔麗超群，她的美麗不單純是在她的美色上，更多的是她無可描述的氣質。他突然有個念頭，就是如果把壽王妃選在皇上身邊，保管會讓皇上開心，重獲活力。但他隨即打消了這個念頭，這怎麼可能呢，要知道壽王妃是皇上的兒媳婦啊，這樣做是悖禮的，是要遭旁人非議的。

高力士的來臨，讓壽王感到受寵若驚。他知道在這天會有宮使到來賞賜祭品，但萬萬沒有想到會是後宮中最得勢的宦官高力士，這起碼說明了父皇的心中沒有因母妃的故去而忘卻她，同時也給了別人一個暗示，就是雖然壽王沒有得到太子之位，仍是受皇上寵愛的。自從他在爭奪太子中失勢後，許多朝臣都與他很少來往了，就連妹妹咸宜公主也為了避嫌很少來做客，半年來，他一直過著煩悶寡歡的日子，還時刻警惕著別人對他的誹謗與打擊。高力士的來臨，猶如張開了一把保護的大傘。

楊玉環顯然沒有想到那麼多，她一見到皇上賞賜給她的那些鮮豔的衣服，立刻眉開眼笑地一件件試穿在身上，雖然都是武惠妃穿過的衣服，但她沒有感到一絲一毫的不吉利和彆扭。她一會兒穿上這件，一會兒穿上那件，還在壽王面前轉著圈兒讓他評論好不好看。

看著楊玉環活潑的身影，壽王心中卻是傷感萬分。他想到了當年母妃穿這些衣服時的音容笑貌。他繼而想到，世上最疼愛自己的人離去才一年，自己的身世就起了不可想像的變化，有點風雨飄搖的境況。想著想著，他的眼裏慢慢浸出淚水來。

楊玉環看到丈夫眼裏湧出淚水，停止旋轉，在丈夫面前蹲下來，捧著壽王的面孔問道：「十八郎，我惹你生氣了嗎？」

「啊，不，不。我看到你穿著母妃衣服的樣子，讓我想到母妃當年穿這些衣服時的模樣來。」聽壽王這樣一說，楊玉環深爲自己只顧到自己高興，不顧別人的心情而自責，她伸手替壽王擦去眼角的淚，說：「是我不好，我這就把衣服脫下來。」

「不，你喜歡穿就穿著吧。」

但楊玉環還是把衣服脫了下來。她對壽王說：「十八郎，我們把這些衣服全放在一個房間，供奉起來吧。」

聽到這話，壽王爲妻子這樣理解自己的感情而感動，他一把把壽王妃抱在懷裏，在她耳邊輕輕地說：「謝謝你，玉環。」

自武惠妃過世這一年來，迫於禮儀，壽王府停止了一切娛樂與歌舞，再加上爭奪太子失敗，壽王府一直顯得壓抑和沈悶，這對天性活潑和好動的楊玉環來說，無疑是一道束縛，但她爲了不給旁人說閒話，給那些無中生有的造謠之徒抓住口實，她束性斂情，放棄了歌舞，放棄了音樂，有時，實在忍不住了，她就把公孫大娘喊來，倆人在關得嚴實的房間裏，在沒有音樂的伴奏下舞上一段。

這一切，壽王都看在眼裏，他覺得太委屈壽王妃了。

回到宮中的高力士，向玄宗稟告了去壽王府賞賜祭品和衣物的經過。最後，他裝作不經意地說：「奴才有種錯覺，覺得壽王妃長得愈來愈像武惠妃了。」

「噢，是嗎？」

「是的。就是奴才對武惠妃很熟悉的人，乍一見壽王妃，都差點把她當作了武惠妃，只是，壽王妃比武惠妃更加的年輕和漂亮，也更加的嫵媚和動人。也許是奴才太過想念武惠妃的原因吧。」

高力士知道這樣在皇上面前過多的談壽王妃不是太妥，但他有種預感，皇上是想從他嘴裏多聽到一點壽王妃的消息的。於是，他也放膽多說了兩句。

果然，玄宗並沒有責怪他，還反問他：「武惠妃的衣服，壽王妃穿著還合身吧。」

「奴才沒有親眼看到壽王妃穿上那些衣服，想來是合身的吧。她們的身材是比較接近的。」

「朕就是覺得她們身材比較接近，才把那些衣服賞賜給她的。唉，人去衣舊，也免得我見了傷心。」

「哪天，奴才就讓壽王妃穿了武惠妃的衣服來拜謝皇上吧。」

玄宗默默看了高力士一眼，沒有說話。過了一會兒，說：「這樣不好。還是不要讓她來拜謝了。免得我睹物思情。」

通過這番對話，高力士心中明白了，其實皇上是想見到壽王妃的，只是覺得那樣做有悖禮儀才放棄的。這樣一想，他的心裏不免悵然。

接下來的日子裏，皇上依然生活寡味，整天不快樂。高力士曾提出陪他一道去狩獵，皇上也沒有興趣。皇上說：「將軍，我真的老了，對一切都沒有了興趣。我以前可不是這樣的。」

高力士說：「大家，你沒有老，你依然精力過人啊。」

「我哪裏還有精力呢。我對女人也沒興趣，對一切都沒有興趣，這不是老了又是什麼呢？」

「那是大家你的眼光太高，一般女子你不願臨幸。等奴才慢慢尋訪，一定爲你找到一位符合你心意的女子。」

「只怕難以如願。」

聽了皇上這樣消沈的話，高力士差點衝口而出講出一句話，那就是：我已經找到了，她就是壽王妃。但他沒有講，這樣未免衝撞了皇上，會讓皇上下不了臺的。

高力士是有理由講這句話的，因爲在數天前，他又偷偷地看到，皇上一個人躲在書房裏，偷看壽王妃的畫像，只是那次，他沒有走進去。如果上次皇上還可以用思念武惠妃來搪塞的話，那麼這次他又怎麼說呢。他不能不給皇上留點面子。

在以後的日子裏，他發現皇上常把自己一個人關在書房裏，並對內侍說，沒有命令任何人不得入內，以免打擾他讀書的清靜。只有他知道，皇上不是在看書，是在偷看壽王妃的畫像。還有幾次，皇上還向他問起壽王的情況，他也知道，皇上想知道的並不是壽王的情況，而是壽王妃的情況。每次，他都巧妙的給予了回答，把他所知道的壽王妃情況裝作不經意地說給皇上聽。但他所知也是有限。

看著皇上一日日地消瘦，高力士想，這樣下去可不行。如果說以前皇上沒有中意的人，那還罷了，現在知道了，怎麼可以袖手不管呢。把皇上服侍好，讓皇上快樂滿足，是做奴才的基本職責啊。既便她已嫁作人婦，既便她是皇上的兒媳，但普天之下，哪個女子不是皇上的臣民呢。雖然這有悖禮儀，但禮儀也是人訂的，再說這也是有先例的。

太宗皇帝不是把他弟弟的王妃奪爲己有了嗎？遠的不說，近的則天皇帝，開始嫁給太宗皇帝，後來不又做了高宗的皇后。他們不也是父子嗎？與他們不同的是，她們都是在前任丈夫死了以後才做了後一任男人的夫人的，還有一點理由可說，而壽王並沒死啊，這可有點爲難。

但高力士不管這些了。多年追隨皇上，鞍前馬後的服侍，他的心裏只有盡忠兩字。他想，皇上的這些想法是不會對任何人說的，哪怕是對他，這讓他無法啓口。看來，只有靠他來安排一切了。

而他又如何安排呢？

高力士知道這事不能由他出面，他總不至於跑到壽王府去，對壽王說：皇上喜歡壽王妃，你把她讓給父皇吧。這也太不成體統。最好是找一個女的出面，讓壽王妃與皇上私下相會。當然這一切是要瞞著壽王的。但哪個女人來擔當這個重任呢？

幾天來，高力士爲這個問題愁眉不展，開始他想到了咸宜公主，隨即又否定了，咸宜公主與壽王是一母所生，關係親密，聽說在壽王爭奪太子時，她和丈夫沒少出力，如果讓她去辦，多半她會把這個事說給壽王聽，那就不會有什麼希望了。看樣子，不僅不能讓她去辦，還要瞞著她，免得她走漏了風聲。這天，高力士閑著無事，就在皇城內轉悠，轉著轉著，他的心情還是很煩，不自覺地就出了皇城向外面走去。

高力士懸有腰牌，可以自由出入皇城內外，再說，他沒有腰牌，又有誰不認識他這個皇上面前的大紅人，官封三品的大將軍。高力士信步走出皇城，來到外面繁華的街市上，看到許多熱鬧場景，其中有小商小販，跑江湖賣藝的，各類人物如潮水般湧來湧去。看著這熱鬧的場景，高力士也稍許除卻了一些煩惱。他在街市上遊覽了一番，愈走愈遠，慢慢地離開了街市，來到了一處道觀前。

高力士擡頭看去，只見眼前的道觀規模宏大，環境幽靜，道觀掩映在茂盛的樹叢中，紅色的牆壁在綠葉的掩蓋下，顯出幾分莊重，又有幾分神秘。擡頭望去，道觀的上方高懸著一塊觀匾，上書「玉真觀」三字。

玉真觀，高力士是知道的，那是玉真公主所居住的地方。玉真公主何許人也？她可是非同一般的人，她是當今玄宗皇帝的最小的親妹妹。皇帝的親妹妹怎麼不住在皇宮，怎麼會住在一處道觀裏呢？說起來，話就長了。

還是在睿宗皇帝沒登上皇位時，由於韋氏的亂政，迫害李氏宗親，朝廷上下一片風雨飄搖，後來，玄宗發兵奪權，剷除韋氏，睿宗當了皇帝，做爲睿宗的第十一個女兒中的最小一個，她被賜爲玉真公主。等玄宗扳倒了太平公主，登上皇位後，也許是她長久生長在宮廷，對宮廷中殘酷的權力鬥爭太過厭惡的原因，她自請爲女道士，表示要捨去榮華富貴，束髮修行。當時與她有著同樣心願的還有一位叫金仙的公主。

玄宗皇帝很喜歡他這位最小的妹妹，經他百般勸阻不能改變她的志向後，才勉爲允許。玉真公主自號持盈法師，而皇帝則賜小妹法號爲「上清、玄都、大洞三景師」，那是給予無比的尊崇。而且，玉真公主的名銜也照舊保持。爲了不使這位小皇妹受到一點委屈，他還下令特地爲她修蓋了一所大道觀，所有費用均有宮中撥給，並派人侍候。這就是眼前的玉真觀。

玉真公主做女道士，並不是潛心向道，而是爲了遠離是非兇險的權力爭鬥場罷了，因此，她雖做了道士，與皇室中人還是保持親密的來往，因了她的身分，大家也都願意與她來往，她反倒成了長安社交界最活躍的人物，特別是那些文人學士，更是把她這裏當作詩文唱和的場所，三日一小聚，五日一大聚，絲竹之聲常響徹道觀內外。

看到「玉真觀」三個字，高力士心中豁然開朗，他想：這真是「踏破鐵鞋無覓處，得來全不費功夫，」我千尋萬找物色不到在中間穿針引線的人，爲什麼偏偏沒有想到她呢？以玉真公主的身分，再也找不到比她合適的人選了。看來冥冥中自有一種安排。

想到這裏，他拾階而上，讓門人通報玉真公主，就說高力士來訪。在門人入內通報的時候，高力士心中暗想，這要如何跟玉真公主說呢。

因爲高力士在宮中的地位，玉真公主親自迎了出來。高力士忙迎上去，嘴裏說：「豈敢，豈敢，有勞公主出迎。」

玉真公主沒有什麼客套的，她笑眯眯地說：「大將軍，你不在皇宮內侍候皇兄，跑到我這裏來幹什麼？是祈福還是來禳災？」

高力士也笑著說：「沒事就不能來了？我是順便玩玩，閒逛到這裏的。」

「噢，平時你與皇兄總是身影不離，今兒怎有閑情獨自一人出來散心？」

高力士沒有馬上回答玉真公主的話，他與玉真公主進到內堂。玉真公主讓人獻上清茶。他才開口說：「實不瞞公主，皇上近來身體有些欠安。不想到處走動。」

「噢，皇兄身體不好嗎？我怎麼沒有聽說，請御醫看過了嗎？」

「御醫看了也沒用。」

「噫，有病請醫，皇兄生病不讓御醫看，這是什麼道理？」

「因爲他得的是心病。」

「心病？什麼心病？」

「皇上是思念過世的武惠妃才鬱鬱寡歡，終日不樂的。」

「武惠妃不是已經都過世有一年多了嗎，怎麼皇兄心中還念念不忘呢？我看過往歷史上的皇帝還沒有一個像他這樣呢，對一個妃子用情這樣深。」

「也許是因爲武惠妃真是一位難得的皇妃吧。」

「將軍，不是我要責怪你，你整天侍候皇兄，也應該爲他物色一位美貌女子才對。哎，對了，前不久，我聽說你不是爲皇兄尋找了一位梅妃嗎？」

「公主，不是奴才要在你面前訴苦，你不知做奴才的苦啊。我看到皇上整天沈迷在對武惠妃的想念中，心裏別提比誰都急了，我跑掖庭，跑外府，終於在福建尋覓到一位絕色女子，千里迢迢地帶到京城，就是你剛才說的梅妃，哪知剛得著皇上的歡心沒幾天，又失寵了。」

「怎麼會又失寵了呢？」

「梅妃來自小戶人家，雖然自有小家碧玉的可愛之處，但終是沒有見過世面，不知曲意承歡皇上，還使些小性子，未免爲皇上不喜歡，就這樣失了寵。現在，我比誰心裏都急，整天看著皇上悶悶不樂的樣子，我急得晚上都睡不著覺。」

「也難爲將軍一片苦心了。」

「奴才只求皇上能日日開顏展笑。」

「那你做何打算呢？」

「奴才只有更加拚命地尋找，希望能尋找到一位讓皇上滿意的女子，好日夜侍奉在皇上身邊。」

「你找到了嗎？」

「唉！」

「哎，好好的歎什麼氣呀？」

「奴才費盡萬難，終於尋覓到一位女子。這位女子不論從外貌和氣質上，都是萬裏挑一，人上之選。更難得的是聰慧有才情，如選在皇上身邊，我敢保證，一定能得著皇上的歡心，還可以和皇上談歌論舞，互和互唱。」

「那你還等什麼，還不把她送到皇兄身旁？」

「難啊！」

「難，有什麼難的？」

「此女已嫁作他人婦。」

「嫁了人有什麼關係，皇上能看上她，是她的福氣。」

「她嫁的卻不是一般的人。」

「誰？」

「壽王。」

「什麼？壽王妃？你好大的膽子，真是愈來愈糊塗了，哪個女子你沒選中，偏偏選上壽王妃。」

壽王妃，玉真公主是熟悉的，因爲同是皇室中人，以前是見過面的，後來公孫大娘來她這裏作客，向她盛讚壽王妃的舞姿，她曾邀請她來玩過，還和她討論過舞蹈，也曾看過她的舞姿，果然如公孫大娘所贊，有著驚鴻之美。從心裏，她很喜歡這位侄媳婦，喜歡她的活潑和單純，喜歡她的美貌和舞姿。但這怎麼可以呢，她是皇上的兒媳婦啊。

「不行，萬萬不行，將軍，你還是爲皇兄再選別的女子吧。」

「奴才何曾不是這樣想。奴才曾把掖庭中稍有美色的女子都帶到皇上面前，但皇上對她們一點興趣也沒有，看她們就像看木偶一樣，全是塵土敝帚，晚上寧可一人獨睡，也不要她們侍寢。」

「那你又怎麼知道皇兄喜歡壽王妃呢？」

「雖然皇上沒有親口對奴才講過，但奴才跟了皇上這麼多年，皇上的一舉一動，一絲眼神，奴才都可說了然於胸。據奴才觀察，皇上每次見到壽王妃時，都表現得特別興奮，有時還向老奴藉故問起壽王的情況來了解壽王妃的情況。更能說明的是，皇上常常獨自一人看壽王妃的畫像。」

「畫像，什麼畫像？」

「就是吳道子爲壽王妃畫的一幅像。那張像是上次爲了治吳道子的罪而從壽王妃那裏要來的，後來，皇上私自留了下來。那張像雖說畫得很好，但我發現壽王妃比畫中的她長得更漂亮，更嫵媚。這一切還不能說明皇上喜歡壽王妃嗎？」

「可這是不行的呀，壽王妃是皇上的兒媳婦，再說壽王還在，他們夫妻間的感情很好。」

「奴才也是這樣想，故而向公主求助來了。」

「我？我有什麼辦法？」

「奴才想，這事非同小可，只有請動公主大駕，請壽王妃和皇上私下見上一面，是緣是散，再作定奪。」

「不行，我乃一個修道之人，怎能做這種拉纖保媒的事。」

「那公主就忍心見著皇上日日憔悴，一天天衰老下去？」

「這個……難道就沒有別的方法了？」

「奴才想過，只此一法。請公主萬望不要推辭，從中周旋才好。」

「嗯，好吧。不過，我只負責二人的見面，餘下的事，我一概不管。我看最好是無緣才好。」

「公主只管放心，你我二人只讓他們相會，剩下的事讓他們自己去辦吧。」

「將軍，你是何時入的宮？」

「回公主，奴才十幾歲就入宮了，先服侍女皇，再侍奉中宗皇帝，後來一直侍候當今聖上到今，宮門都很少邁出。」

「怪不得你能歷侍多位皇上而不衰，你爲皇上考慮得真周到啊。」

聽到這話，高力士臉上微微一紅，訕訕地說：「公主，我們做奴才的除了盡心盡職地服侍皇上外，還能想什麼呢。」

聽到這話，玉真公主知道自己的話講重了，她想，高將軍從小就淨身入宮，對她李氏一家忠心耿耿，身世已經堪憐，何必再出言嘲諷於他呢。於是，她說：「高將軍，我不是那個意思。」

高力士忙說：「奴才沒有多想，奴才只希望皇上早日快樂起來。」

於是，二人一番商議，並且說定找一個機會等哪一天玉真公主把壽王妃請到玉真觀來玩，暗中通告高力士，再讓他把皇上請來，讓他二人相會一次。只是一定要做得神鬼不知，裝著是一次無意的巧合。這樣商議停當，高力士就回宮靜等玉真公主的回音。玉真公主也就著手實行她與高力士訂下的計劃。

第一步，玉真公主先到壽王府去看望壽王妃。這在以前是沒有過的，不管怎麼說，玉真公主是壽王的皇姑，她還從來沒有主動上府去拜訪過哪一位皇侄。這讓壽王感到受寵若驚。不過，玉真公主輕描淡寫地說，她是因爲想念壽王妃才來的。壽王說：「公主想看壽王妃只管差人來告知一聲就可以，何敢親勞您的尊駕，親自登門。」

「什麼尊駕，都是自家人，串串門不行嗎？」玉真輕鬆地說，「自從上次玉環到我觀中玩過一次，我是久盼不至，只能親自來了。看看她是不是一個人躲在家偷偷練什麼新舞。」

「自從母妃去世後，玉環就不曾跳過舞，更不要說練什麼新舞了，她是太悲傷了，還請公主多勸勸她的好。」壽王這樣說，顯然是假話。但他總不能說壽王妃在服喪期間還有心聽歌跳舞吧。

「是啊，不要太傷心了。武惠妃過世已有一年，真正的喪期也就算過去。還是出去散散心的好。玉環，沒事的時候，到我觀中遊玩遊玩。」玉真公主一想到自己這番邀請是出於另一種目的，就心中有愧。

「謝謝公主，我有時間一定去玩。」

「那就後天吧，後天寧王妃說要去我觀中一坐。」壽王和壽王妃不知玉真公主爲什麼催得這樣急，但她這樣說，他們還是答應了。

「到那天，我再派人來請，一定要到呀。」

「不敢再勞公主掛念，到那天，我親自送壽王妃去觀中。」

「啊，不要了。」玉真公主一聽，心中一急，嘴上不自禁地說了出來。她想，我喊玉環去，主要是讓她與皇兄見面，你壽王夾在中間，大家都成了尷尬人。「我喊玉環，還有寧王妃，是想說些只有女人才能聽的話，你一個大男人去幹什麼，那天，你就在家歇著吧。」

「是，小侄聽姑姑的話。」

從壽王府出來的時候，玉真公主心中有著一種說不出的難受。她看得出來，壽王夫婦是一對恩愛的夫妻，而她所要做的，卻是要生生拆散他們，讓壽王妃投入到皇上的懷抱裏。她在心裏譴責著自己，但她隨即又想：這一切都不能怪她，要怪只能怪她嫁入了皇家，要怪只能怪她被皇上看中。再說，即使她不做這件事，高力士還是會讓別人來做這件事，壽王妃終是難逃這個劫數。高力士說這一切都是他個人的想法，但誰能說這一切不是出於皇上的旨意呢。這是完全可能的，皇上爲了自己的臉面，委派高力士來佈置一切。生長於宮廷中的玉真公主對計謀是不陌生的，她知道，有些事是個人所不能抗拒的，除了唯命是從外，再沒有別的出路。

眼見著，相約壽王妃來觀中的日子就到了，在此之前，玉真公主已經派人把日期告訴了高力士，讓他那天把皇上領來，這邊有她安排。高力士回話說，請玉真公主放心，一切都會按步驟進行。高力士的這番回話，就更讓玉真公主確信，所有的一切安排皆是出於皇兄的心意。其實，這一點倒是玉真公主誤解了皇上，殊不知，真如高力士所說，完全是他這個奴才的操心。

這天，是個大好的晴朗日子，楊玉環上午就乘車來到玉真觀。聽到門人通報，玉真公主親自迎出道觀，攙著玉環的手進入觀中。並跟她說，寧王妃因身體不適不能來了。玉環並沒有多疑什麼。

二人坐下後，玉真公主爲了等待皇上的到來，東扯西拉地和楊玉環說著話。她問楊玉環：「玉環，平日你在家都幹些什麼？」

楊玉環說：「自從母妃過世後，禮儀所限，很少外出遊玩，有時只把公孫大娘請去，談談一些有關舞蹈方面的話。」

「壽王也不管你嗎？」

「他怕我悶壞了，多次勸我出去走走。有時還把門窗都關嚴了，在門窗上掛上厚厚的簾子，免得聲音傳出去，讓我跳舞解悶。」

聽到這裏，玉真微微一笑。前天，壽王還說壽王妃爲了服喪歌舞全戒，今天，單純的楊玉環就把一切都說了出來。也由此可見他們夫妻的情義是多麼深厚。她再一次在心裏自責，不應該傷害這對恩愛的夫妻。

玉真公主換了一個話題，問道：「玉環，你和壽王成婚也有三年了，爲什麼迄今沒有孩子呢？」

「我們本來可以有一個的，在東都洛陽時，我第一次有身孕時，哪知宮中鬧鬼祟，我受了驚嚇，流產了。自此後，我再也沒有懷上孕。我和壽王都期盼著來年能有一個小孩。」楊玉環說著，眼中泛起瑩瑩的淚水。看得出來，她還在爲那一個未降臨人世就夭折的孩子難受。

上次玉真公主沒有隨駕去洛陽，她不知道楊玉環曾有過身孕，聽她這樣一說，她深爲自己的冒失而後悔。她難過地想，如果皇上要壽王妃伴幸的話，那麼她與壽王就可能永遠不會有孩子了。

「不要焦急，一切都會好起來的。」只有玉真公主知道，她這話是多麼虛僞。

「壽王也常這麼開導我。我想我們還年輕，我們會有許多小孩的。」說著，楊玉環臉上又露出快樂的微笑。

她真是個孩子。玉真公主想，她喜歡壽王妃這種胸無城府單純的性格，煩惱來得快去得也快，不讓自己煩惱，也不讓別人煩惱。她不知道皇上喜歡壽王妃的原因中是不是也有這一條。

就在玉真公主與楊玉環這樣拉扯著時，高力士卻在皇宮中勸說著玄宗。早朝散罷回到宮中的玄宗，用過御膳後就往御榻上一躺，一副懨懨欲睡的樣子。高力士湊上前，勸說玄宗需要活動一下，這樣有助於消食。玄宗擺擺手說，只想躺著，不想走動。高力士說，前幾天他到皇宮外辦事，發現外面熱鬧得很，遠比宮中好玩，他建議陪皇上去街上走走。

聽高力士這樣一說，玄宗來了點興趣。高力士說，最好皇上與他都身著便服外出，這樣做爲一個普通人到街市上，更能得到超乎平常的快樂。此話甚合玄宗的心意，他高高興興地聽從了。

其實根本不用這樣太費周折，只要對皇上說，壽王妃在玉真觀，保準皇上既不會躺在床上，也不會去逛街，會只奔玉真觀而去。但事是這麼個事，卻不能這樣說。這樣說了，皇上會覺得他顏面上不好看，說不準會惱羞成怒，大發雷霆。既要照顧到皇上的臉面，又要遂了皇上的心意，這是高力士多年做奴才得出的經驗。

玄宗與高力士身著便服，來到皇城外的街市上，他們隨走隨看，果然發現外面另有一番熱鬧場景。高力士裝作無意實則有心地把玄宗向玉真觀方向引去。等遊玩到玉真觀附近時，日頭已經升得很高了，玄宗也走得口乾舌燥。高力士乘機說：「大家，前面就是玉真觀，我們進去喝杯茶吧。」

「好，好。我也很久沒有見著玉真公主了，正好乘此機會去小坐一下。」

高力士連忙前面引路，心中卻爲一切符合安排而高興。

來到玉真觀前，看到觀前停著一輛馬車。高力士故意裝作不知地問門人誰人來此。門人答道，是壽王妃的馬車。聽到這話的玄宗身子微微一顫。這個微小的動作沒有逃脫高力士的眼睛。

玉真公主等待他們已經很久了，楊玉環甚至有一次提出要回去。玉真公主挽留說：「你好不容易出來一次，就在我這裏吃飯吧。飯後，我還要領略一下你的舞姿呢。」她心下暗暗埋怨高力士做事拖遝，如果吃過飯，壽王妃再提出回去的話，她也就不好挽留了。

正在她們一起閒談，準備吃飯的時候，一名侍女進來，附在玉真公主的耳邊稟報說：「皇上駕到。」

玉真公主臉上露出喜色，她站起來對楊玉環說：「玉環，有位特殊的客人來了，你迴避一下，我要出去迎接。」

「特殊客人？是誰呀？」

「是皇上駕到。」玉真公主說，「不過，不妨事，他有時會私訪至此。」

楊玉環心中暗驚，皇上怎麼會來此？啊呀，要是讓皇上看到自己在此，那多不好？她想從後門溜走算了，但又覺得這樣不好，不敢造次。她被侍女引入起居間，那是和玉真公主臥室相連的，能聽到外面人的談話。不一會兒，她就聽到了玉真公主與皇上的談話。

「小妹，你這裏好像剛走了一位客人？」一進門，玄宗就把眼光四處轉悠，他指著桌子上的一杯還冒著熱氣的茶水問到。沒有看到壽王妃時，玄宗心下不免沮然，故有此一問。

這一切，當然沒有逃脫玉真公主的眼睛，她笑著說：「客人倒是有一位，不過還未走。」

「噢，是誰？」

「是壽王妃。」

「那還不請出來相見？」

「小妹怕不妥當，故讓她迴避了。」

「這又不是宮廷，有什麼關係，我不也穿著便服嗎。大家就不要講究那麼多客套了。」

「既如此，我就派人把她請出與皇兄相見。」

隨後侍女進來請楊玉環，讓她與皇上相見。不得已，楊玉環走出來，上前拜見皇上。玄宗笑著看著楊玉環說：「這裏不是宮廷，是道觀，大家都是平等的，我們隨意一點，不要拘禮。」

當玄宗見到壽王妃時，玉真公主看到皇兄的眼睛裏閃現出了光彩。

這已是楊玉環第二次近距離地面對皇上了。第一次是在驪山，那次皇上也是這樣和靄可親，笑瞇瞇地看著她。這次，皇上穿的是平常的便服，絲毫沒有一點皇帝的威儀，卻顯得神清氣朗，別有一番氣質神韻。雖然皇上讓她不要客氣，但她還是有點拘謹。垂頭默坐，一言不發。她想，要是早知道皇上要來，她說什麼也是要早回去的。

玄宗笑呵呵地問玉真公主，他沒來時，她們正準備做什麼。玉真公主說：「我們正要吃飯。」

「好，好。你們不說，我的肚子也餓得咕咕作響呢。今天被高力士拽著出來逛街，直走得口乾舌燥，肚子空空，正要到你這裏來吃飯的。」

聽皇上這樣一說，玉真公主連忙吩咐擺席。玄宗說：「不要太多準備，有一些清淡的菜就可以了，最好有點酒，好解解乏。」

片刻間，酒席擺好。玄宗與玉真公主、壽王妃入席，他正中而坐，她倆分坐兩旁。玄宗端起滿滿一大杯甜酒說：「我真的是太渴了，來，我們同乾一杯。」說著，一仰頭把滿杯酒喝光了。

見此情景，楊玉環只好也飲了一杯。楊玉環從沒喝過酒，雖說是甜酒，但多少也是有酒勁。沒過一會兒，她的粉臉上顯出紅暈來，眼光也變得水氣濛濛，望去別有風姿。

或許是玄宗真的餓了，也許他是看出了楊玉環還有些窘迫，就不停筷地吃著菜，一邊吃還一邊誇菜做得好，並不停地向二人舉杯。漸漸地，楊玉環放鬆下來，她也說起了話，但菜吃得還是很少。

玄宗見楊玉環很少動筷子，就問道：「壽王妃不餓嗎？玉真觀的菜做得很好的，清淡中別有滋味。」

沒等楊玉環回答，玉真公主搶著說：「玉環不吃，是要保持體型。」

「保持體型，保持什麼體型？」

聽玉真公主這樣一說，楊玉環臉色更紅了。玉真公主笑著說：「皇兄還不知道吧，壽王妃可是舞中高手。」

「我知道，上次在驪山已經聽過壽王妃的高論。」

楊玉環輕聲說：「我只是胡亂舞的，哪能說是舞中高手。」

「那你都會哪些舞呢？」

「她會的就太多了，」玉真公主代楊玉環答道，「連最難的胡旋舞她都會。」

聽到這話，玄宗把酒杯放了下來。他是知道胡旋舞的難度的，有的人不要說舞得好，就是舞得像些模樣已是很難了。他說：「想不到壽王妃竟在舞蹈方面有如此的造詣，這樣一位奇才，朕今天是一定要開開眼界的了。」

但現在正吃著飯，是不宜跳舞的，再說，跳胡旋舞需要不停地旋轉，也不能在飯後跳。玄宗說他可以等。隨後，玄宗問壽王妃，她是如何喜愛上舞蹈的。楊玉環照實說來，她說她小時候就喜歡跳舞，爲此還常常受到父親的責罵，許多舞蹈都是她偷偷學來的。開始，她學的是中土的民間舞，後來到洛陽才學了胡旋舞。

「那你覺得中土舞好呢，還是外來的胡旋舞好?」

「中土的舞多是來自於民間，另有一些是出自文人之手；來自民間的土味兒重，但有生活氣息，也有情趣；出自文人之手太過精細，太過柔弱，有點華而不實；胡旋舞看得人眼花繚亂，但有異國情調，基本功扎實；兩者各有優劣。一味注重好看，不免流於耳目之娛，不能達到精神上的快樂，若一味注重內涵，忽略舞姿的變化，又會讓人看了寡然失味。」

「好，太好了。聽壽王妃一席話，讓我茅塞大開。來，我敬壽王妃一杯酒。」說著，一口把一大杯酒喝個精光。

被皇上這樣一讚，楊玉環臉上飛紅，也飲了一杯酒。不自覺的頭有點微微發昏。

「我覺得我大唐王朝，富甲天下，要有大國的風度，要有大國的胸襟，在舞蹈上要相容並蓄，要在中土舞蹈的基礎上，雜糅胡旋舞、婆羅門舞、新羅舞的特點，創造出一種新的舞蹈。關於這點，朕近來正在考慮，還沒有成形，既然壽王妃對舞蹈這樣精熟，不妨你也參加進來。也許這個大唐新舞就出自你的手中呢。」

聽皇上這樣一說，楊玉環眼中放出光彩來，她沒有想到身爲大唐的皇帝，高高在上的一國之君，竟然對舞蹈這樣著迷，更難以讓人相信的是，還這樣精通，還想創制出一部空前的大舞來。這是她從沒想過的，也是想也不敢想的。以前，她只知道摹仿，去把一部新舞跳好、跳熟，殊不知每一部舞曲不都是別人創造的嗎，既然別人能創制，她爲什麼就不能呢?皇上的一席話，就像在她面前推開了一扇窗。

「臣妾只怕無力爲之。」

「啊，不要退縮，什麼事都在於人做，只要用心，沒有不成功的。其實也不難，只要你對各派的舞蹈都諳熟於胸，同時能貫穿領會，也就有了創新的基礎。啊，對了，創制一部新舞是一定要懂得音律的，壽王妃，你對音律也熟悉嗎？」

「玉環是通音律的。她會吹笛會彈琵琶，還會別的樂器呢。」

「真的嗎？要是那樣就太好了。要知道，不管怎麼說，舞蹈是離不開音樂的，它就像水上的一艘彩船，如果離開了水，彩船裝扮得再漂亮也漂浮不起來，更行駛不遠。只有把它置於水上，它的美才會動起來，才會耀人耳目，才會奪人心魄。」

聽著皇上把舞蹈與音樂的關係描述爲彩船與水的關係，這讓楊玉環耳目一新，但也不得不承認，這個比喻是那麼的新奇與妥貼，只有深切理解它們兩者關係的人才會領悟這個比喻的奇妙所在。她不得不瞪大眼睛，似乎忘了禮節，直眼看著皇上，期待著他的嘴裏講出更多更精彩的話來。

玄宗也講得興致盎然，他口沫橫飛，似乎也忘了他的君王身分。他一會兒把面前的筷子橫著擺一個，一會兒豎著擺一下，不停地打著比喻，做著手勢，闡述音樂與舞蹈的關係，或深入淺出地講一些道理。楊玉環入神的傾聽和領會更激發了他的興趣。此時，他不是一個威嚴的皇帝，也不是一個要拘於禮節的長輩，而是一個暢談藝術的藝術家。

楊玉環也適時講了一點自已對音樂與舞蹈間的看法，這些看法是平日她朦朦朧朧感覺到的，像星光一閃在心中，由於她的天性，她並不深究，要去搞個明白。正是因爲這樣，這些看法是出於本能的預感，往往是正確的。這些看法從楊玉環嘴裏一講出來，玄宗聽了大爲讚賞，這與他平日思考所想的一些觀點不謀而合。這些話就像投入水中的小石子，引起了更多的波紋。玄宗就著楊玉環的話，滔滔不絕地又說出了許多話來。

玉真公主聽著兩人的談話，也入了神，她沒有想到，皇兄與壽王妃竟有著這樣的默契和共同的語言。桌上的菜已經涼了，酒也不熱，她幾次想張嘴要把菜熱上一熱，但都插不上話。她想，就這樣吧，看情景，他們二人都沒有吃飯的興致了。

玄宗談著談著，忽然讓玉真公主取一支笛子來，他要就音樂中的一個問題為壽王妃吹上一段笛子。

「這是我對一段笛曲的改動，其中有不妥之處，還望壽王妃指出。」

「陛下太擡舉臣妃，我對音律不是太在行。」

「毋須客氣，儘管直言。」

說著，玉真公主已經取來笛子。玄宗端起酒杯喝上一口酒潤潤嗓子，把笛子放在唇間，不一會兒清越的笛音就響了起來。玄宗吹得很投入，他目光安定，手指起起落落於笛孔間，笛音猶如一陣清涼的風在席間刮過。

楊玉環聽得很專心，開始她還有一點局促，待聽了一段後，臉上有了驚訝的表情。她沒有想到皇上的笛子吹得這樣好，簡直就是她聽過的最好的笛子曲。但聽著聽著，她的臉上驚訝的表情更大了，禁不住脫口而出：「啊，陛下，你把南呂轉入變宮……」她說了一半，遂既收口，覺出自己的唐突與不禮貌。

玄宗也住了口，他含笑地望著壽王妃。楊玉環說的一點沒錯，在這曲笛子曲中，他是故意把兩個音變了一下，他覺得這樣會更好，想不到壽王妃竟聽了出來。以前，他曾把這支笛子曲吹給別人聽過，但沒有一個人指出其中微妙變化處，他深深失望。他說：「一點沒有錯，這支曲子我稍為改動了一下。壽王妃，你覺得變得還行嗎？」

「啊，這樣一變，我覺得更有著笛子的神韻。雖然有點違背樂律，但給人耳目一新的感覺，對笛子是可以的。」

楊玉環這樣一說，玄宗聽了萬分高興，他心中也是這樣想的。被壽王妃這樣一讚，他越發不可收拾了，把笛子一橫，說：「那朕就再給你吹一曲。」

玄宗這樣一說，楊玉環知道皇上這是有意在考她了。她越加凝神屏息留意起來。玄宗這次吹了一支新曲，這是他爲胸中那部新舞配的一支過門曲，其中有他頗爲得意的創新部分。

笛聲響起，卻一改笛音所固有的清越，變得蕭殺沈鬱，既有著琵琶的鏗鏘，又有著簫音的鬱悶與悲壯。楊玉環沒有想到笛子也能吹出這樣的調子，一下就被迷住了。她不自禁地把身子向前傾去，似乎想覓著笛音進入到營造中的萬物蕭條的意境。

突然，笛音拔高，猶如雲開霧散，紫氣東來，鶴音唳唳，一派祥和。笛音就像一陣清風繚繞在空中。楊玉環情不自禁地。「啊」了一聲。

楊玉環的叫聲，既有著對皇上高超技術的佩服，又有著對曲子樂調改動的驚歎。按著原本的曲調，笛音應該走商，它卻走了微，但如此一改，使得意境大開，達到了意想不到的效果。

楊玉環發出的聲音，玄宗聽到了，他知道她是聽出了曲中的微妙和變通之處，心中很是高興。待笛聲在一陣繁雜的快奏中戛然而止後，他眼中滿含笑意地問道：「你看我這段過門曲還行吧？」

「陛下不僅笛子吹得出神入化，更難得的是深通樂理，還能融會貫通，讓臣妾大飽耳福。」

「玉環，你不要只是光讚皇兄。皇兄的笛子自然吹得好，你的笛子也吹得不壞啊。」

「對，壽王妃也吹上一曲，讓朕一飽耳福。」說著，玄宗把手中才吹過的笛子遞給了楊玉環。

按道理，玄宗吹過的笛子是不應該遞給楊玉環的，這是與禮不符的。但玄宗好像沒有顧慮到這點，他做得是那樣的自然。於是，楊玉環也就隨手接了過來，但她沒有馬上放在唇間。她有點爲難。玉真公主似乎看出了楊玉環的尷尬，她輕輕地說：「玉環，皇兄剛才說了，這是在道觀裏，不必拘禮，你就吹上一曲吧。」

聽玉真公主這樣說，楊玉環不再推辭，她把皇上才用過的笛子橫放在唇間，瞬間，一縷清亮的笛音縈繞開來。也許是因爲楊玉環是女子的緣故，她的肺活量不大，因此吹出的曲子以輕柔見長，平緩中起伏不大。

即便這樣，玄宗也聽得出壽王妃對笛子是下過一番功夫的，這除了她順暢地把一支曲子吹了下來，還把他剛才在曲子中變動的地方引入了其中。這讓玄宗對壽王妃的聰慧又有了進一層的認識。壽王妃不僅領悟到他的新手法，還活學活用，馬上引接到老的曲子中，這除了好的記憶力外，實在還要有靈敏的技巧。他不自禁地用手按著節奏在桌子上拍動著。

楊玉環這樣做除了炫耀一下自己的技藝外，更多的是年輕人的好玩。她見皇上喜歡在曲子中改動音節，在吹奏中也頑皮地在兩個轉節處，自行增加了雙音轉換律，拖了一個雙音。這博得了皇上一聲喝彩。

一曲奏罷，楊玉環放下笛子，羞澀地說：「陛下，我吹得沒您好，讓您見笑了。」

「好，很好，這已經很了不起，你學過樂理吧？你弄的那個雙音，很有創新，我要好好借鑒，看能不能放到新舞中去。」玄宗喜氣洋洋地說。他實在沒有想到今天竟碰到一個知音。

「臣妾只是胡亂學過幾天，怎比得上陛下，還要請陛下多多指教。」楊玉環面頰上紅暈未褪，輕聲答道。

這時，玉真公主看到，這頓飯也吃得太長了，皇兄與壽王妃都沒有吃飯的興致，她笑著問道：

「二位還要再吃些飯嗎？」

經玉真公主一提醒，玄宗才似從夢中醒來，看了看面前的冷菜剩酒，也笑著說：「今天只顧聽樂，竟然一點也覺不出饑餓，怪不得古人說『秀色可餐』呢，我看不僅秀色可餐，樂也可食。」

玄宗一席幽默的話把楊玉環與玉真公主都逗樂了。於是玉真公主讓人把酒席撤去。玉真公主讓人重新上了茶水和點心，歇了一會兒，玄宗請求楊玉環表演一段舞蹈。楊玉環自然不便推辭。玉真公主就把他們引入另外一間空闊的房間。但讓楊玉環爲難的是，玉真觀中沒有樂工，她總不能空舞吧。但率真的性情讓她說出這樣的話：「陛下，您能不能親自爲我伴奏？」

沒等玄宗回答，玉真公主輕輕嗔怪道：「玉環！」

玄宗卻笑吟吟地道：「不礙事，我就權且充當一下樂工。我來擂鼓，壽王妃準備跳哪段啊？」

「我隨鼓聲而進退。」

楊玉環這樣回答充分表現了她對舞蹈的自信，因爲這樣一來，她不僅要展現舞姿的優美與和諧，還要在舞動中通靈音樂，隨時把對音樂的領悟轉變到肢體上來。

聽到楊玉環這樣回答，玄宗道聲「好」，挽起袖子走向鼓架。

玉真公主在旁說：「玉環，你還不知吧，皇兄的擂鼓是一絕，平常是很難聽到的，今天竟爲你破例。」

楊玉環忙低頭謝過。只見玄宗走到鼓架前，自行選取一對鼓槌，用手摩挲著鼓面，輕鬆地說：「我如入樂籍，可算一流鼓手，不知你這副三等鼓可經得起我擂。」

不待玉真公主回答，玄宗已經擂鼓了。他面色凝重，提起鼓槌輕輕地在鼓面上一點，隨即一聲沈悶的鼓聲響起，一下，一下，再一下，只見他兩臂不停起落，鼓聲密如炒豆般傳出。楊玉環知道這是舞曲的前奏，她停立在場中，並不舞動，靜等著這段前奏過去。

在一陣急切的鼓聲響後，鼓聲變得舒緩有致。楊玉環也如停泊在花間枝頭的蝴蝶振翅而起。只見她輕展雙臂，柳腰輕擺，婷婷嫋嫋地由靜入動。鼓，雖是一種演奏威武樂曲的樂器，但在玄宗手裏擂來卻並不單調，他一會兒用槌的頭部輕點鼓面，一會兒又用槌尾敲擊鼓側，一會兒一隻手撫在鼓面上，另隻手拿在鼓槌的中端，用兩頭輕觸鼓面；一隻鼓在他手下，竟能敲打出無比輕柔的樂曲來。此時，楊玉環舞姿輕柔，沒有大的身體動作，只過多地變動手臂的動作，再夾以碎步，望去猶如風中弱柳，水中芙蓉，或徜徉水間的仙鶴，可謂盡得曲中意旨。

玉真公主看著起舞的壽王妃，也不禁神醉心迷，她想：怪不得皇兄會爲她著迷，壽王妃確實有超出平常女子的地方，就看她這輕柔無骨擺動如柳的身姿，又有幾人可以比得上。

輕柔的風掠過湖面，隨即就是狂風大作。鼓，終究是一種表現剛健的樂器，不然，每次出征打仗也就不會用它來振作軍心和士氣了。一陣如泣如訴的輕敲過後，玄宗手上不覺加大勁力，鼓聲咚咚，直撞人心。這時，再見場中的楊玉環，恰如狂風中亂舞的花枝，左右搖擺不定，動作雖快，但每一投手舉足，無不按著音律而舞動，與音樂配合得絲絲入扣，恰到妙處，望去就像飛天，又如下凡仙女。但美妙中又透出一股剛健雄風，隱隱含有出征將士的威武之氣。

玄宗心中暗道一聲「好」，他想看看壽王妃心中到底對音樂的領悟有多深，雙手不停地起落，鼓聲聽去已如繁雨傾注，綿延不可分清。這時，再看楊玉環，已經看不清她的一招一式，她抱臂束腰，用出胡旋舞的絕技，不停地旋轉，展開的裙裾像彩雲飄浮在場中，忽高忽低，忽上忽下，望之使人目眩。在玄宗一聲響徹屋頂的定音鼓中，楊玉環猶如一朵不勝其力的梨花，飄旋著落在地上，以一個美妙的舞姿定格於場中，嬌豔無比。

良久屋內沒有一點聲息，只聽到玄宗粗重的喘氣聲，楊玉環也是嬌喘吁吁，香汗淋漓。玉真公主直看得如醉如癡，兩眼發直，連喝彩都忘了。過了老大一會兒，玉真公主才拍起巴掌，大聲喝起彩來，她說：「皇兄，我很久沒有聽到你擂得這樣好鼓了，今天真叫我開了眼界。」

「哪裏，主要還是壽王妃的舞跳得好，激發了我的興致。」

「玉環的舞自然跳得沒話說，你的鼓擂得也好，缺一不可。你們兩位配合得真是天衣無縫。」玉真公主突然覺得自己這樣說實在唐突，還有些無禮，連忙掩飾說，「玉環，你出汗了。」

楊玉環取了汗巾輕輕擦拭著臉上的汗水，她感覺到皇上正用溫和的目光笑盈盈地望著自己，那是一種贊許的笑，飽含著慈愛的笑，還有對她能用舞蹈來淋漓盡致表現他鼓曲中的意境的感謝。她也滿面含春，臉上光彩飛動，爲自己的舞姿得意著，同時也驚歎皇上的對樂律的熟悉，更讚歎他擂鼓的技藝。她看到皇上雖擂了半天的鼓，但除了呼吸稍稍氣喘外，一點也沒有疲倦的感覺，依然很從容悠閒。她不禁說：「陛下真是好體力，好技藝。」

此時的楊玉環在玄宗看來，臉帶紅暈，香汗濕鬢，明眸顧盼，說不出的嫵媚可人，身上散發出的青春活力就是站在三尺之外，也可感到。他心中恨不能一把把壽王妃抱在懷中才好。但有玉真公主在旁，他連一句越禮的話也沒有多說。

他用一種快樂的目光望著壽王妃，不知怎的，心裏對眼前的這個女子，竟生出一份親切感，剛才她用舞蹈的動作把自己擂鼓時的所想所思，那麼充分那麼完美地表演出來，這讓他驚訝，更讓他溫暖，他覺得與她之間的距離一下子拉近了，好像他們認識已經很久了，期待已經很久了，他們應該早點認識，並永不分開。

不知不覺間，日已西斜，但玄宗與楊玉環的談興不減，玉真公主這時只起了陪襯作用，看到他們二位談得這樣投機，她的心裏卻有些茫然。她知道，壽王妃是沒有心機的人，完全還是一個孩子，單純活潑，她把皇上對她的好感當作一個長輩對她的愛護，如果開始她還想著眼前是位皇帝多少有點拘謹的話，那麼隨著談話愈來愈融洽，她忘了尊卑之分，有了點後輩的嬌寵和頑皮。

而玉真公主知道，如果一位皇上對一個女子感興趣的話，那麼不論那位女子是誰，她的命運出路就只能是一條，那就是做皇上的妃子。當然，許多女子是巴不得有這樣的命運的。但壽王妃不同，她是皇上的兒媳婦，她與壽王相愛甚深。更主要的是，她連想都沒想過，如果告訴她以後的人生道路，她自己都會被嚇一跳。

這時，一位侍女進來報告玉真公主，說宮中有人來接皇上。

玉真公主出去一看，原來是高力士。高力士見皇上久久不出，知道他與壽王妃相見甚歡，還聽到了鼓聲。他聽得出來，鼓是皇上擂的，久伴君王，也逼得他對樂律粗通一二，除了皇上，再沒有人能擂出這樣好聽的鼓了。他心中驚詫萬分，心想壽王妃果然招皇上喜愛，短短時間就逗引得皇上有了如此高的興致，要知道，皇上已經有很久沒有碰樂器了，更不用說擂出這樣好聽的鼓聲。

他知道，玉真觀是長安一些文人學士常來集會的地方，如果此時有人來，看到皇上與壽王妃在一起，多有不便。於是，他通告門人，如有人來，一概不許放入，同時，他立即派人進宮，要來一輛便車，等皇上出來後，就讓皇上神不知鬼不覺地乘車離去，免得被別人看到，惹起不必要的閒話。

不一會兒，宮廷的小車來了。這是一輛沒有皇家徽記的小車。高力士見天色向晚，皇上還沒有動身離去的意思，就把玉真公主喊出，告訴她皇上應該起身回宮了。高力士一見玉真公主就問：「公主，皇上玩得還開心嗎？」

「一切都在你的意料中。」玉真公主笑著說。她在心裏卻是另外一句話：你這個奴才，皇上的心思可被你捉摸透了。

「壽王妃呢？她也還快樂嗎？」此時，高力士還不忘問一聲壽王妃。

「她也很快樂。還爲皇上跳了一段舞。不過……」玉真公主沒有說下去。她想說，如果壽王妃知道她與高力士的暗中打算，她是不會快樂的。她感到，單純快樂的壽王妃就像一隻溫柔的小羊，被她和高力士在擺佈著，她有點於心不忍。但她知道這是沒有辦法的。突然她有點恨自己，恨高力士，但她也知道，高力士這樣做也是出於爲皇上著想，他的眼中，再也沒有比服侍皇上更大的事了。想到這裏，她淡淡地對高力士說：「將軍在外稍等，我去讓皇上回宮。」

進到裏面，玉真公主對玄宗說：「高力士來迎接皇兄回宮。」

「這個老奴！」玄宗笑笑說，「我們回去吧，朕很久都沒有玩得這麼盡興了。」

他們來到外邊起居間。高力士已經在等候了。他向前莊重地對玄宗和玉真公主行禮，像是才知道壽王妃也在這裏一樣，也向楊玉環行禮，說：「哦，壽王妃也在這裏。」

「我是約寧王妃和壽王妃來觀中遊玩的，寧王妃身體不適沒來，就壽王妃來了，正好皇上到了，一起吃了飯。」玉真公主儘量用自然的語氣解釋說。她在心裏罵自己虛僞，覺得這樣欺騙善良的壽王妃真是有愧。

按道理，楊玉環應該先送皇上離開，然後再走。高力士也是這樣安排，他想，最好皇上離開一段時間後，壽王妃再走，這樣就不會引起別人的注意了。但皇上似乎沒有想到避嫌，他對高力士說：「將軍，你用小車先送壽王妃回去吧。」

高力士想，皇上這是怎麼了，是不是想讓城裏人都知道今天他與壽王妃在一起？應該遮掩才是啊。但皇上這樣說，他也不能違背，只是說：「那皇上你——」

「我就騎馬回去。」

楊玉環推辭道：「臣妾有車，還是陛下乘車吧。」

但皇上不許，他堅持用他的宮車送壽王妃。楊玉環不再堅持，她坐上本該皇上乘坐的宮車，離開了玉真觀。

侍壽王妃離去，高力士服侍皇上上馬。在玉真公主與高力士目光相接的一瞬間，她的臉上露出似笑非笑的神情，但高力士一臉的莊重，好像真的不明白一切一樣。玉真公主在心裏暗罵：這個奴才，你別想從他臉上瞧出什麼來。

雖是宮廷的小車，楊玉環發現車中空間很大，氣派也不小，四匹馬拉著，車臺上還有一名監門的侍衛官。楊玉環偕自己的侍女入車。車子起動了。楊玉環發現車子走上了一條自己不熟悉的道路。這條道是她從未走過的，但道路寬廣，車子行駛在上面很平穩。她把頭伸出來問御者，這是什麼路。御者告訴她是夾城，是專供皇上用的通道。這也是皇上為什麼要用車送楊玉環的原因，因為走的是專用皇道，根本不會讓別人看到，更不用擔心會引起旁人的猜疑。

坐在車內的楊玉環有時把車簾掀起向外望去，但她既看不到熱鬧的街景，也看不到閒雜人員，只有不斷延伸的宮牆和隔不遠站立的兵士持戈而立。她想：有這條道，就是宵禁了，也是一樣可以進出皇宮的。

走夾城專供皇上用的通道，路是繞遠了一些，但因為平坦和通行無阻，反較快速。不一會兒，就到了壽王府。

壽王聽講壽王妃是乘坐宮車回來的，心中大是奇怪，「玉環不是到玉真觀去的嗎，怎麼坐著宮車回來了？」他連忙迎了出來，派人款待宮使，同時厚賞每一個人。待宮使離去，他才進到內室，問楊玉環是怎麼回事。

楊玉環很興奮，把今天在玉真觀的事說了一遍。著重說了皇上擂鼓她跳舞的事。

「寧王妃呢？不是說還有寧王妃嗎？」

「寧王妃身體不舒服，沒有去。到中午快吃飯時，皇上來了。我們一起用了飯。皇上是不是經常這樣微服私訪啊？」

「我不太清楚。也許是吧。」壽王也把這當作一種巧合。

「阿瑁，你不知道皇上的鼓擂得多好，我還從來沒有聽過這樣好的鼓聲。」

「聽母妃說，父皇在任路州別駕的時候就會擂鼓了，在多種樂器中，父皇對鼓獨愛，認爲鼓能激越人的鬥志，催人奮進。可惜我一次也沒聽過。」

「看皇上擂鼓，一點也不像五十多歲的人。阿瑁，我看皇上比你還要精神呢。」

壽王笑笑。他是柔弱的，因爲柔弱，在心裏，他對剛健雄威有一種天生的厭惡。

楊玉環絮絮不停地說著今天的遭遇，喜孜孜地興奮著。壽王也很高興，按禮，玉環與皇上這樣是不妥當的，但他自從沒有得到太子位置後，一年來爲了不招人耳目，都生活在壓抑的心情中，唯恐有逾禮越軌的片言隻語被猜疑他的人傳給皇上。前一陣在武惠妃過世忌辰時，高力士來賜祭品和衣服，已經讓他心中較爲踏實，現在父皇對壽王妃又這樣眷顧親切，更讓他感到，父皇對他的寵愛沒有改變，他久懸的心才放鬆下來。

年輕的壽王與壽王妃沒有多想，他們哪裏知道，一張大網正向他們頭上罩來，他們分離的日子就要到來了。

第五章　溫柔陷阱

近日，壽王神清氣爽，心喜若狂，父皇雖未封自己為太子，但仍是眷顧著自己的，要不為何還親自擂鼓為玉環伴舞呢……而玄宗念念不忘的卻是楊玉環翩躚若仙的舞姿和嫵媚鮮活的體態，他把高力士叫到一邊，如此這般地吩咐著……楊玉環不解其中蹊蹺，納悶地問丈夫：你說父皇為何總是宣我進宮呀……

玄宗從玉真觀回來後，就沒有一刻平靜過。這當然不是說他的動作舉止。從外面看，他依然如舊，上朝，回宮，看看妃子宮女們嬉耍。但他的內心卻如海水一般，沒有片刻的安寧，他的心底和眼前全是壽王妃俏麗的身影。

這種感覺他以前有過，那是在第一次遇見武惠妃時，還有前不久梅妃入宮的那段日子，但如果說那兩次帶有熱情的話，那麼這次就帶有激情，它的熱烈程度是前兩次遠遠不能比的。這種情景既讓玄宗欣喜，又讓他困惑，他在心裏問自己，我這是怎麼了，就像一個二十歲的毛頭小夥子？我可是五十多歲的人，怎麼遇到一個女子會這樣夢牽魂繞，念念不忘呢？就是比壽王妃美麗百倍的人我也見過呀，啊，我要忘記她，她是我的兒媳婦呀，我與她在一起，於禮於情都是不合的，我怎麼可能再有別的想法呢。

但玄宗皇帝雖然心裏這樣說服自己的，實際上他根本做不到，睜開眼是壽王妃如花的笑靨，閉上眼是壽王妃超凡的舞姿。他想忘記她，抗拒她，但她幻化了多種身影出現在他的周圍，一會兒是她含羞低頭的模樣，一會兒是她嗔怪頑皮的模樣，不管什麼模樣，都讓他心迷，讓他心醉，讓他傾倒。

這天，玄宗在御花園賞花，只有高力士一人隨侍在旁，玄宗說：

「將軍，你看百花都盛開了，想幾年前，我還有武惠妃陪著賞花，現在朕身邊只有你了。」

「大家，武惠妃都已經過世這麼久了，你也應該找一個女子代替她了。」

玄宗看了高力士一眼，心想，還是力士懂我的心，我一張嘴，他就猜到了我心思。於是他說：

「我何曾不想呢，但挑來挑去，都沒有一個合意的。有時，我想，是不是朕真的老了，對那些如花似玉的女子都不再感興趣了呢？」

「不是陛下老了，而是那些女子太過平常，沒有什麼獨特的地方能打動陛下的心。」

「噢，將軍認爲什麼樣的女子才能打動朕的心呢？」

「奴才不知，奴才要是知道，就是天涯海角，奴才也會找到這樣的女子來侍候陛下的。」

「這樣的女子只可遇而不可求啊！」

「那陛下是不是遇著了可心的女子？如果皇上遇上了滿意的妃子，老臣真爲皇上感到高興啊。」

玄宗又帶有深意地看了高力士一眼，心想，這個老奴，是真的不知呢，還是在裝聾裝啞。隨即他歎了一口氣。

高力士連忙問：「大家，怎麼這個女子不在宮裏嗎？那她在哪裏？奴才馬上去把她接進宮來。」

「她遠倒不遠，只是不能把她接到宮裏來，就是來了，也不能留在朕的身邊。」

「爲什麼？哪個女子不以能被皇上寵愛爲幸事，還有不召之即來的道理？我去把她接進宮來。」

「不可，將軍。唉，她是朕的兒媳婦啊。」

說到這裏，玄宗把目光盯在一株盛開的鮮花上，不再看高力士。到這裏，高力士就不能再裝下去了，再裝下去，玄宗非生氣不可，會怪他故意裝糊塗。沈默了一會兒，他輕輕地說：「大家說的莫非是壽王妃嗎？」

玄宗點了點頭。過了一會兒，玄宗才開口說：「朕自從武惠妃去世後，一直打不起精神，別的女子都不能引起朕的歡心，朕自以爲老了，哪知自在玉真觀遇到壽王妃後，朕又覺得年輕了，朕身上又有了活力。」

高力士靜靜地聽著，此時，他知道，只能聽著。

「壽王妃以前朕也見到過，只是認爲她漂亮，想不到，她還那樣精通歌舞，通曉朕的心意。這是自武惠妃外，朕遇到的第二人。唉，她爲什麼偏偏是朕的兒媳婦呢。」

說到這，玄宗不免有些黯然傷神。似乎一件自己極喜歡的東西卻得不到手，又是惆悵又是無奈。

「那能不能把壽王妃接進宮呢？」高力士小心翼翼地說。

「不可。那與禮儀不合。聽說壽王與壽王妃感情很好，我就是得到壽王妃這個人，得不到她的心，又有什麼意思呢？」

「壽王妃看上去還有著孩子的天性，她與壽王的感情也許並不是很深，他們在一起也才不過四年，連孩子都還沒有呢。」

「對了，壽王妃已經結婚四年了，為什麼還沒有後代呢？」

「聽玉真公主說，她在東都洛陽時，曾懷過一次孕，因為鬧鬼祟受到驚嚇，流產了。後來一直都沒有懷孕。」

「壽王妃的舞跳得真好啊。依朕看，就是那些樂坊中的舞女，也不見得比她跳得好。」

「奴才沒有見過壽王妃的舞姿。不過，已經不止一個人誇她舞姿的優美了，想必是好得很。」

「壽王妃出眾的舞姿宮中實在是無人可以相比啊！」聽話聽音的高力士，立即從玄宗這句話中聽出了暗藏的深意，他說：「陛下，這讓奴才試著去安排一下吧。」

「將軍，這事一定要隱秘，最好不要在皇宮中。知道的人愈少愈好。」

「奴才知曉。」

高力士想，這件事交給我，你還不放心嗎，你們第一次會面，不是隱秘到連你都被矇騙住了嗎？要是按高力士的想法，既然皇上你滿意，就讓壽王妃入宮來侍候你就是了，還要顧及什麼禮儀。禮儀是人訂的，人也可以不遵從它，雖然壽王與壽王妃感情好，但諒壽王對此也不會冒犯父皇。怨言是有的，絕不敢說出來。還有就是皇上講的什麼得到她的人還要得到她的心，高力士對此不能苟同。

也許因為他從小就當了太監，不能理解男女之間的事，他認為皇上身邊的女子就是為皇上服務的。同時，他還隱隱有一種感覺，就是皇上不能對身邊的女人太過寵幸，太過寵幸，就會出事。想當初，他侍候則天女皇時，女皇寵愛張昌宗、張易之兩個面首，結果弄得宮廷淫穢，禍害不斷；再後來，中宗皇帝把皇后韋氏高高擺在上面，把朝政都委託給她處理，結果落得個死於非命，被韋氏毒殺而死。遠的不說，就說近的，當今皇上可說是一代英主，是有著雄才大略的人，就因為他對武惠妃的寵愛，結果是，首先黜除了王皇后，後又為壽王謀劃太子之位，害死三王。

一想到死去的三王，高力士就對武惠妃心有恨意，也許是因爲武惠妃已經過世，他把這種怨恨甚至多多少少轉移到了壽王頭上，所以當他看到皇上對壽王妃有意時，他一點都沒有顧慮到壽王夫婦間的感情，並且從中不遺餘力地策劃和慫恿。

但高力士是了解皇上的，也許是因了皇上喜愛藝術的原因，凡事講個情，就是對女人也有別於過去的皇帝。他心中對此大不以爲然。

御花園的一番話，算是皇上婉轉地向高力士表明了他想得到壽王妃的心意，並要他去把這件事做好。

高力士思前想後，想到這種事找別人不行，還是得找玉真公主，借著她的身分才能把這事辦妥。再說玉真觀地處偏僻，正適合於做這種隱秘的事。

玉真公主自從上次和高力士暗中安排了皇上與壽王妃的見面後，看見皇上與壽王妃很是能談得來，皇上眼中顯現的神采與歡樂，是她很久都沒見到的了，壽王妃呢，她還不知道她心裏是如何想的，看上去她也很歡樂。但玉真公主知道，壽王妃的歡樂只是一種孩子氣的表現，正說明壽王妃是一個單純的人，她肯定只會把上次的見面當作一次巧合不會多想。如果再安排她與皇上見面的話，她是不是心裏就會明白一些呢？

不管壽王妃會如何想，玉真公主有種預感，壽王妃都會像一艘小船被推到皇上面前，她是根本無法主宰自己的命運的，只要是皇上看上的東西，誰敢違背他的意志呢，早晚壽王妃都會有與壽王痛苦的分離時刻，等待她的只是時間的長短而已。

正在玉真公主這樣煩惱之時，她看到高力士正一步一步順著玉真觀的臺階向上爬，她在心裏說：

「這個狗奴才不知道又有什麼新的花招了！」

高力士進了玉真觀，向玉真公主行過禮。玉真公主不冷不熱的說：「公公，有什麼事儘管說吧。有什麼事要我做的？儘管吩咐吧。」

「不敢，不敢。」善於察顏觀色的高力士，一看玉真公主一臉的表情，連忙說，「上次皇上與壽王妃在玉真觀相聚，想玉真公主也看到了，皇上神采飛揚，猶如青春再現，奴才很久都沒有看到皇上這樣有活力的樣子了。」

「我倒一直都覺得皇上總是有活力的樣子嘛。」

「啊，那是皇上每次見到公主都從心裏感到高興，所以你才有這樣的感覺。」

「力士在誇獎我吧。」

「奴才不敢。」

「嗯，上次皇上是很高興，不僅說了許多話，還親自擂了鼓。」

「是啊，是啊，奴才回宮叫車，沒有聽到皇上的鼓聲。皇上已經幾年都沒碰過鼓錘了。」

「好了，力士，不要再奴才奴才地自謙了，就連皇上也不把你當奴才，我怎麼敢叫你奴才。」

「是，奴才……啊，不，我謹領公主的旨意。我這次來，是想請公主再約壽王妃一次，讓皇上與壽王妃再會面一次……」

「力士，這不好吧。上次還可以說是巧遇，再約的話，壽王妃心裏難免就會起疑，她是一個胸無城府的人，回去什麼話都會和壽王說，這事讓壽王知道會有一點難堪吧。」

「我也知道這樣不好，甚至違背禮制，但皇上此時的心中只有一個壽王妃，別的女子他都視作塵土敝帚，做奴才又有什麼辦法呢。」

高力士想，玉真公主這是怎麼了，前一陣子不是都和她說好了的嗎，怎麼她又變得推三阻四起來。但玉真公主到底是皇上的御妹，他可不敢勉強。於是，他不得不把皇上擡了出來，他說：

「皇上自玉真觀回宮後，心中悶悶不樂，他跟奴才說，想再見到壽王妃一面。」

玉真公主自然聽出了話中的份量，她知道既然皇上親自開口讓高力士去辦這事，她也就不能拒絕高力士了，但她說：

「力士，不是我不想從中幫忙，你也看到了，我這小小玉真觀，雖然在皇宮之外，到底還是處於鬧市之中，上次做得隱秘，還沒有旁人知道，如果稍不注意，不免爲別人所見，傳出去就不好了。我的意思是不是另找一個地方呢。」

「那依公主之見，到哪裏好呢？」

「讓我想想。噢，對了，昨天，陳王妃約我一道去郊外遊玩。我看在長安北郊有一處地方，那裏是連片的青草地，還有雜花繁樹，景色也好，就在那裏，再好沒有了。」

聽到這話，高力士心想，開什麼玩笑，此時正是暮春時節，外出踏青遊玩的人絡繹不絕，皇上怎能到那裏去與壽王妃約會，這不是唯恐旁人不知嗎？但他可不敢把這話講出嘴，他臉露難色地說：

「這只怕不妥吧，郊外人多，更會傳出去。」

「沒事，我想過了。我們分別到了北郊，爾後會合，用布幔一圍，又有誰知道皇上是和壽王妃在一起。」

「好主意！」

高力士知道，每年的春季，王公皇族中人都喜歡到郊外去遊玩，到了郊外，就用布幔圍起好大一個圈子，人們就可以在布幔中飲酒歌舞。布幔可以圍大可以圍小，望去就像一間間用布扯起的牆壁，布幔外派人放哨，閒雜人員不得靠近，遊玩之人又可觀賞春天景色之美，又沒有宮殿的局限，再好沒有了。在這樣的情景中，皇上更會覺得歡樂無比的。高力士想。

爾後，高力士和玉真公主約定，等玉真公主和壽王妃相約後，再通知高力士，讓他和皇上一起也去她們去的地方遊玩，這樣，就會不顯山露水地造成又是一次巧遇了。

待高力士離去後，玉真公主就驅車來到壽王府。剛進壽王府，壽王就說：「姑媽，你來得正好，近日來玉環正有些煩悶，你正好和她聊聊天解解悶。」

玉真公主問出了什麼事。壽王說一點小事，讓玉環跟你說吧。

待壽王出去，玉真公主拉著壽王妃的手問她爲什麼不快樂。

楊玉環不好意思地說：「一點小事情，不值得公主動問。」

後在玉真公主一再相問下，才知道前幾天楊玉環回家看望父親時，哥哥對她發了一通牢騷。

楊玉環的哥哥楊鑒來到長安後，一直當一名九品集賢校書郎，本來幹得好好的，官雖說不大，但因爲他是壽王妃的哥哥，同僚都很巴結他，特別是前一陣子，在壽王有可能當上太子時，同僚們更是對他禮敬有加，要知道，一旦壽王當上太子，如果不出意外的話，以後再當上皇帝，他可就是皇上的大舅子，那時的他還會是一名小小的校書郎嗎，他就是皇親國戚了。但人算不如天算，結果壽王沒有當上太子，太子讓忠王李與當上了。

本來同僚們倒不會因爲壽王沒當上太子而對楊鑒就改變了態度，不管怎麼說，他的前途與他們聯繫不是那麼太密切。但後來他們調來了一個上司，而這位上司卻是太子李與一夥的。雖然在壽王與忠王的太子之爭中，並沒有造成流血衝突，但壽王到底是忠王潛在的政敵，也難免忠王一夥的人對凡是與壽王沾邊的人都警惕以待，楊鑒被上司所刁難也就在所難免。

也許是楊鑒讀書太多，身上有著讀書人的迂腐與偏執，再加上前一陣子大家對他的禮敬和承讓，他一時不能接受這種突來的場面，閒散的職責變成了受罪，上司每日的刁難讓他覺得日子變得無法承受。當妹妹楊玉環回來看望父親時，他乘機把自己所處的窘境告訴了妹妹，想請她幫忙，看能不能把他從那種處境中調離出來。

楊玉環回來後，請托壽王。壽王卻很爲難。要是在以前，這種事是很好辦的，現在不同了，現在壽王自身的處境都岌岌可危，他何敢插手別人的職責調動，特別是這人又是他的親屬，是壽王妃的兄長，他所遭遇的又與太子有一點牽連。

見壽王爲難，楊玉環心下鬱悶，她一面爲兄長所受的遭遇難受，一面又爲自己不能替他擺脫這樣遭遇而傷心。正在她心情悶悶不樂長吁短歎時，玉真公主來了，玉真公主聽說了以後乘機提出來要約玉環出去散散心。

楊玉環本待不去，但壽王極力慫恿她去散散心，說這樣對她有好處。玉真公主本來覺得邀請楊玉環出去遊玩的理由不是太充足，聽了她這番心事，突然像得到了充足的理由，心裏不再發虛，一定要帶她出去走動走動。她的別有用心也像是出於一番好心了似的。只有她自己知道，在她說出那樣親熱的話時，自己是多麼卑鄙，多麼無恥，她在利用壽王妃的痛苦。表面看她是同情楊玉環，喊她出去玩，是讓她高興起來，實則是想把她推到一個更大的災難裏去。

你這個女人真是無可救藥了，壽王夫婦把你當作一個可親可敬的長輩，你瞧你都做了些什麼？在他們痛苦的時候，你不想著爲他們寬慰解憂，還在傷口上撒鹽，生生拆散這對恩愛的夫妻。玉真公主自愧自責，她在壽王夫婦面前有種無地自容的感覺。她目光不敢與他們相接，覺得在他們信賴坦誠的眼睛前，她就像一隻黑暗中的蝙蝠，害怕見光。

但是玉真公主一想到玄宗皇帝渴望的眼神和焦慮的心情就又有些不忍，她知道一個五十多歲的男人放著宮中如此多的美人置之不理，卻為一個他喜歡的女人動了心，這也是多麼難得的一份感情，不管怎麼說，玄宗畢竟是自己的哥哥，作為手足之情，她也不能看著兄長的痛苦而置之不顧，況且玄宗是一國之君，他喜歡上一個女人，就算這個女人是他的兒媳婦，如果他想得到的，誰又能阻止得了他呢。

除非他自己放棄了，這件事也才可以作罷。從目前的情勢來看，玉真公主發現玄宗是真動了心，而且這感情動得很深，有一種不置不顧的癡迷，這份癡迷讓玉真公主又羨慕又感動，還有一點點嫉妒。但誰又能說這不是玉環的幸運呢，苦只苦了壽王，好在他們還沒有孩子，壽王還年輕，他還可以再找，還可以再培養一份感情。左思右想，玉真公主只能下決心來促成玄宗這樁婚事了。

楊玉環在徵得了壽王同意後，答應和玉真公主一道去北郊遊玩。她們訂了日子。

在此之前，玉真公主已經和高力士聯繫好了，由高力士安排皇上到時也去北郊，像上次一樣，裝作偶然的巧遇，再和楊玉環見面。這樣，對他們兩人來說，既有著巧遇的驚喜，又不著痕跡地完成了任務。

這天，高力士對玄宗說：「大家，近日郊外春光明媚，許多王孫貴族都外出踏青賞春，前兩天玉真公主對我說，她有心相約皇上一道去，只不知皇上是否有空？」

玄宗看了高力士一眼，想探詢到他這番話後面是否另藏有深意。但他看到高力士垂手一旁，目光下視，臉上並無任何表情，他也不置可否地「噢」了一聲。

高力士繼續說：「玉真公主說，到時她還可以喊上一兩人，大家一起玩得高興些。」

高力士這樣一說，玄宗也就明白了，所謂一兩人，不過就是壽王妃一人罷了。他興致頓時高漲，笑著說：「好啊，天天悶在宮裏，我早想外出遊玩一下了。」

到了這天，玉真公主把楊玉環約了出來。高力士和玄宗一起，爲了避人耳目，高力士將所帶的車馬全部去掉皇家的徽記。高力士看到，皇上在聽說要出宮時，那種按捺不住的心情就像一個少年要去見自己初戀的情人，有按捺不住的喜悅和渴望。玄宗在侍女爲他穿衣打扮時，居然比平時多花了不少時間，因爲是去郊遊，本來可以穿得隨便些，隨便中，玄宗爲自己挑選了平日在皇宮裏不太穿的淡雅色調的衣服，這讓他看上去年輕些，隨和些，更平易近人，更儒雅。

其實這些都是高力士他們所能看到的，看不到的還有玄宗幾天來特意爲楊玉環編排的一首舞曲。他希望能引起玉環的歡心與興趣，能明白曲調中的心意，能與他一起唱和。因爲是爲心愛的女人所作，這首舞曲中流淌著情思委婉、曼妙，寄託玄宗自己的所思所想，所戀所愛。他一邊作曲一邊想像著楊玉環作舞時的一顰一笑，每個動作每個眼神彷彿都在眼前，他沈醉著，靈感從來未有過的翩然而至，令他欣然鼓舞。

那天晚上，他興致如此之好，以至高力士幾次想催促他安寢，但看到他如此投入迷醉的樣子，話到嘴邊又咽了回去。月光透過窗櫺，透過紗幔照在琴案上，玄宗覺得那就是楊玉環盈盈的眼波在伴隨著他，一曲終了，玄宗覺得自己靈魂已隨著那道盈盈眼波出竅了。

一路上，高力士發覺皇上的心情就像春陽一樣蠢蠢欲動，無拘無束，充滿了歡快。自從皇上的眼裏有了壽王妃，他就像換了一個人似的，渾身充滿了活力。他們爲了不張揚，帶的人不多，都身著便服，別的侍衛都扮成遊客，暗中保護皇上。

等到了北郊，果然是遊人如織，仕者如雲，許多王公貴族都乘著春光明媚出來踏青。這種情況下，玄宗不能下車，他只能在車上掀起布簾小小的一角，朝外望去，希望在人群中能看到楊玉環的身影。他當然看不到玉真公主與楊玉環。

高力士沒有想到北郊會有這樣多的人，他也不知道玉真公主來了沒有。但他想，就是她們來了，也不能在這樣廣稠的人群中讓皇上與她們見面啊。於是，有意地，他把皇上車駕往人群稀少的地方趕去，他想，玉真公主會來找他們的。等到了一處偏僻的地方，他停住車駕，讓皇上下車，在四周用布幔圍了好大的一個圈子。

玉真公主倒是很早就把楊玉環約了出來，她帶著楊玉環到了北郊，一邊遊玩一邊不停地用眼瞄著四周，希望與高力士遇上。

楊玉環因爲兄長的事，不知犯愁的她居然也有了幾分惆悵，所以她慵懶地幾乎是無奈地伴隨著玉真公主。出門前，壽王還勸勉了楊玉環幾句，說是難得玉真公主能這麼殷勤相邀，應該拋開一切煩惱好好散散心。壽王哪裏知道項莊舞劍，意在沛公，他不知道一個由玉真公主和高力士合謀好的一個巨大的網就要將玉環罩進去，他心愛的女人即將成爲父皇覬覦已久的口中食，而一頂綠帽子就要扣在他的頭上。

渾然不覺的還有楊玉環，她就像一隻小鹿，蹦蹦跳跳地就要掉進一個甜蜜的陷阱中，她的人生軌跡也就要從這一刻發生巨大的變化，她很小時候那個道士對她的預言，正在向她一步步地走近。

玉真公主領著楊玉環邊走邊看，但是她其實是在尋找皇上的蹤影。開始她也是在人多之處尋找，但始終沒有看到，想了一下，她明白了，高力士怎麼會安排皇上在人多的地方與楊玉環會面呢。於是她帶著楊玉環向人少的地方而去。果不其然，在遠離遊人的一塊草坪間，她看到了高力士正在東張西望。她對楊玉環說：「玉環，你看那邊不是宮中的高將軍嗎，他怎麼也有空出來遊玩，該不是皇上也在此吧？」

楊玉環順著玉真公主的目光看過去，一個豪華且威嚴的屏障就在眼前，她也吃了一驚，但內心忽然也湧起了一陣喜悅。

楊玉環爲什麼會有這樣的心情呢，因爲在上一次與皇上的會面中，她發現皇上是一個溫和慈祥的人，是一個懂歌舞與音樂的人，是一個與她有著共同語言的人，雖然他是皇帝，是大唐王朝至高無上的人，是壽王的父皇，但在心底她還想著能與他再見面，好與他再探討一番音樂歌舞。所以當玉真公主說皇上有可能在眼前時，她的眼睛不禁一亮。

這個小小的舉動沒有瞞過玉真公主，玉真公主的忐忑不安的心放下了，她知道她不必再有什麼內疚了，因爲楊玉環也是喜歡看見皇上的。

「玉環，我們過去看看吧。」玉真公主說。楊玉環點點頭，跟隨玉真公主向高力士走了過去。

高力士自然也看到了她們倆人，他迎了上去，向玉真公主拜見道：「啊，是玉真公主和壽王妃，奴才拜見二位。」

「高將軍今天怎麼有空出來遊玩啊？」玉真公主說。

「皇上今天心情不錯，奴才今天是特地陪皇上出來遊玩的。」

「啊，皇上在此嗎？」玉真公主像什麼也不明白似地說。

「啊，公主小聲一點，皇上是便服出遊，不想驚動太多的人。」

高力士和玉真公主在楊玉環面前演著戲。

「玉環，我們當進去拜見皇上一下。」玉真公主又向高力士說，「高將軍，你進去通報一聲，說我和壽王妃拜見皇上。」

高力士進去沒多一會兒，出來笑著說：「皇上有請公主和壽王妃。」

有意的安排在楊玉環看來一切都像是巧合，一切又都是順理成章。

玉真公主攜著楊玉環的手走進幔帳，拜見了皇上。玄宗不知怎麼了，雖然見過那麼多女人，身邊也時刻少不了美貌的女子，但一見到楊玉環，他的心竟突突地跳個不止。他在布幔中等待著她時，竟有一種不可遏止的渴望，恨不能馬上就能看到楊玉環，把她摟抱到懷中。所以當他看到楊玉環時，他立即用熱辣辣的眼光看著她。這時，楊玉環也正用羞澀的目光看著皇上，兩人的目光不期而遇，隨即，楊玉環把頭低了下去。這份嬌羞使得楊玉環看上去更像一個懷春的少女，有著一種分外撩人的明媚。而今天的皇上在楊玉環的眼中，也顯得分外精神和清爽。

玉真公主和楊玉環坐定，看到圍在四周的布幔實在很大，它圈出了一個直徑達幾十米的大圓圈，圓圈中央是草地，上面長著淺淺的綠草，頭頂是瓦藍瓦藍的天，更爲奇特的是，布幔中還圍有一棵小樹，開著不知名的大朵白花，花香撲鼻，醉人心脾。皇上的腳下鋪著一塊色彩斑斕的墊子。身處此地，既有郊外美景的相伴，花香鳥鳴可聞可看，又無閒人打擾，也無宮廷的沈悶，真是身心俱爽。

因爲有過第一次的談歌論舞，楊玉環這次並不很緊張，神情上有一種放鬆。皇上也完全放下宮廷中的架式，而是用一個好友的口吻與楊玉環談心。皇上的話不是很多，他更多的時候是引誘楊玉環多說話，他想了解她的一切，想聽到她的聲音和看到她臉上的表情。他看著她，目光溫和，像愛惜一件還沒到手的珍寶一樣，只要是關於楊玉環的點點滴滴，他都愛聽。但楊玉環因爲有著哥哥楊鑒的事掛繞於懷，她有點愁悶不樂。

也許是受了皇上的寬容和慫恿，本來沒有心機的楊玉環慢慢把話題引到了自己身上。她歎了一口氣。

「怎麼，壽王妃今天不高興嗎？」楊玉環的一顰一笑都沒有逃過玄宗的眼睛，他問道。

「出來遊玩是很高興的，但，啊，沒什麼。」楊玉環突然覺得這事還是不說的好。
見楊玉環欲說還休的樣子，玄宗更著急了，他催促道：「壽王妃有什麼不開心的事嗎？」
「只是一些家事，不值得皇上動問。」
「玉環，有什麼事，你就跟皇上說了就是，皇上也是關心你嘛。」玉真公主在一旁說。
「只是哥哥的一些事，不好意思打擾皇上。」
「壽王妃的哥哥在哪裏供職啊？」
「哥哥只是一個校書郎，但聽他講，近來他的上司總是與他爲難，處處刁難他，弄得他很不開心。」
「爲什麼呢？」
「我也不知道，聽他說，好像就因爲他是我的哥哥，而他的上司是聽太子話的。」口無遮攔的楊玉環一點也沒顧忌，在皇上面前把什麼都說了出來。
「噢，原來只是這麼一點小事，弄得壽王妃這樣不開心。」
「在皇上看來可能只是小事，但對我來說可不是小事。我一回去就見到哥哥唉聲歎氣的樣子，他還托我幫忙，看能不能把他換個環境呢。我哪裏有這個能耐呢。但我也不想看到哥哥整天愁眉不展的樣子。」
玄宗笑著點點頭，他喜歡楊玉環凡事都顯露在臉上的模樣，喜怒哀樂不要你動腦子去猜。他對旁邊的高力士說：「力士，既然壽王妃這樣不快樂，你看有什麼辦法可以幫她解決呢？」
早已摸透皇上心意的高力士連忙說：「陛下，既然壽王妃的哥哥不適宜做校書郎，那就把他調換一下吧。」

「那你看把他調換到哪裏呢？」

「回皇上，正好禮部缺人，就把他調爲禮部舍人吧。」校書郎只是九品小官，禮部舍人可是六品官了，但高力士知道，皇上爲了討得壽王妃的歡心，恨不能把她哥哥調爲一品官呢。

「那這事，朕就委託你去辦理了。」

「啊，恭喜壽王妃，你的哥哥可是大大升官了。禮部舍人可是六品啊。」玉真公主怕楊玉環不明白其中的官銜高低，裝作驚訝地叫了起來。

楊玉環的驚喜更是表露在了臉上，她沒有想到只是隨便說說的事，竟把這幾天來掛在心上的一件難事解決了，她再次對皇上盈身一拜，表示對皇上的感激之情。

心上的石頭一去，楊玉環再次顯出她活潑可愛的性情，神情顯得放鬆、快樂，就像一朵忽然被雨水滋潤開來的芍藥，那種嬌豔和美麗真是曼妙無比，無法言說。皇上只看得心旌難耐，恨不能馬上就把楊玉環帶進宮裏成爲自己的女人，只可惜那邊楊玉環像一個天真無邪的少女一點不解皇上的心意。皇上耐住了性子，他很清楚地知道感情的事是不能勉強的，需雙方的相知才能相悅，壽王妃受制於兒媳的身分，也難怪她不解皇上的那份難耐的情感。

此時，玉真公主看到皇上猴急的模樣，心中只是好笑，她覺得自己此時真的成了一個多餘的人了。於是，她站起來對高力士說：「力士，我剛才過來時，看到敏王妃也來了，我過去和她打個招呼。」

高力士也是八面玲瓏的人物，他豈不知玉真公主真正的心意，也隨勢說：「奴才送公主。」

玉真公主隨即向皇上和楊玉環說先去看看敏王妃，等一會兒就過來。說著離開了布幔。高力士送她，說也奇怪，也是一送不見了蹤影。

佬大個布幔裏，只剩下玄宗與楊玉環。楊玉環稍稍有些局促，似乎覺得單獨與皇上在一起，有些不妥。但皇上一點沒有在意，神情間顯得很隨意，他說：「壽王妃，上次在玉真觀裏聽了你對音樂的議論並欣賞了你的美妙舞姿，回去大受啓發。希望常聽到你對歌舞的見解。」

聽皇上這樣一誇，楊玉環臉上泛紅，她羞澀地說：「臣妾只是胡亂議論，陛下不責怪就是了，哪敢承蒙陛下誇獎。」

「我從來不胡亂誇獎人的，你的舞跳得實在是好。回去以後，讓我久久不能忘懷，眼前心裏顛來倒去都是你的舞影。」玄宗是情不自禁地說出這番話的，但他全沒想到，這番話與他的身分卻是大大不符。

聽到皇上這樣動感情地誇讚，楊玉環除了把頭低得更低，再也講不出一句話來。

「針對你的舞蹈特色，我回去後靈感迸發，隨即編排了一首舞曲，很想聽聽你的看法。」

「好啊，快奏給我聽聽。」一聽皇上特地爲她編排了一首舞曲，天真的楊玉環竟不自禁地喊出聲來。待話一出口，才知道這樣對皇上講話，是大大的不敬。她吐了吐舌頭，把頭低了下去。

楊玉環的天真與率性更惹得玄宗心癢難熬，他不僅一點沒有見怪，反而喜歡看到她這種天性流露的模樣。他微微一笑，吩咐站在遠處的宮女爲他捧上一張古琴。原來爲今天的相會，玄宗是什麼都準備好了。

玄宗把寬鬆的衣袖往上擼了擼，伸出手指，在琴弦上輕輕一拔，隨即一陣動聽的樂曲流淌開來。古琴本來只宜演奏輕柔緩慢的樂曲，這樣更能體現古曲中的意境，但玄宗演奏的曲子一點沒有輕柔舒緩的跡象，相反，顯得激昂奔越，好似其中藏有金戈鐵馬之勢。

聽著皇上彈奏的樂曲，楊玉環身上有著一份衝動，她覺得身上的血在衝擊著她全身的每一個部位，有一種按捺不住要起身舞動的欲望，她覺得不用事先編排，只要順著這首樂曲的節拍，她就能跳出曼妙的舞蹈來。但出於禮節，她強自按捺住了自己。

楊玉環身上的一絲一毫變動和迷離的眼光都沒有逃出玄宗的目光，他知道楊玉環不僅聽懂了他特地爲她譜寫的樂曲，而且領略了樂曲中的意蘊，他目光溫和地望著她，鼓勵她不要拘束自己，可以率性而動。

楊玉環在皇上溫和的目光鼓勵下，站起身來，來到草地中央，按著樂曲的節拍，按著自己對樂曲的理解，舞動起婀娜的身姿來。

玄宗看著楊玉環翩翩舞動的身姿，開始還有點生滯，慢慢地就與樂曲中他的心意融合了，看著楊玉環舞蹈動作，他覺得那正是他心中所想所期盼的，是他手下彈出樂曲的形體表現，有時是小溪般輕緩叮咚，有時如大河般奔流狂瀉，有時是春風送暖，有時又是酷冬的蕭殺，甚至在楊玉環的舞蹈中，他還領略到樂曲以外更多的東西，那是他當時創作樂曲時沒有想到的，經她用形體一表現，彷彿爲他推開了一扇窗子，更多美妙的景色撲面而來。他們互相補充，互相啓發，真正達到一種樂舞相洽的境界。

楊玉環呢，也是心情舒暢無比，她覺得在皇上彈奏的音樂中起舞，沒有一點累的感覺，是那樣自然，是那樣合拍，她覺得自己就像一艘小船，在一條平緩的河面上順流而下，船隨水勢而轉，兩邊是青山美景，風光無限。又覺得自己像一隻小鳥，在春光明媚中振翅高飛，天高雲淡，新鮮的氣息撲面而來，氣體的流動載著她忽上忽下，數不勝數的美景從眼底倏然而過。

楊玉環根本不用多想，隨意的舞動就是絕妙的姿態，她覺得耳中的樂曲就像一根魔棒，輕輕地一點，把她身上蘊藏的舞蹈潛能都激發了出來，在此之前，她還從沒想到自己是這樣富有創造性，一投手一舉足，都不像是隨意的擺動，都似事先經過深思熟慮編排好的。她也沉湎在藝術的創造快感裏了。

楊玉環的舞姿讓玄宗看了只覺得有時神清氣爽，有時又如墜雲端，其中有的舞姿他隱約還能看出一點影子，有的姿態卻是他從未所見，但又讓他覺得是那樣的新奇，那樣的到位，真如從未嘗過的美味佳肴，甘泉佳釀，這讓他興奮，讓他驚喜，他沒有想到楊玉環對歌舞的領悟是這樣的深，這樣的準確到位，他對她更是喜愛有加，倍感珍貴。

樂曲終於奏罷。玄宗兩手拂住琴弦，楊玉環如眼前那棵樹上的白花移落在地。兩人久久都沒有作聲。曲終舞歇，但二人還覺得餘音嫋嫋沒有停止。玄宗覺得楊玉環的舞姿並沒有因爲她身體的不動而靜止，而是如流水中的五彩繽紛落花漸去漸遠，讓人回味讓人留戀；楊玉環也覺得耳中的音樂也沒有因皇上手指的不彈消彌，而如一隻仙鶴在祥雲中愈飛愈遠，終於和天邊的朝霞溶爲一體，心中一片空明，爲之惆悵，爲之嚮往。

過了一會兒，玄宗才拍手喝起彩來，他說：「玉環，你不僅把朕心中所想的都表現了出來，還激發了朕心中所沒有想到的。」

激情奔放之下，玄宗竟脫口而出壽王妃的閨名。楊玉環臉色紅潤，猶如綻開的桃花，她也陶醉在藝術的創造之中，好似沒有聽到皇上直呼她的閨名，低聲說：「是皇上曲子作得好，臣妾勉力而舞，讓皇上見笑了。」

玄宗情緒稍稍平靜了一下，他口角含笑地詢問道：「王妃，我剛才看你那段舞蹈，中間有許多我從來未見過的舞姿，那都是你獨創的嗎？」

楊玉環說：「啊，那是劍器舞。」

「劍器舞？」

「不知皇上聽沒聽說過一位叫公孫大娘的人，我的劍器舞就是她教的。她是這個舞蹈的編排者。」

「公孫大娘？我倒是聽人提過，好像她是一位舞教坊班主。」

「正是，她的劍器舞跳得可好了。」

「劍器舞，我還是第一次聽到這個名字，剛才看你中間夾了一些片斷，已經令我神往不已，你能不能爲我跳一段呢？」

「臣妾遵命。」

楊玉環再次來到場中，以大地爲毯，爲玄宗跳劍器舞。

由於楊玉環對舞蹈的熱愛與鑽研，此時的她跳的劍器舞已與公孫大娘幾無二樣，公孫大娘有公孫大娘的特色，楊玉環也有自己的風格。只見她走至場中，輕舒玉臂，雖然沒有音樂的伴奏，但一樣把劍器舞的神韻發揮得淋漓盡致。

劍器舞是一種剛柔相濟，柔中有剛，剛中有柔的舞蹈，有些張狂，但又有些內斂，它張狂得有度，內斂得有底，如何表現這種微妙的關係，沒有一定舞蹈功底的人是很難把握這個分寸的。楊玉環輕柔的腰肢和從小練就的舞蹈功底，很好地把劍器舞這種一張一弛的節奏表現了出來。

只見她有時如狂風驟雨撲面而來，讓人眼花繚亂，應接不暇，目爲之眩，雖是一女子，卻讓人覺得有森嚴的劍氣襲身；有時又凝重如冰，有時舞轉動得好似已停止了舞動，如一柄蓄勢待發隱藏於匣中振鳴的寶劍，其中蘊藏著竭力壓抑的激情和渴望，讓人感到隨時可能有的一種勇敢和衝動。

看著楊玉環的劍器舞，玄宗的內心感到一種久違了的震撼，他想到了自己倥傯的歲月，想到自己那些已經消逝了的血與劍的拚搏歲月，隨著時光似乎消失了的激情和熱血似乎又回到了他的身上。玄宗的熱血在鼓動，青春活力在湧聚，只是現在的他，已經沒有政敵等著他去征服，他要征服的是眼前美豔無比的兒媳婦，也就是壽王妃楊玉環。

一聲嬌喘，在一陣節奏繁複的快舞中，楊玉環舞完了一段劍器舞，她如嶽停淵，嬌弱中自有一種強勁之美。玄宗由不得一陣喝彩。他看見楊玉環嬌臉上有些汗珠，望去猶如梨花帶雨，忍不住掏出手巾，走上前去，要爲她輕輕擦拭。楊玉環不好意思地把皇上手中的手巾接過來，道了一聲謝。

玄宗誇讚道：「真是一段好舞，朕還從來沒有見過這樣美妙的舞呢，這就是劍器舞嗎？」

楊玉環點頭稱是，說她學習此舞時日有限，舞得還不是很到位，要是公孫大娘來舞的話，更會讓人癡迷，會連喝彩都忘了的。

玄宗說：「那有時間一定要欣賞公孫大娘地道的劍器舞。」

玄宗突然靈機一動說：「壽王妃，你看我大唐王朝富甲天下，威懾四方，四海臣服，真可謂威名遠揚，這是從古未有的事。我總在想，迄今還沒有一曲歌舞能表達我大唐盛況和氣勢的，我總有一個心願，就是要創作這樣一部歌舞。」

「好啊，難得皇上有這樣大的雄心，這應該是空前絕後的一部大型歌舞。啊，讓我想想，這個計劃太誘人了，這樣一部歌舞該是怎樣的精彩啊。」楊玉環眼睛發亮，爲皇上的這一創想所吸引。

「原來我是想一人獨自完成的，現在看來，以我一人之力，恐怕力不能勝，我看壽王妃對各種舞蹈這樣精熟，我想邀請你與我一起來完成這部歌舞。」

「這真是再好沒有了，能參與完成這部歌舞，一定會名垂青史的。」楊玉環完全被皇上的宏偉計劃所打動，恨不能立即參加進去，但隨即又覺得太過唐突，她，一個女子，還是皇上的兒媳婦，有何能力參與皇上的宏偉構想呢，這傳出去恐怕多有不便。想到這，她放低聲音說，「只怕臣妾能力不夠。」

「你可以的。我正好對舞蹈部分不熟悉，而那正是你的長處，我想，我們倆合作，一定會創作出華美的樂章。」玄宗鼓勵著楊玉環，「你看，不管是蠻夷的舞蹈還是邊遠未開化部落的舞蹈，還是遠古流傳下來的宮廷舞蹈，或是民間湧現的舞蹈，都可以一一吸收進我們的歌舞中來，我們要把這些舞蹈兼融並蓄，重新展現在大唐的宏偉氣勢之中去，以此顯示出我大唐不凡的氣度。這一點你是完全可以做到的，你不僅可以對它們創作改編，有些片斷，你還可以領舞，充分發揮你的特長，還有你說的那位公孫大娘，也可以讓她參與進來，我一定要把這部歌舞編排得盛況空前，讓後人知道我大唐超凡的胸襟和威赫名聲。」

「想不到皇上對歌舞這樣的傾心，還有著這樣大的雄心。」楊玉環真心佩服地說。

「其實這部歌舞，上次在玉真觀我已經向你透露了一點，它的名字叫〈霓裳羽衣曲〉，不知壽王妃還有印象嗎？」

上次在玉真觀，楊玉環只限於見到皇上的局促和惶恐，哪裏聽到皇上曾說過這麼一回事，此時，她又不好說沒聽過。玄宗不待她回答，又問道：「你知道我爲什麼起這個名嗎？」

這次，楊玉環真的搖了搖頭，她想皇上起的這個名乍聽起來是那樣的美，確實不是一般人能想出來的。

玄宗臉上露出自得的微笑，似乎也爲起的這個名字而得意。他說：「這個名字還與我的一個夢有關呢。」

「夢？」楊玉環臉上露出不解的神色，她不知道一部歌舞的名字與夢又有什麼關連。

「有一天夜裏，我做了一個夢，迷迷糊糊之中，我身輕化羽，向上升去。我穿過雲端來到天上的一處宮殿前，突然殿門開啓，從裏面走出一位仙女，她說主人已經等我很久了。我正自納悶，天上怎麼也會有我認識的人呢？就跟隨著仙女向內走去。進到裏面，看到宮殿內金碧輝煌，陳設華麗，非人間可比，比我的皇宮美麗輝煌百倍。坐在上面的是一位儀態萬方的女神仙，我看了她一眼，就把頭低了下去，只覺得她身上有一股令人不可仰視的光彩，雖然我貴爲地上的君主，但在她面前，我卻自慚形穢，連開口的勇氣也沒有了。啊，現在講來，她的容顏就宛如在眼前一樣，對，她長得可有點像你啊，壽王妃。」

楊玉環本來專注地聽著皇上在講他做的夢，猛不防聽到他扯到了自己身上，還把他夢中的那位女神仙比作自己，這讓她嬌羞無比，答話也不是，不答話也不是，她只能說一聲：「皇上，臣妾哪能與天上的仙女相比。」

「那位高坐在上面的仙女笑吟吟地看著我說，『遠來的貴客，辛苦了，坐下說話吧』，於是有人替我搬來一張椅子，我坐了下來。那位仙女又說：『聽下面的人稟報說，你身爲一國之君，日夜操勞，沒有一刻安息與懈怠，把國家治理得太太平平，民眾得能以安息，四海靖平，物足糧豐，真是一代仁君。今夜我特派人迎請君王來天廷作客，還請不要拘束爲好。』」

「隨即仙女爲我捧上一杯清茶。那杯清茶看去與我常喝的茶一樣碧綠無二，但一入口，卻口頰留香，從裏到外，從肺腑到全身無不服暢，只覺得像一條小溪流淌過全身，把我的內臟洗刷了一遍，每一個汗毛孔都透著熱氣。仙女說：『由於你一心爲天下百姓著想，殫精竭慮，故奉你一杯增壽茶，但養身之道，還在於清心節欲，培精固元，望你不要過多沉湎聲色，才可長享天年。』我點頭敬受仙女教誨，不敢多言。稍待片刻，仙女又對我說『我早聽說明君對樂律很是精通，前不久，我剛編排了一組歌舞，這就演練給你看看，其中不妥之處，還請指教。』聽她如此一說，我連忙站起，口稱不敢，粗識陋見，何敢在眾仙面前露醜。」

「不等我說完，坐在上首的仙女手一招，只見一隊仙女魚貫而入，隨即一陣悠揚的樂聲響起，眾仙女隨樂翩翩起舞。啊，那真是美妙無比的音樂，我雖在宮廷這麼久，但還從來沒有聽過這樣美妙的樂聲，我聽在耳中，只覺得周身被一股暖融融的氣息所包圍。剛才的清茶讓我從裏到外感到舒暢，現在聽著動聽的音樂，又讓我感到從外到內的歡快，我覺得自己在這股氣息的包圍中，變得愈來愈透明，愈來愈輕柔，有著身不由己隨著樂曲飄蕩的感覺。我的眼前彷彿看到了那一縷縷的樂曲像一條條彩色的帶子在繚繞，在盤旋。我很想弄明白這樣悅耳的樂曲是由什麼樂器演奏出來的，側頭一看，也不過就是箏、笛、鼓那些人間樂器，但這些普通的樂器如何能演奏出這樣好聽的樂曲呢？我實在想像不出。」

「這時，我再看眾仙女的舞姿，更是曼妙無比，她們長袖善舞，望去飄飄若仙，或進或退，或急或緩，無不姿容美麗，是我從未見過的。看著她們從容自然的舞姿，連我這個不會跳舞的人心裏也有著一份衝動，要起身與她們同舞。她們一會兒群舞，如梨花怒放，一會兒獨舞，如仙鶴翩躚於雲端，還沒等我對眼前的舞姿回味品賞，更加超凡出塵的姿態又乍現面前。我耳中聽著仙樂，眼中看著眾仙女飛揚的儀姿，真不知到底身處何處。直到歌歇舞罷，我還沈醉不醒，感到身上的魂魄也隨著那慢慢消逝的曲音漸去漸遠，消失在天際雲間。」

「就在我呆呆出神，靈魂出竅之時，高坐在上的仙女問我『明君，你覺得此段歌舞如何？』」

「我稱慕不已，只說是我平生所未聽聞的絕佳歌舞，觀此歌舞，如入仙鄉，陶陶然忘記一切煩憂與愁苦。」

「『這只是我新近編排的一首叫〈霓裳羽衣曲〉的歌舞，能得明君盛讚，實感幸慰。』」

「這時，我才知道這首歌舞的名字叫〈霓裳羽衣曲〉。於是牢牢記在心中。又坐了一會兒，仙女就說仙廷不可久坐，命人送我出來。於是，我告辭，依然跟著來時爲我引路的那位仙女往外走，等走出大門，我向外一看，只見眼前白茫茫一片，根本沒有來路可尋，剛要回頭向仙女詢問，背後猛地被人一推，身不由己一頭栽了下來，嚇得我大喊一聲。隨即從夢中驚醒，才知所經歷的一切不過是一場夢。」

「雖然是一場夢，但夢中所經歷的一切卻深深印在我的腦中，特別是那場歌舞，更是讓我回味良久。醒來的我想把那場歌舞重溫一遍，卻發現不能完整地把它復述出來，想起的只是一些片斷，斷斷續續不能串連成章。但那場歌舞實在太誘人了，每當我一想起，就禁不住心旌搖動，爲之神往。我想，不管那場歌舞是我夢中經歷的也罷，是我幻覺臆想的也罷，反正我聽過和看過，就是沒有這麼一部歌舞，我爲什麼不能創作一部呢？於是，我決心創作一部在樂典中從來沒有被記載過的，宮廷舞班中也從來沒有上演過的一部歌舞。」

「那皇上創作出來了嗎？」楊玉環被玄宗的這番話所吸引，眼睛一眨不眨地盯著他問。

「朕本來想憑一人之力獨自完成這部歌舞的，但現在看來有點力不從心，雖然我對樂律很熟悉，勉強還能譜寫成曲，但在舞蹈部分，我就不行了。就是因爲這樣，我才想讓壽王妃來幫這個忙的，不知壽王妃是否願意和我一起完成這部歌舞呢？」

「啊，我行嗎？」楊玉環聽皇上這樣一講，也勾起了心裏的創作激情，但她怕自己能力有限。

「讓我們試試嘛，我有種預感，如果我和你合作，一定能完成這部歌舞的。」玄宗用溫柔而又期望的目光望著楊玉環。

被皇上這樣一說，楊玉環臉色緋紅，好像他們之間已經不是君臣關係，也不是公公與兒媳婦的上下輩關係，而是一對熱愛藝術要爲藝術獻身的同輩人。

接下來，玄宗與楊玉環的話題就放在了那部叫〈霓裳羽衣曲〉的歌舞上，他們放鬆而自由地交談著，心意漸漸相通。

時間過得很快，不知不覺中，鳥兒歸山，暮色四合，玉真公主也回來了。楊玉環與玉真公主向皇上告辭。

坐在回府的車輛中，玉真公主看到楊玉環滿臉的興奮，她問道：「玉環，今天，你與皇上都談了些什麼？」

楊玉環不回答玉真公主的話，反問她道：「公主，原來皇上對歌舞是那樣的癡迷，那樣的傾心，你知不知道，他還要創作一部大型歌舞呢！」

「噢，是嗎？我沒有聽說過。」皇兄喜歡歌舞，玉真公主是知道的，但沒聽說他要創作一部什麼大型歌舞的事。難道朝中大事還不夠他忙碌的嗎？

其實玄宗皇帝爲了自己享樂，把一切朝中大事全部委託給了宰相李林甫處理，他還給自己找理由，說他找到了一位賢相，他可以不必像以前那樣操勞，萬事無憂了。至於李林甫是不是像他所說是一位賢相，凡事秉公處理，他就不知道了，只是聽那些奉承小人都這樣說，他也就跟著信了。

其實人有時候在沈迷於情欲的時候，往往是最不理智的時候，他們是會想出種種理由來放縱自己原諒自己的，那時他們只是一味地沈浸在個人的情感的享樂之中而忘乎所以，玄宗也不例外。特別是在遇到楊玉環後，玄宗更顯得魂不守舍，對朝政不聞不問，他只想著如何把壽王妃弄到手裏，彷彿那就是他生命最高的需要，並且比什麼都來得重要。

楊玉環回到壽王府，壽王正要派人出外找她，說她與玉真公主去了這麼半天，著實讓他放心不下。楊玉環拉著壽王的手說：「看你擔心的，我和玉真公主在一起，還能有什麼事。」

隨後，楊玉環把這天外出遊玩的情景告訴了壽王。她興奮地說道：「阿瑁，原來皇上對音律是那麼地在行，對舞蹈的鑒賞眼光也很敏銳，你有沒有聽說，皇上還要創作一部大型歌舞呢。」

壽王聽了楊玉環絮絮叨叨地說個不停，不知怎的，心頭有種說不出的惶恐和不安。爲什麼會這樣呢，他說不清。按道理玉環外出遊玩遇到父皇，這是小事一樁，或者應該說是慶幸之事，父皇對她還那麼好，與她還談歌論舞，還把自己要創作一部歌舞的事跟她說，這可不是任何人都能享受到的殊榮啊。

但其中總有一個地方讓壽王歡喜不上來。上次在玉真觀，玉環遇到了父皇，如果說那次還是巧合的話，哪有這樣巧的事，此次外出又遇到了父皇，要知道，父皇可不是經常出宮的人啊。但這種可能也不是沒有。壽王裝作不經意地詳細地詢問了玉環和父皇在一起的情景。天真活潑的楊玉環竹筒倒豆子，心無城府地把一切都說給壽王聽了，她邊說邊比劃，說她與玉真公主到北郊的時候，皇上和高力士早已經到了，爲了不讓人發覺，還在四周圍了一個老大的布幔，這只有皇上才能想得到，還說沒有想到自從上次遇到皇上後，皇上還特地爲她譜寫了一首舞曲。

聽到這裏，壽王心中一頓，忙問什麼舞曲。楊玉環告訴他就是一首短曲，是皇上針對她的舞蹈特點專門譜寫的。聽了這話的壽王心中的不安又增加了一分，他知道父皇就是對兒媳婦喜歡，也絕沒有喜歡到專門譜寫舞曲的地步，這樣說來，父皇與楊玉環的相遇還怎麼能說是巧遇呢。

壽王的臉色愈來愈凝重，他的心中沈甸甸的，有一絲不祥的預感。楊玉環還在喜氣洋洋地說著，根本沒發現壽王臉色的變化，她問壽王：「阿瑁，皇上說讓我與他一起參與那部大型歌舞的創作，你說我要不要參與？」

「我不知道。」壽王答道。

坐在回宮的車輦上，玄宗皇帝微閉著雙眼，在心中把白天所發生的一切細細想來，慢慢的品味，猶如品嘗一道美餐，慢慢地吃下去，再慢慢地咀嚼，生怕囫圇吞下不辨其味。他想著楊玉環的一顰一笑，一舉一動，臉上露出絲絲微笑，陶醉其中，樂在其中。就在他沈浸其中時，車輦一頓，到皇宮了。

回到宮裏，玄宗的眼前還是楊玉環的倩影美姿，他神情恍惚，甚至有點失神落魄，吃飯時，面對著滿桌的美味佳肴，他沒有一點胃口舉箸。只吃了兩口，就把手中的筷子放下了，並重重地歎了一口氣。

其實玄宗的這一切神情都沒有逃脫高力士的眼睛，作爲皇帝身旁的貼身的奴才，自然對皇上的一舉一動都注意在心，他明白皇上之所以食無味，寢不安，全在於對壽王妃的思念上。但作爲奴才，他深深知道皇上的心事，但是皇上只要不提，他也就不能主動開口啊。當他看到玄宗只吃了幾口飯就把筷子放下後，也只是說：「皇上，再吃一點吧。」

玄宗看了看高力士，搖了搖頭，說：「朕已經吃飽了。」

看著皇上神情萎靡的樣子，高力士心有不忍，他開口說：「皇上，壽王妃真是一個才藝雙全的人啊。」

玄宗臉上神色舒展，他說：「是啊，想不到她這樣一個美貌出眾的人，還對舞蹈那樣的精通，真是難得。」

其實玄宗此時最樂意的事莫過於有人和他談論楊玉環了，他一聽高力士講到她，臉上立刻就顯出高興的神色來，就像一個正沈浸在戀愛中的男人一樣。

「唉，只是礙於她的身分，不能總是與她在一起，真是遺憾。」玄宗神情沮喪地說。

「這也不是什麼難事，只要想個辦法，壽王妃就會常常陪伴在皇上身旁的。」

「噢，將軍有什麼好主意嗎？」

「奴才沒有什麼好辦法，但奴才想，既然皇上要得到哪一個女子，想來不應該是難事啊。」

「話是這樣說，但她總是壽王妃啊，是我的兒媳婦，有名份在那裏放著，我不能太出格。」

「如果皇上考慮這麼多，我看壽王妃是不會和皇上長久在一起的。」

「我這個當皇上的，總不能去奪兒子的女人吧。」

「為什麼要奪呢？可以讓壽王獻啊。」

「什麼？要壽王獻？啊，不，不會的，聽說壽王夫婦感情很好，他不會平白無故的把壽王妃出讓的。」

高力士不吱聲了，他默默地站在一旁。

玄宗嘴裏不自禁地喃喃著「壽王妃」三個字，突然，他一轉身，面對著高力士，語氣決定地說：「我又為什麼不可以得到她呢？」

這句話讓高力士微微一驚，他彷彿又看到當年玄宗英武的樣子，只是當年的對手是政敵，現在呢，只是為了得到一個女人。

「力士，你看我該如何辦呢？」

「皇上，奴才覺得這事最好還是去找玉真公主。」

「這事由玉真公主出面去對壽王說也許更好些，不管怎麼說，他們之間有著一層姑侄的關係。」

「玉真公主？爲什麼？」

「對，對，你講得有道理。現在我們就去找玉真公主。」

高力士一聽這話，心裏想皇上可真是性急啊，下午剛剛才和玉真公主分了手，現在又去找她，要知道，現在可是晚上啊，爲了一個女人，值得嗎？

但玄宗沒有想那麼多，他急匆匆地站起來，就讓高力士準備車輛，馬上就要到玉真觀去。高力士不敢怠慢，連忙著人去準備皇上乘坐的車輦，吩咐一定要悄悄準備，不要讓太多的人知曉，並安排龍武騎士隨駕保護皇上，通知把守皇門的軍士放行。因爲是宵禁時刻，這樣一隊人馬出皇城，務必要通過掌管龍武軍的將軍。一切都不難辦到，只是當這樣一大隊人馬穿城而出時，那些把守皇門的軍士還以爲邊防又出了什麼大事了呢。

爲了遮人耳目，玄宗不再騎馬，改坐車輦。他坐在四平八穩的車輦裏，四角裏掛著四盞燈，朦朧的燈光照射在窗紗上，是那樣靜謐，春天溫暖宜人的氣息隨著縫隙透入車中，聞了讓人說不出的舒服。偌大個隊伍在街道上行走，除了偶爾聽到了一兩聲馬的響鼻聲外，什麼聲音也沒有發出。

不一會兒，到了玉真觀前。皇上要來的消息，早有人提前通報了玉真公主，玉真公主早早地穿戴整齊地立在觀前等候著了，一見皇上的車輦，連忙趕上前去，打開車門，把玄宗扶下車來。

遵照高力士的吩咐，玉真觀中別的道姑一概沒有驚動，閒雜人員更是屏棄在外。玄宗和玉真公主來到正殿。玉真公主不知皇上深夜來到玉真觀幹什麼，她滿懷疑慮地望著玄宗。在燭光的映照下，玉真公主看到皇上的臉上毫無表情，全沒了白天的光彩，待皇上落坐後，她才問道：「皇上，不知此時到來爲著何事？」

玄宗沒有忙著回答玉真公主的問題，他幽深地望了她一眼，擡起頭來，把目光射向前方。過了一會兒，他緩緩地說：「小妹，爲兄今年多大了？」

玉真公主心中一愣，她想，皇兄怎麼沒來由地會問這個問題呢，但他語氣中充滿了親切，她稍稍頓了一下，說：「皇兄今年五十有餘了。」隨後又加了一句，「這離古人說得高壽還早著呢，而皇兄你一定是個高壽之人。」

玄宗笑了笑，對玉真公主的祝願不置可否。他接著說：「朕雖五十出頭，但朕已經覺得老了。」

「不老，不老，皇兄怎麼會有這樣的感覺呢？」玉真公主連忙說，她知道，凡是爲君者忌的就是別人說他老，他自己說的也不是真心話。

「怎麼不老呢？朕現在可是孤家寡人一個啊。」

「皇兄子孫滿堂，怎說得上孤家寡人呢？噢，莫不是寧王大哥去世後，讓你覺得孤單了，三哥啊，兄弟失群，固然讓人傷悲，但此也是天意，不能由此就說孤家寡人了，再說，還有我們這些妹妹呢。」

玄宗聽了玉真公主的話，心裏只是暗暗地著急，他不知道玉真公主是頭腦太迂，還是裝著聽不懂他話中的含意。他說的孤家寡人可不是玉真公主所說的兄弟四個現如今只剩他一個的意思，而是說他年輕時娶的那麼多嬪妃和皇后，現今是一個也沒有了。父母當然是最親的了，排下來當是夫妻，現在他身旁連一個貼心喜歡的女人也沒有，難道不是孤家寡人嗎？

玉真公主哪裏明白這些啊，她以爲皇上深夜來此，只是要和她一起回憶往事，回憶逝去的雙親呢，並爲此感到受寵若驚。

見玉真公主半天開不了竅，玄宗沒有辦法，只好親自點題說：「常話說夫妻一體，小妹，你看我早年娶的皇后與嬪妃，無不先我一步而去，只剩下我孤零零地一個人留在世間，難道還不讓人倍增孤單嗎？」

「啊，原來皇兄說的是這回事呀。」直到此時，玉真公主才算開竅，她隨即說，「但這也不能說皇兄就是孤家寡人了，後宮還有那麼多嬪妃呢，誰不在企盼著得到皇兄你的寵愛啊。」

「小妹，這麼多年來，你難道還不了解爲兄嗎？爲兄與歷史上的那些好色荒淫的皇帝是不同的，那些皇帝是恨不得讓天下的美女只供他一個享樂，而我呢，不求過多，但求性情相投，能真正從心裏悅我者，我才有興趣親近她。武惠妃不就是這樣嗎。因爲她能得我的歡心，與我性情相知，直到她臨死，都是我最寵愛的女人。」

「皇兄不須太過傷悼，武惠妃固然是一位出眾的女子，但她已經離世這麼多年了，皇兄也應該另有鍾愛了。再說，後宮那麼多女子不見得都長得比武惠妃醜，依我看，有一些女子當還勝過她。難道皇兄就沒有找到一位自己鍾愛的女子嗎？」

「我找到了，但不是在後宮。爲兄今晚來，正是爲著此事啊。」聽玄宗這樣一說，玉真公主不禁一愣，心想，皇兄找到合意的女子到我這裏來幹什麼？隨即她明白了，皇上中意的女子一定是壽王妃楊玉環了。想到這裏，她沈默著不再開口了。

玄宗說：「小妹，爲兄今年已經五十多歲了，說大不大，說小也不小，即使別人不說，自己心裏也是清楚的。我不想在晚年時再讓自己有什麼遺憾，連自己喜歡的女子也無法得到。小妹，爲兄是來請你幫幫我的。」

「不是我不幫你，可這讓我如何幫你呢？壽王夫妻感情很好啊，這又如何讓壽王妃離開壽王呢？」玉真公主終於說出了「壽王妃」的名字。

「小妹，我相信你是有辦法的。我要壽王妃來到我的身旁，並從心裏接納我，不因我強行拆散他們夫妻而怨恨我。小妹，這就是我深夜來此的目的了。希望你能體諒到我這份焦急的心情，快點想出辦法來。」

「皇兄快別這樣說，玉真盡力而行之，只是玉真有一個請求，皇兄能答應嗎？」

「你快說，只要能讓壽王妃來到朕的身旁，別說一個請求，就是一百個，一千個，朕也會答應你的。」

「玉真請求皇兄此事不應太急，讓玉真一步一步地辦來，萬一辦不成，請皇兄只管責罰玉真好了，不要怨怪壽王妃的好。」

「不會的，我相信小妹一定會辦妥此事的。」

這句話說了等於沒說，玉真公主問的是萬一辦不成請他不要再去爲難楊玉環，而玄宗避開問題，說她一定能辦成，就是說萬一她辦不成，他可沒答應不再去糾纏楊玉環。

玄宗把心事託付給玉真公主後，心裏才輕鬆了一些，他覺得肚子有些餓了，就讓玉真公主擺上一些小吃，準備吃一點墊墊肚子。

在進食的過程中，也許是因爲氣氛輕鬆的原因，玄宗禁不住又提到了楊玉環，看來，他很喜歡和別人說說她。

「小妹，你和壽王妃認識的久，你覺得她是一個怎樣的人呢？」說心裏話，玉真公主打心眼裏是喜歡楊玉環的，並爲她活潑開朗的性格所吸引，但是此時，她不想在皇上面前說楊玉環的好話，如有可能，她倒想說說楊玉環的壞話，目的就是打消皇上心中對楊玉環的念頭，可是她又不能，她又怎能隨便說一個人的壞話呢，再說楊玉環又沒有什麼壞話讓她來說。

「啊，壽王妃是一個開朗活潑又年輕美貌的人，人人都很喜歡她。」

「是的，你說的一點都沒錯，壽王妃性格開朗，但這是她的一個方面，她還有更大的超出眾人的地方，你們都沒有看到。」

「噢，那是什麼地方？」

「就是她出眾的藝術天賦。她不僅善舞，還懂音律，主要的還能創作編排歌舞，這才是朕真正喜歡她的原因啊。」

「是這樣，壽王妃對舞蹈一直保持濃厚的興趣，她的胡旋舞和劍器舞都跳得很好，我也覺得她與皇兄在一起，你們兩人要相投得多，有著共同語言。」

「是嗎，小妹也是這樣看嗎？不瞞你說，我每當與壽王妃在一起時，就感到身上又充滿了活力，逝去的青春又回來了，這在以前可是從來沒有過的事啊。每次和壽王妃的相聚，在朕看來都是那樣的短暫，時間不知不覺中就過去了，在那短短的時間裏，朕覺得就如同換了一個人，心情是那樣舒暢，思維是那樣的敏捷，什麼煩惱的事都不見了。等分手後，朕就又回到孤身一人的境地，雖然後宮佳麗那麼多，但朕覺得是那樣凄清，眼前心底到處都是壽王妃的身影，只想再早日見到她。」

玄宗的這一番出自肺腑的情感流露，深深把玉真公主打動了，看來她把皇上的情感想錯了，皇上對壽王妃的感情是真誠的，不帶有一點貪婪的意思，是出自於內心的渴盼。他需要的是一份情感上的共鳴，不僅僅是肉體上的歡娛。但壽王妃是不是也願意與皇上在情感和藝術上發生共鳴呢？

「小妹沒有想到皇兄竟然這樣癡迷壽王妃，唯一的遺憾是她是嫁與你兒子的女人啊！」

「這些我都想過了，但是我實在割捨不下她啊，我的心裏只有她一個人了，我現在才明白古人說的那句話『一日不見如隔三秋』是什麼意思，雖然我知道這樣不好，但我都這個年齡了，我爲什麼就得不到自己喜歡的女人呢。小妹，你願意看到爲兄天天這樣鬱悶下去嗎？」

玉真公主真想反問皇上一句：難道你不知道，你不鬱悶就會造成另兩個人的痛苦嗎？而那兩個人，一個是你的兒子，一個是你的兒媳婦。但她不敢把這話說出口。她嘴裏不自禁地囁嚅道：「這實在是一件很難辦的事情啊！」

「你有辦法的，你一定會想出一個萬全其美的辦法。」

口氣雖然是商量懇求的，但玉真公主知道，這不是相求，也不是商量，是命令，是一定要去辦的。

不管壽王妃同意不同意，或許她都沒有退路了吧。玉真公主這樣想。

玄宗吃過點心後，就起身離開了玉真觀，回宮靜等消息了。這邊丟下玉真公主可難死了。她想，這讓她如何辦呢，袖手不管吧，她不能，也不敢。皇上親自深夜來求她，她能當作耳邊風吹過嗎？要是旁人可以，她還可以擺擺公主的架子，來求她的可是皇上啊，不要說她不敢不管，如果不盡力，她也不忍心看著皇上那麼痛苦，皇上怎麼說也是一國之君啊。他的痛苦和歡樂也是關係到社稷的大事啊！

管，又到底如何管呢？這是一件棘手又得罪人的事啊。難道要她跑到壽王府，對壽王說，皇上喜歡壽王妃，你出讓自己的妃子給父皇吧，再對壽王妃說，你不是願意和皇上在一起嗎，這下好了，你就永遠和皇上待在一起吧。

玉真公主講不出這些話，再說，就是講了，壽王和壽王妃就同意了嗎？她這不是去哪個未婚的青年男女家做媒，人家歡迎你上門，說的是喜事，喝的是喜酒，這叫什麼事，這是生生拆散人家夫妻的事啊，這是難以啓齒的事。

玉真公主也想到還是用老法子，時刻由她去約楊玉環出來，以遊玩爲名，讓她與皇上遇到一起。但不行啊，一次兩次可以，次數多了，難免會招人耳目，引起壽王的疑心，外間緋聞閑言必然增多，也不是一條長久之計，再說了，皇上要求的是要楊玉環長久陪侍在他身旁，就是說要讓她離開壽王，有可能住到皇宮裏去。如果這樣，只能去和壽王明說此事了，讓他出讓自己的媳婦。

一想到壽王，玉真公主眼前就露出壽王那英俊又懦弱的模樣，她想，多可憐的一個孩子，雖然生爲皇子，但連自己的媳婦也要保不住了。人人都想娶一個美貌如花的女人，但如何保護這個女人更是令人頭痛的事。難道真的要由她來傷害壽王嗎？她不忍心。

玉真公主焦急地在屋裏踱來踱去，不知如何辦才好。突然，她的眼睛一亮，心中想起一個人來，她想，對啊，爲什麼不找她呢？

原來玉真公主想起的那個人是咸宜公主。她想，咸宜公主與壽王是一母所生，在所有的皇子公主中，他們是最親的了，由咸宜公主去和壽王說這件事，也許會更好。

這樣一想，玉真公主心裏像放下了一塊大石頭，頓時輕鬆了不少，一整夜她都在想著如何開口去和咸宜公主說這事。她實在不好開口。

第二天，玉真公主就來到咸宜公主家裏，也就是駙馬都尉楊洄府上。咸宜公主夫婦二人連忙迎接出來，不知輕易不出觀門的玉真公主爲何突然來到府上。玉真公主只是說好久沒出來走動了，隨便出來散散心。

楊洄寒暄了兩句就退了出來，他知道這種情況下，他是不好在場的，女人間自有女人間的話題。待楊洄退出後，稍有點沈默。咸宜公主知道玉真公主心中一定有事，無事不登三寶殿嘛，講是出來散散心，但皇族間一切都是敏感的，可沒有平民百姓間的說串門就串門的道理，只是玉真公主不說，她也不好開口詢問。

玉真公主不是不說，而是在心裏盤算著如何開口才好，還沒有等她開口，咸宜公主倒先說了。咸宜公主說：「姑姑，聽說前一陣壽王妃到你的玉真觀裏去玩了？」

玉真公主正愁找不到話頭呢，聽咸宜公主主動提到壽王妃，心裏頓時鬆了一口氣，心想，她既知道楊玉環曾到我那裏去過就好，這事不是楊玉環親口告訴她的，也必是壽王告訴她的。玉真公主連忙說：「是啊，那次還正好遇到了皇上，皇上是出來微服私訪的，想到我那裏喝杯茶歇一歇的。」

玉真公主心想，咸宜公主既知道楊玉環去過我那裏，一定知道那次皇上也去過了。果然，咸宜公主聽了這話，一點沒有表現出驚異，只問到：「皇上也去了嗎？」

「皇上很喜歡壽王妃，他們探討了歌舞藝術，壽王妃爲皇上跳了舞，皇上還親自擂了一通鼓呢。」

「這真是壽王妃的福份，能親自聽到父皇擂的鼓聲。」

玉真公主看咸宜公主的眼裏閃出光彩。咸宜公主完全是爲弟弟壽王著想，自從壽王爭奪太子失敗，一直過著黯淡的日子，皇上喜歡壽王妃，豈不說明皇上對壽王還是很看重的。但她哪裏知道，皇上喜歡壽王妃是出於個人的情欲呢，可不是愛屋及烏。

「是啊，皇上已經很久沒有擂鼓了，這次可真是難得啊。在我不懂音樂的人聽來，都覺得擂得好呢。」

「父皇自從母親去世後，聽說一直鬱鬱寡歡，不是很開心，這次他見著壽王妃，能很高興地擂上一通鼓，壽王知道了，一定會很高興的。」

玉真公主想，壽王會不會真的很高興還很難說，但可以肯定的是，當他知道父皇要奪走他的女人時，他一定是不會高興的。既然咸宜公主講到皇上心情一直不佳，那我就順著她的講吧。想到這裏，她說道：「是這樣的，皇上自從武惠妃去世後，心情一直很沈悶，後宮佳麗雖有許多，但沒有一個能得到他的歡心，高力士爲了讓皇上開心，聽說還特地從福建選來了一位梅妃，也不能博得皇上的歡心。這可如何是好呢？」

「父皇對母妃的深愛，我們都是知道的，但到底母妃已經去世，父皇也應該節哀順變。這事，我們做子女的不好多勸，姑姑，你還是可以勸一勸的。」

「我沒有少勸，但效果不佳。不過近來，皇上情緒有所好轉，這事你可以問問壽王妃。」

「問壽王妃？」

「是啊。自從玉真觀皇上不期然遇到壽王妃後，表現出難得的興致，後來他們還遇到過一次，皇上的興致依然很高。」

「他們又遇見過一次，在哪裏？」

楊玉環第一次在玉真觀見到過皇上，這事已經由壽王告訴過咸宜公主，她聽後還和壽王討論過這事，覺得這是一個好事，從皇上對壽王妃的態度上，可以看出皇上對壽王還是很喜歡的，但皇上第二次遇見壽王妃，不知是壽王沒來得及告訴她，還是怎麼的，她一點也不知曉。

其實壽王妃第二次遇見皇上的事，壽王不是沒有機會告訴咸宜公主，而是故意不說的，壽王作爲一個男人，或壽王妃的丈夫，他敏感地感到其中有著某種不妥，有著一隻看不見的手在向他侵襲，他不說，是有著某種不想承認的念頭，在潛意識裏他感到一絲不安，但理智讓他迴避。

於是，玉真公主把壽王妃與皇上的第二次見面情況說給咸宜公主聽。

「也是巧合，那天，我約壽王妃外出踏青，到北郊去遊玩，不想又遇見了皇上。皇上在北郊圍了一個好大的布幔，要不是看到高力士，任誰也不會想到皇上在裏面的。」

「你們見到父皇後又怎樣了呢？」

「還能怎樣呢，皇上與壽王妃又談起了歌舞，連我都沒有插話的機會。」

「父皇又擂鼓了嗎？」

「皇上哪有到哪都帶著鼓的道理，不過，皇上雖沒擂鼓，但也彈了一下琴，聽說，彈的曲子還是特地爲壽王妃作的呢。」

「什麼，父皇特地爲壽王妃作了一支曲子?那是一支什麼曲子？」

「我不知道，當時我不在場。」

「你不在場？」

「啊。」玉真公主口氣稍稍頓了一下，繼續說，「他們兩個又是彈琴又是跳舞的，我在旁看了實在沒趣，就到外面走了走。」

咸宜公主心裏隱隱覺得什麼地方有些不妥，試想，皇上和壽王妃單獨在一起，也就是公公與兒媳婦單獨在一起，這傳出去多少不好聽，但這話她不好說出嘴。

「後來怎樣了呢？」

「我從外面回來後，看到倆人都很高興，我很久沒有見到皇上那樣興奮了。看來，兩人有著共同語言。」

「是嗎？」

「咸宜公主，我有個想法，不知可不可以說給你聽聽。」

「什麼想法？」

「皇上鬱悶得太久了，通過前兩次與壽王妃的相遇，我看到他很樂意看到壽王妃，很喜歡和她在一起，那種快樂的神態是瞞不過別人的，我想，是不是可以讓壽王妃時常和皇上在一起遊玩，談談歌舞。」

「這怎麼行呢，壽王妃是皇上的兒媳婦，哪能經常在一起呢，這與禮是不合的，傳出來，一定有著許多閒話。」

「但是，你就願看著皇上一天天憔悴下去嗎，皇上的要求並不很高，只是想壽王妃能時常陪他談談話，討論一下歌舞，這有什麼閒話可說呢？」

其實玉真公主這是在欺騙自己，她當然知道，咸宜公主講的完全是對的，壽王妃再和皇上在一起兩次，外面就會閑言四起。

咸宜公主突然像明白了什麼，問道：「這是父皇的意思，還是你的意思？」

到這步，玉真公主就不好再隱瞞下去了，她靜默了一會兒，期期艾艾地說：「咸宜公主，這是誰的主意重要嗎？問題是只要皇上高興，就行了。」

明白了，咸宜公主全明白了，玉真公主開始講的那些都是廢話，她今天來完全不是隨便來散散心的，是有著使命，有著心計的，那她爲什麼不去直接找壽王說呢，卻跑來和我說。噢，明白了，她這是想讓我去和壽王說，她知道我與壽王是一母所生，關係自然不同一般，但她也太心狠了，讓我去做這種傷害人的事，我又如何去和可憐的壽王說呢？

見咸宜公主不開口，玉真公主也不知該說些什麼，此行的目的已經達到，但她一點也沒有輕鬆的感覺，她從咸宜公主的臉上彷彿看到了壽王令人憐憫的情景，到底是同胞兄妹，咸宜公主臉色戚然。作爲同是皇族中的她，此時又能說些什麼呢？寬慰嗎？顯得虛僞，明曉事理嗎？這事根本就沒有什麼道理可講。她也只有沈默，同時在心裏默默責備自己。

過了一會兒，玉真公主對咸宜公主說：「這事你可以對壽王說說，其實也沒什麼，皇上只是想和壽王妃一起談論歌舞，聽說，皇上正在編排一齣大型歌舞，叫作〈霓裳羽衣曲〉，還邀請壽王妃一起創作呢。」

咸宜公主知道，玉真公主講的這些都是虛話，真實的目的，你愈想掩蓋有時就愈會浮現，試想，哪有至高無上的皇帝會和一個女子平等地探討什麼歌舞的，背後的目的是任何人都能看得到的。但看得到又怎樣呢，你除了屈服外，再沒有別的出路。

咸宜公主本想責備玉真公主幾句，想想又算了，這除了玉真公主是她的長輩外，還想到她也是做爲一個說客來的，也是身不由己，咸宜公主想，如果讓她選擇的話，她也不會贊同這個所謂讓皇上快樂的方法的。

沈默讓玉真公主呼吸不暢，讓她感到難堪，如坐針氈，她實在不好意思再待下去了，就站起來告辭回玉真觀去了。

待玉真公主離開後，咸宜公主的腦子才稍稍清醒了一些，她細細想起玉真公主提出的問題來。事情是明擺著的，父皇既然讓玉真公主來提出讓壽王妃去相陪，迴避是迴避不了的。由此，咸宜公主想到了自己可憐的哥哥。因爲壽王的孱弱，往往是咸宜公主照顧壽王的多，情景反倒像咸宜公主是壽王的姐姐，咸宜公主在心裏呢，也對壽王有著一份關照之情，她想的是，母妃已經去世，太子之位的爭奪中，壽王又敗走麥城，好在沒有性命之虞，在一連串的打擊中，唯一能給壽王一絲安慰的只有壽王妃了。他們夫婦兩人感情甚篤，自從成婚以來，恩愛甜蜜，讓人羨慕，現在好了，上天連這一點也要從壽王身旁拿走，這可讓壽王怎麼受得了這個打擊啊！

第二天，咸宜公主沒有去找壽王，以後的幾天，她也沒有去。她不想去，她想多捱一天是一天吧，壽王晚聽到這個消息，心裏也會多快樂一天吧。但咸宜公主知道，遲早她要去的，玉真公主在聽她的回話，父皇在聽她這邊的消息，或者他們不必聽她的消息，他們只是來對她說一聲，就知道她一定會執行的，她恨死了這無情的現實。雖然她嘴上沒有說出什麼對皇上不敬的話來，但心裏早已經怨恨起他來。咸宜公主想，父皇，你已經都是五十多歲的人，爲什麼還有著這樣強的欲望渴求呢，有這樣的欲望也沒有關係，後宮佳麗三千難道就沒有一個女子能得到你的歡心，你爲何偏偏會看中壽王妃呢，要知道，她可是你的兒媳婦啊，你爲什麼要剝奪自己兒子的唯一幸福呢，壽王現在除了壽王妃，已是一無所有了呀。

咸宜公主這樣抱怨著，她想，我這怎麼去向哥哥壽王說呢，我這不是拿一把刀子往他心口上戳嗎？噢，我這麼直通通地跑到壽王府，對他說，哥哥，父皇看上了壽王妃，你把她獻給父皇吧。不，哥哥一定會受不了的，他要是聽了這話，一定會一蹶不振，一定會有性命之憂。我了解哥哥，他一定會這樣的。

不，不行，我一定要讓哥哥經受住這場打擊。咸宜公主心中暗自拿定主意。但我應該如何做呢？突然，咸宜公主想到，父皇這樣喜歡壽王妃，說不定這對壽王還是一件好事呢，什麼好事呢，就是可以利用壽王妃靠近皇上的機會，讓她時常在皇上面前講壽王的好話，再讓壽王得到父皇的寵愛，把失去的太子之位奪過來。

按理說，太子之位懸了許久才最後定了下來，李與也已經進駐東宮，不可能短時間內再有什麼變動，但事情總是難說的，前太子當了那麼多年的太子，最後還不是在母妃的挑撥下失去了太子之位，不僅太子位失去了，連性命也沒有保住，父皇是容易受感情控制的，他要是鍾情於某一位女子，他會改變一切的。

對，就這麼對哥哥說，他失去壽王妃不完全是一件壞事，這完全是一件峰回路轉的事，再說，他失去壽王妃只是暫時，如果壽王妃能說得父皇改變了主意，重立壽王爲太子，那麼最後他們夫妻還有團圓之日。哪怕這一切都不能成功，也沒有關係，起碼給了哥哥一線希望，這線希望會減輕對他的傷害，會讓他有著生活下去的盼頭。

這樣想後，咸宜公主立馬驅車到壽王府去。楊玉環正好不在府上，這讓咸宜公主感到寬心，心想，這樣更好與哥哥談話。但她還是問了壽王妃到哪裏去了。壽王告訴她，楊玉環去了一位叫公孫大娘的舞蹈師傅處。

待坐定後，咸宜公主讓服侍的奴僕都退了下去，她久久沒有開口，她不知道如何把這件事慢慢講給哥哥聽。過了一會兒，她說：「哥哥，近來，你和壽王妃經常外出遊玩嗎？」

「沒有，玉真公主倒是來約過她兩次。」

「聽說兩次她都遇見了父皇，是嗎？」

壽王聽了這話，驚異地望著妹妹，不知她是如何知道這事的，他記得，他只給她說過第一次楊玉環在玉真觀遇見過父皇。

見壽王不說話，咸宜公主繼續說：「聽說，壽王妃與父皇在一起時，父皇很快樂，第一次擂了鼓，第二次還彈了琴。」

「你是從哪裏知道的？」不怎的，壽王說這話時，語氣中含有一絲驚慌，他顯然不想讓太多的人知道壽王妃第二次與父皇見面時的情景，哪怕是自己的親妹妹。

「你不要問我是從哪裏知道的，到底是不是有這麼回事吧？」

壽王沈默了一會兒，還是點了點頭。

見壽王默認了，咸宜公主把語氣放緩了說：「哥哥，你有沒有覺得壽王妃長得有點像誰？」

「長得像誰？」宜公主話題的突然變化，顯然讓壽王思維沒有轉變過來。他睜著一雙英俊的眼睛望著妹妹。

「就是有點像我們的母親啊。」

「噢，是有點。」壽王這才想起，這話以前講過，他不知妹妹現在又提這個幹什麼。

見哥哥依然一副懵懂的樣子，咸宜公主只好說：「這就是父皇爲什麼喜歡壽王妃的原因了，他是一看到壽王妃就想到了我們母妃啊。」

「噢，是這樣，父皇對母妃的感情就是不一般。」不知怎的，壽王聽了妹妹這樣一說，他心中反有點釋然，以爲父皇喜歡看到楊玉環，只是出於懷念母妃的原由，不是什麼別的原因

「看來，父皇是把對母妃的一片感情現在轉嫁到了壽王妃的頭上。」宜公主又像是自語又像是對壽王說。

輕輕的話語把壽王又嚇了一跳，他完全聽到了妹妹剛才說了什麼，他靜默著不開口，以爲靜寂會把那些話消彌掉。但咸宜公主接著說：「父皇通過和壽王妃兩次的接觸，心裏很喜歡她，他很想繼續看到壽王妃，並且是常常看到。」

咸宜公主眼睛不看哥哥，鼓著勇氣一口氣把這些話講了出來。讓她納悶的是，講完這段話後，她沒有聽到哥哥發出什麼聲響。她不禁把頭擡起來。她看到哥哥睜著一雙大眼睛怔怔地望著她，臉上有著莫名和驚異的表情。咸宜公主知道，哥哥是被她的話震駭了，他不能明白剛才她說了什麼。

咸宜公主又輕輕地說：「爲什麼要讓他們相遇呢！」

「這是誰說的？」壽王突然啞著嗓子問道。

「不要管是誰說的，反正你知道就行了。」

話一出口，咸宜公主才想起，這話玉真公主也這麼對她說起過。看來，玉真公主怕她傷心不願說出口的話，她爲了不願傷哥哥的心，也不願說出來。如果她說「這是父皇的意思」，這對哥哥的打擊太大了。

「爲什麼？」

不知道。爲什麼？咸宜公主也想問問這個問題，她弄不懂這個問題，也就無法回答哥哥的詢問。其實也不用去問，道理很簡單，父皇喜歡壽王妃，這就是理由，這就是答案。因爲壽王妃長得漂亮，長得酷像母妃。

「爲什麼會這樣？」壽王還在相問。他的眼睛死死地盯著咸宜公主，似乎是妹妹策劃了這場陰謀。

咸宜公主看到哥哥的眼睛發紅，神情惶亂，心中有點隱隱的恐懼，她勸慰道：「哥哥，你冷靜點。」

「也許父皇只是太想念母妃，把壽王妃喊去遊玩一下，並沒有什麼。」

「不是這樣的，當我聽說玉環第二次再與父皇相遇，父皇還爲她彈了琴後，我就一直在擔心，心中有著某種不安，果然應驗了，果然是不好的兆頭。上天，爲什麼要這樣，這對我太不公平了。」

壽王突然倒在地上，放聲大哭起來。

咸宜公主看著哥哥痛哭的模樣，臉上也流下了淚水。雖然同父異母的兄弟姐妹很多，但講到底，世間最親的人只有壽王一人，就是父皇，生身的父親，感情也不是很深。她看到最親的人遭受這番慘痛的打擊，猶如親身所受，心如巨撞。咸宜公主沒有勸慰哥哥，她覺得讓哥哥痛哭一場，心中的傷痛也許可以減少一些。

果然，沒過一會兒，壽王坐起身來，擦拭掉臉上的淚水。咸宜公主看到哥哥擦乾淚水，把臉擡起來，目光怔怔地望向室外的天空，久久沒有收回。咸宜公主順著哥哥的目光望去，她發現天空明朗萬里，一絲雲彩也沒有，好得與他們的心情一點也不相稱。

壽王就這麼呆滯長久地看著天空，彷彿天空中有著什麼稀奇事物一樣。咸宜公主小聲提醒道：「哥哥。」

壽王沒有反應。咸宜公主又把聲音稍微提高一點，再喊道：「哥哥。」

這下，壽王有了反應，他像猛地醒過來一樣，把頭轉向妹妹，鼻子裏「嗯」了一聲，彷彿不明白妹妹喊他幹什麼。

咸宜公主說：「事情已經這樣了，就不用去多想了。我冷靜地想了想，這事也不定都是壞事，說不定壞事可以轉爲好事呢……」

「什麼？」

「父皇這樣喜歡壽王妃，後面的情景大抵也是可以想到的了。我有種預感，就是壽王妃一定會得到父皇的寵愛，並且尊榮會大過母妃。我們可以讓她在父皇面前大講你的好話，讓父皇立你爲太子……」

「不，這太卑鄙了，我不要這樣做，我也不想失去玉環。」壽王歇斯底里地叫道。

「哥哥，現在需要我們冷靜的時候了，你想不失去壽王妃就能不失去嗎？我們雖貴爲皇族，又有多少自由，往往是身不由己的多。壽王妃如果能得到父皇的寵愛，靠她的幫助讓你當上太子，這不是沒有希望的事，再說了，不管怎樣說，父皇已經五十多歲了，假如你當了太子，早晚必登大寶，壽王妃還不是又回到你的身旁，你們二人還有破鏡重圓之日啊。這在我朝是有先例的。」

聽了咸宜公主的一席話，壽王眼睛裏又有了一點神采，他顯然被打動了。他說：「可是，那要等到哪一年哪一月啊。」

「不管等到哪一年哪一月，有希望總比沒希望的好。如果由此能讓你當上太子，我看這還是一件好事呢，壽王妃雖然可愛少有，但一個女人怎能與權力相比呢？」

「不，我不要你這樣說，如果能留住玉環而失去權力的話，我寧願失去一切來換她。再大的權力也比不上玉環。」

「是的是的，這不是萬般無奈之下的選擇嗎？」咸宜公主此時就像一位母親一樣寬慰著壽王哥哥，「爲了以後著想，從現在起，你就要抓緊時間加深與壽王妃之間的情感，要知道，你們在一起的時間可能不會太長久了。」

「我和玉環之間的感情向來很深。」

「我相信你們之間的感情很深，但那是現在，你能保證在以後不見面的情景下，她還會時時想著你嗎？會時時在父皇面前爲你講好話嗎？」

「噢，對了，這一切玉環都知道嗎？」

「不知道。」

「不知道？」壽王的眼睛裏射出光彩來，他興奮地說，「玉環當真對這一切都不知曉嗎？」

咸宜公主莫名地望著哥哥，不知道他爲什麼這樣興奮，她想，哥哥你應該想到她知不知道，依壽王妃的性格，她要是早知道的話，還不早就說給你聽了，但這事她知不知道，似乎並不重要吧。

「我就知道玉環不知道，她只是把與父皇的相遇當作了巧合。」
「所以，你還要勸勸壽王妃到父皇身旁去。」
「什麼？我還要勸玉環離開我？」
「對。」
「不行，我不會這樣做。一切都要依玉環來定，她如果想離開我，她就離開我，如果不想，我才不會主動去勸她。」壽王突然堅定地說。
「不是去勸，是配合。」
「配合？」
「對。可以肯定的是，父皇以後一定還會來喊壽王妃去遊玩，而你作爲她的丈夫除了裝聾作啞外，就是配合，不僅不能從中作梗，還要積極慫恿她去。這不是配合嗎？」
聽到這裏，壽王真感到萬分痛苦。是的，妹妹講的一點也沒錯，玉環第二次遇見父皇后，回來給我講時，我不是心中隱隱有著不快嗎？雖然沒有出言呵斥，但臉色一定不是歡喜的，這下好了，以後父皇再要喊她出去，如果她不願去，我還要在旁積極勸說她去，臉上不僅不能有一絲不快，還要裝作什麼也不知道的樣子。壽王只感到天地雖大，但沒有他容身之地。
最後，咸宜公主告辭，臨走前，她萬分在意地告誡哥哥，一切須保密，不可有絲毫消息外泄，一切就按今天她與他說的去辦，只有這樣，他與壽王妃的分別才是暫時的，還有團圓之日。
咸宜公主離開壽王府，登車逕自回自己的駙馬府。雖然她不想馬上就離開，還想多陪哥哥一會兒，替他排遣煩憂與傷痛，但時間不允許，再說，她覺得，讓哥哥一個人安靜地待著，他的心境反會更快地平靜下來，把事情理出個頭緒來。

待咸宜公主離去，壽王彷彿一個人突然掉進了萬古的靜寂中，他不能明白短短的時間內在他身上發生的一切。四周一片靜寂，他像是被世界拋棄的一個棄兒，心裏禁不住又湧上一陣傷痛。也不知過了多久，壽王的思維才如從深海中浮上來，他才感覺到身邊的聲響與氣流。

他擡起頭，看了看四周，雖然是在他的家裏，室內的擺設也是他平時瞧慣了的和熟悉了的，但是現在他像不認識似的，陌生地看著身旁的一切，眼神呆滯，毫無活力。他感覺到自己最最心愛的女人如果離去，那麼他剩下的只是一個空空的皮囊，他的生命也就失去了任何的意義，更加殘酷的是，發生的這一切居然都要他裝聾作啞，那一瞬間，壽王甚至想到了死。

壽王慢慢回憶起了一切，咸宜公主來過，她都給他說了什麼？啊，想起來了，這是真的嗎？這不是夢吧？壽王狠狠掐了自己一下，不是夢，自己身上發痛，但這怎麼可能呢？玉環會離開自己，她離開自己？她到哪去，啊，她要到父皇那裏去。一切如海濤狂湧過來，把壽王吞沒了。思維的清醒讓他傷痛無比，他的淚水又流了下來。

正在此時，使女通報，壽王妃回府了。壽王連忙把淚水擦拭乾淨，站起身來。

還沒等壽王走出屋子，楊玉環已經衝進了屋子，她向來走路如同颳風。楊玉環一進屋，就嚷道：「啊呀，怎麼還不點燈？」

此時，壽王才發現，天已經黑了。待屋內點上燈，楊玉環看著壽王，詫異地說：「阿瑁，你哭了？」

壽王連忙又伸袖在臉上擦了擦，說：「沒有。」

「還說沒有呢，眼睛通紅，臉上還有淚痕。告訴我，發生了什麼事嗎？」

「噢，我想起了母妃，突然有些傷心，不礙事的。」壽王掩飾地說。隨後，他又問起楊玉環今天玩得可好。

楊玉環一副神采飛揚的樣子，一看就是才經過大量運動，她說：「公孫大娘又對劍器舞進行了改動，增加了一些變幻的舞姿，爲了早點學會那些舞姿，整整一個下午都在練習，可把我累死了。你等我一下，等我洗浴過後，再和你一起吃飯。」

說著，楊玉環去洗浴了。看著楊玉環青春誘人的容顏，壽王心中有著說不出的難受，以前還不覺得如何，現在陡然要失去她，才覺得楊玉環是那樣的嬌美，一個笑靨一個眼神都讓人割捨不下。想到這裏，壽王的眼眶又紅了。

待楊玉環洗浴過後，她一身清香地來到壽王身邊，和他絮叨著白天在公孫大娘家的事，並述說著她練習了一下午的舞蹈。壽王專注地聽著，他眼神中表現出的如饑似渴讓楊玉環感到一個被寵愛女子的幸福。隨後，兩人共進晚餐。

吃飯時，壽王吃得很少，大多時間，他都癡癡地盯著楊玉環在看，並不停地往她碗裏挾菜。楊玉環被壽王的這些舉動弄迷惑了，她索性放下碗來，對壽王說：「阿瑁，你是不是有心事？你今天的舉動爲什麼與往常不一樣？」

「沒有，我只是想看著你吃飯。」壽王裝作不經意地說。

於是楊玉環又吃起飯來。一個下午的體力消耗，她確實餓了。

突然，壽王說：「玉環，我想問你一個問題。如果哪一天，我們分離了，你還會想著我嗎？」

聽到這話的楊玉環一下停止了嘴裏的咀嚼，她怔怔地望著丈夫。她看到壽王也期待地看著她，彷彿這個問題對他很重要似的。楊玉環不知道丈夫爲什麼會沒來由地問她這個問題，她不知道如何回答是好，她說：「阿瑁，你告訴我，今天下午是不是有什麼事發生了？」

聽到這話，壽王差一點就把下午咸宜公主給他說的那些話講了出來，但他也終於想起咸宜公主對他的一再叮嚀：這事萬萬不能和楊玉環說，說了就會影響到楊玉環的情緒，就會讓她在心裏抵觸父皇，依她的性子什麼事都可以做得出來，那樣，不要說留住楊玉環，連性命都可能不保。於是，壽王把到嘴邊的話又咽了回去，說：「沒什麼，下午，我一個人在家，想到了故去的母妃，想人的一生是多麼地短促，說不定哪天，我們中就有人棄世而去，那留下一個人在世間，該是多麼地傷心孤單啊。」

情急之下，壽王還算聰明，臨時編造了這一番感世傷懷的話來搪塞。

聽了丈夫這番話，楊玉環才放下心來，她說：「唉，你真是想得太多了，那還離我們遠著呢，現在我們都還年輕，說什麼分離的話。現在，我們不僅不會分離，還要在一起幾十年呢。」

「我是說萬一呢，萬一我們暫時分離一段時間，你心裏會不會想著我？」

「我怎麼能不想你呢，不要說分離一段時間了，有時一天不見你，我都想你想得不得了。」

聽了楊玉環的這番話，壽王的淚水差點又湧出了眼眶，他連忙端起面前的飯碗，借著往嘴裏扒飯做掩飾，硬是把淚水咽了回去。

晚飯後，壽王時刻不離地和楊玉環待在一起，在一起，他也只是癡看著她，聽她說話，欣賞她的一舉手一投足間的風采。一直到深夜二人就寢。

半夜裏，壽王做了一個夢，夢見楊玉環被一群金甲衛士拽著，把她從他身邊拉走了，楊玉環哭著把手伸向他，向他呼救，但他也被一群金甲衛士按住，不能有稍微的動彈，他也大喊，嘴裏叫著「玉環、玉環」，但他無能爲力，玉環還是被愈拉愈遠，他用盡最後力氣掙脫出來，向玉環跑去，快跑到近前時，拉著玉環的其中一個金甲衛士突然挺起手中的矛向他心窩處刺來，他驚叫一聲從夢中醒來。

從噩夢中醒來的壽王，渾身冷汗透體，他大口喘著氣，看到身邊的楊玉環正香甜地睡著。透過從窗戶裏灑進紗帳裏的月光，壽王看到楊玉環睡容安詳，嬌美的臉龐就像一支芙蓉盛開在月光裏，美豔逼人。壽王把臉靠近楊玉環的臉，感受著她香甜的氣息，替她拂去臉上的幾根髮絲。

楊玉環對這一切毫無覺察，也許白天她太累了，睡得比以往更沈。壽王看著她，突然，楊玉環臉上露出一抹微笑，嘴裏不禁「嘻」地發出一聲笑來，一定是她夢中見到了什麼好玩的事物。她就是這樣，整天無憂無慮，一副歡喜討人愛的樣子。

壽王輕輕從床上下來，披衣走出房間。他來到院子中。外面月朗星疏，涼風習習，蟋蟀的鳴叫平添夜的靜謐，壽王擡頭向天，他看到一輪滿月正高掛天宇，沒有心事地照著一切。他突然想起一句詩來：

> 古人不見今夜月，
> 今月曾經照古人。

月亮曾經照過的那些古人，不管是有名的無名的，都煙消雲散，不知所終，只有天上的這輪明月還是原來的樣子，沒有絲毫的改變。今晚，這輪明月照著自己，再過一段時間後，自己的生活將要改變，愛妃會離開自己，那時的自己會是什麼個樣子呢？那時的我，一定會改變許多吧，但不管自己如何變，天上的這輪明月，它都會一如既往地照著我，不因我個人的傷痛而陰晴圓缺，而清輝稍減。我的悲痛與它相比，顯得是那樣的微不足道，但我只是渺小的人，不想和它相比，我不求什麼永恒，只求擁有自己小小的歡樂，這也做不到。唉，明月的清冷無塵，也許正因爲它見過人間太多的悲歡離合了吧。

夜涼似水，壽王感觸身世良久，不覺間露水濕衣，髮梢潮潤，當月沈西天時，他深深地歎口氣，回到了屋裏，等待著命運的狂潮向他襲來。

第六章　初承恩露

呼風喚雨的大唐皇帝玄宗對楊玉環不想用強，他要用自己的人格魅力與威嚴征服她的芳心……楊玉環也愈來愈喜歡父皇了。父皇的體貼入微、父皇的博學多識，父皇的激情威武，愈想愈比自己年輕的丈夫更令人癡迷。她在恬靜懦弱的丈夫和熱情似火的父皇之間遲疑著，直到有一天父皇饑渴地把她摟在了懷裏……

玄宗已經有幾天沒見到楊玉環了，在這幾天裏，他坐臥不寧，也無心去處理朝政大事，心裏眼前都是楊玉環那嬌豔的臉龐和優美的舞姿。他也不知道玉真公主把事辦得怎麼樣了。好不容易過了一段時間後，他實在等不及了，就又想了一個藉口，要把楊玉環約出來。這個藉口就是打馬球。

他讓高力士去對玉真公主說，讓她去約壽王妃來打馬球。地點在皇城內的馬球場。

玉真公主來到了壽王府，對壽王說皇上讓宮中嬪妃運動一下，都去打馬球，也邀請了壽王妃一起去打。壽王心裏明白，所謂宮中嬪妃打馬球，不過只是個理由，不好說父皇單獨來約玉環。他只能強顏歡笑，點頭默許，當楊玉環表現出不想去時，他還在旁催促，說宮中的嬪妃講起來也是我們的長輩，理應陪她們玩玩才是。

楊玉環不是很情願地跟著玉真公主出了府門，她一和玉真公主坐在車中，就問道：「爲什麼要喊我去呢，我又不會打馬球？」

玉真公主笑著說：「皇上指名要你去的，再說，你不會，會有人教你的，誰也不是天生就會做一切的。」

「怎麼，皇上也會到場？」

「皇上的馬球打得可好了，一般人根本就不是他的對手，今天你會領略到他的風采的。」

說著，兩人的車輦已經來到馬球場。走出車輦，楊玉環看到馬球場上好一番熱鬧，兩隊分穿不同顏色球衣的女子，騎著駿馬在場中來回奔馳，她們手中都拿著一根裹著彩綢的棍子，在擊打一個彩球。

玉真公主領著楊玉環向旁邊的彩棚中走去，楊玉環看到彩棚中坐著皇上，皇上的身邊是高力士。楊玉環連忙上前見禮，她看到皇上身著一身球衣，精健神朗。

玄宗笑著讓楊玉環不要多禮，說：「壽王妃，你的舞跳得優美，你的騎術也很好，但還從來沒有見過這馬上的舞蹈吧。今天就讓你開開眼界。」

聽到這話，楊玉環站在玉真公主的身旁，專注地向場內看去。

場中兩隊女將擊打正歡，一隊穿紅色球衣，一隊穿嫩綠色球衣，兩隊的領隊分別是後宮嬪妃中輩份比較大的二個人。只見兩隊人馬糾纏在一起，各舉球棍，盡力想把球打到自己的一方，不讓對方搶走。那些女子，此時看上去，全沒有了平日的嬌弱無力的樣子，個個矯健異常，她們一手執著馬的轡繩，一手揮舞著長棍，一有機會，就把球擊打得又旋又遠。

那個球也不知道是由什麼做的，看上去色彩繽紛，醒目惹眼，不管擊打得多重，多遠，也不見散開，只聽到一聲聲沈悶的聲響，球在馬蹄間棍棒間，滾來滾去，有的球打得比較好的，在擊打前，她會把球輕輕用棍挑起，離地半尺，再盡力一揮，這樣球不著地，在半空中會飛出得更加遠。不一會兒，場中的那些女子都香汗淋漓，雲鬢凌亂，嬌喘吁吁，但她們毫無倦態，個個玩得還是那樣起勁，爭先恐後地追逐擊打著球，球到哪裏，她們就策馬奔向哪裏，盡力想把球打回到自己的一方。

看著場中的追逐與奔忙，楊玉環想，她們要打到什麼時候，如果沒有人喊停，她們就要一直擊打下去。正在她這樣想時，旁邊一個侍從突然高喊道：「時辰到，第一場結束。」

楊玉環這才看到，在那個侍從的身旁，放著一個計時的小沙漏，如果沙漏裏的沙子全漏光，就表明一場馬球結束了。結束也就結束了，並沒有輸贏的結果。

玄宗此時對高力士說：「高將軍，我們下去打一場吧。」

高力士躬身領命，回後面換衣。玄宗本來就穿著球衣，不用去換。只見他這身球衣也與眾不同，以金黃色爲底，胸口繡了一條張牙舞爪的金龍，威武雄健。他臨下場前，向楊玉環看了一眼。不知怎的，楊玉環在皇上的盯視中，臉有點微微發紅。

高力士很快換好球衣，做了另一隊的領隊，與皇上帶領的一隊開始爭奪擊打起球來。場上的人員也都換過，再不是剛才那些女子，全換成了內侍，他們分成兩隊，分屬皇上和高力士爭奪馬球。

這場球賽與上一場又有不同，不管怎麼說，上一場全是女子，略顯嬌弱，這一場換成男子，顯得分外精彩與優美。玄宗本來球技高超，此次有楊玉環在場，他有意賣弄，更是打得活潑有勁，進退自如。

楊玉環沒有想到皇上如此年紀還有著這樣矯健的身手，看上去，他一點也不像五十多歲的人，他的風采與敏捷一點也不亞於二十多歲的青年人。只見他時而策馬急奔，時而輕舒長臂，奮力一擊；有時一手拽著馬韁，有時根本就不牽馬的韁繩，楊玉環禁不住爲皇上喝起彩來。

場上眾人都知道皇上球技高超，不喜歡別人讓球，所以個個奮勇當先，沒有絲毫相讓之意，激烈精彩也就分外好看。這時，楊玉環看到皇上正夾雜在一群人中間，球正被他控制在棍下，但他無論如何也不能把球打出重圍，稍有不慎，還有可能被衝撞落馬。但見玄宗不慌不忙，處亂不驚，他先穩住坐騎，用棍頭的彎柄輕輕一勾，不知怎的，那只彩球竟從地上彈起，一下躍過他的頭頂。玄宗再舉起球棍，向躍在空中的彩球奮力一擊，球如流星，飛躍眾人頭頂向外疾射而出，隨即，他也策馬突出重圍，快速奔到落地的彩球邊。全場爆發出陣陣喝彩，楊玉環也不由得大聲喝起彩來。

楊玉環對身旁的玉真公主說：「皇上真行，身手這樣敏捷，擊球這樣有力，一點都不像上年紀的人，就是壽王，我看也比不上他。」

「皇上的球技一直都是第一流的，今天還不怎麼樣呢，如果對手水準再高點的話，他的發揮會更加精彩。」

場上馬匹奔馳，往來不斷，楊玉環看到球確實多數時間是在皇上的棍下，別人想爭卻無能爲力。衝撞中，一個內侍由於奔馳太快，差點把皇上撞下馬來，但見皇上身子就在傾斜得就要倒下馬來時，一拉馬頭，借著馬的移動，迅速坐直了身子。只看得楊玉環嘴裏禁不住發出了「啊」的一聲。

玉真公主說：「不要著急，這在球場上是常見的，皇上也不會怪罪，相反，他鼓勵大家盡力拚搏，只有這樣，才會有意思。」

第二場很快就完了，玄宗策馬奔到棚前，一躍下馬。只見他氣不喘臉不紅，絲毫不見累乏的樣子，臉上有著才運動過後的滋潤，眼中閃著熠熠神采，他健步走上臺階，又看了楊玉環一眼。

楊玉環說：「皇上，你的球打得真好，騎術也是那麼地精湛。」

玄宗笑笑，對玉真公主說：「小妹，你爲什麼不帶壽王妃去玩玩呢。」一聽這話，楊玉環忙把雙手亂搖，說：「我不會，我不會，我害怕從馬上摔下來。」

「沒有關係，會有人在旁保護你的，打多了，你就會愛上這項遊戲。」玄宗在旁勸說道。

「啊呀，我看皇上在中間左衝右突，又精彩又好看，但也著實讓人提心吊膽，我上場，非摔下馬來不可。」

「這麼說，壽王妃是害怕了？我印象裏記得壽王妃是個敢作敢爲的人啊。」

玄宗這麼一說，激起了楊玉環爭強好勝的心，她心一橫說：「有什麼不敢的，去就去。」說著就向階下走去。

玄宗本來是想激一激楊玉環的，見她果然一激就上當，心中不自禁地暗笑。他喜歡她這種直爽的脾氣。他連忙向玉真公主努努嘴，讓她帶楊玉環去換衣服。

玉真公主帶著楊玉環來到後面換衣處，替她換上一件翠綠色的球衣，當楊玉環換好球衣，玉真公主把她拉到一面巨大的銅鏡前照照，並對她說：「玉環，你真是穿什麼衣服就有什麼樣的風采，國色天香，我看你的確是很出眾的，你不要有太多顧慮。」

「公主，我，我真的不會打馬球啊。」楊玉環著急地說。

「不用擔心，其實打好馬球，主要的就是要把馬騎好，這一點，你已經行了，你少的只是經驗，這個多打兩場就可以了。你不用著急，她們也會讓著你的。」玉真公主寬慰道。

當身著球衣的楊玉環來到球場時，玄宗只覺得眼前一亮，他彷彿看到了一支移動的荷花，他沒有想到穿上球衣的楊玉環是那樣的嫵媚可人，鮮豔欲滴。他看了看身邊的高力士，說：「此女嬌美如斯，什麼時候都是光彩照人的，力士，你要快點想些辦法啊。」

高力士點點頭，表示明白皇上的心意。

場上的人又換了，全換成了宮中女眷，並且在四周還有小少內侍騎馬環繞，他們是隨時準備救援的。玉環上場，與玉真公主分在一隊，但她實在不會，只是待在場上站立的時候多。她的騎術是可以的，但打馬球除了騎術外，還要有靈活性與配合，這一點她很生疏。

楊玉環也想著去爭球擊打，但她還沒跑到球面前，球已經就被別人打到了，有好幾次，她勒馬太急，差點把她從馬背上摔了下來，不一會兒，她就陷入對方的隊伍，手足無措了。

玉真公主看到楊玉環有些慌亂，就連忙催馬過來，提醒她應該如何才能擊打到球，但可惜的是玉真公主技術也不是太好，只能嘴裏提醒，實際還是打不到球。楊玉環急得都要扔下球棍下場了。

楊玉環在場上的窘態，玄宗都看在了眼裏。高力士在旁說：「皇上，你可以下場指點壽王妃一下。」

聽到這話的玄宗，欣然下場。他跨上馬，快速奔到楊玉環面前，對楊玉環說：「玉環，不要急，我來教你。」

說著，玄宗帶著楊玉環幾下一轉，就衝出了對方混亂的圈子，先讓楊玉環在場邊上稍息喘一下氣，隨後就領著她直向彩球衝去，不一會兒，他就讓楊玉環打到了球。

「打到了！」楊玉環不禁喊了起來。她來不及細細體味打到球的感覺，只覺得手中棍碰到球的時候，手上有著輕輕的震顫，不是很重，球似乎是空心的，在她的擊打下，快速地向前滾去。

玄宗鼓勵她道：「不要急，還能打到的。」

兩人並騎向球衝去，在他們快接近球時，另一隊一位技術較好的也趕到了，玄宗立即提韁上前，用馬身子擋住對方，讓楊玉環能擊到球。這一下，楊玉環用了全力，球被擊打得很遠。楊玉環很興奮，她這次不待皇上提醒就馳馬向球追去。

玄宗趕了上來，讚揚楊玉環說：「玉環，你打得真好。第一次玩就有這樣不俗的表現。」

在沒人時，玄宗直呼楊玉環的小名，但楊玉環此時也無暇旁顧，嘴裏說：「都是你幫我的，不然，我連球也碰不到。噢，現在，應該怎麼辦？」

「直走，儘量把球打到自己一方的邊界。」

楊玉環奔到球旁，她揮起球棍，奮力向球擊打過去。慌亂中，她也沒有辨明方向，只知道要把球打得離對手愈遠愈好，哪知，球不是向著她們這方的地盤飛去，而是直向界外滾去。在上場前，沒有人向楊玉環說過太多的規矩，她也就不知道還有什麼邊界，見球再一次被她打得老遠，她歡呼著再次向球追去。

球滾出了球場，滾入了一處兩旁都是布幔的地方。楊玉環連忙勒馬。因爲奔跑得太急，馬驟然被勒，前腿高擡離地，差點把她掀下馬來，巧的是玄宗從後面趕到，連忙抓住她的手臂，說：「小心了。」楊玉環回頭向皇上笑了笑，她發現皇上的眼睛正看著她，眼裏儘是綿綿的情思。她臉上不禁一紅，輕輕把手臂從皇上的手裏掙脫出來。

這裏兩旁都是布幔，也不知道是幹什麼用的，他們兩人站在布幔中，一般人看不到。楊玉環臉色微紅，耳鬢間有汗流出，胸脯急促地一起一落。

此時，只有皇上與她在一起，開始的慌亂與緊張，運動過後的青春氣息，都讓她是那麼的動人。玄宗看著眼前的楊玉環，真想一把把她摟在懷中，親吻她可愛的嘴唇。他好容易抑制住自己的衝動，只是用脈脈含情的眼光看著她。

這眼光更讓楊玉環慌亂。這次與皇上在一起，比前兩次讓她感到不同，前兩次，她有著自由與隨意，此次，她感到皇上對她的態度有了轉變，特別是目光讓她隱約地明白，皇上對她有著一般男人對女人應有的渴望。但皇上的目光不是淫邪的，而是有情感的，是望了讓人發慌的，如果這雙眼睛是壽王的，她會喜歡被看，並毫不猶豫地迎上去，但這雙眼睛是皇上的，是自己丈夫的父親的，也就是自己的公公的，這讓她如何對望呢？

此種情況下，又不由得她沈默不語，於是，楊玉環輕輕地叫了一聲：「陛下……」

這一聲呼喚在楊玉環來說是情不得已，而在玄宗聽來似乎有著與眾不同的意義，他再次捏著她的手臂說：「玉環，希望我們能常在一起。」

楊玉環的臉更紅了，她不知皇上爲什麼突然要這樣說，她覺得皇上的話語太過了。不過，她也不好說什麼。玄宗說：「我們過去吧，他們還以爲我們到天邊去找球去了呢。」

待走出幾丈遠，楊玉環才察覺自己手中的球棍不知什麼時候掉在了地上，她嘴裏輕輕一聲驚呼。玄宗聽了這聲驚呼，還以爲發生了什麼大事，待順著楊玉環的手指看到，不過是球棍掉在了地上，他臉上露出微笑，讓她不用急。

玄宗有意賣弄他的騎術，他轉過馬來，催動坐騎，當馬小跑到球棍旁時，他並不勒馬，而是一斜身，側下身來，輕舒長臂把球棍從地上撿了起來。這一招確實不容易做到，而玄宗做到了，要知道，他可是一國之君啊。

楊玉環被玄宗這幾下乾淨利索的動作驚呆了，她下意識地接過玄宗遞過來的球棍，竟連一聲喝彩也忘了說。玄宗對她說：「你從左邊入場，我從右邊入場吧。」楊玉環知道皇上這樣說，是爲了避嫌。等她再進場子時，這場馬球賽已經結束，她也就跟著玉真公主去換衣。

在換衣間，玉真公主說：「玉環，想不到第一次打馬球，你的球技就這樣好，不是了解你，我還真不相信你是第一次上場呢。」

楊玉環在玉真公主面前，不好意思說那全是皇上的指點與幫助，只是應和著說：「哪裏，打得不好，連球都碰不到呢。」

換好衣服，楊玉環就回去了，與來時不同的是，玉真公主並沒有與她一起，相送她的是高力士。這讓楊玉環感到有點納悶不解，要知道，高力士可是知內侍省、左監門大將軍，連皇上都對他禮敬有加，送一個普通的王妃，似乎有點過份了吧。再說，上次從玉真觀回府，也是高力士相送。

高力士原本是騎馬的，但這次他放棄了，與楊玉環坐在一輛車中。他想在車內對楊玉環旁敲側擊一下皇上對她的情義。

車子緩緩行駛著，可以聽出來，護送的人離車子都有一段距離。高力士說：「壽王妃今天馬球打得很好，連皇上都誇讚你呢。」

也許是楊玉環今天聽到太多的人稱讚自己了，她竟有點相信自己真的打得不錯，聽了高力士的稱讚只是微微一笑，說：「好什麼呀，打得球都找不見了。」說著，和高力士一起放聲大笑起來。

這樣一來，車內的氣氛融洽了起來。高力士說：「等下回宮，又不知道皇上如何誇壽王妃呢。」

「什麼，誇我？」楊玉環莫名其妙地問道。

「是啊，壽王妃還不知道吧，皇上每次與壽王妃相見，回宮後都稱讚不休，直誇讚壽王妃聰明敏慧，美貌漂亮，說你不僅能聽得懂音律，特別是舞姿，可說是獨一無二曼妙無比，只恨不能日日見到。」

聽到高力士的話，楊玉環臉紅了，不過也芳心暗喜，不管怎麼說，哪個女子不想聽到誇讚自己的話呢，再說，這話又是從皇上嘴裏說出的。她說：「什麼曼妙無比啊，只是粗懂一二。承皇上誇獎。」

「壽王妃，你與皇上接觸已經不少次了，你能不能告訴我，你對皇上有著什麼樣的印象呢？」

楊玉環想又來了，開始玉真公主問自己，現在高力士又問自己，他們到底是怎麼回事，皇上是可以隨便議論的嗎，不過，他們問得都那樣鄭重其事，由不得她不回答。她說：「皇上很親切，一點沒有威風凜凜的架子。」

高力士爲楊玉環用了威風凜凜這個詞笑了。

「最難能可貴的是，皇上還懂歌舞，哎，阿翁，是不是所有的皇帝都懂歌舞，因爲他們整天能看到歌舞？」

高力士又一次被逗笑了，他告訴楊玉環，並不是每一個皇帝都懂歌舞音律的，皇上是從小就對歌舞有研究才懂的。

楊玉環似乎明白了似地點了點頭。高力士說：「壽王妃，你有沒有發覺，皇上近一段時間以來，精神比以前健旺了許多？」

「是嗎？我沒有發覺。」楊玉環老老實實地答道。

「皇上自從武惠妃去世後，一直鬱鬱寡歡，精神振作不起來，但近來一段時間裏，皇上突然像換了一個人，你知道這是什麼原因嗎？」

「什麼原因？」楊玉環隱隱感到這個問題與她有關。

果然，高力士說：「壽王妃，其實這與你有關係啊。」

「我？怎麼會與我有關呢？」

「壽王妃，難道你還不明白嗎，皇上很喜歡你呀，皇上見到你的時候興奮異常，回到宮裏又總是無精打采，沈浸在想念你的情感裏。皇上對你的感情，我是最清楚不過的了。」

一切都明白了，楊玉環現在明白來時玉真公主爲什麼會問她那些問題，皇上又爲什麼會用那樣的眼神看著她，可是，她一點也沒有往那方面想啊，要知道，她是壽王妃，是皇上的兒媳婦，她以爲皇上喜歡和她在一起，只是因爲他們有著相同的喜好，可以談歌論舞，除此之外，再沒有別的，哪知她太單純太天真了，竟不知道皇上已經對她暗生情愫。這讓她如何面對呢？

同意，不可能，她如何能拋棄阿瑁呢，她與他才是真正的夫妻啊；拒絕，不可以，試想，皇上的感情怎麼可以拒絕呢。再說，皇上只是對她有了情感，並沒對她做出什麼傷害的事啊。於是，她小心地說：「阿翁，我感激皇上對我的一片情意，但要知道，我現在的身分可是壽王妃啊，是皇上的兒媳婦，恐多有不便。」

高力士說：「不礙事，皇上會把這一切處理好的。」

「可是，皇上去年才下詔尊孔子爲聖，這樣豈不是自相矛盾。」情急之下，楊玉環把這個理由也加了上去。

高力士聽了，幾乎要笑了起來，他說：「這一套都是唬弄那些讀書人的，皇上這樣做，自有他的道理，再說他是一國之君，我們凡事都應該爲皇上考慮才是，所以，壽王妃不要有太多的顧慮。」

見這些也不能說得皇上放棄自己，楊玉環可真有點急了，急切之下，她竟說出這樣的話來：「後宮那麼多美貌女子，皇上爲什麼偏偏選中我呢！」

「爲臣者，以事君爲悅事，獻身君王，那是可誇獎的事，對於你和壽王來說，還可以說孝親，這也是合乎孔子之道的呀。」

楊玉環沒有想到高力士會講出這番歪理，一時無從辯駁。

說話間，車輛來到壽王府。壽王出迎，高力士陪壽王夫婦入內小坐一會兒，他相信壽王已經明白了皇上的心意，因此作了一些暗示，說皇上很喜歡壽王妃，以後可以常讓她入宮陪皇上聊天解悶。壽王聽了心裏雖然不樂意，但臉上還要裝出受寵若驚的神色。

待送走高力士，夫妻二人相對良久，默默不發一語。楊玉環把今天在馬球場的經過都說給壽王聽了，並把高力士在車中的話也講了，她問壽王他們應該怎麼辦。情形的改變只在短短的一天，早上出門時，楊玉環還是純真一片，現在回來已是愁緒滿懷，壽王雖早幾天知道，但他沒有說出來，起碼還能維持表面的歡樂，這下好了，現實比他想像中的來得早。

壽王站起來，把楊玉環緊緊摟在懷裏，嘴裏喃喃道：「玉環，命運爲何要這樣對待我們？」

楊玉環突然心裏充滿了勇氣，說：「嗯，皇上如果非要分開我們，我就死給他看。不過，阿瑁，這會牽連到你。」

壽王連忙說：「玉環，不要這樣說，我不許你再說這話，也許父皇只是讓你時常陪同他說說話，解解悶呢，如果這樣，對我們並沒有什麼影響，也算我們的孝親吧。」

「不，我不喜歡這樣，我畢竟是你的人，如果總和皇上親密接觸，引起別人的非議，那麼對你對我都不太好，如果皇上再來找我，我到底該如何應付呢？」

夫妻倆商量到最後，也沒有想出什麼方法來，只能任憑事態的發展，走一步算一步了。晚飯時，他們都不約而同地喝了一些酒。這不是歡樂的酒，這是鬱悶難解的酒，他們本想借酒消愁，哪知酒入愁腸愁更愁，他們只恨不能醉死於酒中。飲了一些酒後，楊玉環提起興致爲丈夫表演了一段舞蹈，似乎知道他們在一起的日子已經來日無多，得盡歡時須盡歡吧。

隨後的一個月中，玄宗又多次把楊玉環接進宮去，但都沒有什麼直接火熱的表露，更沒有絲毫的言語不敬或動作出軌。他多數時間裏顯得慈愛有加，用溫煦的目光籠罩著楊玉環。這種溫情的目光把楊玉環看得放鬆了心裏的警惕，消散了心中對皇上的怨恨，甚至有點喜歡皇上的那種目光了。這情有可原，試問哪個女子不願意被男子多情的目光注視，又有哪個女子不願意被男子寵愛呢，哪怕這個男子是個上了歲數的男子。

其實玄宗心中想的與表面做的完全不是一回事，他的心裏，恨不能一下就把楊玉環征服，與她耳鬢廝磨，日日魚水之歡，但他知道，欲速則不達，他要得到的不僅僅是楊玉環的身子，更主要的是要得到她的心。

在進入秋天的時候，玄宗決定到驪山溫泉去。往年，玄宗要麼是夏季，要麼是冬季才去溫泉，很少春秋兩季去的，但此次他去了，並要一些皇親國戚隨之前往，其中就有壽王夫婦。這是玄宗讓玉真公主通知他們的，玄宗認為，在京城長安，他與楊玉環的見面還存在著不便，等到了驪山，他與她的謀面會方便一些，他也相信，他與她的關係會產生突飛猛進的變化。

正是秋高氣爽的時節，驪山草木蔥蘢。驪山宮殿依山而建，修了不少溫泉池，有些溫泉池是專供大臣們用的，有的是專供皇子們用的，有的是專供公主用的，當然，最好，最華麗的是留給皇上的。

剛到驪山的第二天，皇上就派玉真公主把楊玉環喊去了。當楊玉環隨玉真公主來到的時候，玉真公主藉口另外有事就避開了。

楊玉環顯得很不高興，心中責怪皇上才到驪山就把她喊來。玄宗假裝沒有看到她生氣的樣子，對她說：「玉環，你還記得我第一次在驪山見到你的模樣嗎，那時，你一身男裝，騎著馬在禁地亂鬮。」

「我不記得了。」其實楊玉環心裏是記得這事的，她那次嚇得不輕，好在有武惠妃在旁，皇上也沒有責怪她。

「玉環，那次你一定沒有盡情馳騁好，今天，我就和你騎馬遊玩如何？」

聽到這話，早有侍從牽過兩匹駿馬來，玄宗跨上一匹。楊玉環沒法，只得也上了另一匹。他們並轡向前，一路瀏覽著沿途風景，玄宗順便告訴她那些宮殿的名稱，是本朝哪個皇帝所建，誰在哪裏住過。當經過一條寬闊山道時，玄宗建議他們來一場賽馬。聽了這話，楊玉環來了興致，她問怎麼賽。

「這樣吧，我們看誰先繞過那個山腳，如果誰先繞過去就算贏了。」玄宗這樣說著，早有兩騎侍從打馬飛奔而去，佈置防禦和驅趕閒人。

楊玉環說：「好，一言為定，誰先繞過山腳誰得勝。」說著立即催動坐騎，不待玄宗跟上，向前奔去。

看著楊玉環一副爭強好勝的樣子，玄宗心裏好笑，又說不出來的喜歡。他故意要讓楊玉環開心，就催動坐騎，不緊不慢地趕上去。

還沒跑出多遠，玄宗就落後楊玉環一大截了，他還生怕楊玉環看出他在故意讓她，就有意高喊道：「等等我，等等我。」

楊玉環一路領先，待她轉過山腳，回轉頭來，已經看不見皇上的身影，她暗暗得意。一路奔馳，她身上也冒出汗來。勒馬等了一會兒，還不見皇上到來，她想自己跑得也太快了，把皇上落下那麼多。無聊之中，她突然看到山腳下有一處溫泉小溪，水清且淺，中間夾雜著五顏六色的小石子，看去甚是喜人。她也不等皇上，就勒馬朝山腳下的小溪走去。

到了小溪旁，楊玉環看到小溪中除了有五顏六色的小石子外，還有著五彩斑斕的，顏色鮮豔的小魚兒。楊玉環把裙子的下擺撩起掖在腰間，再綰起褲腳，甩掉鞋子，赤腳下到水裏，一邊拾撿彩色的小石子，一邊觀賞著小魚兒。那些小魚兒在水中嬉戲追逐，見著人也不怕，在人的腿旁遊來遊去，蹭得人腿癢癢的，又舒服又異樣。

水中的小石子不知什麼原因，與平日見到的那些小石子顏色就是不同，不僅形態各異，有的像小動物，有的像天上的小星星，更奇的是顏色中不僅有常見的褐色的，還有紅色、綠色、粉紅、銀白……不一而足。楊玉環看到這些顏色不同的小石子，愛不釋手，不一會兒，她就拾了滿滿一大捧。

楊玉環只顧專心拾撿小石子，把與皇上賽馬一事忘得一乾二淨。玄宗趕到目的地後，不見了楊玉環，心裏正在納悶，低頭一看，見楊玉環正綰著褲子在山腳小溪中拾石子，不禁搖頭微笑。他讓侍從不要驚動她，更不要大聲喧嘩。玄宗下了馬，把馬韁繩遞給侍從，他也從山坡上悄沒聲地來到了小溪邊。

楊玉環一擡頭看到皇上站在她的面前，嚇了一跳，叫道：「皇上，你來了也不事先講一聲，嚇了人家一大跳。」

「還說人家嚇了你，說好賽馬的，你倒好，偷偷一個人跑到這裏來捉魚來了。」玄宗笑著說。

聽到這話，楊玉環不好意思地低下了頭，但她強詞奪理道：「人家等你了，這麼長時間都不來，我就到這裏來了。」

玄宗見楊玉環手裏捧滿了五顏六色的小石子，就說：「啊，這麼多漂亮的石頭，都從哪裏撿的。」

楊玉環說：「就是這條小河裏的，想不到這裏有這麼多好看的小石子，你看，我都捧不下了。」

玄宗見此，竟一把從頭上把自己戴的帽子抓了下來，說：「放在這裏。」

楊玉環一看，急得頭直搖說：「這不行，這怎麼行呢！」楊玉環就是再頑皮，她也知道怎麼能用皇上的帽子盛小石子呢，小石子再好看，也沒有皇上的帽子重要啊，皇上的帽子上鑲著一顆大大的鑽石，那是再好看的小石子也比不上的。

但玄宗堅持讓她把手裏的小石子放進帽子裏，還說：「這麼好看的小石子，我的帽子能盛它，是我的榮幸。你就照放不誤吧。」

聽了這話，楊玉環就不好再堅持了，她把手上捧著的彩石都放進了皇上的帽子裏，不僅全放了進去，還又撿了一些。

玄宗見到小溪的中央有一顆特別好看的小石子，就準備去把它拾起來，不想小溪的中間有一個小坑，他剛一邁步，身子一歪就栽倒在溪水中。好在坑不是太深，人站直了水也就沒在腰間。但就是這樣，也把楊玉環嚇得夠嗆，她不顧自己會不會水性，連忙近前想把皇上拉起來，卻不想皇上沒拉起來，她也滑進了小坑裏。楊玉環大叫一聲，倒在皇上的懷裏。

玄宗是會水的，他等腳一站直，發現水就沒於腰間，心就定了，他正要抹去臉上的水時，突然一個柔軟的身子向他懷中倒來，他沒有多想，一把就把她抱在了自己的懷裏。待發覺是楊玉環時，不知怎麼的，他的手竟不想再鬆開，而楊玉環出於慌亂，也把皇上抱得緊緊的。

待楊玉環心神穩定下來，發現自己躺在皇上的懷裏，直羞得滿臉通紅，她掙扎著要下來，玄宗說：「水很深，讓我抱你上去。」

聽到這話的楊玉環臉更紅了，不過她確實不再掙扎，只把頭深深埋在自己的胸前。等皇上抱著她一步步走上岸後，她才從皇上的懷裏下來。

玄宗懷裏抱著楊玉環，這是他第一次正式接觸她的身體，只覺得她的身體柔軟異常，飽滿而有彈性，青春的氣息雖在水中也一股股地直往鼻子裏鑽，緋紅的臉頰吹彈猶破。他真想就這樣永遠抱著她的身體，永遠也不要走到岸。

兩人上得岸來，身上都濕透了，看上去就像兩隻落湯雞一樣。倆人你看看我，我看看你，都禁不住發出哈哈的大笑來。楊玉環看到皇上衣服上直往下滴水，平日的威嚴全沒有了。玄宗看到楊玉環薄薄的衣衫緊緊貼在她的身上，勾勒出身體誘人的曲線，該凸的地方凸了出來，該凹的地方凹了進去，玲瓏美妙，說不出的豐嬈誘人。只看得玄宗渾身燥動不安。

這時，幾個內侍早已跑到小溪邊，臉嚇得早變了顏色。玄宗朝他們揮揮手，讓他們速去拉一輛車來。內侍中有兩個飛一般地跑去了。別的內侍不知是離開的好，還是待在原地的好。玄宗全讓他們到遠處等著去。

這時，楊玉環一聲驚叫：「啊，我的石子！」

原來，玄宗一落水，石子連帽子都一起扔得不知所蹤了。玄宗寬慰她說：「不礙事，我們還可以再撿。我要爲你在驪山建一處宮殿，內有溫泉池，池中全都鋪滿這種小石子。算我今天對你的補償。」

聽了這話，楊玉環心裏充滿了喜悅。經此一鬧，兩人心裏都覺得距離拉近了，楊玉環心裏也沒有了對皇上的怨恨，同時還覺得皇上是個很會玩的人，在這方面比壽王要強多了。玄宗呢，覺得楊玉環更加可愛，更加讓他想入非非了，更想要得到她了。

不一會兒，一輛車輦拉來了，玄宗與楊玉環全身濕淋淋地鑽進去，這種情況下，楊玉環自然不好說要回去，只好聽任皇上擺佈了。不一會兒，車輦停了下來，楊玉環下了車，看到了一處她從未到過的宮殿，她滿懷狐疑地問道：「皇上，這是哪裏？」

「這是我專用的溫泉，你進去沐浴一下吧。」

「我進去沐浴？你的專用溫泉池？」楊玉環心裏忽然充滿了警惕。

「不要怕，就你一個人沐浴。沐浴後，趕快換上衣服，冷水泡得太久，不用熱水泡一泡，會生病的。」玄宗像看透了楊玉環的心思說。

聽到這話，楊玉環放心了，她隨著使女向內走去。當經過第一道門廊時，楊玉環看到兩側分站著兩隊使女，她們手裏捧著彩色漆盤，上面盛著乾淨柔軟的披衣。楊玉環把貼在身上的濕衣服脫下來，披上外衣，向內走去。

再推開一扇門，裏面已是霧氣繚繞，又有幾個使女，只穿著薄薄的貼身小衣，手上捧著供沐浴用的東西。她們見楊玉環走進來，上去幫她把外衣脫下。再向內，推開一道木門，就是溫泉池了。

皇上用的溫泉池，果然與別人用的不一樣。楊玉環洗溫泉澡當然不是第一次了，但都是在供公主與王妃的溫泉池中，是一個大池子，設施與精致都無法與皇上專用的相比。只見皇上用的專池，造型別致，不是四四方方顯得呆板的池子，而是從上方到下方，順著山勢還是故意造就的一個緩坡，池水從淺到深，到了底端，又雕成一朵蓮花狀，每一個花瓣都恰巧供一個人半躺其中，人就猶如躺在清香荷花中的一隻小蜜蜂，愜意無比。看池壁和池底，全都是光滑的白玉石鋪就，雖在霧氣繚繞中，也光可鑒人。往上看，高大的氣窗中透照著日光，一點也不使人覺得壓抑和憋悶。

楊玉環輕輕下到池水中，池水溫暖宜人，讓她才經冷水浸泡刺激的皮膚不禁微微收縮了一下，隨即全身毛孔放鬆，她把全身浸入池中，嘴裏舒服地呼出一口氣來，她閉上雙眼。

待全身泡軟了，使女讓她出水，躺臥在池邊一處床榻上，輕輕爲她按摩與洗滌。在使女輕柔的揉搓下，楊玉環感到全身舒泰。不知不覺間就要睡著了。就在她神思迷惑時，使女們退下了。

楊玉環再下到池中浸泡，她慢慢撩起水灑在自己的手臂上，發現經按摩過的皮膚更加光滑柔嫩，紅豔圓潤，她輕輕一按，彈性十足。以前，別人都誇讚她的美貌，她並不往心裏去，但此時，她一個人在池水中審視自己的身體時，心裏突然有了一種驕傲的感覺。

楊玉環在池中也不知道浸泡了多長時間，突然，她聽到關著的小門吱呀發出了一聲聲響，她以爲又是使女進來了，並沒有睜開雙眼。突然，她聽到一個男人的聲音響了起來。

「玉環，你要洗到什麼時候？」聽到這話，楊玉環一下睜開眼，從神思縹緲中驚醒了。她本能地用手擋住自己的胸部，全身蹲在水中，驚問道：「誰？誰在那裏？」

「玉環，是我，你快點洗，我還要洗呢。」

是皇上，他怎麼進來了？他不是看到了我赤身裸體的樣子了嗎？啊呀，真是太羞死人了。想到這裏楊玉環又羞又氣，想不到皇上這樣不莊重，不檢點，竟會偷偷地看她洗澡。她擡眼向小門望去，發現，小門被打開了一個小縫，想必皇上正從那道縫裏向裏看呢。

「你，你走開。」情急之下，楊玉環連尊卑也不顧了，就「你，你」地喊開了。

但小門後沒有絲毫聲響，看樣子，皇上已經離開了。楊玉環不敢再在池中泡下去，她躡手躡腳地從池中上來，輕輕地走到小門邊，先把眼貼上去向外看去，發現外面有幾個使女外，沒有看到皇上的影子。這下，楊玉環才放心。她打開小門走出來，使女立刻打開手上捧著的乾燥的浴巾披在她的身上，待吸開她身上和頭髮上的水後，再用一件輕柔的外衣披在她的身上。

走出第二道門時，楊玉環看到皇上正坐在外面等她。一看到皇上，楊玉環臉上更紅了，她不顧旁邊有使女，嗔怪地說：「皇上，你……」

玄宗站起來，委屈地說：「玉環，你洗得太久了，我身上還在發冷呢。」

聽皇上這樣一說，楊玉環心裏才釋然一些，原來皇上不是故意去偷看她的，是要催她快洗，他還要去泡泡呢。這樣一想，楊玉環心裏氣全消了，爲自己只想著自己舒服把皇上忘了自責，她想，皇上寧願忍著自己受冷而讓我先去溫泉裏泡，我也太不應該了，他可是皇上啊。楊玉環不禁低下頭，說：「皇上，都是臣妾不對。」

楊玉環嘴裏講了什麼，玄宗是一句也沒聽到，他完全被楊玉環出浴後的嬌媚之態吸引住了。只見楊玉環濕髮披肩，玉面紅豔，眼波盈盈，美豔逼人；胸前的兩個挺拔的小乳房翹然而起，飽滿的身體曲線玲瓏，身上的輕紗猶如蟬翼，望去飄飄欲仙。玄宗咽了一口口水，只想立刻把楊玉環抱在懷裏，只是一來礙於邊上有人，二來他想楊玉環屬於自己的日子也就快了，現在不是用強的時候。他好容易克制了自己。

楊玉環看到皇上癡癡地盯著自己，頭一低，又催促了一聲：「皇上，該你去洗浴了。」

玄宗這才如夢初醒，嘴裏唔唔地應著，待走出幾步遠，還戀戀不捨又回頭向楊玉環看看。

皇上的失措與對她的迷戀，楊玉環都看在眼裏，她的心裏有點甜蜜，但更多的是不知所措。

通過這一段時間的接觸，她原先在心裏對皇上的抵觸在漸漸減少，她原先認爲皇上對她的迷戀只是對她美色的貪圖，現在看來不是這樣，皇上對她的嬌寵和寬容是她感到無法拒絕的也是她樂於接受的，在這些天裏，皇上並沒有強迫她什麼事，也沒有憑藉著手中的權力要求她做什麼，相反，皇上還是百忙之中，抽出時間來陪她玩，完全以平等的姿態與她遊玩，這是多麼難能可貴的啊；有時，楊玉環覺得和皇上在一起，是安全和放鬆的，還有一點，她隱隱不願承認的，就是和皇上在一起，有時比與壽王在一起更讓她有活力些，對這一點，她也有點弄不明白，說起來，壽王和她年齡相差不多，同爲年輕人，應該是有著青春活力的，但情景恰恰相反，年齡已五十多歲的皇上卻比壽王更有活力，更能讓她迸發出激情來。

其實這說出來一點也不稀奇，壽王雖正當青春年少，但身爲皇子，做事反有著太多的約束，加之身處政治漩渦中心，有著爭奪太子失勢的嫌疑，更加小心百倍，倒顯得未老先衰，暮氣沈沈。而皇上呢，權力在握，高高在上，加之早年射箭走馬，身體強健，調養得當，雖五十過半，但神采勝似青年，精神和神力都過於旺盛，激情不減當年。

楊玉環坐在外室，心中這樣思緒聯翩。她突然想到，自己才從溫泉中出來，皇上又進去沐浴，雖前後錯開，但共用一池之水，是不是也算共浴呢。這樣一想，她臉上才褪下去的紅潤又泛了上來。

待皇上洗浴後出來，他們稍爲休息一會兒，玄宗讓擺上小吃，他與楊玉環略爲進食一點。他們又談到了歌舞。

當玄宗談到他新近爲〈霓裳羽衣曲〉中編排了一組新的舞蹈時，他讓楊玉環試演一下。楊玉環起身試舞了一下，玄宗讓她在某個動作上停住，他走到她的身旁，試著校正。只見玄宗一手握著楊玉環的那隻舉向半空的手，另一手托著她的玉腰，把她的腰肢再向下壓了壓，才感覺方好。

當玄宗這樣做時，楊玉環覺得皇上就像在摟抱著自己，神情間不禁緊張起來，她心裏想：如果皇上這樣把自己抱住，自己應該怎麼辦呢？

好在玄宗的心思似乎都放在了舞蹈上，他只是校正了楊玉環的舞姿，並沒有什麼非份的舉動，他又回到座位上，讓楊玉環繼續舞下去。

楊玉環心安下來，也爲自己的多想不好意思。但就在她這樣想時，在又一次校正她的動作時，皇上卻不老實起來。這一次，皇上走到她的身邊，也是從後面托住她的腰，讓她擺一個甩雲袖的動作，當楊玉環把虛擬的長袖剛摔出去時，他竟從後面輕輕抱住她的腰，把臉貼在她的臉上，在她的臉上輕輕吻了一下，隨後就移開了。

這是轉瞬即逝的一下，還沒有等楊玉環反應過來，玄宗就又回到了位置上。這個舉動讓正盡興的楊玉環稍稍回到了現實。本來，楊玉環經過一天的遊玩，在皇上的寬容下，活潑的性情已經流露，兩人的隔閡正在消除，但皇上稍稍放肆，讓她想起皇上對她的目的來。但她不好發火，一來他是皇上，二來，她憑著一個女人的直覺，感到皇上的那一吻是內心情感的流露。這多多少少讓她芳心暗喜。

一天遊玩結束，楊玉環回到壽王在驪山的府舍時，臉上神采飛揚，可以看出來，她這天玩得很高興。與楊玉環喜氣洋洋正相對比的是壽王愁眉緊鎖的憂鬱。不知怎麼的，一看到壽王那張愁雲滿布的臉，楊玉環突然爲自己太過開心感到難爲情起來，她想，自己這是怎麼啦，捨棄自己的丈夫在家爲自己擔憂，而自己卻玩得這樣開心，是不是有點太說不過去了。

晚上，楊玉環把自己一天與皇上在一起的情景與丈夫說了。不知怎麼的，她沒有說落水和皇上共在一個溫泉池中沐浴，以及皇上偷偷吻她的事，只是說與皇上騎馬遊山和談論歌舞的事。楊玉環看得出來，丈夫其實是很想問她一天與皇上相處的事的，但忍著沒有開口，她說出來，他很專注地聽著。聽到父皇對自己的女人沒有什麼過份的舉止，他的愁眉稍稍展開了一點。他心下抱著僥倖說：「玉環，父皇也許只是讓你去陪他聊聊天，好打發太過寂寞的日子的。」

「但願是這樣。」但楊玉環知道，皇上的目的，絕不是這樣，通過一天的接觸，楊玉環知道皇上的目的所在，皇上的欲望所在。皇上焦渴的眼神與輕浮的舉動都在告訴著她。她又不能把這一切如實告訴丈夫。告訴了他，除了平添他的憂愁外，又能讓他得到什麼呢。她不願無謂地傷害丈夫。

在隨後的日子裏，玄宗幾乎隔不了幾天就把楊玉環喊去遊玩，兩人的身影多次在驪山間出現，而壽王又不在身旁，漸漸地皇上與壽王妃之間的關係在皇族中小範圍地傳開了，但人們謹言慎語，不敢造次，當作根本沒有這回事一樣，因爲講出去，這事到底是違背禮儀的，是不光彩的。

每次楊玉環到皇上身邊去，壽王都會一人待在府上，無心參加別的王子間的宴樂和玩耍，靜靜等著楊玉環的歸來，直到看到楊玉環的那一刻他的神情才會開朗起來。這種情形讓楊玉環看了黯然，也影響到了與皇上的關係。

如果拋開丈夫壽王，楊玉環甚至有點喜歡與皇上在一起了，因爲每次與皇上在一起時，皇上對她並不擺架子和顯威風，而是儘量縱容她，反倒是他順著她的脾氣，雖然她知道皇上對她的真實目的所在，但皇上一點也不心急，一點也不強逼，更不會霸王強上弓。當然，皇上時不時也有些小動作，比如摸摸她的手，摟摟她的腰，親親她的臉，但每次都像怕得罪她似的，都是一觸即離，連讓她著惱的餘地都沒有。

其實玄宗心裏是很清楚的，楊玉環與他已經愈來愈親近，愈來愈熟悉，並且已經有接納他的趨向，他在得到她的肉體之前，已經先得到她的精神，得到她的心。

在他的一生中，任何女人都是召之即來，揮之即去，反倒沒有一種能激起他熱情的欲望，而他是喜歡去拚搏的男人，對一件東西的珍視，正是經過一番拚搏爭取的東西。他看出了楊玉環內心對他的疏遠與戒備，對他有別於任何女子的奉承巴結的態度，這反倒激起了玄宗更深的欲望與情感，他被這種若即若離的關係所吸引，完全像個才墜入愛情之網的年輕人，表現出的是一種十分體貼與謙讓的態度。在情感中是由直截了當變爲迂迴和用心計，就有點像老貓釣魚，貓抓老鼠之類的遊戲，這有點讓玄宗覺得新奇。他要在情感上慢慢地去征服楊玉環。

說真的，這對他來說還是生平第一次，先得到一個女子的情感，繼而再去征服她的肉體，但他有信心，他拿捏的分寸很好。

在這種慢慢的絲絲入扣的愈來愈親密相觸中，楊玉環的心在渙散，神思在迷離，她預感到一種結果必將來臨。楊玉環是一個感性的女子，她沒有心機，但並不愚蠢，她知道皇上對她的情意，那是她無法躲避的。記得，在她得知皇上對她的情意後，她曾在壽王面前說，萬不得已，她寧可死去，但死的前提是皇上對她的用強，而皇上對她並沒有用強，反而是處處遷就她，這如何讓她絕然棄世呢。

再說，死，對她來說本是遙遠的事，她說死，並沒有什麼具體的意象，只是一種抽象的事，說到時連一點恐懼也沒有的。現在，她只感到一種愈來愈甜蜜的東西在吸引著她，她感覺到每一天都是新鮮而又充滿了誘惑，她甚至都有一種離不開皇上的感覺。她已經忘記了自己曾經提到過死這個字眼。

有時，楊玉環甚至盼望著那一天的到來，那時，她當如何呢？不知道。現在，她只能走一步算一步了。

但這一天說來就來了。

從驪山回來後，皇上把楊玉環喊進宮的次數更多了，這天，他們到興慶宮的內射堂去玩，這是楊玉環聽說了這樣一處地方主動提出來的。

內射堂，是玄宗還沒有當皇帝時所建的健身房。那時候藩王如果在外面練習騎射，是一件惹眼的事，弄不好就會讓皇帝猜疑，但玄宗又知道有一個好身體對以後的創業是很重要的，於是就在居住的興慶宮，那時興慶宮還叫興慶坊，建了一個健身的場所，內設有雙杠、攀繩、射箭等健身的器材，每天由高力士陪著偷偷地練習。

後來他當了皇帝，興慶坊改稱爲興慶宮，規模擴大，此處內射堂因有特殊的意義，並沒有拆毀，而是保存了下來。有時，玄宗有興趣了，還會偶然來此一試身手，一來活動活動身手，二來回味當年的情景。玄宗曾偶然跟楊玉環講過這麼個地方，不想她倒記在了心裏，這天，她提出要去玩玩。

內射堂因有人常打掃，因此即使玄宗不常來，裏面也保持著清潔乾淨，沒有絲毫灰塵。楊玉環一進內射常，立即被裏面的設施吸引住了，她活潑而頑皮地在各種器材上爬上爬下，摸摸這裏，拍拍那裏，對有些不明白用處的器材，還要皇上親自爲她示範一下。

玄宗看著楊玉環像個小貓一樣在器材間躥來躥去，心裏不期然有著親切的感覺，在楊玉環要他展示一下那些器材的用處時，他有意顯得剛健威武，在那些器材上不斷地變幻著各種花樣，博得了楊玉環一聲聲喝彩。

不管什麼器材，楊玉環都要上去試試，玄宗從而變爲一個觀賞者，他看著楊玉環柔弱的女性身軀在這些器材間轉動，反有一種有別於男性雄健的柔美，這讓他怦然心動，心中的欲望突突地冒了出來。

當楊玉環提出要去攀繩網時，玄宗看到她穿著長衫不方便，就上去替她脫去。他從後面一把抱住她，本想解開她腰間長衣的帶子，但一挨近她充滿青春氣息的身體，鼻子中竟然忽的嗅到了她發散出的一種香味，玄宗皇帝頭腦一熱，就像決堤的江水再也控制不住自己，一把把楊玉環緊緊摟在懷裏，手也不再去解帶子，而是向上移去，一把揑住她胸前的酥乳。

楊玉環把玄宗的手扳開，嘴裏說道：「皇上，讓人瞧見了該有多不好。」

說著，楊玉環輕輕推開皇上，掙脫出皇上的懷抱，自己解開長衣，手腳並用地攀起繩網來。玄宗抱著楊玉環的長衣，情欲難控，他看著楊玉環豐滿的身體在繩網上盪來盪去，更讓他情急難熬。

當楊玉環從繩網上下來後，又拿起放在一邊的弓箭，準備射箭玩。但她要麼拉不開弓，要麼就是好不容易費勁拉開了弓，射出的箭也不知道跑到哪裏去了。她讓玄宗教教她。玄宗走到她的背後，兩手分別抓住她的手，幫她用力，再對準箭靶，然後把箭射了出去。箭射中了箭靶，楊玉環興奮得幾乎跳了起來，而玄宗此時再也抑制不住自己，他從後面一把抱住楊玉環。

這次，楊玉環似乎沒有掙扎，她全身如觸電了一樣，只剩下粗重的喘息聲，玄宗把臉貼在她的髮鬢上，髮鬢間散發著熱氣，有著溫微的濕汗，玄宗把鼻子埋在楊玉環的髮間，深深嗅著那香甜的氣息，而後，他把臉貼在楊玉環的臉上、脖頸處，輕輕地摩擦著。

楊玉環本身很熱，但被玄宗摟在懷裏，她感覺就像被一團炭火包裹著，皇上的一系列小動作讓她有著生理上的反應，她的全身不禁有些顫慄。就在她不知如何是好時，玄宗一把把她抱離了地面。

楊玉環嘴裏不禁「啊」了一聲，但爲了不讓室外的侍從聽見，她連忙閉嘴。此時，她看到皇上的眼裏閃著粗獷的光芒，這種光芒是她從未看到過的，但她有點被這種目光所吸引，所迷醉，她覺得皇上摟抱著她的雙臂就像鋼箍一樣，讓她絲毫動彈不了。玄宗抱著楊玉環，一步步向藤床走去，最後他把她放在藤床上，除去了她身上的衣服。後來，楊玉環在皇上粗重的喘息聲中，閉上了雙眼……

狂風疾雨之後，兩人身上的情欲平息了，楊玉環於恍惚之中承受了皇上的歡愛，她雖然早知這種時候總會來到，但真的當它來到時，她實在又不知道如何形容自己的心情，她下意識地抱緊了皇上的身體。

玄宗很滿足，這種滿足固然有對美麗楊玉環肉體上的征服，但更多的是一種情感上的感應，現在，他懷中摟著楊玉環，才真正覺得擁有了她，這一刻，他對她的佔有是實在的，情感上，也才覺得兩人真正達到了相知相融的最高境界。玄宗皇帝終於心滿意足地鬆了口氣。

當楊玉環從宮中回府時，她的神思都是一片混亂，她一時實在無法理清她與皇上間的全新關係。坐在轎中，她想，這以後的日子當如何過呢？今天既然與皇上已經發展到了這一步，她就真的是皇上的女人了，那麼她和壽王的關係又該怎麼辦呢？和皇上這種關係既然到了這一步，必然會長期保持下去，可她是壽王妃啊，那樣對自己的丈夫壽王豈不是一種無形的傷害，這讓他如何面對呢，她一身而事父子二人，這又讓她如何面對呢？楊玉環天生不是一個愛動腦子的人，她這樣一想，覺得頭都要大了，索性不再想下去，只是覺得這樣回到府中，沒有臉面再見到自己曾經深愛的丈夫了。

楊玉環回到府中，壽王正好不在，少有地外出參加一個皇子間的聚會去了，這給了楊玉環一個喘息心定的時機，在這個時機中，她終於可以靜下心來好好思索了。

此時的楊玉環心裏講不出是喜是悲。這種結果完全是違背她的意願的，是對她與壽王夫婦間感情有傷害的，是她想竭力避免卻沒有避開的，這如何能講是喜呢；同樣，她對這樣的結果早有預料，也就是說，她在心理上已經有了迎接它的準備，現在的出現，又如何可講得上悲呢。

同時，拋開這些倫理不管，單從生理和欲念上來說，皇上的勇猛和粗獷，過人的精力，確實又給楊玉環帶來了從未有過的享受，這一點是壽王從來沒有給過她的，那消魂的一刻是她青春肉體所渴望的。在這無人打擾的一刻，她竟有些甜蜜地回味起了皇上給予她的那一瞬。楊玉環決定，一切暫時不要告訴壽王，免得徒增他的煩惱。

雖然別的皇子百般挽留，但壽王還是趕回來與楊玉環共進晚餐。現在，他很少外出，偶爾有萬不得已的應酬，也是早早趕回，以期能與楊玉環待在一起，因爲他們都心裏明白，他們在一起的日子可能無多，時光的短促讓他們分外珍惜。楊玉環晚餐吃得很少，當天晚上，壽王想與她交歡時，楊玉環想到白天才與皇上發生的一幕，不自禁地蹺起身子，想避開丈夫。

敏感的壽王發現了楊玉環這一反常的舉動，他用手扳過楊玉環的肩頭，想問問她是怎麼回事，或者想讓楊玉環告訴他另一個答案，讓他可以接受的答案。但楊玉環的眼光不願與丈夫的眼光相對，她的眼光躲避游離著。她的眼光泄露了一切。

壽王全明白了，他不再問，或者說他沒有勇氣去問，他害怕從楊玉環的嘴裏聽那個結果，他放開楊玉環，身子如倒塌的牆一樣轟然倒在床上，隨後，目光呆滯地盯著上方。

楊玉環嚇壞了，她反身摟著壽王，喊道：「阿瑁，阿瑁！」

壽王一句話也不說，突然，他跳起身來，匆忙地穿起衣服來，其動作的快速驚得楊玉環連問話的勇氣也沒有了。壽王穿好衣服，一句話也沒說，頭也不回地離開了臥室。

楊玉環不知壽王是要到哪裏去，已經是深更半夜，他又能到哪裏去呢？但楊玉環沒有聽見開門聲，也沒有聽到使女的聲音，她知道壽王沒有去遠，只是到了院子裏，於是披上衣服也走了出來。果然如她所料，壽王正依靠在院中的那棵樹上在暗自飲泣。楊玉環輕輕走過去，她從後面把丈夫抱在懷裏，把臉貼在他的背上，感應著他不能哭出來而壓在胸中的巨大的悲痛。

壽王的背起起伏伏，那是他強壓在胸間的悲痛的躁動，他又不能痛哭著來宣瀉，那會吵著使女，驚動旁人，傳出去，甚至會傳到皇上的耳中，他只能把這種悲痛化爲手上的力量狠狠地抓在樹幹上。突然，壽王轉過身來，他一把把楊玉環摟緊在自己的懷裏，在她的臉上狂吻起來。在這種狂吻中，楊玉環與他都身上火熱起來，他們相擁著倒在了地上。

楊玉環與皇上的關係掀開了新的一頁。新的關係對玄宗是欣喜的，他似乎忽然年輕了二十歲，身上充滿了青春活力，他說話有力，眉梢含春，渾身都有著精神。第一個看出這種變化的自然是時刻隨侍在旁的老奴高力士，他看到皇上興奮異常，知道他與壽王妃的關係終於水到渠成，皇上的願望得到了滿足，他也高興得很，他平素寡淡的臉上也少有地露出了笑容。皇上看著嘴角含笑的高力士，知道這個老奴一切都揣摸到了，就笑著說：「力士，朕想升你的官呢，你看你想當什麼呢？」

聽了這話的高力士連忙跪下，說：「奴才沒有寸功，不知陛下何以要升奴才的官，奴才不敢無功受祿。」

「誰說你沒有寸功，朕看你的功勞大著呢，你對朕的心意揣摸透徹，替朕辦事得力周到，這還不能說是功勞嗎？」玄宗笑吟吟地說。

「啊，那是奴才該盡的職責，不能算什麼功勞。」高力士自我貶抑道。

「不要多說了，朕說是功勞就是功勞。只是這個獎賞怎麼好封賞呢？力士，你說說？」

「折煞奴才了，奴才不敢求賞，但求皇上長命千歲，奴才沾皇上的光，也多活幾年，好多侍候皇上幾年。」

「這個你放心，朕現在也離不開你。只是對你們宦官，祖宗早年訂下了規矩，就是最大的官也只能封三品，你現在已經官封三品了，這還讓朕怎麼封你呢？」玄宗爲難地說。

「奴才說了，奴才不想要任何封賞，只想時刻侍候在皇上的身旁。」

「好了，這樣吧，封賞先寄存在朕這裏，等有了時機再封不遲，免得朝中那班老臣搬出祖宗規矩朝上遞奏本。」

高力士謝主隆恩。

隨後，玄宗把與楊玉環的新關係與高力士說了，並表達了想長期和她在一起的心意。高力士說，這要有個過程，不要忙在一時，現在此事還要遮人耳目，最後，高力士給玄宗出個主意，可以秘密地帶楊玉環上驪山，一來遮人耳目，二來倆人可長在一起。

玄宗聽取了這個主意，沒過幾日，他就帶著楊玉環上了驪山。

從驪山回來後，玄宗皇帝回宮，楊玉環回壽王府，但沒過一天，玄宗又把她召進宮去，並且在宮裏過了兩天兩夜，最後還是在楊玉環的要求下，玄宗才讓她暫離他回到壽王的身邊。

楊玉環一再要求回到壽王府，是怕更多的人知道她與皇上的事，還有就是她不想太多地傷害到壽王。但她回到壽王府才一天，玄宗就又派人來接她回宮。

楊玉環離開玄宗才一天，玄宗就有點神不守舍的感覺，他覺得他的身邊已經一刻也離不開壽王妃了。這可怎麼辦呢？作爲大唐至高無上的君王，應該說哪個女子都是他的屬民，他都可以把她召入後宮，供己娛樂。但對待壽王妃卻獨獨不行，她是他的兒媳婦，硬要娶入宮未嘗不可，但有悖禮儀。雖然他從心裏看不起那幫酸儒倡導的什麼禮不禮的，但作爲一個帝王，他知道治理國家是少不了那一套的。現在讓他爲難的是，他已經一刻也離不開她了。

此時的玄宗，就像一個才墜入愛河的年輕人，心底都是楊玉環的影子，整日想的也是她。所以，楊玉環剛回去一天，他就覺得受不了，連忙派人去接。

楊玉環一進宮就顯得很不高興，她噘著嘴，眼睛不看玄宗。倒是玄宗陪著笑臉說：「玉環，你怎麼不高興啊？」

「人家怎麼還能高興呢？本來說好放我回去小住幾天的，人家前腳還沒進門，你後腳就派人來接了，你這樣做，壽王又該怎麼看呢。即使你不顧及到我，也要顧及到旁人的閒話吧。」

「可是朕實在太想你了啊，所以才無法顧及那麼多的。」

「可是，你這樣做，讓我太爲難了，會讓壽王一點面子都沒有了。」

「玉環，你要給我一點時間，我會想出辦法來的。」

「那……等你想出辦法，我們再見面也不晚啊！」玉環有理有節地說。

其實在驪山時，玄宗就和高力士商量過，如何想出一個既合禮又合節的很自然的辦法，把壽王妃弄到皇上的身旁，但就是沒有想出一個周全的辦法。後來，玄宗也和妹妹玉真公主商議過，同樣束手無策。

幾天後，玄宗再把高力士和玉真公主召到一起，商量如何把楊玉環永遠地留在他的身旁。玄宗說：「你們兩人一定要替我想個兩全的方法來，我再也不能這樣讓玉環兩頭為難了。我要她日日夜夜永遠都留在朕的身邊。」

看著玄宗一臉的焦急神色，高力士說：「陛下，依奴才看來，實在沒有什麼方法，就強行把壽王妃留在宮中算了。」

「不行，不行，這樣會惹人非議，特別是那幫咬文嚼字的儒生，整天嘴裏都是禮啊儀啊什麼的。這些酸儒雖然沒什麼辦事能力，但一旦較起真來會不依不饒，而且也不能讓那些大臣在朕的背後指指點點的，還是要用一個折中的辦法為好。」

「皇上，你看這樣行不行，先讓壽王把壽王妃休了，然後再把她娶進宮裏？」

玄宗低頭想了一下，覺得這樣也不妥。他說：「玉環沒有過錯，讓壽王休了她，對她的名譽有不利的損害，也會讓她受到不公正的待遇。再說，壽王休掉的王妃，作父親的皇上卻把她迎進宮中，更加不成體統。」

三人想了半天，也想不出什麼好的方法，最後，高力士說：「萬不得已，只能有一個方法了。」

玄宗忙問什麼方法。

高力士沒有忙著回答，而是用眼看了玉真公主一下，說：「啊，也不行。這個辦法也不行。」

玄宗見了高力士的神情，知道他想出的那個方法不想讓玉真公主聽到，也就不再追問，待玉真公主剛一離開，他就問高力士那到底是什麼方法。

高力士說：「大家那麼想得到壽王妃，又因爲壽王夾在其中礙事，索性一不做，二不休，把壽王殺了算了。」

「什麼?把壽王殺了?」

「看來這是唯一的辦法了。隨便找個理由定壽王一個罪名，然後把他除去，這樣，陛下再把壽王妃迎進宮，就不會再有人異議了。」玄宗聽了這話，皺著眉頭想了半天，最後說：「這不行，不要說瑁兒沒什麼罪名，就是有，我看在武惠妃的面子上也不會多加怪罪的，再說瑁兒那麼文弱知書達禮的，我怎麼可以因爲要得到壽王妃而殺害壽王呢。這萬萬不行。」

見玄宗這樣說，高力士不再多說。這實在是他能想到的唯一的方法了。

再說玉真公主從皇宮中出來，她的心裏充滿了憂慮。雖然高力士沒有當著她的面把話說出來，玉真公主知道高力士會給皇上出什麼主意，那就是把壽王殺了，把壽王妃強奪過來。那個忠心耿耿的狗奴才一定會想出這個毒辣的主意的。

在他的眼裏，只要皇上能得到一點快樂，就是殺他的親人他也不會眨眼。玉真公主不知道皇上聽了高力士的這個獻策後會怎麼想，但如果有高力士在旁一味蠱惑，難免皇上不聽他的話。因爲此時在皇上的眼裏只有楊玉環一人了，爲了得到她，什麼樣的手段他也許都會使用。

不行，一定要保全壽王不再受到傷害了。玉真公主想。他已經夠不幸的了，一個男人連自己愛著的女人都保不住，被別人佔有了，還要裝聾裝啞，自己反倒像個偷人家女人的賊，甚至還有可能爲此掉腦袋。玉真公主深深同情起這位侄兒來。

但玉真公主知道，要想保護壽王，現在唯一的方法就是想出一條萬全之計，讓楊玉環離開壽王到皇上的身旁。這條計策既要合禮又要合理，既達目的，又不惹人非議。真難啊！

回到玉真觀的玉真公主千思萬想，就是想不出有什麼好的辦法來。此時，她痛恨那個該死的太監高力士，爲什麼要把她牽進這樁事中，她早年出家，不就是想避開宮廷中的是是非非嗎，眼不見心不煩，落得個心境清淨，想不到還是被牽扯進來了。玉真公主因爲想不出好主意，氣得用手撕扯身上的法衣，想，我還穿著這身衣服幹什麼，穿著它卻做著見不得人的事。撕著撕著，她的心中一動，停止了動作，原來她手撕著法衣卻想出了一個能讓壽王免禍的好主意來。

她想，爲什麼不讓壽王妃也像她一樣出家呢，那樣的話不就可以讓楊玉環離開壽王了嗎？啊，這真是一個好主意，爲什麼早沒有想到呢。玉真公主責怪自己醒悟得這樣慢，但還不遲。對，讓壽王妃出家當道姑，那樣的話，皇上和她幽會也就不會有什麼不便了，誰會關注一個道姑的行蹤呢。

想到這裏，玉真公主精神大振，她連忙重新換上一身法衣，匆匆進宮。她要把這個好方法趕緊告訴皇上，免得皇上聽了高力士的話，做出對壽王不利的事。

玉真公主趕到玄宗身邊時，高力士還在。玄宗爲玉真公主去而復返詫異，他問道：「玉真，怎麼又回來了？」

「皇上，我想到了一個好主意，能讓楊玉環離開壽王。」

「啊，是嗎？什麼好主意，快快講來。」

「就是讓壽王妃當女道士。」

「什麼，讓玉環出家做女道士？小妹，我看你是當道士當入迷了，玉環怎麼可以出家呢。她出家，我怎麼辦？」

「皇上，你不要急，讓小妹替你慢慢分析一下。玉環當了女道士，她就可以離開壽王府出來住在道觀裏，那樣，你想什麼時候召她進宮就什麼時候召她進宮，想把她留在宮多久就多久，再也不用擔心有壽王夾在中間爲難了。」

「哼，這倒是個好方法，但朕還不是偷偷摸摸像作賊一樣嗎，再說，朕要的是玉環長久留在我的身邊啊。」

「皇上，這還不簡單嗎，讓壽王妃就住在宮中的道觀裏就是了。」

「什麼，宮中還有道觀，我怎麼沒有見過？」

這時，高力士聽出了一點苗頭，他替玉真公主說：「陛下，爲壽王妃在宮中建一座道觀就行了。」

「建一座道觀？哼，好是好，但宮中平白多一處道觀，難免會遭人非議。再說讓玉環出家她就出家了，總得有個理由吧。」

這倒也是，總不能說出家就出家吧，即使是表面上的理由，也總得說得過去呀。於是，玉真公主與高力士又想開了。

玉真公主眼中一亮，她忙說：「皇上，再過一段時間就是我們生母竇太后的忌辰了吧？」

「那是年初二，這與楊玉環的出家又有什麼關係？」

「怎麼沒關係，大有關係。我們可以讓楊玉環以爲我們死去的故太后薦福爲名，自度爲女道士，代陛下盡孝啊。這樣的話，她也就可以把道觀名正言順地設在宮中了。」

「好主意，我怎麼沒有想到呢。」玄宗不禁拍手稱道。

什麼好主意，這也是實在不得已才爲之的不是辦法的辦法啊，玉真公主心想這也是自己迫不得已才想出的兩全之計啊，一方面是爲了皇上著想，同時也是爲了壽王著想。只好把我們慘死的母親搬出來做為度壽王妃的理由，要是母親地下有知，也會罵我不孝的。玉真公主這樣想，但她是不敢把這番話講出嘴的。

「力士，你明天就去著手辦這件事，愈快愈好。」

「陛下，我看這樣不好吧。還是由壽王妃上表自求度為女道士的好，這樣一來可以堵住那些閒人的嘴，二來也顯得壽王妃的誠心。」

「對，對，還是力士想得周到，這事你看著辦吧。離過年時間已經不遠了。」

「皇上，這事，還是由我來對壽王說吧。」玉真公主說。

「也好，儘快為好。」

看著皇上那猴急的模樣，玉真公主心想，看來皇兄這次為壽王妃動心已經到了不可自拔的地步了，唉，也難得皇兄能為一個女人如此動心動情到如此地步。雖說楊玉環單純沒有心機，但一個女人如果一旦被男人如此寵愛，她總是要撒撒嬌耍耍小性子的，再說這個男人又是權傾天下的皇帝，往後，還不知道她是否懂得自尊自愛，否則這樣發展下去，別鬧出什麼事來呢。玉真公主暗中擔心。

接受了去勸說壽王的任務，玉真公主心中萬分為難，雖然她已經知道壽王知道了楊玉環與父皇之間的事，但那是她通過咸宜公主讓壽王知道的，她可沒有當面告訴他，現在，要她當面去對壽王說，你不僅要讓出壽王妃，還要主動請求，世間哪有這種道理，即使是父皇的要求，這樣欺負他也太讓人難以接受了。再說壽王又是那樣的敏感，那樣地柔弱無助，看去更覺得他的可憐，唉，這話又怎麼叫她這個當姑姑的說出口呢。

千捱萬挪，玉真公主還是到了壽王的府上。壽王一聽玉真公主來訪，連忙迎了出來。一見壽王的面，玉真公主問玉環呢。壽王期期艾艾地說玉環到外面遊玩去了。聽了這話，見了壽王不自然的神態，玉真公主明白了，楊玉環一定又被皇上叫進了宮。玉真公主真是說不出的難受，剛才她還在宮中和皇上談怎樣度楊玉環當道士的事，想不到，她剛一離開，皇上就等不及，派人來喊壽王妃了。當下，她裝作什麼也不明白，不再往下多問。壽王把她引入王府。

待坐定後，壽王主動說：「玉環剛才離開，姑姑是來約她出去遊玩的吧。」

「啊，不是。」玉真公主聽壽王這樣一說，臉上泛紅，嘴裏也結巴起來。「我只是來看看你們，順便有件事要和你們說說。」

「什麼事？」壽王身上不禁一抖，他眼睛睜得大大的望著玉真公主。

壽王的這個動作沒有逃過玉真公主的眼睛，她心裏禁不住一陣難過。她想，壽王已經被太多的厄運嚇怕了，他再也禁不起任何打擊了。但災禍不是你想躲就能躲掉的。她實在不忍心再傷害壽王了，但情勢所迫啊。

玉真公主稍稍沈默了一會兒，故意放緩語調說：「瑁兒，你還記得我是爲了什麼出家當了女道士的嗎？」

壽王不知道玉真公主爲什麼突然問起他這個問題，他愣了一會才像醒悟似地說：「聽父皇說，姑姑是爲祖母竇太后薦福才自願入的道門。」

「是的。母后死得太慘了，連屍首都沒能落下。我每當想起小時候母后對我的恩愛就不能平靜，日子久了，我甚至有了這種想法，就是我哪怕享受一點人世間的快樂，心裏就感到羞愧，有種愧對母后的自責。」

「姑姑，懷念長輩乃人之常情，你不要再過多自責，再說都過去那麼久了，又不是你的過錯，你不應該這樣。」

「不，瑁兒，你不知道，每當我想到母親為我們所受的罪，我就食不下咽。因此，我才毅然入了道門，在靜清無為中修身養性，如果母后真的有什麼罪過的話，就讓它降臨到我的身上吧。」

「姑姑的孝心，真是值得我們後輩仿效。」

「你不知道，有此孝心的不僅僅是我，有時皇上也有這種念頭。」

「什麼，父皇也有這樣的念頭？」

「是啊，皇上有時對我們說，他真的不想當皇帝了，也想像我和金仙公主一樣遁入道門，作一個修身清靜的道士。」

「啊呀，這萬萬使不得，父皇可是一國之尊啊，他要治理整個大唐王朝，怎麼可以當道士呢？姑姑，你一定要勸勸他啊！」

聽著壽王急迫的話，看著壽王急切的神情，玉真公主直在心裏罵自己卑鄙虛偽，事情都這樣了，還在用感情來欺騙壽王。

「我們也是這樣勸皇上，但他一意孤行，執意不當皇帝要出家當道士，還說他身為一國之君，不能在孝道上表率垂範，還有什麼資格來要求臣子呢。」

「這是不一樣的，父皇把國家治理好，那是最大的孝心，那是對天下人的盡孝，如果祖母地下有知，她也會贊成這樣做的。」

「瑁兒，你講得再好沒有了。還好，在我們千勸萬勸下，他終於接受了一個折衷的方法，不再堅持當道士了。」

「這樣就好了。那麼是個什麼折衷的方法呢？」

「我們勸皇上，你是堂堂一國之尊，怎麼可以說當道士就當道士呢，即使你有此心願，可以讓一個人代你出家當道士啊。」
「對，對，果然是個好辦法。姑姑，這一定是你想出來的。」
聽到這話，玉真公主臉色發訕，要不是知道壽王不明白其中的緣由，她一定認爲壽王在故意諷刺她。但她知道，壽王這樣說，完全是出於對父皇的關心，是心中父子間感情的天然流露。瞧著壽王天真的模樣，她的心中就像針刺一樣。再次爲自己扮演的角色而羞愧。
「這倒不是我想出來，是大家一致想出來的。」玉真公主可不想把這碗髒水全潑在自己身上。
「那你們讓誰代父皇當道士呢？」
「我們想，想……」玉真公主感到實在難以把話說出嘴，但不說是不行的，她牙一咬，終於說了出來，「我們想讓壽王妃代皇上當道士。」
話一說完，玉真公主就把臉扭向別處，她實在不好意思，或者不忍心再看壽王了。
「什麼？」果然壽王驚駭地叫了起來，「壽、壽王妃，這，這怎麼可能呢？是不是弄錯了？」
「沒有弄錯，皇上是要壽王妃，就是要玉環代他出家當道士的。」
「可她是王妃啊，她是結過婚的人了？」
「沒有說結過婚的人就不能當道士啊。」
「這不行，這萬萬不行！玉環怎麼可以出家當女道士呢！」
壽王的情緒激動，他變得語無倫次起來。玉真公主不再和他爭辯，她知道，在這種情況下和壽王爭辯，壽王難免會說出什麼不敬的話來，即使她聽了不說出去，但終究不好。她沈默著。
壽王情緒確實激動，他一時不能接受這個現實。他站起來，在室內踱來踱去，一會兒手背在後面，一會兒用拳頭用力地捶打著牆壁。嘴裏不停地喃喃著：「怎麼會這樣呢，怎麼會這樣呢！」

玉真公主也不搭理壽王，她想讓他慢慢平靜下來，細細體味其中的深意。她相信壽王會體味到的。

果然，沒過一會兒，壽王平靜了下來，他不再自言自語，也不再用拳捶牆，他在玉真公主面前靜靜坐了下來，但他的眼睛是無神的，甚至是呆滯的。他擡著頭，眼光茫然地看著上方，似乎想從屋頂上看出命運的答案或結果來。

玉真公主知道壽王已經明白此中的深意，但她不能說出來，她還要自欺欺人地說：「瑁兒，你知道，現在的皇位本來是由你大伯寧王來繼承的，一來他爲長子，二來他是正皇后劉太后所生。但你大伯有古賢人遺風，主動把皇位讓給了你的父皇。即使這樣，你的親祖母竇太后在地位上還是要低於劉太后，這於皇上的面子上不好看。現在有我和金仙兩位公主入道爲竇太后薦福，她的地位才得到提高，但排名仍居次。」

玉真公主一邊說一邊拿眼偷偷瞧著壽王，發現壽王一臉茫然，似乎並不在聽她的話。雖然房間裏只有她與壽王兩人，顯得空空蕩蕩，但玉真公主覺得是那樣地壓抑，那樣地讓人窒息，以至於她都無法把一句話講出口來。但她感到如果閉口的話，那會更讓人受不了。她不得不說下去。

「皇上想，如果能有一個親媳婦再入道爲竇太后薦福的話，在空靈方面，她的尊榮比實際要更來得大了，無形之下，竇太后的地位就超過了劉太后。」

壽王依然緊閉著嘴巴不開口，玉真公主不得已，只好接著說下去：「雖然這是皇上的意思，但他希望壽王妃能主動提出來。」

「她同意嗎？」壽王眼珠緩慢地轉動了一下，目光呆板。

「你要勸勸她，讓她接受下來。」

「我？去勸勸壽王妃，讓她主動出家當道士？」壽王臉上掠過一陣苦笑，搖了搖頭。

壽王搖頭並不是表示他不肯去勸勸壽王妃，只是覺得這樣做的荒謬與辛酸。玉真公主也明白這個意思，因此，她繼續說：「你可以代玉環寫份要求自度爲女道士的表文，到時讓玉環遞上去就行了。」

壽王沒有答話。沈默，難堪的沈默。在這種沈默裏，玉真公主不知繼續坐下去的好，還是站起來告辭的好。過了一會兒，壽王語帶諷刺地說：「玉環當道士後住在哪裏，是不是住在你的玉真觀裏？」

玉真公主當然聽出了壽王話中的諷刺，她想發作，但她忍住了，她想，相對於壽王所受的遭遇與悲哀，自己的面子與自尊又算得了什麼呢。於是，她心平氣和地說：「玉環當了道士後，會住在皇宮裏。」

「皇宮裏？噢，她是應該住在宮裏。」

「因爲是爲竇太后薦福，皇上在宮中要特地爲她修建一座道觀。」玉真裝作沒有聽出壽王話中的深意。

「就是說，玉環以後再也不能回壽王府了，她也不是壽王妃了？」

「我想是這樣吧。」

聽到這話，壽王突然發出一陣笑聲，笑聲短促而沈鬱，陰森而嚇人，那不是正常的笑，是壓抑著悲傷強顏做出的笑，笑著笑著，兩行淚從壽王的臉上流了下來，隨即，壽王臥倒在地上痛哭起來。

玉真公主沒有勸阻壽王，她知道，在這種情況下，他哭出來也許對他是好的，總比把傷痛強壓在心中，憋出毛病來好得多。在壽王的哭聲中，她站起身，也不向壽王告別，向壽王府外走去。當她登上馬車，一個人坐在車中時，她的臉上也不自禁滾下淚來，她知道她在壽王心目中的形象已經毀了，再不是他可親可近的長輩了，再不是清靜無爲的修道之人了，而是專行卑鄙之事的虛僞小人。她心想：侄兒，你不要責怪姑姑，也不要責怪玉環，要怪你就怪你的父皇吧。是他要拆散你們這對恩愛夫妻，是他要滿足自己的私欲而置人倫於不顧的啊！哎，壽王你和玉環實在是有緣無分啊！

與此同時，玄宗皇帝也在開導著楊玉環。楊玉環正爲剛回到壽王府才一天，就又被召進宮中而不滿，她一到玄宗面前就輕輕地皺起了她那彎彎的細眉，滿面的不高興。玄宗看到楊玉環生氣時的模樣更顯得嫵媚可愛，不禁笑著問道：「又怎麼了，誰又惹你不高興了？」

「皇上，你說呢？」

「是我嗎？我沒有地方得罪你啊。」玄宗故作冤枉地說。不知怎的，在楊玉環面前，玄宗皇帝總是顯得年輕了許多，就連皇帝的威嚴也不擺了。

「還不承認呢，人家剛回去，又把人家喊來，幹什麼嗎？也不爲人家考慮考慮。」

「我正是要爲你考慮才把你喊來的呀。」

「什麼爲人家考慮，你倒說說。」

「我是要你永遠留在宮中，再不用兩處跑，也不用怕別人說閒話了。」

「那倒是什麼主意啊，是不是讓壽王和我一起搬到宮中來住呀。」聽了這話，玄宗又氣又好笑，他想，這叫什麼話，你和壽王一起搬進宮來住，那成何體統。但這話從楊玉環嘴裏講出來，卻有著另外一種稚氣的可愛，讓你生氣不得。於是，玄宗故作嚴肅地說：「我是想讓你當女道士，從此不再回壽王府去了。」

「什麼？當道士，我爲什麼要當道士？」楊玉環把一雙俏麗的眼睛睜得大大的，好像不相信自己耳朵似的。

「你不要急，聽我慢慢講來。」

「我不要當女道士！」楊玉環本能地叫了起來。她用手捂住耳朵，表示不想聽皇上的任何解釋，「我不想像玉真公主一樣，整天手裏拿著拂塵，身著法衣。」玄宗走過去，輕輕把楊玉環攬在懷裏說：「你聽我慢慢跟你解釋，你為什麼不聽我的解釋呢？你當道士與玉真公主不一樣的。」

「不一樣，有什麼不一樣？難道我會住在宮裏，不住在道觀裏嗎？」

「對，你就是住在宮裏。」

「什麼，真是住在宮裏？」楊玉環睜大了眼睛，不相信地望著玄宗。

「玉環，你不是為現在你的處境為難嗎？」

「你知道就好！」

「好了，我們不談這個。你也曾跟我說過，你夾在我與壽王之間很為難，我現在就想了這個方法，讓你離開壽王。」

「這是什麼方法，我要是離開了壽王，不也離開了你嗎？反正我不當女道士。」

「那你能想到一個比這更好的辦法嗎？」

「我不知道，你不要問我。」

「好了，玉環，我們暫且不說這個，讓我來給你說段歷史吧。」玄宗眼望前方，目光迷離，彷彿回到他要說的那段歷史中。

聽皇上說要講歷史，楊玉環也靜下心來。

「玉環，你知道則天女皇帝嗎？」

「當然知道啦，她是迄今爲止唯一的女皇帝嘛。噢，她是你的祖母吧。」

「不錯，你說的一點沒錯，那你知道她第一個嫁給的男人是誰嗎？」

「這還用說，當然是你的祖父了。」

「你錯了，她嫁的第一個男人是我的太祖父，就是史稱唐太宗的。」

「什麼，這怎麼可能呢？簡直亂套了，怪不得……」說到這裏，楊玉環吐吐舌頭，不再往下說了。她的本意是想說，怪不得你現在這個樣子，原來是有家族遺傳的。

玄宗知道她話裏的意思，沒有見怪，接著往下說道：「你肯定奇怪，她既當了我的太祖母，何以後來又當了我的祖母是吧。這事說起來話長。在她入宮嫁給太宗皇帝時，她還小，名叫武媚娘，那時我祖父高宗皇帝時常在後宮裏走動，一來二去，兩人就有了感情。那種情景，有點像我和你吧，也是有著輩份的跨越。」

「那他們後來是如何走到一起的呢？」楊玉環被與她和皇上有著相同命運的則天女皇所吸引，情不自禁地問道。

「你不要急，我就要說到了。他們暗中生情，在太宗皇帝去世後，祖父高宗皇帝繼位，依他的心意，恨不得馬上就把武媚娘納入後宮，但那樣是有違禮制的，必遭到大臣的反對。於是，他們想出了一個辦法，就是先讓武媚娘入佛門，帶髮修行，等過了一段時期後，再迎娶入宮。這樣，大臣們也就不怎麼反對了，禮儀上也過得去。按佛門的講法，一入佛門就與世間塵俗脫離了關係，再入塵俗就不再是先前那個人了。」

「那不是掩耳盜鈴嗎？也是自欺欺人的呀。那你……你不是要我效法則天女皇帝吧？要我也入佛門修行？」

「我不是跟你說了嗎，不是入佛門，是入道門，是像玉真公主一樣，做女道士。」

這倒是真話。玄宗從小就看到，佛門那幫出家和尚，打著出家修行的幌子，仗著哪家也管不著，自成一股力量，既不安心養性，也不慈悲度人，而是積極參與政治上的一系列陰謀活動，形成一股不可小覷的政治力量。

在則天女皇帝時，他們就干預朝政，那個被女皇帝寵爲面首的薛懷義和尚，更是淫穢宮廷，多行不義，還有後來幫著太平公主與他作對的慧范和尚，他們統統都不是好東西，都是假和尚，他們看風使舵，誰得勢就往哪邊倒。

想當初則天女皇帝想登上皇位，做有史以來的第一個女皇帝，又怕遭人非議，那幫和尚硬是僞造一部《大雲經》，說什麼女人當皇帝書上早有記載，還是一個國家的幸事。而伯父中宗和父皇睿宗似乎對這一點根本沒有看透，居然對佛門採取了容忍的態度。他玄宗可沒這麼好說話，他要雪恥消恨，要打擊敢於和李唐王室敵對的佛門那幫臭和尚。

你不是說出家人六根清淨，離塵出世嗎，我偏逼著你認父母，認孝道，認君王。他下了道《僧尼拜父母敕》，對凡是不拜父母，爲人子忘其親的佛門弟子，一概斬殺。相反，他對道教反倒寬容大度得很，雖然道士們在他以往的政治鬥爭中也沒幫過他，但起碼也沒有與他作對。再說他的兩個親妹妹玉真和金仙公主還入了道門呢。

「玉環，朕只要你做一件事，就是你須親自上表，表示自己願意度爲女道士，只有這樣你才能和壽王脫離了夫妻名分，那時我再給你在宮中蓋一座道觀，我們不就可以天天在一起了嗎？」

「我，自己上表，上什麼表？」

「啊，是這樣的。你知道玉真公主是如何當女道士的嗎？」

「不知道，那是她自己主動要求出家的，還需有什麼理由嗎？」

「怎麼會那麼簡單呢，一個大唐朝的公主出家當道士總得有個理由的吧。我告訴你吧，她當女道士是爲竇太后，也就是我和她的母親薦福。」

「薦福？薦什麼福？」

「薦福，就是用犧牲自身的一些俗世歡樂來爲故去的長輩在來世積福。我希望你也能爲竇太后薦福。」

「我？我爲什麼要爲她薦福，我又沒有見過她。」

「你當然沒見過她，就連壽王也沒有見過她。她，她死得好慘啊。」

「怎麼，她老早就死了嗎？誰這麼大膽子，敢把皇上的母親害死？」

玄宗沒有馬上答楊玉環的話，他頓住話題，臉上顯出悲戚的表情。過了一會兒，他才開口說：

「玉環，在你眼裏，我一直是高高在上的皇帝，似乎從來沒有經過一天苦日子，其實不是這樣的，在我沒有登上龍位的時候，整天過的都是提心吊膽的生活。那還是在則天女皇在位的時候，她爲了自己能長久坐穩皇位，時刻防備大伯和父皇，害怕她的兩個兒子造她的反。正是基於她這種心理，有些小人投其所好，不惜假造罪證，陰謀誣告大伯和父皇，還說母后和劉太后私自在庭院中埋了一個酷似女皇的木頭人像，每天對其詛咒。女皇聽後大怒，不分青紅皂白，就把兩位太后喊進宮去，亂刀分屍，隨後還把屍首拋給野狗吃掉了。」

聽到這裏，楊玉環嚇得倒吸了一口氣，用手緊緊抓住了自己的衣服角，她早聽說宮廷中隨處都充滿了陰謀和血腥，但沒有想到是這樣的恐怖。

「我永遠都忘不了那個傍晚，宮中派人來請母后和劉太后進宮給女皇請安。我也想跟著去，母后不讓我上車，她說『你好好在家，我去去就回』，哪裏知道那是我與母后的最後一面，自此後，我再也沒有見到母后。」說到這裏，玄宗眼眶濕潤了，他沉湎在懷念竇太后的傷痛裏。

楊玉環實在沒有想到高高在上、一呼百應的皇帝還有著這樣傷心的往事，她以爲皇帝永遠都是一副威嚴的模樣，永遠都是讓人望而生畏權力無邊的。她看著皇上悲傷的神情，心裏也十分難過，她情不自禁地伸手替他拭去眼角的淚水。

玄宗緊緊地抓住玉環的手說：「玉環，你不是詫異我怎麼會對樂器那樣熟悉和拿手嗎？這就是在那段被女皇幽閉的時候跟太常樂工學的。那時，什麼事都不能做，也不敢做，生怕引起女皇的疑心，只有沈迷於歌舞，給她一種只圖玩樂，不思進取的感覺。不過也虧了有那麼一段時期，不然我又怎麼能精通樂器，否則又怎麼會與你有緣，並且領略到你歌舞的美妙呢？」

楊玉環不知不覺地靜靜依偎在大唐天子的懷中，聽他說著過去酸楚的往事，心想，壽王是不是因爲沒有經過這些殘酷生活的磨練，所以性格才那樣懦弱的吧。楊玉環現在常常是不自覺地會拿皇上與壽王作比較。

「我的鼓技就是跟一位叫安金藏的太常樂工學的，他在教我鼓藝時說，鼓是最陽剛的樂器，它催人奮進，給人勇氣，所以每當我意氣消沈時就擂上一通鼓，立刻就意氣昂揚，奮發勇進，覺得再大的困難也不能把我難倒。」

「這位太常樂工，我怎麼從來沒有見過。也沒聽人談起過？」

「他死了。在有人向女皇舉報父皇『造反』時，女皇派了最惡毒的酷吏來查辦此事，他對父皇身邊的人嚴刑拷打，許多人經不住酷刑都屈於淫威，只有安金藏堅強不屈，最後，他用刀剖腹明志，以此來證明父皇的清白。他的這一舉動感動了女皇，她親臨安金藏床前，泣告著說『我的兒子我都不能明白，卻要外人來向我表示他的清白，我真是有愧啊。』但安金藏那一刀到底插得太深，沒過幾天，他就離開了人世。」

這些話都是玄宗皇帝深深埋在心底的話，平日他從不對任何人說起，今天不知怎的，他有一種想傾吐的欲望。他一面覺得楊玉環是那樣的單純無知，天真可愛，一面又覺得她是那樣可以信賴，他願意把這些早年所受的傷痛細細說給她聽。

聽到皇上說的這些話，楊玉環由不得心中湧起一股憐惜之情，她緊緊地抱著皇上的腰，似乎覺得他是一個受了太多委屈的小孩，而她反倒成了一個大人，要給他愛撫，給他溫柔。她輕輕地說：「想不到你的過去竟是這樣叫人傷心，竇太后的命運是那樣讓人可憐。」

「母后的慘死，我每當想起這些，心中都不禁傷痛萬分，恨不能親自出家做道士，好爲母后薦福，但你知道，這是不可能的，雖然有兩位公主當道士爲母后薦福，我總覺得不夠，如果你這位親兒媳婦再能這樣做的話，那就再好沒有了。也無形中提高了竇太后的地位。你知道，母后按名位來說，她並不是正太后，正太后應是寧王的母親劉太后。所以說，我讓你當道士並不僅僅只是想讓你離開壽王，其實也是有一片苦心在內的。」

「唉！」楊玉環深深歎了一口氣，她被皇上的一片苦心感動了，她知道，皇上爲他們的事情也夠煞費苦心的了，她就是不願意，也不好意思開口了。當女道士看來是她唯一的選擇了，皇上想爲竇太后薦福也好，想把她從壽王身邊拉開也罷，反正，她只有聽從這一條路。她還能說什麼呢。

「那什麼時候入道呢？」

「年初二。」

「什麼，那麼急？」

「年初二是竇太后的忌辰，在這個日子選擇入道，意義非凡。」

「好吧。」

回到壽王府，楊玉環的心才平靜下來，不管怎麼說，自己的家終能給一個人安全感、溫暖感。她一進門，就把身上的裝飾一件件急不可待地摘下來，她覺得那些她以前非常喜歡佩戴的東西，現在她一點興趣都沒有了，她想，她的那些煩惱，是不是也是它們惹的禍呢。她摘下首飾，問侍女壽王呢。侍女說自從她離開後，壽王就一個人把自己關在一處偏殿裏，飯也不吃，水也不喝，她們都不知道發生了什麼事，心裏急壞了。

楊玉環聽侍女這樣一說，心裏嚇了一跳，不知道壽王怎麼了。她顧不上歇一口氣，快步走到那處偏殿邊。只見那處偏殿門緊緊關閉著，窗戶也不開啓，裏面鴉雀無聲。楊玉環走到門前，輕輕拍了兩下門，嘴裏喊道：「壽王，壽王。」

過了一會兒，從裏面傳出壽王一聲沈悶的聲音：「走開，我不是說了嗎，我不吃飯！」

楊玉環提高了聲音又喊道：「壽王，是我啊。玉環。」

裏面不再有聲響了，過了一會兒，門「吱咯」一聲拉開。壽王站在屋內。

乍一見開門後的壽王，楊玉環嚇了一跳，她有點不敢相信自己的眼睛了，這是她的壽王嗎？這是她上午才離開時還顯得英俊倜儻的壽王嗎？只見他臉色憔悴，神情呆板，與先前的形象判如兩人。楊玉環不知壽王這是怎麼了，她上前用手捧著壽王的臉，問他是不是病了，爲什麼要一個人把自己關在這處不透風的小房子裏，聽侍女說，連午飯也沒吃。

原來自從玉真公主來後，對壽王說了要讓楊玉環出家當道士後，壽王就明白，楊玉環離開的時辰來到了。以前他也知道，既然楊玉環與父皇有了那層關係，與他分離只是遲早的事，但他一直不願面對這一殘酷的現實，不去多想，以此躲避。現在不行了，父皇等不及了，他要楊玉環在年初二就要離開他。他不能再麻痹自己了。

當失望來到的時候，性格懦弱的壽王除了感歎自己命運的悲苦外，他束手無策，絕望之餘，他還把一腔不滿發泄在了楊玉環身上。他由絕望到懷疑，進而否定著他與楊玉環之間的愛情。他是這樣想的，父皇在這件事裏固然扮演了不光彩的角色，但作爲小輩的壽王妃是否也有著不莊重的地方？常言說，蒼蠅不叮無縫的蛋，如果楊玉環莊重自持，父皇會有非禮之舉嗎？他這樣一想，平日楊玉環的活潑舉止似乎都有著不檢點的嫌疑了。

本來在武惠妃去世後，他爭奪太子失利，心情已經受到了打擊，但那時，他還想著有美貌的妻子相伴著他，他還有著別人羨慕的壽王妃守著自己，可現在，連這最後的慰藉也沒有了，這怎能不讓他傷心難受，進而憤世嫉俗呢。他把自己關在房間裏，愈想愈是失望，愈想愈是悲觀，他無心吃飯，甚至連期盼楊玉環回來的念頭也沒有了。

壽王輕輕地用手把楊玉環的手撥開，他不發一言地又坐回了原處，彷彿眼前沒她這個人似的。楊玉環不明白壽王爲什麼對她這樣冷淡。她本來也是受了一肚子委屈的，她本想趕回來向壽王傾訴，卻不想壽王對她不理不睬。

楊玉環也在壽王面前坐下來，兩人默默相對。過了一會兒，也許是壽王受不了這太過壓抑的氣氛，他用眼斜視了楊玉環一下，說：「剛才玉真公主來對我說，你就要出家當女道士了。」

楊玉環心裏一頓，她才知道皇上在對她說那些話的同時，已經托玉真公主來和壽王說過了。聽了壽王這樣一說，她只能輕輕地「嗯」了一聲，等著壽王繼續說下去。

「玉真公主還說，父皇會爲你在宮裏建一座道觀，那樣，你就要住到宮裏去了。那是你想要的吧。」

楊玉環終於知道壽王爲什麼這樣生氣，他對她產生了誤解，以爲這一切其中都有著她的策劃。她爲壽王這樣不明白她的心情委屈地哭了。

楊玉環這樣一哭，壽王的心又軟了，或者說碎了，但他還是硬著心腸說：「你放心，我會幫你寫一封文采出眾的自度表文的。」

聽壽王這樣一說，楊玉環再也忍不住放聲大哭起來，她一邊哭一邊說：「阿瑁，我不想，我不想啊。」

楊玉環這樣一哭，壽王也禁不住淚水長流，他一把抱住楊玉環說：「我們爲什麼要生在帝王家呢！」

就在壽王與楊玉環滿心悲苦的日子裏，玄宗正忙著做兩件事，一件是督促工匠加緊在大明宮建造一座道觀。他一日三問，詢問每天的進展。這在歷史上可以說是從來沒有過的事情，一位皇帝放著那些朝廷大事不理，卻關注一座道觀的施工情況。雖然工匠們日夜不停地施工，但玄宗還是嫌慢，他下了旨意，道觀務必在年底竣工。

第二件事是他在宮廷中選出一名少女送給壽王，做壽王的側妃。這完全是高力士出的主意，他說這樣一來，既可以增加壽王的榮耀，平復壽王妃離開壽王給他造成的心理失衡；二來在楊玉環自度爲道士時，也可以不讓太多的人說閒話。既然壽王已經另有了一名側妃，正妃爲祖母薦福，似乎也還說得過去。

壽王知道他與楊玉環待在一起的日子屈指可數，因此他倍感時光的可貴，他們二人時刻待在一起。同時，壽王還要爲楊玉環的自度爲女道士起早一份表文。就是他先寫好，再讓楊玉環抄一遍，呈給朝廷。可以想像壽王難受的心理，一面是他不願楊玉環的離去，一面卻要裝出很真誠的樣子，寫出情深意誠的自度表文，這太讓他痛苦，太讓他感到荒謬了。他幾次擲筆幾次流淚，幾次又把筆重新拿起，最後他壓抑著滿心的苦痛，終於寫出一份情感誠摯的表文來。

楊玉環看著那份表文，禁不住也是淚水直流，她開始拒絕，但壽王一再求她，她在無可奈何中只得照抄一遍。壽王把楊玉環抄好的表文呈入內廷。

一切都結束了，一切都完結了，現在對壽王與楊玉環來說，只有等待了。等待內廷下詔，等待來迎楊玉環出家的車駕。

玄宗沒有讓他們等得太久，他在一接到表文後，第二天，就派宮廷內使來接壽王妃進宮，在內殿接見了她。這是儀式。不同於他們二人間的私會。楊玉環一下輦車，就由站立兩旁的太監呼喊著一路傳報入內。等她進入內殿，擡頭看見皇上高高端坐在龍座上，身穿皇服，頭戴皇冠，一臉肅穆的樣子。她盈身下拜，說：「臣妾壽王妃拜見皇上。」

皇上賜她不須多禮，隨後由司言代玄宗皇帝詢問她爲竇太后薦福自度爲女道士的事。她一一應答。心想，這不都是你自己提出來的，哪裏是我真心所願，但她不敢這樣說，這樣說的話，一切都前功盡棄，戲就演不下去了。整個過程，楊玉環覺得這種不得已做法是勢在必行，已經由不得自己了。她只不過例行公事而已。最後，皇上開口講了幾句嘉許的話，無非說她孝心可嘉，可爲萬婦之表。整個過程嚴肅壓抑，楊玉環在此期間，幾次擡頭向上看去，發現皇上表情端正，臉色威嚴，根本不是平日與她在一起的慈祥溫和的樣子。她感覺到了皇上至高無上的尊嚴，讓她的心一下收斂了許多。

晉見的禮儀終於結束，楊玉環回到壽王府。一到壽王府，她就把身上穿的吉服脫下扔在一旁，她知道，她和壽王分手的日子就要到了。她的心裏有一種內疚，她覺得自己對不起壽王，這些年來，壽王對她是那樣的恩愛有加，而她卻要離他而去，這種對壽王的傷害是她永遠也無法彌補的了。

不管別人如何議論，開元二十八年的新年就要來到了，等新年一過，年初二，壽王妃就是一名正式女道士了。

轉眼間，新年來到了。瑞雪豐年，人們臉上帶著快樂的神情迎接著這一節日。壽王府裏卻一片黯淡，一點沒有過年的氣氛。聲聲爆竹的響聲傳入耳中，更引得人心裏一片悲傷。

楊玉環與壽王形影不離地待在一起，他們珍惜著這最後的一分一秒。晚上，當壽王赴大廳接受從屬的辭歲之禮時，楊玉環獨自一人走向後園，立在廊下，看著黑夜中翻飛飄落的雪花。在幽暗的燈光映照下，白天看上去潔白的雪花顯現出一種昏黃的色彩，它們從燈光映照到的空中紛紛落下，又悄無聲息地消失了。楊玉環伸出手去，接了一片雪花在手上，微微的涼意透入心底，她看著那片雪花在手心裏慢慢地融化，直至消頓無形，汪成一滴水珠。她傷感，思念如雪花從空中紛紛而下。

楊玉環想到與壽王結婚快五年了，一起度過的除夕也有四次，每一次他們都是快樂無憂的，他們堆雪人，放爆竹，自得快樂，今年本來也可以這樣的，但誰還有那個心情呢。他們相聚的日子算上今天，也只有三天了。過去的五年中，他們恩恩愛愛，親密無間，哪知陡起變故，說分別就要分別了。

清脆的爆竹聲不斷響起，五彩絢麗的禮花在夜空中綻放，映照得楊玉環更顯得孤零淒涼。她又想到自己以後的生活。以後的日子她就要投到另一個男人的懷抱裏了，從年齡上來說，那個男人可以做她父親，但年齡不能說明什麼，皇上除了年齡大點，別的方面一點都不比壽王差，甚至有過之而無不及，精力比壽王還大得多，給她的歡樂也多。

如果說她對皇上一點沒有依戀也是假的。皇上又那樣寵愛她，這也讓她有點小小的志得意滿，能被天下最有權勢的男人所寵愛，不管怎麼說，這是任何一個女人所夢寐以求的。但她還是愛壽王的。想到這些，爲不能把握自己的命運，她流淚了。

冷風中，楊玉環不知站立了多久，她感到身上微微發涼，抱了抱雙臂，準備進屋。這時，一件衣服披在了她的身上。原來，壽王接受過從屬的拜賀回來了。楊玉環看了丈夫一眼，沒有開口，倆人默默站在廊下，就那樣悄無聲地望著滿天的飛雪，覺得自己的命運就像眼前的雪花一樣，翻翻飛飛，不知要落在何處。

壽王把凍得很冷的楊玉環摟在懷裏，說：「我們進去吧。」

楊玉環回頭看了看壽王，說：「阿瑁，我們再堆一次雪人吧。」

壽王不知楊玉環爲什麼這時還有這份玩耍的心情，但她既然提出來，他也不好駁回，就點了點頭。

兩人到了庭院裏，雪已經很厚了。雖然是夜裏，但在雪光的映照下，還是看得很清。他們把雪堆積起來，拍實，慢慢雕出人形來。往年，他們堆雪人時都是歡言笑語不斷，現在，他們沈默無言，似乎在做著一件很吃力的事。

待雪人堆好後，楊玉環指著雪人說：「阿瑁，你看它起個什麼名字好呢？」

往年，楊玉環與壽王每堆好一個雪人，就起一個很好聽的名字，還說，這就是他們的孩子，以後，他們生了孩子就取這個名。話一出口，楊玉環才覺出自己的冒失，她和壽王永遠不會再有屬於他們的孩子了，就算雪人的名字起得再好，那又有什麼用呢。

聽了楊玉環的話，壽王呆呆地望著雪人出神。以前，他們圍繞著給雪人起個什麼名字，充滿了許多樂趣，取過許多好聽又好玩的名字。看來，那些虛假的名字最終都會像雪人一樣，一遇到陽光就融化不見了。他與楊玉環的婚姻也是這樣，不屬於他們的孩子的名字永遠只能屬於雪人。

想到這裏，壽王淚水潸然而下。

倆人相擁著進到室內。雖然時間對他們這樣珍貴，但他們好像都不知應該如何度過這段時間。楊玉環在齋戒期間，不能與壽王同住一間房中，恩愛的夫妻，在最後幾天裏，竟不能肌膚相親。那一夜，他們相對而泣，他們衷腸互述，似乎想把心裏的話全說出來，不知不覺間，天色已經泛白。

大年初二，是個晴天。雪後的暖陽照在白茫茫大地上，反射出耀眼的光芒。

一隊迎接壽王妃入道的皇家儀仗隊從皇宮出發，輾過白雪鋪就的街道，來到壽王府前。主持禮儀的是一位太常寺少卿，他身著正禮服，從壽王府徐徐開啓的大門內邁了進去。

楊玉環早就打扮好了，坐在室內等待著，但是當她一聽到報時官的聲音傳入時，還是抑制不住地失聲而哭。在她的左右，既有她原來的侍女，又有宮廷裏派來侍候她的宮女，她的這一舉動，讓她們嚇了一跳。這是有失禮制的。雖然在此之前壽王千叮嚀萬囑咐，可楊玉環就是控制不了自己的感情，她一邊哭著向室內走，一邊嘴裏叫著壽王的名字。

壽王惶恐無比，他安慰楊玉環，不能感情用事，這要是讓父皇怪罪了，那是要治大罪的。

楊玉環不聽，她一把把壽王抱住，說：「阿瑁，我捨不得你。」

壽王的淚水也流了下來，但他知道，此時不是相泣的時候，他要出去迎接太常寺少卿。他為楊玉環擦擦眼淚，自己也收了淚，匆匆走了出去。機敏的魏來馨進來為楊玉環拭開臉上的淚，再為她的臉上勻上一層粉。好讓人瞧不出來。

沒過一會兒，楊玉環就在奏樂聲中，登上一輛裝飾特別的馬車，準備進宮了。

楊玉環坐在車廂內。車廂很大，只有她一個人，她透過車前的紗簾望見前面是衣飾鮮豔的皇家兵士，壽王騎著馬就在車旁。他目視前方，不敢向車中的她望上一眼。她掀起簾子一角，望見熟悉得不能再熟悉的壽王府的正門，那是她以往常進常出的府門，但從此後，她一去不再復返，再進就難了。

恍惚中，她有一種錯覺，就是今天的她才是出嫁，才是要離開真正屬於自己的家，要到另一個陌生的家中，那些以前熟悉的東西都要拋棄，都要遠離，只能在記憶中想起它們了。喧天的樂曲聲，雖然響在她的耳旁，但她又覺得離她很遠。她想，這一切莫不是夢吧。

車子動了，楊玉環身體輕輕向後一仰，隨即踏雪的聲響傳入耳中。她有一種想哭的衝動。車輛載著楊玉環一路駛向皇宮，沿途許多百姓圍觀，有的百姓聽講了壽王妃自願出家當女道士爲竇太后薦福的事，爲她的孝心感動，跪拜在地迎接她的車駕。

大唐皇家的太廟，今天因爲竇太后和劉太后的忌辰而開著，同時楊玉環的度道儀式也在這裏舉行。按道理楊玉環是沒有資格入太廟祭拜的，但因爲她那個入道特別的理由讓她邁過了太廟的門檻。

主持今天祭拜儀式的寧王，他是皇上的哥哥，他的到來，可以說代表了整個皇族。

楊玉環先到竇太后的享堂祭拜了，再到劉太后的享堂祭拜，完後，玉真公主引她到外堂，在寧王的主持下，將一襲道服披在了她的身上，並賜她法號爲「太真」。

這一切都在意料之中，沒有一點驚奇，「太真」的法號還是楊玉環自己取的。待一切完結後，寧王走了，只有玉真公主在陪著她。楊玉環茫然地望著她，似乎在詢問：我現在應該怎麼辦？

玉真公主說：「玉環，以後我倆都是道家中人，也是平輩。就不要拘泥於過去的稱呼了。」

楊玉環「噢」了一聲，良久，她才說：「公主，現在，我應該到哪裏去？」

「當然是回你的太真觀了。」
「我的太真觀？」
「就是皇上特地在大明宮裏爲你建造的一座道觀，一切都是新的，連隨侍的道姑也是新的。」
「道姑？什麼道姑？」
「你想啊，皇上讓你出家，難道是真的要你當道士不成，你要是真的清心寡欲，不動欲望，那皇上豈不是和自己過不去。他不過是讓你裝裝樣子罷了，即是做樣子，一定是要派人來侍候你的了，正好有一些老宮女前一陣子要鬧著出家當道士，皇上正好乘機讓她們到你的太真觀裏出家，一來遂了她們的心願，二來也有人侍候你了。」
玉真公主陪著楊玉環到太真觀去。太真觀是建在原來的太真宮上的，是皇帝祭祀他母親竇太后的地方，因楊玉環要入居，就將它改造成了一所道觀。一切都是新的，包括正殿上的老子像，還有殿間的柱子。
到了太真觀的楊玉環一臉的好奇，她望望老子的像，側頭問玉真公主，她的道觀裏怎麼會有一個老頭子的像，還那麼大。玉真公主笑著告訴她，那個老頭子可不是一般的人，他就是道教的祖師爺，名字叫老子，道教就是他創立的。他現在已經到天上當神仙去了。
楊玉環左看看右瞧瞧，實在看不出眼前的那個老頭有什麼能耐。她又看刻在四壁的圖畫。玉真公主逐一給她講其中的故事，楊玉環也聽得興味盎然。
楊玉環看著眼前的道觀，心想，這裏就是我以後的家了，但它怎麼能與壽王府相比呢，這裏沒有歌舞，沒有奏樂，有的只是幾尊塑像，幾個老宮女。太冷清，太讓人寂寞了。
「公主，壽王有時也能來看我嗎？」

「不行，不僅壽王不能來看你，你也不能去看壽王。那樣的話，皇上會大大生氣的。」

「唉，真是煩。這樣說，我真是一個女道士了。我可是一點都不會當道士啊。」

「沒什麼難的，待我一點點教你就是了。再說，皇上又不是要你真的當道士，不過遮人耳目罷了。又沒有誰來考究你當得怎麼樣。」

「皇上今天會來嗎？」

「皇上今天不來。」

聽說皇上不來，楊玉環就把身上的道袍脫了下來，她討厭死了那套黃不拉幾的衣服，再把鞋也脫下，在榻上斜躺著。她從天一亮就忙著，到現在才可以放肆地自由一點。她也餓了，待吃過飯，又和玉真公主講了一會兒話，不知不覺間，天色已晚。玉真公主告辭，楊玉環早早上床休息。

睡夢中，楊玉環做了一個夢。她夢見她第一次遇見壽王時的情景。還是那個春光明媚的時節，壽王還是一身白衣打扮，英俊出眾，騎在一匹白馬上，從她面前經過，卻看也沒看她一眼。她大喊，隨後跟著馬後面追趕，但壽王騎著白馬，愈駛愈遠，終於遠離她而去。

醒來後的楊玉環臉上帶著兩行清淚，她不明白夢中的壽王爲什麼對她不理不睬，徑自騎馬離她而去。窗外映著幽暗的雪光，耳中聽到的是打更聲，她獨自難眠，想到從此後，她與壽王真的會像夢中預示的一樣，雖近在咫尺，但猶如天涯遠隔，永無廝守之日，不禁悲從心出，淚水止不住地流了下來。

第七章　入宮伴君

玄宗是一步也不想離開楊玉環了。她的笑靨、她的顧盼都令玄宗熱血沸騰，他想出了一個永遠擁有她的辦法……壽王透過淚眼，目送著去宮中道觀為太后薦福的愛妻遠去，心如刀割，痛不欲生。他不明白父皇有三千嬪妃，為何還搶走他的玉環？為何父皇就一點兒也不顧及倫理綱常……

第二天，楊玉環睡到很晚才起來，她懶懶地進了一點食，覺得無聊死了。整個道觀就那麼幾個年老色衰的老宮女，一點意思也沒有。她拿起眉筆準備描描眉，拿起才知道自己已經是個道士了，還有什麼好化妝的呢。她懶散地勻了一點薄妝，就站了起來。

似乎所有人都把她忘掉了，玉真公主躲在她的玉真觀裏也不來，皇上也不見蹤影。皇宮雖大，但她又不能隨意亂走，活動的地方只能是太真觀這塊巴掌大的地方。壽王這時在幹什麼呢？她想念起壽王來了。

雖然只是短短一天，楊玉環就覺得煩惱不堪，對女道士的身分覺得討厭了。好不容易等到晚上，皇上來到了太真觀。

一見皇上的面，楊玉環就把小嘴嘟了起來，她對皇上發著牢騷說：「讓人家當什麼女道士，原來是把人家一個人拋在這裏活受罪。」

身穿道袍的楊玉環在玄宗皇帝眼裏別有一番風韻，他上前一把把楊玉環抱在懷裏，湊在她的耳邊說：「我怎麼捨得你呢，這不是來看你了嗎？」

楊玉環把身子一扭，說：「還捨不得人家呢，我要是早知道這裏是這個樣就不會答應了，既沒歌，也沒舞，就幾個老宮女，唧唧咕咕地說著她們的事。」

「什麼？我讓她們來侍候你，她們沒有盡力嗎？瞧我治她們的罪。」

一看皇上要治那些老宮女的罪，楊玉環忙說：「不是，她們倒是蠻用心的，只是我對她們談的事不感興趣，怪不得她們。」

「啊，這還不簡單，我就再派幾個年輕的宮女來侍候你就是了，再給你派一個小樂隊來，好不好？」

聽皇上這樣一說，楊玉環才眉開眼笑起來，但她說：「我希望皇上能天天在我身邊才好。」

「這有什麼難的，我自然是天天要來的。」

幾個老宮女見皇上來到，早識趣地遠遠躲了開去。楊玉環要把身上的道服脫掉，玄宗不讓，他願意看著她這身打扮，他覺得楊玉環穿著一身道袍，自有一種說不出的超凡脫俗的氣質，凡間美女他看得多了，面對這樣一個道家仙女，他亢奮無比。

第二天，皇上就另派了幾個年輕宮女來太真觀，那幾個宮女又會吹拉彈唱，好給楊玉環解悶。但皇上礙於俗禮，不能時時陪伴在她身邊，這未免有點美中不足。但這種沒有男人時刻陪在身邊的日子，楊玉環過了幾天就煩了，她向皇上表示不滿。

玄宗現在對楊玉環的寵愛是一天勝過一天，真是以前任何一個女人也沒有過的，就連武惠妃也比不上。武惠妃因爲自小生長在宮廷，還顧忌到一點禮節，加之隱有野心，不能徹底地縱容放開，和楊玉環相比，少了一份自然天真的情趣，楊玉環一來沒有心機，二來一言一行皆是人情的自然的流露，這樣正討了已步入老年的玄宗對青春的嚮往，對她的寵愛也就不是意外了。玄宗見楊玉環在太真觀這樣不開心，決定再攜她去驪山遊玩。

正月裏的長安比十月的長安要冷得多，但驪山有溫泉，氣溫變化不是太大，別處已是樹木蕭條，此處卻是鬱鬱蔥蔥，霧氣繚繞。此次兩人的上山，與前幾次不同，現在，他們的關係又進了一層，雖然還不能公開，但至少來往已經沒有障礙，不用顧及到壽王和別的皇族中人。

楊玉環此次也不用住在壽王在驪山的別院了，她就住在武惠妃以前住的驪陽宮裏，驪陽宮前面就是「驪陽凝碧」的牌坊，楊玉環曾在那裏策馬飛馳。

楊玉環不願住在驪陽宮中，武惠妃雖然已經過世，但在心裏，楊玉環對她還很尊重，一直把她當作長輩看待，她不願意在武惠妃曾和皇上睡過的床上尋歡作樂，她覺得那樣是對武惠妃的不敬。雖然她住在驪陽宮，但堅決不住武惠妃曾住過的那個房間。

好在玄宗理解她的心意，他還對楊玉環說，他要在「驪陽凝碧」的地方爲她建造一座宮殿。他說：「玉環，你還記得我第一次見你的情景嗎？」

雖然在那次之前，玄宗曾見過楊玉環，比如在壽王的婚禮時接受他們夫妻的朝拜，但在心裏，玄宗一直把在「驪陽凝碧」前見到楊玉環當作第一次的相見，因爲正是那次，玄宗的心被楊玉環偷走的。

「我怎麼不記得呢，那時，你和武惠妃在一起，我一個人騎馬遊玩到此，私闖禁地。」

「現在想來，你的倩影宛在眼前。你一身短裝，英姿勃發，英姿中透出一股少女的嫵媚。在此之前，可沒有人敢如此放肆。」

「噢，原來那時你就對我不懷好意了。」

「不是不懷好意，是被你吸引。」

楊玉環粉面含春，不再多言。她覺得在此不宜多談風情之事，總有點對不住武惠妃。

「上天待朕總是不薄，也許它垂憐於朕就要失去武惠妃，就把你送到朕的面前。朕一定要好好對待你。」

在隨後的日子裏，玄宗和楊玉環盡情嬉戲，陶醉在歡樂中。楊玉環被溫泉水一泡，更加嬌豔無比，嫵媚動人。玄宗皇帝被她所感染，身上也迸發出年輕人的活力來。他們在一起，沒有一點年齡上的差距，彷彿比同齡人還要融洽十分。

新的環境讓楊玉環忘憂，也忘了壽王，她一心一意沉湎在享樂之中。白天與皇上騎馬遊歷驪山各處名勝，晚上她拖住皇帝不肯睡，放任著自己的快樂。真正是留連忘返。

好日子沒過多久，玄宗就要回長安，原因是正月十五的元宵節就要到了，身爲皇帝的玄宗要回去主持一些儀式。楊玉環不放他回去，玄宗在楊玉環半嗔半喜中幾乎就要留了下來，但高力士說：禮不可廢，現在天下太平，這樣的盛世，做皇帝的應該在元宵節上主持歡樂的典禮。再說，皇上與楊玉環又不是短暫的偷情，廝守的日子多著呢，何必只圖一時歡樂而遭致朝臣的非議呢。玄宗覺得有理，決定下山回長安。

長安城是全年宵禁的，唯有元宵節是個例外，放假三天，全國普天同慶。長安城中處處張燈結綵，看上去是一片燈火的海洋。太真觀前也豎起了一個大的燈牌坊，這是玄宗特地囑咐宮裏人辦的，他怕楊玉環太過寂寞。

面對著偌大個燈牌坊，楊玉環還是覺得寂寞難耐。玄宗皇帝在節日期間有許多儀式需要他主持，忙得不亦樂乎，根本沒有空來太真觀陪她。寂寞中她又想到了壽王。往年，每當元宵節，她都與壽王兩人並騎徜徉在長安城中觀燈，凡是看到他們夫妻的人，無不羨慕他們這對神仙伴侶。但現在，她一人守在太真觀中，空對閃爍不定的燈火，想壽王也是孑然一人獨坐於燈下，想著她吧。安靜下來，她才能好好地對這些天來的事梳理一番。

自從離開壽王與皇上在一起後，歡樂是有的，甚至可以說比在壽王府時還多，皇上爲了討好她，真是竭盡所能變著花樣讓她高興，在歡樂中，她忘了壽王，忘了以前的她。但不管怎麼說，與壽王到底有著五年的夫婦生活，講忘記又如何一時忘得乾淨呢。不過，她也承認，壽王的影子似乎已經愈來愈淡漠了。

百無聊賴中，楊玉環想到要回家去看看，她與父親和哥哥已經太久沒有見面了。一想到回家，楊玉環心裏又有點惴惴不安，因爲她離開壽王入宮當道士，事前一點也沒有徵得父親的意見，也不知他是同意呢還是反對，她有種預感，父親對這事是不會贊同的。但這也是沒有辦法的事，她又何嘗同意過呢，是身不由己啊，須知一入侯門深似海啊。

楊玉環沒有和皇上商量，帶著兩個貼身使女，悄悄地回到了家裏。母親見到她自然歡喜萬分，拉著她的手問長問短，更關心的是問她爲什麼放著好好的壽王妃不做，要去當什麼女道士，這不是自己給自己找罪受嗎。楊玉環只能勸慰母親，說她當女道士沒有受罪。但老人家不信，說著說著抹起了眼淚。

父親外出應酬不在家，哥哥楊鑒和嫂子承榮郡主在家。哥哥高興地對楊玉環說他已經不再是校書郎了，現在在禮部當舍人。飛揚的神采掩飾不了內心的高興，因爲他的官升得太快了，由九品小官驟然升到六品，這出乎他的所盼，他認爲這一定是妹妹從中出了力，至於如何出的力，他可不知道。

他也問到了妹妹當道士的事，楊玉環自然不會告訴他真相。好幾次，楊鑒張嘴想講什麼，但又都壓下沒有說。其實因爲玄宗皇帝的性情放縱，加之楊玉環的不知掩飾，她與皇上的事私下裏已經傳得沸沸揚揚了，楊鑒自然聽聞，想開口問問妹妹，但又覺不妥，到底沒有張口，他覺得這事讓承榮郡主去問比較好些，女人談這事總比男人來得妥當。

當楊玉環與嫂子承榮郡主相對時，承榮郡主果然問起了這事：「玉環，都講你入道是爲了替竇太后薦福，是真的嗎？」

「是這樣的。」

「那又爲什麼住在宮裏呢？要知道在宮中建一座道觀，這也太招眼了。」

「這是皇上意思，說更好地表達了他對母親的思念。」

「玉環，外面有一些謠傳，不知你聽到過沒有？」

「什麼謠傳？」楊玉環這樣問，其實心裏已經明白都是些什麼謠傳了。

「就是說你離開壽王入道，就是可以離皇宮近些。」承榮郡主本來是想說可以靠近皇上一些，但她知道這樣說的不敬，就改口說離皇宮近些，她想，玉環是能聽出其中的含義的。

楊玉環自然是明白這話的內在含義的，她知道承榮郡主說的一點沒錯，但她不好給她回話，她只能沈默以對。在這種沈默中，承榮郡主也就明白了一切，那些謠傳是真的。

「父親對這事怎麼看？」楊玉環岔開話題。

「父親看上去對你當道士一事並不贊成，但他心裏有什麼話並不跟別人說，別的事，想必他不知道。」

別的事，楊玉環明白就是那些謠言。如果父親真正知道事情的真相，他又會怎麼想呢。啊，按他的性格，絕不會接受她一身事父子兩人的事，他才不會管你是皇帝還是王爺呢。或許他還會做出什麼出格的事。什麼出格的事呢？也許他會上疏痛斥，甚至撞柱死諫也講不定。唉，不讀書不行，書讀多了也不行，父親常常以儒生自許，他會抱著那些死教條不放的。楊玉環一想到這，心裏亂糟糟的，感到虧了父親不在家，如果碰上了，他問起這事，自己又如何回答呢。想到這裏，她匆匆拜別母親和哥嫂回宮了。

回到宮中，正值玉真公主來訪。楊玉環一見玉真公主面就說：「公主，你害得我好苦，讓我當了女道士，你也不來看我，讓我一個人整天冷清清地待在這裏。想出去玩都不行。」

玉真公主笑著說：「不是我不想來，只怕皇上在此。我來了不好。」

「現在，你倒怕皇上了，以前不都是你把我往皇上面前帶的嗎。」

聽楊玉環這麼一說，玉真公主臉上一陣發燒，甚是羞愧。楊玉環見玉真公主不自在的神情，知道話講重了，就錯開話題說：「元宵節，公主都到哪裏玩的呀？」

「哪有時間玩啊，盡接待那些善男信女呢。恰逢太平盛世，那些王妃貴婦都來觀裏進香許願，我忙都忙不過來呢。不過聽說外面是很好玩的，比往年更加熱鬧非凡。」

聽玉真公主近幾天接待了不少王公貴族，楊玉環就問道：「公主，是不是外面有不少關於我和皇上的一些傳言？」

「什麼傳言？」玉真公主睜著一雙疑惑的眼睛望著楊玉環。

「就是關於我和皇上的？」

「你和皇上的？不會吧？」

「啊呀，你真的沒有聽說嗎？」玉真公主其實是聽明白了，但是她不想傷害楊玉環，所以她說：「沒有。你與皇上又有什麼傳言呢？」

但楊玉環從玉真公主躲閃的眼光中已經看了出來，外面確如承榮郡主所說，流傳著她與皇上間的流言，這讓她苦惱。她說：「怎麼會這樣的呢？這是我以前沒有想到的。」

玉真公主沈默了一會兒，勸說道：「這都是那些長舌婦的無事生非，你爲我和皇上的母親竇太后薦福而入道，她們竟敢胡言亂語，要是讓皇上知道了，定會重重治她們的罪。」

「可你也知道，不是這樣的啊。這於我的名聲太有損了，這讓我以後怎麼再外出見人呢。」或許從小受的儒家教訓終究在楊玉環身上留有一點影子，她還有點在乎自己的名聲。

玉真公主聽了不免暗笑，她想，你入了宮門，除了整天伴著皇上，你還能到哪裏去，別人見了你巴結還來不及呢，還敢對你心存鄙視。但她寬慰楊玉環說：「那些無聊的話，你去管它作什麼，閒言碎語不要太放在心上。」

玉真公主坐了一會兒，起身告辭了，她見楊玉環當了女道士後生活過得也很開心，想必皇兄是很寵愛她的，雖然她關於名聲什麼的發了一通牢騷，但她想，要不了多久，她也就忘記了，楊玉環是孩子般性格，什麼事都不會在她心裏過夜的。

晚上，玄宗終於得空來到了太真觀。一進來，楊玉環就把他的脖子勾住了，問他這兩天都在忙些什麼，一點見不到他的蹤影。玄宗把楊玉環抱在懷裏，他說：「身爲皇帝，也要做一些身不由己的事，一些儀式必須親臨，以顯隆重。」隨即問她這兩天都如何度過的。

楊玉環說自己回了一趟家。玄宗說宮闈局已經和他說過了。如果沒有他的批准，楊玉環其實出不了宮門的，這一點楊玉環卻不知道。玄宗也是想到這兩天因爲太忙，沒時間陪她，讓她回家玩玩也好。他問她家裏父母可好。楊玉環說父親沒有見到，不過見不到也好，免得問起她的事，她不好回答。心直口快的楊玉環卻把外面關於她的流言講給玄宗聽了。

玄宗聽了很是惱火，他想，什麼人這樣大膽，敢講他的閒話。他本待不理，但楊玉環似乎很重視，說她這樣待在宮中，被別人說來說去，父親的面上總不好看，她要皇上想個法子，儘量平息別人的閒言碎語才好。

玄宗當初萬不得已想到這個辦法，把楊玉環從壽王身邊奪過來，明眼人自然一下就能看出其中的奧妙。從心裏講，這也不是一個好辦法，但除此之外也沒有更好的方法了，只求能從表面上糊弄過去，試想本來好好的夫妻，年紀輕輕的，怎麼會突然提出犧牲自己的幸福去爲竇太后薦福呢，還把道觀建在宮中，而壽王妃又是一個美貌的女子。這不能不讓人疑惑多想。加之，二人的不檢點，終於弄得沸沸揚揚了。

玄宗說：「玉環，你不要多想，我會想個法子讓人們去掉疑惑的。」

「什麼辦法？」

「我一時還沒想到，但你放心，我會消除掉別人的疑心的。」

聽了皇上的話，楊玉環臉上綻出笑容，她又賴著玄宗說：「你把我一個人悶在太真觀裏，聽說外面好玩極了，我要你今晚一定陪我去看看。」

這可是個難題，想現在已是深夜，即便不是深夜，他，一個皇帝，身旁伴著一個美貌的道姑在城中瞎逛，又成何體統。楊玉環似乎看出了他的心思，她說：「我只是在皇宮的城牆上隨便向外面看看，又不是真要到街道上與民同樂。再說你當真讓我披著道袍去呀，反正你宮中嬪妃多，我隨便冒充一個，又不會有人認出我。」

聽楊玉環這麼一說，玄宗答應了。他們二人來到大明宮的城牆上，登高向外望去。楊玉環看到長安城中一片燈山火海，城中主要的大街兩旁都懸掛著燈，望去宛如蜿蜒而去的長龍，大街中的百姓，熙來攘往，間或有小孩提著燈籠在人群中穿來繞去，有人圍著燈在猜謎，有的觀賞。還有舞龍的隊伍在街中行走，一路鼓聲震天，一路翻滾盤繞。每一處王公府院裏，都是通明一片。遠望東西兩市，更是燈海一片，那裏通宵營業。楊玉環和玄宗在城牆上，邊走邊看。正如玉真公主所說，今年的元宵節比哪一年的元宵節都熱鬧。

楊玉環對玄宗說：「皇上，我們街上走走去。」

玄宗笑著說：「你這是得隴望蜀，本來講好只是到城上看看，現在又想與民同樂了。現在已是深夜，不能去，就是白天，我也不能去。」

「啊，你不知道，只有你置身到人群中，才能感受到另一份歡樂，那份歡樂是高高坐在上面享受不到的。」

「這麼說，你享受過的？」

「當然，以前與壽王都是到大街上去觀燈的，自家的燈都是給別人看的。」冒失的楊玉環待話出口後，才知不妥，連忙住了嘴。

玄宗倒無所謂，他說：「我有時也想拋開身邊這些人，穿上普通的衣服，像一個百姓一樣到人群中走走，我想，那是很有意思的。」

「是啊，那時，你手裏提著一盞燈，追逐著舞龍的隊伍，身邊儘是歡笑的臉，不分男女老幼都對你笑著，街頭飄著小吃的香味，偶爾去嘗上一點，真是說不出的快樂。」

「啊，不能再說了，我都快要被你說動心了。這樣吧，我們雖不能置身民間，但可以乘著步輦沿城牆巡行。」

楊玉環拍手稱快。不一會兒，一輛步輦推到，她與玄宗兩人上輦，沿皇城城牆上邊寬闊的城道巡看起來。從高看去，真是步步是景，又與下面自有不同之處。兩人手指平日熟悉之所，更覺繁華不同往日。看了一會兒，楊玉環照顧到皇上畢竟上了年紀，經不得風寒，就提出早點下城。

晚上，玄宗就留宿太真觀。雖然他白天忙了一天，晚上又陪著楊玉環看了燈，但他身上依然沒有倦意，顯得興致勃勃。他笑著對楊玉環說：「玉環，你說我這個皇帝當得如何？」

「自然是明君英皇。」楊玉環雖然知道皇上心裏想聽什麼，但她對政治不甚了解，只能這樣說。

玄宗「呵呵」笑過，帶著自得的神情對楊玉環說：「朕通讀過史書，歷史上從來還沒有過像我現在的盛世，就連漢代的元景時代也不如，更不要說近代了。現在，大唐王朝威儀四方，四方蠻夷拜服廷下，國內物品豐富，米一斗不過二百錢，絹匹也很便宜，天下富足安康，路不拾遺。想哪位皇帝能做到我這一點。這都是我長年操勞的結果，我雖不能時時與民同樂，但給百姓帶來富足，讓他們衣食無憂，這就是我最大的快樂啊。」

看著玄宗洋洋自得的神情，自誇的口氣，聰明靈巧的楊玉環連忙拜服於地，學著大臣的樣子口呼：「吾皇萬歲萬歲萬萬歲！」

玄宗被楊玉環這個乖巧的舉動逗笑了，他也作作樣子說：「下跪何人？從何而來？」

「臣妾楊氏，長年住在月宮，今天被世間繁華吸引，故下凡一看。」

「所見何感？」

「世間繁華勝過月宮，臣當有願相求。」

「快快講來。」

「臣妾想求明君賜留人間，不再回到廣寒宮去。」

「好吧，你就留在我的皇宮吧，想那廣寒宮，遠在天宇，瓊樓寒閣，又有什麼好待的。」

「謝皇上。」兩人大笑，笑聲中，玄宗皇帝和楊玉環相擁在一起。

第二天，玄宗把高力士喊來，把楊玉環告訴他的話講給他聽，說外面竟然傳出這樣的謠言，說楊玉環自度女道士是假，目的是更能靠近他，隨時可以被他召幸。雖說事實就是這樣，但玄宗到底是一國之君，怎麼能任由這種話出現呢。這不是明說他好道是假，爲竇太后薦福是假，目的是要滿足一己私欲嗎。玄宗把這些話講給高力士聽，要他想出個主意，平息這些謠言。

高力士想了半天，說：「大家，別人之所以這樣想，我看主要的是因爲太真法師把道觀建在了宮裏，這在以前是沒有的。連太上皇最寵愛的玉真公主與金仙公主兩位出家後，道觀都是建在皇宮外的。」

「太真觀當然要建在宮中了，如果建在外面，謠言豈不就飛上天了。」

「如果太真法師只是一位平常女子也還罷了，加上她美貌出眾，難免別人會往那事上猜。我看要想消除別人的猜疑只有一個方法。」

「什麼方法?快說。」

「就是加大道教的宣傳，顯得皇上是真心通道的，就是因爲皇上通道的心誠，才會把太真法師的道觀建在宮中。」

「哼，辦法好倒是好，就是如何才能顯示我是通道的呢?」

「這不難，要想顯示通道，無非製造一兩個神蹟，那些愚男蠢婦就會深信不疑。」

「製造神蹟？」

「對，佛道二教不是最注重這個了嗎？我們正好可以利用這個便利條件，造它兩個神蹟，昭示上天也被皇上的誠心所打動，顯跡來彰揚皇上的所作所為。」

「好，好主意。將軍不愧是跟了朕幾十年的人，能為朕分憂解難。」

隨後玄宗與高力士合計應該如何製造神蹟。高力士說要弄就要弄個大的，好把那些善男信女們唬住。道教的始祖不是老子嗎，我們就在他身上下功夫。於是他給玄宗出了個主意。

這天早朝，滿朝文武位列兩旁，政事議罷。玄宗說：「眾位愛卿，昨晚我做了個夢，夢見了道教始祖老子，他對我說，因為我通道心誠，極想見他一面，但他身列仙班，不好親下凡塵。不過在長安城南埋有他的雕像，不知是真是假。」

眾大臣見皇上這樣說，就是假的也要去挖挖看。一挖不得了，竟真的挖出了一尊雕像。看面目丹眼細長，天庭飽滿，頭挽髮髻，道袍披肩，手拿如意，真是一派道骨仙風，栩栩如生。這下可轟動了京師長安，引得無數善男信女前往圍觀，焚香膜拜。

其實這是高力士與玄宗早就訂好的計策。早在一個月前，高力士就悄悄著人在城南某地把這尊雕像埋下了。所謂的仙風道骨，不過都是那些愚夫蠢婦的迷信。他們這下認為當今皇上不僅是真心通道，而且誠心還感動了天上的元始天尊，因為不能親自來給皇上看一看，就把自己的雕像降一個在人世間，也算滿足皇上的心願。

人們奔相走告，一傳十，十傳百，一時間，長安滿城無人不知城南挖出了道教始祖神像。最後神像被移到了皇宮中的太真觀。但看到神像的到底是少數，那些沒有看到的深以為憾，並表示想一睹神像的容顏。最後，玄宗下令，讓吳道子按神像的容貌畫出無數張圖，分置全國各州道觀。並下了道「玄宗皇帝臨降制」，說「真容得見，雖福在皇家，但應普天同慶，由朝廷出資，共同歡宴。」

因爲神像移到了太真觀，那些王妃貴婦就通過多種努力湧進宮來，到太真觀楊玉環處來一睹神像的真容。這下太真觀可熱鬧了，一撥人還沒走，另一撥人已經又來了，使得本來冷冷清清的太真觀忽然成了皇宮中最熱鬧的地方。來了人楊玉環就要接待，最讓她頭疼的是，還要穿著道服，如果真遇到那些通道的人，還要拉著她不放，要與她探討一番道教玄理，這簡直太讓她受罪了。好不容易捱了幾天，她終於受不住了，她對玄宗說：「皇上，求求你把這尊神像移走吧，我實在弄不明白我與它又有什麼關係。每天來那麼多人，累也把我累死了。」

玄宗笑著說：「我這樣做是有著苦心的。」

「什麼苦心？」

於是玄宗就把他與高力士想的這個方法告訴了楊玉環，楊玉環聽了笑得花枝亂顫，她說：「這個高力士，竟能想出這麼個好辦法，這不是欺騙天下人嗎？」

「這可都是爲了你啊。」玄宗笑著說。

「爲了我，也不能這樣累我，那些王妃們都想來看一看神像，我爲了裝樣子，還得穿那討厭的道袍。你明天就把神像移走吧。」

「如果移走，不就顯不出我的誠心了嗎，這一番心血豈不也白費了？」

「那有什麼關係，你先移到皇宮外的一道觀中，待人都看過了，再移進來也行啊。」

「那你看移到哪裏去呢？」

「我看，就移到玉真觀去，讓玉真公主也受受罪。」楊玉環笑著說。

玄宗也笑了，為楊玉環的調皮。他喜歡看到楊玉環在他的寵愛下的這種率性的調皮。但最後，他沒有聽從楊玉環的話，他說：「這還不好辦，我告訴宮闈局，不要讓旁人進宮不就行了嗎，要看就去看那些出自吳道子手下的畫像就是了。」

果然，第二天，再也沒有王妃和貴婦進宮來，楊玉環把道袍拋棄一邊，懶散地躺在樹蔭下閑度著時光。到了午後，玄宗皇帝來了，他來的時候，楊玉環正在樹蔭下倦慵地做著夢。他用手勢制止住了要喊醒楊玉環的使女，靜靜地坐在熟睡的楊玉環身旁。

從樹叢中撒下的細碎陽光照在楊玉環嬌嫩的臉上，讓她看上去顯得分外的豔麗，明豔的臉龐，就像開在樹蔭裏的一朵鮮花，玄宗忍不住在她臉上親吻了一下。楊玉環並沒有被他吻醒，於是玄宗皇帝找到一片樹葉，竟童性大發地在她臉上蹭來蹭去。睡夢中的楊玉環只覺得臉上一陣酥癢，隨即睜開了眼。她看是玄宗在用樹葉逗她，於是從他手中奪過樹葉，也在他臉上蹭了幾下。

與玄宗皇帝在一起久了，楊玉環常有這種做女兒才有的放肆，這些小動作也勾起了玄宗心中暖暖的父愛。在心裏，他有時真覺得楊玉環就是他的女兒。

鬧了一陣，玄宗對楊玉環說：「玉環，我告訴你一件好笑的事。」

楊玉環問什麼好笑的事。玄宗對她說，今天上朝，竟然有一個人上奏說，他看到了道教始祖。

「這有什麼稀奇的，這一陣子，誰沒有見過他，我天天見呢。」

「不是這麼說，他說他見到了老子真人。」

「真的？」

「他是這麼說的。他說他在某時某地，親眼見到了元始天尊，還說始祖仍然騎著那頭青牛，說得和真的似的，由不得你不信。」

「好得很，誰讓你說老子托夢給你了，現在人家就說見到老子了。」

玄宗笑笑，說：「這也是朕不得已才爲之的，沒想到馬上就有人回應了。」

「世上當真有什麼神仙嗎？我才不信呢。那些大臣不過是討皇上的歡喜而已。其實他是在欺騙皇上，皇上你真的相信他的話嗎？這樣的人，皇上你應該治他的罪。因爲他講的不是真話。」

「我幹什麼要治他的罪？我不僅不治他的罪，還要封他官，賞他厚祿。」

「什麼？你不是鼓勵大臣們都來欺騙你嗎？」

「你不懂，這就叫政治。既然我要讓全國百姓信道教，爲什麼就不能讓別人說他親眼見到老子呢？」

「這人也太大膽了，你說想見老子一面，老子才給你見了一幅像，他可好，竟比皇上還有面子，見到了老子。」

「他這樣說也是提著腦袋賭博，一旦賭贏了就是高官厚祿，賭輸了就是掉腦袋的事。」

「看樣子，這次他賭贏了。」

「放心，我會找一個藉口再讓他輸的。」玄宗詭秘地笑笑。

「你既然這樣推崇道教始祖，爲什麼不封他個大的官呢？」

「他是神仙，我怎麼封他呢，再說，還有哪個官能比神仙大的呢。」

「我看啊，你就封他個皇帝的稱號吧，反正他也是你李家人。」

「啊，好主意。這個我怎麼就沒想到呢。以前也有皇帝封他一些尊號，但從沒有哪個皇帝封過他爲皇帝，我就開開這個先河。我封他爲什麼皇帝呢？」

「他的封號一定要與你有點關係，不然後來的人又怎麼知道是你封他的呢？」

「對，對，言之有理。」

「我看你也不要多想了，就取你封號中的一個『玄』字和你年號中的一個『元』字，合爲『玄元』不是很好嗎？」

「玉環，你真是聰敏，想到這樣好的一個封號。好，我就封道教始祖爲『玄元皇帝』。」

玄宗一來有點遷就討好楊玉環的意思，二來也未嘗沒有楊玉環所說讓後來人由這個稱號想到他的虛榮。

於是，第二天，玄宗就下敕，正式封道教始祖老子爲「玄元皇帝」，雖然彼皇帝，此皇帝，但兩個皇帝互不相干，就如《道德經》中所說，老死不相往來。一生主張清靜無爲，主張雞犬之聲相聞，老死不相往來的老子，想不到多年之後被他宗族中的一個叫李隆基的子孫封爲皇帝，地下老子有知不知會作何感想，只怕唯苦笑而已。

皇帝這樣一推崇，全國通道活動立即風起雲湧，連綿不絕，首先就是建道觀，從長安到洛陽，再到諸州府，幾乎每地都置玄元皇帝廟一所。長安的玄元廟稱太清宮，洛陽的玄元皇帝廟稱太微宮，別的州府玄元皇帝廟稱紫極宮。整日裏，數不盡的善男信女在這些廟觀裏出入不絕。道士的隊伍愈來愈壯大，那些真真假假的所謂隱士，打著神仙術士的幌子也都出來招搖撞騙，博取虛名實利。朝中大臣爲了博取皇上的歡心，更是不遺餘力地表現通道的樣子。就連宰相李林甫的女兒都出家當了女道士。當然這不是他女兒自願，是李林甫逼著女兒這樣做的，他用犧牲女兒的幸福來表現他對皇上的忠心。

這天，承榮郡主到宮中來看楊玉環，楊玉環正一人待在太真觀覺得煩悶，一聽說嫂子來看她，立即就要迎出門去。但侍候她的宮女提醒她，這樣出去似乎不大好，應該穿上法衣，要知道她現在的身分是太真法師。楊玉環覺得麻煩死了，但也沒有辦法，只好穿上那難看又累贅的道士服才去迎接嫂子。因此，承榮郡主看到的是正式的道家排場，楊玉環也裝腔作勢了一番，後來，她們才慢慢而自然地談到家事。

承榮郡主這次來看楊玉環，是來向她報告一些家事的。她告訴楊玉環，父親還在努力地做著他那個小京官，他似乎還爲自己的能力不夠而抱愧，日夜查找資料，準備寫一部大書，讓別人對他刮目相看。哥哥做著禮部舍人，很能勝任，因爲她的關係，許多人都來巴結他，他與同僚們的關係很好。同時，承榮郡主還告訴楊玉環，她的遠在蜀地的三個姐姐也有了消息。

聽承榮郡主說她的三個姐姐也從蜀地傳來了消息，楊玉環迫不及待地讓她快說。承榮郡主告訴楊玉環，她的三姐的丈夫正生著大病，似乎很難康復，大姐和二姐都還好，她們聽說了她在京師的消息，都說不久就來長安看望她，姐妹們的團圓指日可待。同時，遠在弘農的二叔楊玄圭不知靠了什麼關係，也當了官，並且還來到了京師。本來被留在洛陽看房宅的楊恬也來到了父親身邊。

聽到這些，楊玉環心中百感交集。父母去世得早，自己自小就被叔父帶到東都洛陽，雖說叔父對自己就像親生女兒一樣，但在心裏，因爲血緣關係，她始終以爲她與三個姐姐更親一些，她們到底是自己世間最貼近的人了。這些年來，她的命運發生了一些意想不到的變化，讓她很少有時間想起她們，因爲路遠阻隔，更是音訊全無，但只有她知道，在夢中，她不知多少次回到蜀中，回到童年與三個姐姐相嬉相遊的地方，她常常在心中問道：她們現在還好嗎？特別是三姐，她倆之間的關係要更近一層，就更讓她想念，現在聽說她的丈夫得了重病，她爲三姐難受，也希望她的丈夫能快快好起來。

承榮郡主一走，楊玉環就把道服脫了下來，扔在一邊。法衣雖輕，但自始至終，楊玉環都覺得身上像壓了一塊大石塊一樣，難受到了極點。她是一點都不能忍受束縛的。她到廊下有些樹蔭的地方乘涼，玄宗來了。

楊玉環一見玄宗的面，就向他抱怨，說以後她再也不穿那該死的道袍了，再也不願裝著道士的模樣去見人了。

玄宗笑著說：「好，好，你要不見就不見吧。」

楊玉環還向玄宗抱怨說：「我也不要人家稱我爲太真法師，難聽死了。」

「那你要人家稱呼你什麼呢？」玄宗一臉好奇地詢問。

「我要，我要，對，我要別人稱呼我娘子。」楊玉環高興地說。

「娘子？這是什麼名字。」玄宗臉上儘是迷茫。

「娘子就是才結過婚的女人嘛，難道皇上連這個也沒聽說？」

「娘子」一般是民間通用的稱呼，是對婦人的通稱，比如對才結過婚的稱「小娘子」，身在深宮的玄宗當然不知道這個來自民間的稱呼，他只是在戲文中看到過。於是他摹仿著戲文中的書生模樣，對著楊玉環深深施了一禮說：「娘子，小生這廂有禮了。」

楊玉環被皇上的舉動逗笑了。

玄宗之所以這樣匆匆趕來看望楊玉環，是因爲他聽說楊玉環家人入宮來請見，他想聽聽楊玉環的家人都和她說了什麼。楊玉環告訴他是嫂子承榮郡主來說了一些家事，她特別興奮地提到，她的三個姐姐就要來長安了。

玄宗自此才知道楊玉環還有三個姐姐，他好奇地問道：「你還有三個姐姐，怎麼從來沒有聽到你提過？」

「皇上，你忘了，我不是給你說過嗎？我現在的父親其實是我的三叔，我從小父母就去世了，我是在蜀中出生的，我的三個姐姐都留在了蜀中，她們都是我的親姐姐。」

這樣一說，玄宗才恍然大悟，說：「不知她們長得是不是像你一樣美貌出眾？」

楊玉環說：「我的三個姐姐個個長得都比我漂亮，特別是三姐，更是貌如天仙，只可惜她的丈夫不長壽，聽說得了重病。好了，我就要見到三個姐姐了。不知她們這些年都怎麼過的。」

「你的親屬都有哪些人，你把他們的名字都寫下來吧。」

「我也不太清楚，反正不少吧。寫他們的名字幹什麼？」

「我要升他們的官啊。」

「升他們的官，爲什麼要升他們的官？」楊玉環滿臉的不解。

「因爲等到我們的名分公開以後，你的家人都要有相應的官職啊。」玄宗看著楊玉環滿臉天真的樣子說。他很喜歡她這種對政治不關心的，也不在乎自家家族成員職位升遷的心態。他想，不撥弄權術，不對政治感興趣的女子才是最可愛的女子。

楊玉環輕輕「噢」了一聲。她說：「要升你就升父親的官吧，別人的你就不要升了。」

玄宗問她爲什麼說這話。楊玉環說因爲她當女道士沒有與父親商量，他肯定要不高興的，假如知道她與皇上的關係，更會生氣，因爲他一直是以儒生自許的。楊玉環想，把父親的官職升一下，也許他礙於這個，就不會太過氣惱了。

玄宗說：「儒家的頭腦都有些僵，不容易開竅，道理也講不進去。不過，他們也有許多優點，朝廷需要他們這樣的人。」

玄宗把這事託付給高力士去辦，要他不著痕跡地升楊玄敫的官。高力士不引人注意地把楊玄敫連升了兩級，當他把結果報告給玄宗時，玄宗還是嫌升得太慢了，官職還是太低，他要高力士再升。

高力士從來沒有見過玄宗爲哪一個外戚的官職升遷這樣關心過，他的印象裏，玄宗對外戚官職的升遷一直是小心翼翼的，甚至是防範的，因爲他深知外戚干政會帶來什麼不好的結果，但這次似乎是個例外。高力士自然明白，這都是皇上太過寵愛楊玉環的後果。他想提醒皇上注意，凡事都要有個限度，過了可就不好了。但想了想，他又把話咽了回去。一來是皇上在楊玉環身上真的動了感情，二來，他也看到，楊玉環的家人是儒家，一心唯讀聖賢書，對權力不感興趣，就是升他們的官，他們也不會興風作浪，權欲熏心。

高力士想了想，楊玄敫在國子監，再升的話，他就要當國子監祭酒了，而論資歷和聲望，他都不夠，最好是把他跨部門升遷。於是，他想把楊玄敫擢升爲太常少卿，官職一下升了三級，但因爲仍屬儒臣服事的官職，別人也不會說太多的閒話。

誰想，楊玄敫卻謝絕了。因爲他已經知道這一切都是爲了女兒身分的改變，他的升遷和超越常規的調任，不是他的政績，不是他有什麼特殊的貢獻，甚至也不是褒獎他的書，因爲他的書還沒寫出來，而是因爲他女兒楊玉環的關係。他想到這點很痛苦。

正如楊玉環所說，她的父親楊玄敫是一個古板僵化的儒家，當楊玉環出家當女道士時，這件轟動朝野的事自然瞞他不過，他初聽之下是那樣震驚與不相信，他不知道女兒放著好好的壽王妃生活不過，去當什麼女道士，他才不相信官面上的那些話，說楊玉環是爲竇太后薦福才當的女道士，他知道其中必有隱情，但到底是什麼隱情，他不知道。他很想知道，而女兒這事根本沒有與他商量，他乾著急。

但紙總包不住火，慢慢地楊玉環與皇上間的關係傳到了他的耳朵裏，雖然他知道得要比別人晚了些，但他還是知道了。如果說他開初爲女兒放棄幸福生活去當女道士感到不解和惋惜的話，那麼當他聽到她與皇上的關係後，他感到的是恥辱和痛苦。他實在難以想像他的女兒，純潔天真的楊玉環會做出這種不知羞恥，也令他丟人的事來。

多少個夜晚，他輾轉反側，難以入眠，多少個白天，他沈默不言，躲避外人，爲了不多想這事，他只有更潛心於著書立說，但只有他知道，他這是痲木自己，逃避自己去想這事，當別人一背著他在說話時，他就懷疑是在議論他，議論他的家門醜聞。因爲這件事，他變得鬱鬱寡歡了。

基於這種心態，當朝廷要升他的官時，他的敏感讓他一下嗅到其中的緣由，他態度堅決地拒絕了，因爲他感到如果他接受官職升遷的話，無疑就是讓他接受那件在他看來不光彩的事。

高力士把這件事的結果向皇上作了彙報，玄宗聽了心頭不樂，他知道楊玄敫對女兒的作爲心中不滿，他擔心有一天他與楊玉環的名分公開的時候，他會不合時宜地亂上奏疏，令他這個皇上難堪。他是楊玉環的父親，到時候也不能治他的罪。

玄宗沒有把這些煩心的事說給楊玉環聽，他知道，楊玉環是一個沒有心機的女人，把這些惱人的事說給她聽，不僅得不到她一點主意，還平添她的煩惱。

眼看著又到了金秋十月，玄宗再次攜著楊玉環到驪山溫泉宮遊玩。這次他們更加無所顧忌，盡情玩樂。玄宗也有青春再現的感受，他真的覺得和楊玉環在一起，身上有用不完的活力。他回想自己的一生，三十歲以前都是與各種政敵進行血與劍的爭鬥，三十以後登上大寶，不敢有一絲一毫的懈怠，把大唐朝治理得蒸蒸日上，一天強似一天，雖然也有過不如意的事，但比起他的祖父和父親時代，不知要強多少倍。都說三十年是一世，到了今年，開元二十九年，已經正好三十年了。玄宗決定從明年開始，他要改年號，把他的皇業推進到第二個盛世中去。

在決定改年號的同時，玄宗還想把楊玉環與他的名分公開了，封楊玉環爲貴妃，好讓喜事成雙，把皇業和愛情都往更深處推進。高力士聽說了勸阻玄宗不要這樣做。高力士說，現在楊玉環在後宮的地位已經相當於貴妃的地位，少的只是那個虛銜，現在如果非要把她封爲貴妃的話，萬一她的父親楊玄敫認死理，上了一道奏疏，弄得事情反而難以收場。玄宗同意了高力士的話，暫不封楊玉環爲貴妃。但他與楊玉環從驪山回來後，再不讓楊玉環住在大明宮的太真觀了，而是住到他的興慶宮來，什麼太真法師，都讓它見鬼去吧。

玄宗把暫不能封楊玉環爲貴妃的事給她說了，楊玉環說如果這會惹得父親不高興，那就不要封得好。玄宗聽了很高興，更加寵愛她了。

就在這年的冬天十一月，玄宗的大哥寧王憲去世了，他是玄宗留於世間的最後一位兄弟，玄宗很悲傷。玄宗特下詔書說：「天下，兄之天下也，兄固讓於我，爲唐太伯，常名不足以處之。」詔書寫得很哀婉。除此之外，玄宗還追封寧王李憲爲「讓皇帝」，對這個稱呼，寧王的兒子上表，表示不敢當此帝號，但玄宗不允許，堅持要把「讓皇帝」的尊號給寧王。並在出服那天，玄宗特地把他說的那段話寫下來放在寧王的靈前，親自寫著「隆基曰」。

對於大哥的去世，玄宗是真心的傷悲，他在隨後的一段時間裏，遠離歌舞，同時也少了歡娛。他與楊玉環在一起時，往往沈溺在一片悲痛中，他告訴楊玉環，本來皇帝應該是寧王來當的，但寧王自己認爲自己德行不夠，威望不高，對大唐朝的功勞沒有他高，就把皇帝讓給他來當了。

歷史上不知有多少人爲了當上皇帝，不惜兄弟殘殺，甚至六親不認。但寧王卻主動讓出皇位，可見他是多麼地仁慈，不計較個人的得失。周朝開初時期，有個周公，他本來是可以當上皇帝的，但他盡力輔助幼主，自己始終沒有動當皇帝的念頭，從而千古留名，寧王的高風亮節不低於周公啊。

聽玄宗這樣一講，楊玉環心裏對這位逝去的寧王心裏也平添了一分敬仰之情，再加壽王小時候就是送到寧王府，被寧王妃養大的，基於這層關係，楊玉環更加敬佩寧王的一家了。寧王的去世，似乎預示著一個時代的過去，新的時代就要來臨了。

新年來到了，長安城籠罩在一片喜慶之中，楊玉環想到去年此時，她還與壽王相對而泣，今年已經歡笑滿臉，沉湎在皇上的懷抱裏了。這是她的薄情寡義嗎？當然不能這樣講，她只是一個弱女子，根本不能左右自己的命運，她的一切完全是男人強加給她的，去年她以爲離開壽王很悲痛，今年如果讓她離開皇上再到壽王身邊去，她會嗎？還好，現實沒有讓她做出這樣的選擇。

只是隨著時日的流逝，壽王在她的心底愈來愈淡，愈來愈遠了，這固然與她天真沒有心機有關，但也是不得已的事。在她這種情景中，應該慶幸她天生的性格，輕易地忘記過去，不被過去所纏繞，如果她一味沉湎在與壽王的感情中不能自拔，在皇上面前終日以淚洗面，憂鬱異常，她還能博得皇上的歡心嗎，還能保存自己嗎？

新年的正月初一，大唐皇帝李隆基在位的第二世代開始的日子，他在興慶宮勤政樓受百官的朝拜，宣布改換年號，並且大赦天下。

玄宗在勤政樓接受百官的朝賀，楊玉環卻在花萼樓偷看皇上接受朝賀的場景，覺得熱鬧非凡。楊玉環還看到長安百姓扶老攜幼，在新年裏都希望一睹大唐皇帝的風采，他們黑壓壓地擠滿了大街，仰面觀看，不時地發出一陣陣歡呼聲。看到這種場景，楊玉環想到小時候自己在洛陽時，也是這樣擠在人群中想看到皇上真容的，但那次她沒有如願，誰能想到若干年後，她已經是皇上最寵愛的人了，她想什麼時候看就什麼時候看，要看多久就看多久，再沒有人來阻礙她了。

當玄宗接受過百官的朝拜來到花萼樓時，楊玉環也安排了一次像模像樣的朝拜，她讓侍候她的宮女摹仿朝儀唱禮，她恭恭敬敬地屈身向上，拜服道：「願吾皇陛下萬歲萬歲萬萬歲，願吾皇第二世代比第一世代更加昌盛……」

玄宗笑著把她扶起來說：「愛卿請起。」

看著楊玉環可愛的模樣，玄宗心想，但願上天再讓我多活三十年，能與眼前的這個女子一起過三十年，一起創造皇業的第二個鼎盛時代。

玄宗笑盈盈地對楊玉環說：「玉環，今天本來準備封你爲貴妃的，好讓我們的關係也有一個新的世代，但你的父親不知從哪裏聽到風聲，向國子監遞上了請致，說有病要辭職。」

楊玉環一聽父親生病了，忙要回家去看看。玄宗勸阻她說：「我估計你父親生病是假，這一點，我已經派人去查看了，他一定是覺得因爲你和我的關係，不好意思待在長安爲職是真，你也不要太過慌張，此時你要是回家，反有不妥，反正我已經叫李林甫留中不批了，他一時半時也辭不了職。」

楊玉環問道：「什麼叫留中啊？」

「留中，就是把呈上來的表文，不批覆不作答，就留在案頭，是一種拖延的方法。」玄宗解釋說。

楊玉環聽到父親爲了她的事這樣做，總有些悶悶不樂。玄宗寬慰她說：「你放心，我會安排好你父親的事的，實在不行，我就放他到洛陽去擔任一閒職，離得遠了，他也就會心平氣和了。」

聽玄宗這樣一說，楊玉環想想也只能如此了，她實在不敢想像父親見到她時的樣子，一定會暴跳如雷吧。

楊玄敫前一陣子在高力士的過問下，連升了兩級，這讓他產生了疑竇，還有近來一次李林甫宰相的一個宴會，也請了他去赴宴，這也讓他不知所措，因爲去參加宴會的都是朝中大臣，而他不過是一個普通的京官，絕對沒有資格去的，就連他的頂頭上司國子監祭酒都沒有得到邀請，他憑什麼得以邀請呢？他雖然去了，但身在那群大臣中，感覺極不舒服，有的大臣和他說說話，有的大臣背過身去，似乎根本沒看到他這個人。那些大臣本都是朝中一品、二品大官，王公貴族，他們以前連他的名字都沒有聽說過，又怎麼會來搭理他呢。

在這種宴會上，楊玄敫感到的是恥辱。面對接二連三的事，他想來想去，只有一個答案，那就是女兒的緣故。女兒當女道士，事先沒有和家裏人打一聲招呼，雖然嫁出去的女兒管不著，但總要講一聲的好吧，後來他就聽到了那些風言風語，說女兒楊玉環入道其實是爲了脫離壽王與皇上在一起。開始他聽到這種言語，氣怒難平，不是對女兒的氣怒，而是對說這話人的氣怒，認爲他們是在揑造女兒的謠言，是無中生有地中傷女兒。但隨著女兒一次次地隨皇上上驪山，還有他們二人間的無所顧忌，楊玉環與皇上間的關係終於弄得世人皆知，再也無法隱瞞楊玄敫了。

直到此時，楊玄敫才真正傷心氣餒了。其實一開始他的心中就有這種預感，只是不願面對，不願承認，在心裏，他一直說服自己，這不是真的，這不是真的，但現實把他的一廂情願打碎了，原來他拚命抓在手裏的一棵草再也不能作爲攀緣的支撐，他從高處落入深淵裏。由不承認到徹底的失望，這往往是讀書人容易犯的兩個極端。現在，楊玄敫知道再自我欺騙已經沒有意義了，他就變到了另一個極端，就是比別人更加多地譴責自己，唾罵自己。他譴責和唾罵自己什麼呢，就是沒有對子女給予完美的家教，讓她們做出有悖倫禮的事來。常話說，子不教，父之過，楊玄敫認爲楊玉環做出這種傷風敗俗的事，他是有著不可推卸的責任的。就是別人對這事不再多談的時候，他在心裏也沒有原諒自己，哪怕是稍許。

由此他想到自己的連升兩級，他覺得別人都在背後對他指三說四，說他靠了裙帶關係，不是靠自己的真本事，他恨不能上奏把職務降到原來的職位。雖然以後他還接到了一些宴會的請柬，但他再沒有勇氣去赴宴了，那僅有的一次成了他心中恥辱的標誌，他想，丟一次人還不夠嗎？

心靈的自責沒有隨日子的過去而消淡，反而愈來愈重，楊玄璬是一個自省心很重的人，多年深受儒家的教導，讓他有著很深的道德感。這些天來，他消瘦，寢食不安，最後終於想出一個方法來逃避，就是謊稱身有疾病想退休回洛陽去，回到自己原先的家鄉，這樣，眼不見心爲淨，也許要好些吧。唉，命運真是捉弄人，想當初，他千方百計就想進京爲官，現在，好不容易願望達到了，兒子也做了京官，前途還很看好，但卻這樣的不開心，又要回到洛陽去。

但他沒有想到的是，他的奏本竟被宰相留中了，這是他萬萬沒有想到的。他著急焦躁，竟真的生起病來。

新的紀元開始，一切都要是新的，爲此，玄宗把朝中大臣的職稱都變了，還把地方上的稱呼也變了，東都、北都都改稱京，州改稱郡，刺史又恢復太守舊名。對於楊玉環，除了她自己講的「娘子」外，別人都稱她爲「太真妃」，這也算是一個新稱呼吧。其實她的地位已經與皇后、貴妃無異了。

玄宗大賞群臣，其中最榮耀的當屬高力士。高力士多年侍奉皇上，忠心耿耿，已經把他封爲宦官最高職了，但這次，藉著新紀元的開始，玄宗又封高力士爲冠軍大將軍、右監門衛大將軍、渤海郡公。高力士感激涕零，更加忠心了。

楊玉環見了高力士的面，口稱「阿翁」，向他道喜。高力士含笑應答。

一切都變了，一切都是新的，但有一件大事還沒有落定，就是年號。

玄宗自從做了皇帝以來，曾用過兩個年號，一個先天，只用了兩年，第二個就是開元，用了三十年，給他帶來了輝煌盛世。第三個應該取什麼年號呢？他苦思冥想。

年號不是隨便起的，一來它要有特別的意義，二來它取得好壞與是否坐穩皇位也有著關係，起碼在人們的印象中是這樣。爲了想一個吉利的年號，玄宗想了又想，一會兒想用這個，一會兒又想用那個，但最後都覺得不甚妥當。

正在這時，陳王府參軍田同秀上奏說，有一天，他在丹鳳門的時候，仰望空中，竟然見到了玄元皇帝。玄元皇帝對他說，他在出函谷關時，曾把靈符藏在尹喜故宅，去了應該能找到。

大家都知道，玄元皇帝，也就是老子，得道後，騎著一頭青牛西去，路過函谷關時，關令尹喜說「你就要隱去了，能不能爲我著書，寫下你的言語思想，也好讓它們流傳下去呢？」於是，老子著書《道德經》，分上下兩篇，共五千餘字，後出函谷關不知所終。現在人們所看到的《道德經》，相傳就是老子爲尹喜所寫的書。因爲有此一段典故，田同秀這樣一說，似乎也不是胡說八道。

其實這完全是一派胡言，老子騎青牛西去，爲關令尹喜所求才寫《道德經》完全是後人的杜撰，即便這是真的，什麼老子在空中對田同秀所云他把靈符埋在尹喜故宅也是胡編亂造。試想老子既一心歸隱，他還想著什麼靈符幹嗎？他又憑什麼要把這個秘密告訴你田同秀？

原來這是太子李與和陳王商量出一個要討玄宗高興的主意。在玄宗這股崇道的潮流中，各地大小官員不遺餘力地賣力討好，督造玄元皇帝廟，僞造吉符靈寶，宰相李林甫更是賣勁，竟把自己的親生女兒都推入了道門，就是爲了向玄宗皇帝表示他的通道之心。太子李與和李林甫向來不和，暗中較勁，他看到李林甫出此一招，果然博得皇上歡心，對他更加另眼相看，心中一邊在痛罵李林甫假仁假義的同時，一邊也是心急如焚，爲自己想不到博得父皇高興的法子而著急，雖然現在他已經是太子了，但如果能得到父皇的歡心，不是更能鞏固他的太子之位嗎？

這天，陳王來訪。陳王與太子關係很好，他們常常無話不談。他們聊著聊著，太子就把心中的煩惱告訴了陳王。陳王聽了說這有什麼難的，既然他李林甫能虛情假義地表現忠心，我們難道就不能也來個瞞天過海。

「瞞天過海？」太子不明白地望著陳王。

「對，瞞天過海。」陳王胸有成竹地說，「我們要弄就弄個大的，不要像李林甫那樣就會在自家人身上打主意，愈大人家愈不敢懷疑。」

隨後，陳王就給太子出了一個主意，就是事先在函谷關尹喜台旁不爲人知之地埋一個靈符，然後派人去告訴皇帝說是老子離開函谷關時所留。本來，陳王是要太子自己本人去告訴皇帝的，這樣也好讓皇上更加喜歡太子。但太子到底是一個凡事要三思的人，他想，反正現在自己已經是太子了，所做的一切都是要鞏固太子地位，這事好是好，但弄得不好，若是讓皇上知道了真相，豈是鬧著玩的，怕不把太子的位置都弄沒了。

於是，他想這事還是自己不出面的好。陳王最後沒有辦法，就叫自己府上的參軍田同秀做了見到玄元皇帝的人。他們想，這事失敗，皇上砍田同秀的頭，他們也顯出是被冤枉的樣子，諒皇上也不會追究，如果皇上相信，那麼必封田同秀大官，朝中豈不又多了一個自己的人。

陳王回去和田同秀一講，田同秀本也是一個野心勃勃的人，他想如果一直在陳王府當差，雖然能混個肚飽身暖，但終究不會有出頭的機會，還不如冒險一試，失敗了固然是落個欺君之罪，身首分家，但萬一被皇上信以爲真，豈不是一步登天，自此青雲直上，仕途有望。想到這裏他就同意了陳王的安排，給皇上上了一道奏疏，謊稱他在丹鳳門的空中看到了玄元皇帝，並對他說了把靈符埋在尹喜台邊的事。

玄宗皇帝聽聞了這事，也沒有細加推敲，立馬派人趕到函谷關尹喜台邊，圍著尹喜台掘地三尺。既然田同秀要讓靈符被人挖到，自然不會埋得太深，但也沒有埋得太淺，不然就不像離現在有一千多年的樣子了。總之，沒費多少周折，玄宗派去的人就挖到了靈符。

玄宗皇帝看著手中那塊已經經歷了一千多年的靈符，想到它曾經在玄元皇帝的手裏待過，激動得不得了，他一高興就封了田同秀一個大官。

陳王見目的達到，立即迎勢而上，上表說：「函谷寶符，潛應年號；先天不違，請於尊號加『天寶』字。」

玄宗聽了，嘴裏一邊念著「天寶」一邊點頭，認爲以「天寶」二字爲年號，很合心意。不是嗎？靈符在此時顯現，難道不是上天降下的寶物嗎？這也預示著他的統治將秉承天意，繼續會維持太平盛世，建立前無古人可比的大唐王朝。於是，就決定以「天寶」爲年號，作爲他第二個三十年統治的標誌。

其實陳王這樣做，是怕日後此事暴露後，皇上追查下來，他脫不了干係，他想，要是皇上以「天寶」爲年號，就是日後他知道了這場騙局，也不會再追查下去，如果那樣，這不就預示著自己的統治不穩固，自己拆自己的台嗎。誰也不會那樣做的吧。

玄宗這麼一封田同秀大官，可不得了，引得那些鑽營拍馬之徒個個眼饞心熱，懊悔自己怎麼就沒有想到這個方法博取高官厚祿。其中有個在清河當小官叫崔以清的特別後悔，他想，什麼靈符，明眼人一眼就能看出這是個騙人的花招，偏偏皇上就信了，唉，偏偏讓這小子撞著了好運道。

但他隨即一想，這何嘗不是一個可以藉以再用的計策呢，既然皇上信了一次，保不準也會信第二次的。也是他官迷心竅，爲了想當大官，什麼也不管了。說幹就幹，他也事先偷偷地在武城紫微山埋下一個藏符，再給皇上上了一道奏疏說，他曾在天津橋北見到了玄元皇帝，玄元皇帝對他說，曾遺有一塊藏符在武城紫微山。

紫微山是有名的道教勝地，道教香火一直很盛。崔以清這樣說，似乎也有點根據。只是他腦子太笨，原封不動地照用了田同秀的方法，也是玄元皇帝對他說，怎樣怎樣。看樣子，玄元皇帝真得很感謝人世的皇帝對他的推崇。想不到的是，玄宗見了這道奏疏，立即派人去武城紫微山挖掘，真如崔以清所說，一挖就挖個準，果然挖到了一個藏符。玄宗照樣升了崔以清的官。

這樣一搞，朝中大臣不免心有微辭，心想，這怎麼可能呢，早不現，晚不現，偏偏這時候都出現了。大家心裏不免疑惑，心想，等著吧，還不定又有什麼出現呢。但皇上既然這麼做了，疑惑只能在心裏，嘴裏誰個敢說出來。

但到底有一個人敢出來說話了，他就是宰相李林甫。李林甫出來說話，倒不是出於揭露真相，以正視聽，他是另有目的。原來，經過這幾年的排除異己，朝中大權他已獨攬，可以說後來當官的，或想向上爬的，都投帖拜在他的門下，不得到他的賞識，根本沒有仕途的升遷，要想仕途一帆風順，更是難上加難。近來田同秀和崔以清的官運亨通竟然繞過他這道門檻，這豈不叫他惱火。

再說，那個田同秀是出自陳王門下，陳王是與太子一黨的，哪個不知他李林甫與太子是不和的，田同秀即是太子一黨，當了大官還不與他作對嗎，因此，他要拆穿他們的鬼把戲，揭露他們欺君罔上的大罪。但他知道光憑口說，不僅不能讓皇上相信，說不定還會惹得皇上不高興，說他詆毀神明，誹謗聖上，噢，你說他們說的那一套都是假的，你是什麼意思，這不是說當今聖上糊塗透頂，不明是非嗎。李林甫爲官多年，此中的厲害他是知道的，因此他一定要拿到真憑實據才會面奏皇上，拆穿他們的假話。

爲此，李林甫表面不動聲色，暗地裏派人去查田同秀與崔以清的底細，他想，憑你做得多麼隱秘，總會留下一點蛛絲馬跡。果然，還真讓他查到了崔以清作假的證據，李林甫立刻上奏皇上，希望玄宗借此重責崔以清，並連帶著查核一下田同秀。但令他想不到的是，皇上只是把崔以清流放了事。

這可不對啊，說起來，崔以清犯的是欺君之罪，是要滅族的，皇上怎麼只是把他流放就算了呢？這豈不太便宜他了嗎？同時，李林甫還看到皇上根本就沒有繼續追查田同秀的意思。這太讓李林甫摸不著頭腦了，但他沒有敢再堅持，他想，這也給那些人一個警戒，不通過他的門下，是別想仕途通達的。

別看李林甫貴爲宰相，一人之下，萬人之上，但他也整日提心吊膽，心事重重，爲什麼呢，因爲他回顧了一下在他以前的那些宰相，他發現，在他以前的那些宰相，不論做得好的，做得壞的，有政績的還是沒有政績的，每隔三年，皇上就要把他們調任，就是說在他之前，從沒有一個宰相是當了三年以上的，他想，這一定是皇上爲了控制權力不至旁落的原因，使得相權不至過重，威脅到皇權的不成文的條例。他從開元二十五年真正爲相，算來已經有五年了，這是從來沒有過的，爲此，他時刻擔心，說不定哪天，皇上就把他這個宰相給調任了。

李林甫思前想後，覺得有兩個方法可以防止這個結果的出現，讓他一直把宰相當下去。什麼辦法呢？其一就是不時地揣摸皇上的心意，按皇上的心意辦事，不管是黑的白的，只要皇上滿意，就要辦得讓皇上開心。爲此，他極力結交皇上身邊的人，使得皇上的一舉一動都以最快的速度傳遞到他的耳中，讓他明白皇上的所思所想，秉承皇上的心意辦事，什麼事都辦得讓皇上服服貼貼，對他滿意之至，覺得凡事離不開他。

李林甫也看到，隨著年歲的增加，皇上也愈來愈沈浸在享樂之中，對朝中大事再也不像早年那樣，凡事親躬，意氣奮發了，早年皇上身上的那股英武銳氣再也見不到了，他也樂於把朝中事交給他來辦，只要凡事辦得讓皇上放心，讓他看到即便他不用勞心煩神，大唐王朝依然是蒸蒸日上，四海晏平，他又爲什麼還要換相呢。他不僅不會換相，還會爲找到一個得力能幹的宰相而高興，樂得整天啥事也不問，一切朝政託付於宰相，自己聽歌賞舞呢。

這一步棋李林甫果然沒有走錯。玄宗隨著年齡愈來愈大，身上的那種早年英武之氣再也見不到了，愈來愈沉湎於歌舞中了，特別是得到楊玉環後，他的享樂生活更是有增無減。但玄宗到底不是昏君，他這樣做還有著自己的理由，他想的是，經過自己這些年來的努力經營，大唐王朝國力日盛，四方拜服，一切都走上了正軌，自己也該歇歇了，只要宰相李林甫按著自己制定下的制度去認真辦事，國力只會愈來愈強，那些繁瑣的朝中小事就讓李林甫代他操勞吧。玄宗認爲他是可以歇歇的了。有一天，他對高力士說：「朕不出長安近十年，天下無事，朕能高居無爲，悉以政事委林甫，何如？」

玄宗這話的意思是準備把朝中一切事都委託給宰相李林甫，自己再也不用去勞心費神了。高力士一聽，心裏爲李家社稷著想，覺得這不妥，說：「天子巡狩，古之制也，且天下大柄，不可假人。彼威勢既成，誰敢復議之者。」

高力士說的完全正確，他說權力乃控制天下的樞紐，怎麼可能輕易交給旁人呢，萬一旁人用它來樹立自己的勢力，豈不難以控制，自己給自己找麻煩嗎。但此時的玄宗一心只想著享樂，再不願殫心竭慮地爲朝政煩神了，聽了高力士的這話，深爲不快。

高力士一見玄宗的臉色，忙跪下叩頭謝罪說：「臣狂疾，發妄言，罪當死。」

這就是高力士做奴才的信條，凡事依主子的心意說話，他明知凡事委託宰相李林甫是不妥的，雖向皇上進諫，但皇上如果不聽，他立即停口，並說自己亂說。他才不去做什麼凡事拚死進諫的忠臣耿直之人呢。

玄宗見高力士這樣做，很是高興，他用手把高力士攙扶起來說：「不要這樣惶恐，我們只是隨便說說。」隨即賜宴，表示他心裏並沒把這當回事。

李林甫用的第二個保住相位的辦法就是極力打擊謗毀皇上親近的人，特別是那些有可能入相，對他相位造成威脅的人。但心裏陰暗的李林甫不是當面去詆毀那個人，那樣做的話，太明目張膽，即使把政敵搞倒，弄得不好，他也就失去了皇上的歡心，他走的是迂迴策略，是在得知皇上對哪個人感興趣時，先是去結交其人，在他面前花言巧語，說得天花亂墜，讓其人覺得他是個好人，處處幫襯著他，爲他著想，背地裏呢，卻另搞一套，用盡千般手段，萬般機巧，讓皇上對他疏遠，甚至厭惡。成語「口蜜腹劍」就是說李林甫的，意思是說他表面對你說的嘴上流油，像塗了一層蜜，其實肚子裏藏了一把要殺你的劍。

比如有一次玄宗皇帝在勤政樓賞樂，看到從樓下經過的盧絢，不禁爲他的風標清姿所折服，目送其遠去，對左右讚歎他的蘊藉風華。李林甫得知後，深怕玄宗因折服盧絢的清秀風姿而召問政事，從而危及他的相位，就想把他調離京都。但他不是到皇上面前去說盧絢的壞話，而是悄悄地對盧絢的弟子說，皇上對你們的尊君很看好，現今正好南方缺少人才，想把你們的尊君調去，如果你們尊君嫌遠不願去的話，可以上奏自請到東都任職還來得及。

不用說，盧絢和他的弟子們都很感激李林甫，就趕緊上書皇上自請到東都去任職。李林甫就是用這種手段，不知不覺間就把一個潛在的政敵給打發了，做得神不知鬼不覺，政敵不僅不怨恨他，還很感激他。

還有一個例子最能說明李林甫這種兩面三刀欺騙人的伎倆。嚴挺之自從被他從中陷害貶到外地爲官後，一直沒有回京的可能。但嚴挺之到底是一位能幹的剛直不阿的大臣，給玄宗曾留下深刻的印象，有一天，玄宗問左右：「嚴挺之今安在？是人亦可用。」

聽到這話的李林甫可嚇了一跳，想當初嚴挺之是張九齡一夥，對他睬都不睬，是他大大的政敵，有問相的可能。他好不容易才把嚴挺之和張九齡扳倒，現在皇上竟當著眾大臣的面問起嚴挺之，那是什麼意思，難道僅僅是懷念故臣嗎？是不是其中含有對他這個宰相的不滿？不管怎麼說，他是不會讓嚴挺之回到皇上的面前，更不會再讓他得到皇上的重用的，那樣的話，他不是自己給自己找麻煩嗎。但用什麼方法既能讓皇上得到嚴挺之的消息又讓他不能得著重用呢？想來想去，李林甫終於想出了一個辦法。

李林甫把嚴挺之的弟弟嚴損之召來說，皇上很想見你的哥哥，此時，你的哥哥如果上一道奏疏，稱他得了風疾，要回京治病，皇上一定會同意的。

此時，嚴挺之在降州當刺史，嚴損之知道哥哥一直是想回京的，聽到李林甫告訴他的這個消息，一面對他感激萬分，一面就派人通知了哥哥。嚴挺之接到弟弟的通報後，果然就上了一道奏疏，稱自己得了風疾，希望能回京醫治。

奏疏自然是先送達到李林甫處，李林甫接到嚴挺之的上書後，就跑到玄宗跟前說：「挺之得風疾，宜且授以散佚，使便醫藥。」

玄宗感歎良久，當即出於愛惜老臣，連降州刺史也不讓嚴挺之幹了，授予他一個閒散之職，讓他到東京安心養「病」去了。

自始至終，玄宗和嚴挺之都不知李林甫從中所弄的玄虛。這就是老謀深算的李林甫打擊政敵的手段，凡是才能和聲望功業有超過自己而爲皇上所看重的人，勢位將要逼近他，對他的相位造成威脅的人，李林甫必百計而除之，特別是對那些文學之士。也許他不是靠科舉而晉官的，心裏對讀書人又妒又恨，輕視之極。

玄宗從當皇帝以來，日夜操勞，才營造出一個赫赫大唐王朝，屈指算來也有三十多年了，現在他認爲一切都上了軌道，下面的大臣只要循規蹈矩地按著他處理事情的方法去做就可以了，他也可以歇歇了。

玄宗認爲自己有這種心理一點也不値得非議，貴爲世上最有權力和威勢的人，也應該享受一點人世間的歡樂。他縱看歷史，又有哪一位君王的功績能與他相比，就連漢朝最受後人稱道的「文景之治」也不能與他相比，英雄無敵的曾祖唐太宗，固然在創建大唐時立下了汗馬功勞，在隨後的統治中也政績卓然，但講起四海的富足與疆域的遼闊，那還不能與他相比。現在的大唐王朝眞正可說得上衣食無憂，路不拾遺，古人所稱道的上古遺風在他的治理下得到了實現，疆域也達到了祖先從未涉足的地方，北起荒漠，南至蠻夷，都有大唐官吏的身影和將士的英姿。

玄宗爲他擁有強盛的帝國而驕傲，他覺得強盛國家的一切都應是不同的，都是領先別國，置於別國之上的，包括歌舞宴樂。

現在，楊玉環與玄宗在一起，開初那陣歡樂的狂潮過去後，他們又想起了曾引起他們無比興趣和熱情的歌舞來，就是那段寄予了玄宗無數心血的〈霓裳羽衣曲〉，現在他們已經有時間對這部歌舞精心揣摩，共同探討了。

首先，玄宗把楊玉環從公孫大娘那裏學來的劍器舞編入了其中，爲了增添看頭，他除了讓楊玉環一人獨舞外，還讓宮女數百人，分列兩隊，排成兩陣於掖庭中，以霞帔錦被張之爲旗幟，手裏都拿著特製的小木劍，外面裹以錦緞，再令小太監在旁擊鼓鳴金以爲進退。鼓聲響，則眾女互相攻擊，不到鳴金不收「兵」，由於陣容龐大，眾女又身著豔麗服飾，看上去猶如蝴蝶穿梭，雖劍光霍霍，卻不聞兵戈相擊之聲，有舞蹈之美，又有行伍之威。眞是嬌柔與英武相映，雲鬟與劍影相照，別有風致與丰韻。只看得玄宗哈哈大笑，楊玉環也拍手叫好。

突然，玄宗像想起了某種事，不由得蹙緊了眉頭，沈默不語起來。楊玉環看了問道：「皇上，怎麼突然不高興起來了？」

玄宗說：「玉環，我突然想到了歌舞中的一個環節，如果這個環節不能很好彌補的話，勢必會造成整部歌舞的失敗，這部歌舞只能淪落爲庸俗的一般的。」

楊玉環一聽也睜大了雙眼，問道：「是哪個環節？」

「就是所要吟唱的歌詞啊。」

玄宗說，「開始我只想著音律和舞蹈，把它完全給遺忘了，一部好的歌舞怎能沒有華章出眾的歌詞呢，如果只採用那些平日常聽的庸詞俗調，那又有什麼意思呢？」

楊玉環聽玄宗這麼一說，也覺得有道理，他們先前都把這一節給忽略了，現在想來，看似不重要的一環，其實是萬萬不可少的，不僅不可少，還得濃抹重彩地塗上一筆。可這華美的詞章從何而來呢？

玄宗懂音律，他可以編演奏的舞曲，楊玉環懂舞蹈，她可以編排舞蹈，但所要吟唱的歌詞，除非有大手筆的才子，一時又到哪裏去尋覓呢？

楊玉環說：「皇上，我看你也不用著急，你手下有著那麼多的文學侍從，還有翰林學士什麼的，他們不是個個都會吟詩作詞嗎？讓他們來寫，還怕沒有佳句絕唱嗎？」

玄宗說：「他們固然都有著一分才學，但他們主要是給朕起草文書的，就是有才情，時間久了也消磨得沒有了，如果真要他們寫上一段脫俗拔萃的詩詞，恐怕他們就沒有那份能力了。」

「那也講不定，靈感的迸發有時是不能靠人意預測的，爲什麼不試試呢？這樣吧，皇上，把他們都召來，就把曲子的幾個片段演給他們看，再讓他們每個人都賦詩一首，或寫詞一闕，說不定會有優秀的篇章出現。」

玄宗一聽，也覺得這個主意不錯，就說好吧。答應按楊玉環的方法試試。

「噢，你不說我倒忘了，那個詩人王維也許能寫出好的句子來。」玄宗拍著自己的腦袋說。

「啊，我知道，就是那個給自己取名叫王摩詰的詩人，他的山水詩寫得可好了。我特別喜歡他那首〈山居秋暝〉的詩。」說著，楊玉環還輕輕念了出來。

空山新雨後，天氣晚來秋。
明月松間照，清泉石上流。
竹喧歸浣女，蓮動下漁舟，
隨意春芳歇，王孫自可留。

「對，這是他早年寫的一首很有名的山水詩，詩寫得很美，聽說他中年以後一直對佛教比較感興趣，還給自己取了個佛教中的名字，叫王摩詰。我大力提倡道教，他偏偏跑去信佛教，你說他這不是有意和我唱對臺戲嗎？對了，他早年還和太平公主過往比較親密，這也是讓我不喜歡他的一個原因。做官就做官，又幹嘛非要表現出自己對功名利祿鄙視的樣子來，裝出一副清高超脫，彷彿他的志向是要當一個隱士。如果這樣，你遞一個辭呈好了，看我是批是不批。我頂討厭這種表裏不一的人了。」

「聽說孟浩然那個詩人也是這樣被皇上見怪的，是嗎？」

「可不是。本來我在沒見到孟浩然這個詩人時，心裏對他是充滿好感的，他作的詩著實讓人愛讀，什麼〈春曉〉，什麼〈宿建德江〉，都寫得不錯的，哪知後來他和王維一起參加了宮廷裏的一次宴會，他的模樣卻大大讓我失望。」

「從他的詩裏看，他是一位喜歡過田園生活的人啊，似乎對功名不是太在乎。不知他什麼地方得罪了皇上？」

「可不是嗎，他的詩寫得田園一派美好風光，讓人覺得他是一位陶淵明一樣的人，哪知根本不是這麼一回事，這些人個個都認爲自己有經天緯地之才，有著通曉古今的能力，如果他們一出來治理國家，國家定會太平無事，定會蒸蒸日上，四海晏平。他們之所以沒有得到重用，都是當今君王的錯，都是君王沒有慧眼，不能識得他們這些明珠。尤其是那次，我在王維處遇見孟浩然，他聽說我來了，嚇得忙不迭地鑽進了床下……」

「咦，他爲什麼一聽到你來了，就鑽到床下？」楊玉環滿臉不解地問道。

聽到這話，玄宗笑了，臉上也帶著一絲自得，說：「你以爲人人都像你一樣，見著我就像沒看到一樣。」

「哎呀，那我下次見著你也鑽進床下好了。」

「我不要你鑽床下，我要你鑽床上。」玄宗輕薄地說。

楊玉環用手刮著自己的臉羞玄宗。玄宗把楊玉環摟在懷裏，繼續說：「我進到屋裏，聽王維說孟浩然也在，就請他出來相見。看見孟浩然從床下爬出來，我要不是顧著皇帝的尊嚴，真要大笑起來。我當即請他把他的詩吟一首給我聽聽。哎，哪知他倒好，他那麼多詩，別的詩不吟，竟吟了一首〈歲暮歸南山〉。」

「〈歲暮歸南山〉是一首什麼詩，我好像沒有聽過？」

「詩是這樣的：

北闕休上書，南山歸敝廬。
不才明主棄，多病故人疏。
白髮催年老，青陽逼歲除。
永懷愁不寐，松月夜窗虛。

你聽，這是首什麼詩，詩中分明是說我是個偏聽偏信之人，沒有慧眼識珠的才能，他作爲一個有能力沒有得到重用的人，只好歸隱南山，與風月爲伴。這不是冤枉我嗎？因爲我從來也沒有聽說過孟浩然要從政的想法，更沒有接到他的什麼上書，怎談得上爲『不才明主棄』呢。聽他吟詩過後，我當即給他以不悅的臉色，說『卿不求仕，我也未厭卿，爲何拿此語誣我？』，說完，也不等他回話，即拂袖而去。這種自以爲清高的人就讓他自我感覺良好去吧。我是知道這種人是萬萬不可重用的。所以這些個文人學士，我往往是敬而遠之的，平日與他們過往不是很密，既然你提出讓他們聚在一起，觀看歌舞即席賦詩，就聽你的，過兩天我就把他們召來就是。不過，我對他們是否能寫出好的詩句並不抱什麼希望，因爲他們好像離了憂國憂民就才思枯竭了，寫出的詩句還不如梨園教師爺。」

過了兩天，玄宗把在長安的詩人學子都請了來，王維也應邀而來，當然也包括那些文學侍從。他大擺酒宴，招待他們，還請他們觀看幾段歌舞，條件就是要他們針對舞曲寫出易唱動聽的詩句來。

楊玉環親自出場領舞，她的舞姿把那些個文人看得如癡如醉，連面前的酒都忘了喝，他們眼睛睜得大大的，似乎要把楊玉環吞下去一樣。看完楊玉環的領舞，好像聽到一個命令似的，個個都忙不迭地拿起手中的筆，把豔俗的詞藻堆徹在面前潔白的紙上。只見他們筆走龍蛇，似乎個個靈感迸發，不可抑制，有的一氣連寫了好幾首。更有的一邊寫一邊在對著坐在玄宗旁邊的楊玉環偷看，好像楊玉環的臉上寫著有字似的。

要不了一會兒，大家都抒寫完畢，玄宗讓大家即席朗讀。於是個個都聲情並茂地朗讀起來。玄宗在上面聽了幾首後，不由得緊皺起眉頭來，因爲他聽出詩中除了把楊玉環比作芙蓉或梨花外，就是把她比喻成仙子，都是日常比較庸豔的比喻，沒有新意，聽了幾首後，他再也沒有耐心聽下去了，但又不能離席而去，或讓他們停止。他期盼著王維能寫出驚人之作。

輪到王維了，只見他緩緩站起，從容地拿起眼前的詩稿，並不高聲，而是聲音低緩地念了開來。詩只有一首，寫得也不是很好，甚至還比不上那些豔俗的讚揚。原來王維心中根本就沒有打算要讚揚楊玉環，不僅不讚揚，並且詩中還隱隱露出希望君王遠離歌舞，不要只圖享樂的意思。嚴格地講這是一首勸戒詩，勸告皇帝不要太過沈溺聲色，還提到了歷史上因縱情享樂而誤國的大有人在。

玄宗聽了王維的詩，心中很不高興，他想，這個老頭子又在冒酸氣了，你不願附合大家也就算了，爲什麼又要表現得與眾不同呢，處處顯示你的憂國憂民的心情，表示你愛國的忠心，只要一有寫詩的機會就不忘在其中表現一下，讓外人看了，好讚賞你的氣節，讚歎你的憂民意識，其實你一樣的庸俗，只不過是一種看似深沈披著一件忠君愛國外衣的庸俗。我怎麼就不能享樂了，我不也是人嗎，我享樂就必然會誤國嗎？我看不一定吧，三十多年來，大唐王朝在我的治理下，太平盛世是有目共睹的，誰能說我誤國了。

倒是你王維，口口聲聲講擔憂百姓的疾苦，表白自己的超脫與淡泊，可是你卻在終南山的輞川蓋了一幢別墅，極盡奢華，如果你真的要歸隱，又爲什麼要給自己蓋一幢大別墅呢，可見你歸隱可以，但不能受苦受累，原來你要的只是歸隱的名，並不是它的實質，講得不好聽點，不過是換了一個享樂的地方罷了。你自己尚且如此，還要作詩來勸我，我看你拉倒吧。

在王維之後，餘下的詩作都泛泛無奇，平庸之極，只聽得玄宗只想打哈欠。最後好不容易結束了，他匆匆說了幾句表面讚揚的話，就起身和楊玉環離開了宴席。

回到後宮，玄宗對楊玉環說：「這些文人學子，讓他們寫一首像樣的詩也作不出來，真是沒用。」

楊玉環說：「這也不怪他們，事先沒有一點醞釀，要想讓他們在短時間內作出好詩，也真有點難爲他們。」

「什麼難爲他們，我看他們根本就是沒有才能。他們太讓朕失望了。」

「皇上，你不要太過失望，這次集會的不過僅是長安的文人和學子，想全國之內，難道還找不出一二個真正有才能的人來，你要是聽說誰比較有名，就把他徵來，我就不信寫不出一二首出色的詩章來。」

「對，玉環，還是你想得好，想我大唐王朝，幅員廣闊，什麼人材不具備，京城長安不過只是一個地方罷了，他們不行並不代表整個國家就沒有人了。全國還有什麼知名的人，問問秘書監賀知章就會知道了，他本人也是一個出色的詩人。」

「走，我們去問他去。」

玄宗笑笑，說：「玉環，你總是這麼性急，我要見一個人，應該是他來，而不是我去。」

楊玉環笑著低下了頭，說：「是，我忘了你是高高在上的皇帝了。」

「正好前幾天從會稽來了一個叫吳筠的道士，我接見過，覺得他談吐不凡，到時也把他召來，如果有什麼大詩人，他也應當知曉的。」

這天，秘書總監賀知章和道士吳筠應召而來。玄宗特地賜宴招待。待酒過一巡後，玄宗說：「賀愛卿，前兩天我把長安文人學子都召集一起，讓他們觀看歌舞並即興賦詩，聽說你那天身體有恙，沒能前來。想來已經無礙了吧？」

賀知章連忙站起來，向皇帝表示感謝，一面稟告說身體已經康復，一面說他沒能赴會觀看歌舞，實是他心中遺憾，並詢問皇帝一定得到了許多佳作。

「什麼佳作啊，都是些應景之作，平庸之極，朕真懷疑平日看到的那些詩作是否出自他們之手。哎，賀愛卿，你說，偌大個京都長安就找不出一個才高八斗之人？」

「這……」賀知章不知如何回答才好。如果說沒有吧，長安城中明明有王維等一批比較著名的詩人，如果說有吧，他們卻是沒有當場作出令皇上滿意的詩。其實詩人的靈感不是說來就來的，一時吟不出好詩並不代表平日就寫不出好詩，但這個道理是不能和皇上說的。

「吳道長，你從會稽來，可曾聽聞有大詩人散隱在民間的？」

「貧道從會稽千里迢迢地到長安來，沿途不僅一次地聽到眾人在盛讚一個人的詩名。」

「噢，是誰？」

「他就是蜀中奇才，被人稱作詩仙的李白。」

「啊，我知道，李白，興慶宮就有他的詩集，我看過的。」楊玉環興沖沖地說。

「怎麼，太真妃也喜歡欣賞此人的詩作？」

楊玉環笑著說：「我也是隨手翻翻，看到他的詩寫得滿有意思的，不免多看了兩眼。」

「是什麼詩把你吸引了，念出來給我們聽聽。」

「別的詩都很長，我沒有記住，記得有一首詩叫〈靜夜思〉，雖然只有四句，也平淡無奇，但讀來讓人頓起思鄉之愁，特別打動人心，我倒是記住了。」說著，楊玉環為大家吟出了這首〈靜夜思〉：

床前明月光，疑是地上霜。
舉頭望明月，低頭思故鄉。

「『舉頭望明月，低頭思故鄉』，寫得太好了，樸實無華，又貼近人情。」玄宗不禁讚歎起來。

「皇上還不知道吧，這位李白大詩人與我們的賀監大人還是好朋友呢。」

「噢，是這樣嗎，賀愛卿？我怎麼從來沒有聽你提到過此人呢？」

「回皇上，幾年前，李白是來過長安，臣就是在那時與他相識的，他性喜遊覽河山，不願久居一地，所以沒有被皇上召見。吳道師講得一點都沒錯，李白人稱世間奇才，才高八斗，詩風飄逸灑脫，是一般人不能望其項背的。」

「皇上有所不知，當年李白來長安時，與當時八個人最意氣相投，他們常常相聚一起，飲酒吟詩，被人們稱作『飲中八仙』，賀監也是八仙之一。」吳筠這樣對皇上說。

「是嗎？那都是哪八個人啊？」玄宗被勾起了興致，問道。

「回皇上，那都是好事者隨口說著玩的，當不得真。八人是：現在守制中的汝陽王，下來是現任左相的李適之大人，再下來是崔宗之、蘇晉、李白、張旭、焦遂和我了。當時，大家聚在一起，只是喝喝酒，作些應景詩作。」賀知章故意輕描淡寫地說道，因爲他知道不管怎麼說，這是放縱的行爲，他本人已經上了歲數，在仕途上不指望再向上攀升了，但對汝陽王和左相李適之來說恐有些影響。

「那一定有些好詩佳作，不妨吟來聽聽。」皇上一點都沒有怪罪他們這種放縱的行爲，似乎還被他們這樣完全是性情相近的聚會所吸引。

「我們才力不逮，沒有作出什麼好詩來，倒是李白有一首〈將進酒〉，足以顯示他的風神俊朗和灑脫不羈，我給皇上念一念。」

說著，賀知章就把這首〈將進酒〉念了出來：

君不見黃河之水天上來，奔流到海不復回？
君不見高堂明鏡悲白髮，朝如青絲暮成雪？
人生得意須盡歡，莫使金樽空對月。
天生我材必有用，千金散盡還復來。
烹羊宰牛且爲樂，會須一飲三百杯。
岑夫子，丹丘生，將進酒，杯莫停。
與君歌一曲，請君爲我傾耳聽。
鐘鼓饌玉不足貴，但願長醉不復醒。
古來聖賢皆寂寞，唯有飲者留其名。
陳王昔時宴平樂，斗酒十千恣歡謔。
主人何爲言少錢？徑須沽取對君酌。
五花馬，千金裘，
呼兒將出換美酒，與爾同銷萬古愁。

一曲〈將進酒〉只聽得玄宗如飲美酒，如醉如癡，他拍案而讚道：「好一個『人生得意須盡歡』，好一個『與爾同銷萬古愁』，來，來，我們也願手中杯莫停，只願長醉不復醒。」

賀知章與吳筠舉起面前的酒杯，一飲而盡。隨後，吳筠說：

「皇上，李白詩中所寫的『五花馬，千金裘，呼兒將出換美酒，與爾同銷萬古愁。』，那是何等豪邁，令人神往，殊不知，我們的賀監就是這樣的人啊。想當年，賀監有一次請李白飲酒，身上沒有帶錢，就隨手解下所佩帶的金龜充當酒錢，與李白正所謂意氣相投，性情相近。」

「啊，賀監，你那個小金龜當了多少錢，夠不夠你和李白喝酒的？」楊玉環聽了吳筠的話，天真地詢問道。

「回太真妃，那是一次尷尬的事，那次外出飲酒，我以爲李白身上帶了錢，他以爲我身上帶了錢，結果心裏只想著飲酒，最後只能以小金龜抵押酒資。所值當然大過酒資，後來，我與李白又去喝了幾次，才算把小金龜所抵的酒資喝過來。」

聽到這裏，楊玉環不禁笑了起來，心裏對那位還沒見過面的李白有了好感，覺得他一定是個很可愛的人。

玄宗又問道：「李白這樣有才，難道他沒有中舉應試，想著入仕？或者去了沒有上榜？那樣的話，可真是考官的無能了。」

賀知章道：「這倒不能怨監考官，據我所知，李白從來沒有應試過。」

「噢，什麼原因呢？難道他不想做官嗎？」

「這一點我不清楚，但我知道李白是一個生性豪邁的人，他不願意長久地待在一個地方，這是否與他不願應試也有點關係呢？」

「話雖這樣說，但到底還是讓我失去了一位賢才。這樣吧，就是朕說的，像李白這樣出眾的賢才人士，眾大臣都可推薦，讓他們不必通過應試就可入仕。朕要不拘一格地錄用人才，使得朝無遺賢。」

「這真是天下賢士的幸運，這是明君的所爲。」賀知章不失時機地拍了玄宗一下馬屁。

「賀監，朕命你立刻起草一份文書，徵召李白入京，召書中務必把朕的心意表達清楚。」

「臣遵旨。」

就這樣，皇帝召見賀知章和吳筠道士，徵召李白的事沒過多久就傳遍了長安，人們都好奇與欣喜地期待著這位大詩人的到來。

請續看 傾國之戀〔卷下〕：長恨歌

傾國之戀 楊貴妃與唐明皇的愛情故事(上)〔新修版〕

作　　者：巍　石
發 行 人：陳曉林
出 版 所：風雲時代出版股份有限公司
地　　址：105台北市民生東路五段178號7樓之3
風雲書網：http://www.eastbooks.com.tw
官方部落格：http://eastbooks.pixnet.net/blog
信　　箱：h7560949@ms15.hinet.net
郵撥帳號：12043291
服務專線：(02)27560949
傳眞專線：(02)27653799
執行主編：劉宇青
美術編輯：吳宗潔

法律顧問：永然法律事務所　李永然律師
　　　　　北辰著作權事務所　蕭雄淋律師
版權授權：北京樂土文化藝術有限公司
初版換封：2015年1月

ISBN：978-986-352-121-1

總 經 銷：成信文化事業股份有限公司
地　　址：新北市新店區中正路四維巷二弄2號4樓
電　　話：(02)2219-2080

行政院新聞局局版台業字第3595號
營利事業統一編號22759935

定 價：250元

國家圖書館出版品預行編目資料

傾國之戀 / 巍石著. — 修訂初版. — 臺北市
: 風雲時代, 2014.12
冊 ; 公分
ISBN 978-986-352-121-1(上冊 : 平裝)

857.7　　103022895